BIANCA IOSIVONI

Feeling Close to You

BIANCA IOSIVONI

Feeling CLOSE TO YOU

Roman

LYX

LYX in der Bastei Lübbe AG
Dieser Titel ist auch als E-Book und Hörbuch erschienen.

FSC
www.fsc.org
MIX
Papier aus verantwortungsvollen Quellen
FSC® C014496

Originalausgabe

Textredaktion: Kristina Langenbuch Gerez
Covergestaltung: ZERO Werbeagentur GmbH
Coverabbildung: © Mari Dein / shutterstock.com
Satz: Greiner & Reichel, Köln
Gesetzt aus der Adobe Caslon
Druck und Einband: GGP Media GmbH, Pößneck

Printed in Germany
ISBN 978-3-7363-1120-6

1 3 5 7 6 4 2

Sie finden uns im Internet unter: www.lyx-verlag.de
Bitte beachten Sie auch: www.luebbe.de und www.lesejury.de

Für Anabelle,
die nur auf diese Geschichte gewartet hat.

Und für den PJ-Squad.
Danke für die vielen Stunden, in denen ich mit euch gezockt habe, statt dieses Buch zu schreiben.

Playlist

Taylor Swift feat. Brendon Urie of
Panic! At The Disco – ME!
K/DA, Madison Beer, G(I)-DLE, Jaira Burns,
League of Legends – POP/STARS
Laura Platt – Fear Not This Night (»Guild Wars 2«)
ThunderScott – Dead by Daylight
Taylor Swift, Dixie Chicks – Soon You'll Get Better
Royal Philharmonic Orchestra – Tomb Raider 2 Theme
Charlie Puth, Meghan Trainor – Marvin Gaye
Carly Rae Jepsen – Call Me Maybe
Meghan Trainor – No
Galantis, OneRepublic – Bones
MC Hammer – U Can't Touch This
Jaroslav Beck, Summer Haze – Escape
Taylor Swift – Shake It Off
Bebe Rexha – Last Hurrah
American Authors – Deep Water
Alan Walker, Sabrina Carpenter, Farruko – On My Way
Panic! At The Disco – High Hopes
Imagine Dragons – Believer
Alan Walker – Faded
Jessie Ware – Hearts
Taylor Swift – You Need To Calm Down
Mabel – Don't Call Me Up
Sara Ramirez – The Story
WILD – Hold Us Together

Level 1

Teagan

Computerspiele machten mich nicht aggressiv. Es waren Menschen, die mich aggressiv machten und wegen denen ich Computerspiele zockte, um wenigstens dort meine ganze Frustration rauszulassen. Immerhin war es weniger kriminell, NPCs und Bossgegner zu töten, als ganz normalen Leuten auf offener Straße den Hals umzudrehen. Oder ihnen an einem ganz normalen Tag in der Highschool an die Gurgel zu gehen.

Der heutige Tag war schon jetzt alles andere als normal. Es hatte damit angefangen, dass ich verschlafen hatte und zu spät gekommen war, woraufhin mir mein Lieblingslehrer Mister Carson eine Verwarnung gegeben hatte. Dann war ich im Gang mit dem Star-Quarterback zusammengeprallt, und die Hohlbirne hatte mir nicht mal dabei geholfen, meine ganzen Bücher aufzusammeln, sondern war einfach weiterstolziert, als würde jemand wie ich in seiner hochglanzpolierten Welt gar nicht existieren. Hoffentlich stolperte er beim nächsten Spiel und landete mit dem Gesicht voran im Dreck. Oder in Hundescheiße.

Mittags hatte mir so ein Mistkerl die letzte Portion des einzig essbaren Gerichts in der Kantine vor der Nase weggeschnappt, und jetzt stand ich nach Geschichte mit knurrendem Magen vor meinem Spind im Flur. Um mich herum erklang der typische Lärm aus viel zu vielen Stimmen, dem

Klappern von Spindtüren, lauten Schritten, unterlegt mit dem nervtötenden Piepen von Handys – weil es immer noch Idioten gab, die ihren Benachrichtigungston in der Schule nicht ausgeschaltet hatten.

Ding.

Ding. Ding. Ding.

Argh! Wenn ich noch einmal dieses nervige Geräusch hörte, konnte ich für nichts mehr garantieren. Ich tauschte meine Bücher aus und pustete mir eine lila gefärbte Haarsträhne aus dem Gesicht, die sich aus meinem heute Morgen in aller Eile gebundenen Knoten gelöst hatte. In Kombination mit dem Make-up von gestern, das ich abends kurz vor dem Livestream aufgefrischt, danach aber vergessen hatte wieder abzunehmen, sah ich kurz vor der letzten Stunde wahrscheinlich genauso bescheiden aus, wie ich mich fühlte.

Ding!

Ding!

Ich knallte die Spindtür zu und drehte mich zu dem Schuldigen, um ihm gehörig die Meinung zu sagen – und erstarrte. Denn nur zwei Schränke weiter stand Penelope Martinez, meine beste Freundin seit dem Kindergarten. Oder eher: *ehemals* beste Freundin. Denn vor zwei Jahren hatte sie aufgehört, mit mir zu reden. Ohne Vorwarnung. Ohne Erklärung. Von einem Tag auf den anderen war ich nicht mehr existent für sie gewesen. Anfangs hatte ich noch versucht, den Kontakt wiederherzustellen und herauszufinden, was plötzlich los war. Oder eher, warum nichts mehr los war zwischen uns. Einmal hatte ich sie sogar in aller Öffentlichkeit in der Kantine zur Rede gestellt. Umsonst. Mehr als peinliches Schweigen war nicht dabei herausgekommen. Allem Anschein nach passte ich einfach nicht mehr in Pennys Welt, die, abgesehen von den unvermeidbaren Begegnungen in den Schulfluren, da unsere Spinde noch immer nebeneinanderstanden, nichts mehr mit meiner zu tun hatte.

Die anklagenden Worte erstarben auf meinen Lippen. Als hätte sie mein Starren bemerkt, sah Penny von ihrem Handy auf – und erwiderte meinen Blick. Mein Herz begann zu hämmern. Ich sollte etwas sagen. Wenigstens ein *Hi* oder ein *Wie geht's*. Irgendetwas. Aber ich brachte nichts davon hervor. Wozu auch? Es war ja nicht so, als würden wir plötzlich ein Gespräch anfangen und wieder beste Freundinnen fürs Leben werden.

Und ich hatte recht. Einen Moment lang sah sie mich noch an, dann wandte sie sich kopfschüttelnd ab. Ich schluckte hart und sah ihr nach, zwang mich dann jedoch, mich umzudrehen. Nur um gleich darauf fast in die nächste Person reinzurennen, auf die ich sehr gut hätte verzichten können.

Maddison Mae McKinnon. Fantastisch. Sie war die unangefochtene Schulqueen und der Liebling aller Schüler und Lehrer gleichermaßen. Und so übertrieben höflich und zuvorkommend, dass es zum Kotzen war.

»Hey …« Sie strahlte mich mit ihren perlweißen Zähnen und den riesigen babyblauen Augen an. »Teagan Ramona, richtig?«

Ich biss die Zähne zusammen, bis ein Knirschen zu hören war. »Teagan reicht.«

»Okay.« Kurz wanderte ihr Blick durch den Gang, als würde sie befürchten, dass uns jemand zusammen sehen könnte.

Sie in ihrem aufeinander abgestimmten pastellfarbenen Outfit mit den Killer-Heels und dem perfekt frisierten goldbraunen Haar – und daneben ich mit den rissigen Jeans, den abgetragenen Boots, dem dunkelblauen Tanktop und dem Tattoo auf dem Schulterblatt. Dunkelbraune Haare, die ab Kinnhöhe neonlila gefärbt waren und mir normalerweise bis über die Schultern fielen, vollendeten das Bild.

Als Maddison Mae mir wieder ihre ungeteilte Aufmerksamkeit schenkte, lächelte sie nervös. »Ich weiß, wir kennen uns eigentlich nicht …«

»Wir haben seit der Junior High Englisch und Geschichte zusammen, und du bist diejenige, mit der mein Ex-Freund fremdgeknutscht hat«, unterbrach ich sie trocken und schob den Riemen meiner Tasche auf der Schulter zurecht. »Aber stimmt, wir kennen uns eigentlich nicht.«

Weil wir nicht in denselben sozialen Kreisen verkehrten. In dieser Highschool war Maddison Mae an der Spitze der Nahrungskette, während ich … irgendwo weiter unten war. Glücklicherweise nicht bei den armen Kids, die ständig von anderen gemobbt wurden, aber auch nicht sehr viel weit darüber. Gott, war ich froh, wenn ich dieser Hölle endlich entkommen konnte. Nur noch ein paar Wochen, dann hatten wir alle unseren Abschluss, und ich würde diese Leute nie wiedersehen müssen.

»Richtig …« Maddison Mae sah sich ein weiteres Mal um. »Ich weiß, du und Brandon wart nur kurz zusammen …«

Kurz? *Kurz?* Brandon Fitzgerald und ich waren fast ein Jahr lang ein Paar gewesen. Und wenn er nicht mit der halben Schule, aber vor allem mit Maddison Mae herumgemacht hätte, wären wir es vielleicht immer noch. Oder auch nicht. Schließlich schien jeder früher oder später genug von mir zu haben und ließ mich dann kommentarlos fallen. Das war praktisch die Story meines Lebens.

Und jetzt war mein Ex ausgerechnet mit der Schulqueen zusammengekommen. Um das Klischee perfekt zu machen, fehlte eigentlich nur noch, dass er Footballstar und sie Cheerleader wäre. *Ugh.* Maddison und Brandon. Brandon und Maddison. Ihr offizieller Shipname lautete #Braddison. Und als ob das allein nicht ausreichen würde, um sich einen Vorrat an Kotztüten anzulegen, nutzten die beiden diesen Hashtag auch noch bei jedem Bild, das sie online auf allen Social-Media-Kanälen posteten. Zusammen mit #ForeverInLove und #CoupleGoals. *Würg.*

»Ich wollte eigentlich nur wissen … ähm … Als du und Brandon zusammen wart, habt ihr da …?« Sie neigte den Kopf etwas zur Seite.

Ich blinzelte. Zog die Brauen hoch. »Haben wir da … was?«

Maddison Mae stieß ein etwas zu schrilles Lachen aus und gab mir einen kleinen Klaps gegen die Schulter, als wären wir alte Freundinnen. »Habt ihr … du weißt schon.«

Jetzt sah sie aus, als hätte sie Schmerzen. Und, ganz ehrlich? Was erwartete sie bitte von mir? Dass ich mein Sexleben mit ihr diskutierte? Ausgerechnet mit der Person, die mir meinen Freund ausgespannt hatte? In welchem Universum lebte dieses Mädchen eigentlich?

»Hm … Sorry. Keine Ahnung, worauf du hinauswillst.«

Vielleicht machte es mich zu einem Miststück, aber ich wollte, dass sie es laut aussprach. Genau hier. Mitten im Gang, während unzählige Leute an uns vorbeiliefen, einschließlich diverser Lehrer.

Maddison Mae warf ihnen ein abgelenktes Lächeln zu. »Na, *du weißt schon.*« Diesmal klang ihre Stimme wie ein Zischen. »Du … und er …?«

Gespielt ahnungslos schüttelte ich den Kopf. »Tut mir leid, Maddison Mae, ich weiß wirklich nicht, was du meinst«, behauptete ich eine Spur zu fröhlich und zu laut, sodass sich gleich mehrere Leute zu uns umdrehten.

»Gott, das kann doch nicht so schwer sein!«, rief sie und wurde mit jeder Silbe lauter. »Ob ihr Sex hattet! Ich will wissen, ob ihr Sex hattet.«

Schlagartig breitete sich Stille um uns herum aus. Ich musste nicht mal hinschauen, um zu wissen, dass uns alle anstarrten.

Sie anstarrten, um genau zu sein. Dann begann das Getuschel. Die vereinzelten Lacher.

Und Mister Carsons Stimme, die durch den Gang donnerte. »Maddison Mae McKinnon! Auf ein Wort?«

Ihr hübsches Gesicht wurde knallrot und verzog sich zu einem unglücklichen Ausdruck. Unter anderen Umständen hätte ich jetzt vielleicht Mitleid mit ihr gehabt. Doch dann fiel mir wieder ein, wie oft sie Brandon hinter meinem Rücken die Zunge in den Hals gesteckt hatte, und jeder Gedanke an Mitleid verflog.

»Schönen Tag noch, Maddison Mae«, zwitscherte ich, nur um ihr im Vorbeigehen noch zuzuraunen: »Wenn du ernsthaft glaubst, dass Brandon sein bestes Stück nicht schon in jedes verfügbare Loch gesteckt hat, tust du mir echt leid.«

Und damit ging ich in meine letzte Unterrichtsstunde. Manche Leute sammelten täglich gute Taten oder Bonuspunkte für ihre Collegebewerbungen, ich sammelte Gerüchte und neue Feinde. Man konnte nicht jedermanns Liebling sein.

Irgendwie überstand ich auch die letzte Stunde, packte meine Sachen zusammen und machte mich schleunigst auf den Weg nach draußen. Flüstern und Getuschel folgten mir, aber das war nichts Neues. Es war nicht so, als wäre ich für meine Skandale bekannt, aber wir befanden uns in einer kleinen Highschool in einer noch kleineren Stadt, und die Leute redeten gern. Erst über meinen Look, dann über die Tatsache, dass ich mit Brandon zusammen war, dann über unsere Trennung, und nun würde die Szene mit Maddison Mae eine Weile für Gesprächsstoff sorgen. Gut so. Ich zählte bereits die Tage, bis das hier vorbei war und ich endlich an ein College konnte. Ein College, auf dessen Zusage ich allerdings noch immer wartete.

Bei der Erinnerung daran presste ich die Lippen aufeinander und beschleunigte meine Schritte. Ich war keine Musterschülerin. Nie gewesen. Aber ich hatte mir den Arsch für diese Bewerbungen aufgerissen. Dad zuliebe hatte ich mich außerdem auch noch für ein paar seiner Favoriten beworben, auch wenn sie dort kein Game Design als Studiengang anboten. Aber schließlich brauchte ich auch einen Plan B, falls mich meine Wunsch-Universitäten, allen voran New York, ablehnten. Eine Möglichkeit, über die ich gar nicht erst nachdenken wollte.

Mit schnellen Schritten überquerte ich den Parkplatz und ließ mich gleich darauf in meinen dunkelgrauen Mazda 3 fallen. Der Wagen hatte Mom gehört, bevor … Ich schaltete das Radio ein und schnitt den Gedanken ab, ehe mein verräterisches Gehirn ihn zu Ende bringen konnte. Sofort plärrte irgendein Radiosong los. Ich verzog das Gesicht und schloss mein Handy an. Wenig später erfüllten die Aufzeichnungen der heutigen Unterrichtsstunden das Wageninnere. Ich startete den Motor und sah zu, dass ich von hier wegkam.

Eine halbe Stunde später parkte ich den Mazda auf dem Parkplatz hinter dem Coffeeshop, in dem ich nach der Schule regelmäßig arbeitete. Ich stieg aus und steuerte die Hintertür an.

»Hey Teagan«, rief Charlie mir entgegen.

Ich wusste nicht, wie alt er eigentlich war, nur, dass er schon seit Ewigkeiten hier arbeitete. Er war ungefähr so groß wie ich, etwas fülliger mit Bauchansatz und trug die schreckliche rotbraune Uniform des Ladens, nur dass seine Mütze bereits etwas verrutscht war. Gerade mühte er sich mit zwei Mülltüten ab, die er aus dem Coffeeshop schleppte.

»Hi«, erwiderte ich knapp, hielt ihm jedoch die Tür auf.

Er nickte mir dankbar zu und verfrachtete die Tüten in den Container hinter dem Gebäude, während ich zu den Spinden im Pausenraum ging und meine Sachen herausholte. Wie schon Hunderte Male zuvor band ich mir die Schürze um, flocht mir das Haar zu einem langen Zopf und setzte diese dämliche Mütze mit dem Firmenlogo auf, die wir alle bei der Arbeit tragen mussten. Anschließend trottete ich nach vorne, um meinen Platz als Barista hinter der Theke einzunehmen.

Das Einzige, was schlimmer war als nervige Mitschüler und -schülerinnen? Kunden. Denn zu denen musste man nett sein, wenn man seinen Job behalten wollte. Ich hing zwar nicht besonders daran, aber ich brauchte das Geld, also setzte ich ein freundliches Lächeln auf und gab mein Bestes, mir meine Genervtheit nicht anmerken zu lassen.

»Wie ist dein Name?«

»Brian.« Der Typ auf der anderen Seite des Tresens schaute nicht mal von seinem Handy auf.

»Brian«, wiederholte ich und schrieb den Namen in großen Buchstaben auf den Pappbecher.

»Aber mit Ypsilon«, kam es gelangweilt von ihm. »Und P am Anfang.«

Wie bitte? Seufzend strich ich den Namen durch und malte die Buchstaben ein weiteres Mal auf den Becher. *Pryan*. Na, herzlichen Glückwunsch.

»Alles klar, *Pryan*, dein Kaffee kommt sofort.«

Ich stellte Charlie den Becher hin und kümmerte mich um die nächste Person in der nie enden wollenden Schlange. Für gewöhnlich war es am Nachmittag nicht so voll, aber heute könnte man meinen, es wäre ein nationaler Kaffeenotstand ausgebrochen. Nicht, dass ich die Leute nicht verstehen könnte. Ich trank ja selbst mehr davon, als ich sollte. Aber irgendwie musste ich ja wach bleiben, um später zocken zu können. Sehnsüchtig sah ich zur Uhr an der Wand hinter mir und seufzte. Noch fünf Stunden.

»Entschuldigung?« Pryan mit P und Ypsilon drängelte sich vor und hielt mir seinen halb ausgetrunkenen Kaffee unter die Nase. »Ich wollte einen Cappuccino ohne Milchschaum.«

Dein verdammter Ernst, Kumpel?

Er stellte den Becher mit so viel Wucht auf den Tresen, dass der Inhalt herausspritzte und sich auf der Arbeitsfläche und meiner frisch gewaschenen Schürze verteilte.

Pryan grinste hämisch und deutete auf das Schild, das ihm besten Kaffeegenuss versprach – im Zweifelsfall auch in Form eines neuen Getränks. »Ich will einen neuen. Diesmal *ohne* Schaum.«

Ich biss die Zähne zusammen. *Ruhig bleiben, Teagan. Immer schön ruhig bleiben und lächeln. Du kannst sie nicht alle töten.* Oh, aber in meiner Vorstellung sprang ich gerade wie Lara Croft über den Tresen und verpasste diesem arroganten Mistkerl einen Tritt, den er in zwanzig Jahren noch spüren würde.

In der Realität zwang ich mich zu einem Lächeln, griff mit spitzen Fingern nach seinem halb leeren Becher und schüttete den Inhalt weg. Dann machte ich ihm unter seinen beobachtenden Blicken widerwillig selbst einen neuen. *Der Kunde ist König* und dieser ganze Scheiß. Ich hätte mir echt einen anderen Job suchen sollen. Vielleicht im Diner gegenüber, da bekam man wenigstens noch Trinkgeld. Oder als Stripperin in der Bar an der Ecke. Dort wurde man ziemlich sicher auch nicht schlechter behandelt als eine Barista in diesem Schuppen. Wobei ich auf das Antatschen und Angestarrtwerden von wildfremden Männern durchaus verzichten konnte. Das war's dann wohl mit meiner Stripperkarriere, noch bevor sie richtig angefangen hatte.

»Hier, bitte schön.« Meine Wangen schmerzten von dem übertriebenen Lächeln. »Ein Cappuccino *ohne* Milchschaum.«

Pryan betrachtete den Inhalt einen Moment lang, als wäre er ein Insekt, das er untersuchen müsste, dann schnappte er sich wortlos das Getränk und verschwand in der Menge.

Gern geschehen, Pryan. Hab ich doch gern gemacht. Jederzeit wieder.

Ich verdrehte die Augen und fing Charlies Blick auf. Mitfühlend verzog er das Gesicht, ehe er den nächsten Kaffee zubereitete. Ich seufzte tief. Das würde eine lange Schicht werden.

Als ich Stunden später nach Hause kam, war das Haus dunkel und die Garage leer. Ich schloss die Haustür auf, gab den Sicherheitscode in die Alarmanlage ein und warf meine Schultasche im Vorbeigehen auf die Treppe, während ich durch den langen Flur und das Esszimmer lief, das wir nie benutzten, um in die Küche zu gelangen. Dieses Haus war mir schon als Kind riesig vorgekommen, und jetzt, als achtzehnjährige Fast-Highschool-Absolventin, ging es mir nicht anders. Vor allem nicht, wenn ich allein hier war. Was zugegebenermaßen fast die ganze Zeit war. Unsere Haushälterin Susanna hatte vermutlich schon vor einer Stunde Schluss gemacht, und Dad war wie an fast jedem Abend noch im Büro.

In der Küche war es vollkommen still. Ich drückte auf den Lichtschalter, und mehrere teure LED-Lampen erwachten zum Leben. Sehr viel heimeliger wirkte der Raum dadurch allerdings nicht. Am Kühlschrank hing kein Zettel mit einer Nachricht von Dad, dass es heute später werden würde, sondern nur ein paar alte und wirklich hässliche Zeichnungen, die ich als Kind angefertigt hatte. Ich hatte keinen Schimmer, warum sie überhaupt noch hier hingen. Es war ja nicht so, als würde sie sich irgendjemand anschauen. Oder als würden sie an irgendein besonderes Ereignis erinnern. Wahrscheinlich waren sie bloß deshalb noch da, weil Mom sie vor Jahren an der Kühlschranktür befestigt und niemand sich die Mühe gemacht hatte, sie abzunehmen. Und das, obwohl meine Mutter schon seit über drei Jahren nicht mehr in diesem Haus wohnte.

Ich schüttelte über mich selbst den Kopf. Was war heute nur los? Warum musste ich jetzt schon zum zweiten Mal an sie denken, wo ich alle Erinnerungen und jeden Gedanken in diese Richtung für gewöhnlich erfolgreich verdrängte? Offenbar hatte ich trotz Schule, Arbeit und den Games noch immer zu viel Zeit.

Entschlossen stapfte ich zurück zu meiner Tasche im Flur und holte mein Handy heraus, um die Aufzeichnungen der heutigen Unterrichtsstunden weiterlaufen zu lassen. Da mir kaum Zeit für meine Hausaufgaben blieb, geschweige denn zum Lernen, hatte sich das als gute Methode bewährt, um in der Schule nicht komplett zu versagen. Außerdem beschäftigte es meinen Kopf und füllte ihn mit anderen Dingen. Dinge, die nichts mit meiner Mutter zu tun hatten oder der Tatsache, dass ich wieder mal ein kaltes Essen aus dem Kühlschrank holen und mich damit allein an die Kochinsel setzen würde, ohne mir die Mühe zu machen, das von Susanna zubereitete Gericht aufzuwärmen.

Nach dem Essen räumte ich Besteck und Geschirr in die Spülmaschine, holte mir etwas zu trinken und schaltete das Licht in der Küche aus. Im Flur und auf dem Weg nach oben erwachten die LED-Leuchten dank Bewegungsmelder von allein zum Leben, aber ich hätte mich auch im Dunkeln zurechtgefunden. In meinem Zimmer angekommen warf ich meine Sachen samt Handy aufs Bett, schlüpfte aus Boots und Socken und stapfte barfuß zu meinem Schreibtisch hinüber. Oder, wie ich es viel lieber nannte: zu meiner Gaming-Zentrale.

Mehrere Monitore, zwei Desktop-PCs, ein individuell zusammengestelltes Soundsystem, meine drei liebsten Headsets, fünf Controller – jeder in einer anderen Farbe – und der gemütlichste Drehstuhl auf Gottes Erden. Hier war ich zu Hause. Mit einem zufriedenen Seufzen ließ ich mich auf den Sessel fallen und schaltete alles an. Die violette LED-Lichterkette leuchtete fast im selben Moment auf, in dem die Monitore zum Leben erwachten. Meine Finger kribbelten vor Aufregung. Das hier war es, wofür ich lebte. Nicht für den Mist, den ich den ganzen Tag lang mitmachen musste, sondern hierfür. Für die Momente allein in meiner Höhle, die mir gleichzeitig den Zugang zur ganzen Welt ermöglichte. Aber vor allem den Zugang zu Gleichgesinnten.

Ich prüfte meine Mails und die Social-Media-Kanäle, erinnerte alle an den bevorstehenden Livestream und stand dann wieder auf. Während im Hintergrund ein Update herunterlud, ging ich ins Bad, das direkt an mein Zimmer angrenzte. Noch im Gehen zog ich mir die Klamotten aus, die ich den ganzen Tag über angehabt hatte und die nach Menschen, Schweiß und Kaffee stanken, und stieg schnell unter die Dusche. Anschließend zog ich mir eine Leggings und mein liebstes Gaming-Shirt mit dem Aufdruck *I play like a girl. Just try to keep up!* an, das meine linke Schulter frei ließ, schminkte und frisierte mich und schaltete mein Handy auf lautlos. Jetzt begann der beste Teil des Tages.

Während der Stream lud, strich ich mir das lange Haar hinter die Ohren, setzte das Headset auf … und wartete. Obwohl ich das schon seit über einem Jahr machte, hämmerte mein Herz noch immer viel zu schnell in meiner Brust, und mein Magen zog sich vor Erwartung zusammen. Inzwischen wussten meine Follower genau, wann ich streamte, trotzdem tauchten immer wieder kurz vor dem Stream dieselben Zweifel auf: Was, wenn niemand online kam? Was hatte ich den Leuten schon zu bieten, außer dass ich ein bisschen mit ihnen quatschte und Spiele zockte? Das taten Hunderte, ach was, Tausende andere Streamer auch – weit bekanntere als ich, mit mehr Erfahrung und angesagteren Games. Im selben Moment, in dem diese Zweifel auftauchten, biss ich mir fest auf die Lippen, bis der Schmerz diese Gedanken aus meinem Kopf vertrieb.

Es spielte keine Rolle, wie viele Leute da waren oder wie viel ich heute Abend mit diesem Stream verdienen würde. Na gut, Letzteres war schon irgendwie wichtig, schließlich war das mein Collegegeld, aber ich machte das hier nicht nur für das Geld oder den Fame. Ich machte es, weil ich es liebte. Weil es mir tatsächlich Spaß machte, auf diese Weise mit anderen Leuten zu interagieren – zumindest wenn es keine Arschlöcher waren, die nur in den Chat kamen, um Ärger zu machen. Ich liebte es, in den Games neue Welten zu erkunden und mich mit Gleichgesinnten auszutauschen. Und wenn ich dabei auch noch mein Sparkonto fürs College aufbessern konnte, umso besser.

Der Chat war online – und ich konnte mir ein Grinsen nicht verkneifen, als ich die schnell hindurchrauschenden Nachrichten überflog. Die ersten Leute waren schon da, genauso wie meine treue Moderatorin AliceW, die dafür sorgte, dass alle nett blieben und den Regeln folgten, und die nichts lieber tat, als Idioten aus dem Chat zu kicken.

Ich schaltete die Kamera ein – und war live.

»Hey Leute«, begrüßte ich die Zuschauer mit einem Lächeln, das sich zum ersten Mal an diesem Tag nicht gezwungen anfühlte. »Ich hab zwar keine Ahnung, warum ihr nichts Besseres zu tun habt, aber schön, dass ihr da seid.«

Ein paar lachende Emojis strömten durch den Chat. Ich grinste.

Da mir mit Schule, Arbeit, Lernen und Collegebewerbungen keine Zeit blieb, irgendetwas für die Streams vorzubereiten, war es immer eine spontane Angelegenheit. Meist spielten wir bei Tomb Raider weiter. Ich hatte die ganz alten Spiele aufgetrieben, die praktisch nur aus Pixelblöcken bestanden, trotzdem gefiel es den Leuten, mir dabei zuzuschauen, wie ich mit Lara Croft durch Höhlen kroch, Wölfe abschoss und auf der ganzen Welt auf Schatzsuche ging. An anderen Tagen, wenn ich zu müde war, um mich richtig konzentrieren zu können, spielten wir Sims – aber selbst diese Sessions dauerten meist bis weit nach Mitternacht.

»Wie geht's euch heute Abend?«, fragte ich und nahm einen Schluck von meiner Cola. Daneben stand ein Energydrink für später.

super! und dir?
Toll! 😁
was spielen wir heute?
wann geht's looos?
wie gehts dir denn heute?
Kommst du zur E3? oder RTX im Juli?

Ich überflog die Fragen rasch und seufzte innerlich. Gott, ich würde so gerne zur E3, der Electronic Entertainment Expo, fahren. Sie fand in weniger als einer Woche in Los Angeles statt, und dort wurden alle neuen Spiele vorgestellt. Ich würde dafür morden, dabei sein zu können. Aber die Kosten für Flug, Übernachtung und die teuren Tickets würden ein riesiges Loch in meine Ersparnisse reißen. Außerdem war L.A. einfach nicht drin. Die RTX in Austin hingegen …

»Zur E3 schaff ich es leider nicht.« Ich zuckte mit den Schultern, als wäre es keine große Sache. »Aber vielleicht zur RTX.«

Das entlockte den Leuten im Chat jede Menge glücklicher Emojis und weitere Fragen. Wann genau? Wo konnte man mich treffen? Wie lange würde ich da sein? Würde ich an den Championships teilnehmen?

Ich zog eine Grimasse. »Hey, ich habe *vielleicht* gesagt. Wenn ich hingehe, wird das eine spontane Sache, aber ich gebe rechtzeitig Bescheid. Es wäre mega, euch alle treffen zu können!«

In Gedanken ging ich schnell die Kosten und Reisedauer durch. Die Convention war im Juli, also war ich da endlich mit der Highschool durch. Allerdings fand sie am anderen Ende des Landes statt – und von meinem kleinen Kaff in der Nähe von Seattle konnte man sich leider nicht mal eben nach Austin, Texas, beamen. Wenn ich das allerdings mit einem Besuch auf dem Campus in der Nähe verbinden konnte, wo ich mich ohnehin beworben hatte … Hmmm. Das machte das Ganze um einiges interessanter.

»Ich denk drüber nach«, wiederholte ich, als weitere Fragen im Chat auftauchten, und beschloss, das Thema damit abzuhaken. »Was wollen wir heute zocken? Weiter mit Tomb Raider? Ich glaube, letztes Mal sind wir von diesem riesigen Felsen zerquetscht worden, der den Gang runtergerollt ist. Kann das sein?«

Ein paar widersprachen und nannten andere Orte, aber die Mehrheit stimmte mir zu. Und es wäre cool, mit Lara weiterzumachen, aber irgendwie war mir nach diesem Tag nach etwas, wo ich mehr Dampf ablassen konnte. Keine Simulation und erst recht kein Sports-Game, denn die konnte ich nicht leiden. Aber irgendein Multiplayer-Game, um gegen andere Spieler anzutreten und sie im Idealfall richtig fertigzumachen? Oh ja. Unbedingt. Allein wenn ich an die kleine Auseinandersetzung mit Maddison Mae heute Mittag oder an den nervigen Pryan im Coffeeshop dachte, zuckten meine Finger ungeduldig über der Maus.

»Hey, wie wär's stattdessen mit einem MMO?«, schlug ich spontan vor.

Sofort warfen die Zuschauer im Chat mit verschiedenen Vorschlägen um sich. GTA, The Elder Scrolls Online, Need for Speed, Battlefield, Final Fantasy, Dead by Daylight. Teilweise waren Sachen dabei, die ich noch nie gespielt hatte und bei denen ich mit ziemlicher Wahrscheinlichkeit total versagen würde. Ich brauchte immer ein bisschen, um mich warm zu spielen, also würde ich sicher nicht als totaler Anfänger in einem Multiplayer-Universum starten, das ich nie zuvor betreten hatte.

»Hello Kitty Online?«, las ich ungläubig vor und lachte auf. »Echt jetzt? Wollt ihr mich fertigmachen?«

Ich überflog die Antworten und anderen Vorschläge. Plötzlich kribbelten meine Finger wieder, und ich konnte nicht anders, als zu grinsen. Ich hatte mein Spiel für heute Abend gefunden und loggte mich direkt als TRGame ein. In Guild Wars 2 jagte ich normalerweise Monster, erledigte Quests und kundschaftete die Welt aus, doch heute war mir nach ein bisschen PvP-Action. Player versus Player in den Arenen. Und ich würde alles daransetzen, zu gewinnen.

Level 2

Parker

Mittwochabend. Eigentlich hätte ich viel früher mit dem Livestream anfangen wollen, aber mein idiotischer Mitbewohner Cole hätte uns fast alle in die Luft gesprengt. Der Mistkerl hatte nämlich vergessen, den Herd auszuschalten. Wenn Lincoln es nicht rechtzeitig bemerkt hätte, wären wir wahrscheinlich alle in einem riesigen *Kaboom!* draufgegangen. Danke auch, Kumpel. Jetzt klebte mitten in der Küche ein riesiges Blatt Papier am Schrank, auf dem in Sophies Handschrift stand: *Wehe, du lässt den Herd noch mal an und tötest uns alle!*

Bei der Erinnerung daran prustete ich los. Diese WG war noch chaotischer als ich, und manchmal fragte ich mich, wie es möglich sein konnte, dass wir noch alle am Leben waren. Wenn es nicht der vergessene Herd war, tat sich Sophie in ihrer Tollpatschigkeit wieder weh und musste in die Notaufnahme, Eliza hinterließ ihr angestecktes Glätteisen zusammen mit einer Überschwemmung im Bad, oder einer von uns futterte etwas, das schon ein paar Wochen zu lange im Kühlschrank gelegen hatte. Aber irgendwie funktionierte es – oder wir hatten einfach sehr viel Glück. Bisher war zumindest keiner krepiert, und wir waren alle gesund und munter. Wenn man mal von einigen Nahtoderfahrungen und Besuchen in der Notaufnahme absah.

Inzwischen stank es in der Wohnung nicht mehr so penetrant nach Gas. Ich hatte Zimmertür und Fenster wieder geschlossen und saß am Schreibtisch, das Headset auf dem Kopf und die Maus in der Hand. Auf dem rechten Monitor lief der Chat durch, links hatte ich ein paar Tabs offen und auf dem mittleren war das Game, das ich heute spielte. Ich hatte mich schon ewig nicht mehr in Guild Wars 2 eingeloggt und nach dem Chaos in der WG hatte ich auch nichts für den Stream vorbereitet, also hatten die Zuschauer entschieden. Und jetzt fand ich mich in der PvP-Lobby mit Spielern wieder, die ich alle nicht kannte: BugNight, *RockerGrrrl*, TRGame, Ameisen23, SmugShow und viele mehr.

Ich summte einen neuen Taylor-Swift-Song vor mich hin, bei dem meine beste Freundin Callie sicher die Augen verdreht hätte. Dieses Mädchen hatte einfach keinen Musikgeschmack. Anders als meine Zuschauerinnen. Zu meiner eigenen Überraschung befanden sich genauso viele Frauen wie Männer unter meinen Followern. Cole amüsierte sich immer darüber und behauptete, die ganzen weiblichen Fans wären nicht wegen der Games da, sondern wegen mir. Aber selbst wenn es so wäre – kein Interesse. Ich hatte es einmal mit einem Gamer Girl versucht und mir die Finger verbrannt.

Ich spülte das bittere Gefühl mit ein paar Schlucken Energydrink hinunter. Da. Schon vorbei. Ich hatte weder Zeit noch Lust, um mich in Selbstmitleid zu suhlen. Außerdem lud jetzt die Karte, und ich musste mich auf die anstehende Mission konzentrieren.

Wenige Sekunden später fand ich mich zusammen mit vier anderen Playern an unserem Startpunkt in einer Festung wieder. Meine braunhaarige Norn-Frau mit den blauen Tattoos an den Stellen, die nicht von ihrer Rüstung bedeckt wurden, überragte alle anderen. Ich scannte kurz die Namen meines Teams – wir waren Rot, während die andere Gruppe Blau war.

Auch hier kannte ich keinen, aber da ich so lange nicht mehr gespielt hatte, war das wahrscheinlich kein Wunder. Ich sollte echt öfter bei Guild Wars reinschauen. Vielleicht nahm mich dann auch meine alte Gilde wieder auf, in der ich seit dem Umzug und Beginn des Masterstudiums nicht mehr aktives Mitglied war.

Und dann ging es auch schon los.

Ich setzte mich mit meiner Norn-Frau in Bewegung, heilfroh darüber, ein Waldläufer zu sein und zwischen Fern- und Nahkampf wechseln zu können. Den ersten Typen aus Team Blau erledigte ich mit Pfeil und Bogen, dann wechselte ich zum Großschwert und nahm den nächsten Gegner ins Visier.

Adrenalin pumpte durch meinen Körper, während ich alles gab, um die Auseinandersetzung zu bestehen. Wir mussten diesen Teil der Karte einnehmen und dann …

Kämpft ums Überleben!

Was? Wie? Plötzlich saß meine Waldläuferin schwer verwundet auf dem Boden und ein kleines Mistviech sprang um sie herum. Der Spieler, der mich gerade k.o. geschlagen hatte? Mit etwas Glück vergaß er mich, und ich konnte mich wieder hochheilen, damit ich …

Ihr seid besiegt.

»Alter! Was?«, rief ich und scannte den Bildschirm. Rechts unten erfuhr ich, wer mich gerade gekillt hatte: ein gewisser TRGame. Wie hatte mich dieser Typ so schnell erledigen können?

Es dauerte ein paar Sekunden, in denen der Kampf ohne mich weiterging, bis ich wieder in der Festung erschien.

»Ein Hoch auf Respawns«, murmelte ich und schickte meine Norn-Frau erneut los.

Zum Glück waren die PvP-Karten nicht besonders groß – so konnte ich mich gleich wieder meinem Team anschließen und mich in die Schlacht stürzen. Und diesmal würde ich nicht … Mein Charakter lag schon wieder am Boden.

Ihr seid besiegt.

»Echt jetzt?!«

Vor meinen Augen und den Augen von etwa fünfundsiebzigtausend Zuschauern, die den Livestream mitverfolgten, verpasste mir diese nervige, kleine Asura den Todesstoß: ein Lama tauchte auf, wurde von Scheinwerfern in Szene gesetzt und tanzte auf meiner Leiche herum.

Mein Blick zuckte zum rechten Bildschirmrand. TRGame. Schon wieder.

»Wer ist dieser Wichser?«, knurrte ich. »Und was hat er gegen meine Norn?«

Wieder dauerte es ein paar Sekunden, bis mein Charakter zurück war und ich weiterspielen konnte. Kostbare Sekunden, verdammt. Ich nutzte die Zeit, um einen Schluck zu trinken und die Nachrichten meiner Zuschauer im Chat zu überfliegen.

Wow, miese runde, kumpel!
AAAAAHHH!! ICH HASSE ASURAS!! kleine drecksviecher!
hahahahahaha
#ParkerLama 😂

Bei dem Hashtag verdrehte ich die Augen, ganz besonders, weil das alle anderen jetzt auch noch aufgriffen und ebenfalls posteten. Ganz toll.

»Keine Sorge«, murmelte ich und konzentrierte mich wieder aufs Spiel. »Noch mal werden wir dieses dämliche Lama nicht sehen.«

Diesmal würde ich mich nicht so einfach überrumpeln lassen. Meine Norn verschoss Pfeile und verpasste gleich zwei

Leuten direkt nacheinander mit dem Großschwert den Todesstoß, dann hatten mein Team und ich diesen Punkt auf der Karte eingenommen. Endlich! Auf zum nächsten!

Etwas Schwarzes flackerte neben mir auf, und meine Figur erlitt Schaden.

»Was zum …?« Ich wich aus – oder versuchte es zumindest, denn es war so verdammt schwer, wenn dieses kleine Mistding mit den großen Kulleraugen ständig wie aus dem Nichts auftauchte und zuschlug. »Sagt mir nicht, dass das eine Diebin ist.«

Argh. Diebe waren das Schlimmste in Guild Wars. Flink und schnell und praktisch unmöglich zu treffen. Und als Asura auch noch so verflucht klein und wendig, dass ich …

Kämpft ums Überleben!

Und dann tauchte auch schon wieder das tanzende Lama auf und gab mir den Gnadenstoß.

»Ach, komm schon!« Ich war kurz davor, die Maus gegen die Wand zu werfen. Dreckskerl. Hatte dieser TRGame es auf mich abgesehen, oder was?

»Geh sterben!«, knurrte ich und stürzte mich erneut in die Schlacht. Scheiße, mein Team war dabei, zu verlieren. Dabei hatte ich von den anderen Spielern kaum etwas mitbekommen.

Diesmal hielt ich mich zurück und versuchte es mit Fernattacken. Mit den Pfeilen erledigte ich einen Gegner von Team Blau und nahm den nächsten ins Visier, als eine neue Meldung in der Mitte des Bildschirms erschien: *TRGame ist im Blutrausch.*

Ganz toll. Jetzt massakrierte dieser Typ nicht nur mich, sondern auch noch alle anderen aus meiner Gruppe.

Ich sah gerade etwas Schwarzes, Nebliges neben mir aufblitzen, drehte mich um – und wurde von neuen Attacken getroffen.

»Echt jetzt, TR?«, rief ich und wich immer wieder aus. Das war schon kaum machbar, aber etwas anzugreifen, das sich so verflucht schnell bewegte? Ausgeschlossen. »Was soll der Scheiß? Das ist jetzt das verdammte vierte Mal!«

Ihr seid besiegt.

Zum. Vierten. Mal. Was zum Teufel!? Und jetzt tanzte dieses dämliche Lama schon wieder auf meiner Leiche herum?

Team Blau gewann und wurde nach dem Kampf auf den Podesten dargestellt, während meine Leute und ich vor ihnen auf dem Boden lagen.

»Ich hasse euch! Und ich hasse Guild Wars! Wer ist überhaupt auf die Idee gekommen, das zu spielen?«, stieß ich hervor, musste aber selbst über meinen Ausbruch lachen. »Shit. Wir machen eine kurze Pause, dann geht's weiter.« Damit wechselte ich vom Spiel zum normalen Livestream, warf ein schnelles Lächeln in die Kamera, setzte das Headset ab und stand auf.

Mein Puls raste noch immer. Fuck, was für ein beschissenes Match. Und dieser TRGame. Der Kerl war das Letzte! Wenn er jetzt hier wäre … Unbewusst ballte ich die Hände zu Fäusten und konnte nur mit Mühe ein Knurren unterdrücken.

Ich musste mich schleunigst ablenken und runterkommen, um weiterspielen zu können. Wenn ich zu angespannt war – oder angepisst, wie in diesem Fall –, versaute ich es erst recht. Und dann könnte mich jeder noch so kleine Charakter auslöschen, weil ich Fehler machte.

Das Schöne an Livestreams war, dass du nie allein spielen musstest. Es war immer jemand da, der zusah und mitfieberte. Der Nachteil war allerdings, dass sie alle auch jeden einzelnen Fehler live und in Farbe miterlebten. Und gerade eben war ich wie ein blutiger Anfänger abgeschlachtet worden.

Ich ging ins Bad, das ausnahmsweise weder besetzt noch überflutet war, dann trottete ich in die kleine Küche, die ich mir mit meinen Mitbewohnern teilte. Sie hatte uralte Blümchenfliesen, die man zum Glück kaum sah, da alles mit Schränken, Regalbrettern, hängenden Töpfen, Gewürzpflanzen und anderem Zeug vollgestellt war. Den Kühlschrank erkannte man in dem Chaos nur daran, dass unzählige Zettel und Magnete daran hingen. Der wöchentliche Versuch eines Putzplans, den Sophie immer wieder aufstellte, Einkaufslisten und Postkarten. Dazwischen Elizas Warnung, sie schlafen zu lassen, sonst würde sie uns alle ermorden, Lincolns krakelige Zeichnungen, Coles Hinweis darauf, dass das Toilettenpapier alle war, und Sophies regelmäßige Erinnerungen, irgendwelche Geräte auszuschalten, damit wir alle am Leben blieben.

An diesem Abend war von meinen Mitbewohnern nur Cole in der Küche. Er saß mit Handy, iPad und einer Tasse Tee am Küchentisch. Tee. An einem warmen Juniabend. In Florida.

Ich wunderte mich schon längst nicht mehr über seine komischen Angewohnheiten, trotzdem zuckte ich bei dem Anblick zusammen. Für mich gab es nichts Widerlicheres als Tee. Außer vielleicht Milch.

»Was ist denn mit dir passiert?«, fragte Cole, und sein Grinsen war viel zu selbstgefällig dafür, dass er uns heute fast alle umgebracht hätte. Mit dem kurzen schwarzen Haar, dem dunklen Bartschatten und der lässigen Lebenseinstellung hielten uns viele für Brüder oder anderweitig verwandt. Was daran liegen könnte, dass wir uns genau so verhielten. »Warst du ausnahmsweise mal nicht der Beste beim Zocken?«

»Fick dich.«

»Oh, oh. Da ist aber jemand mies drauf.« Er prostete mir mit der Tasse zu und trank einen Schluck von seinem Tee. Dabei schienen sich die Tattoos auf seinem Arm zu bewegen und fast schon lebendig zu werden. »Also hab ich recht? Es gibt da draußen echt jemanden, der den Gamingkönig geschlagen hat?«

Statt einer Antwort zeigte ich ihm nur den Mittelfinger und riss die Kühlschranktür auf.

»Aww, armes Baby.«

Eigentlich sollte ich darüber lachen können. Aber dieser TRGame trieb mich in den Wahnsinn. Als hätte dieser Trottel es sich heute zur Aufgabe gemacht, mich zu zerstören.

Dabei war der Tag bisher echt toll gewesen. Na ja, wenn man mal von dem kleinen Unfall mit dem Gasherd absah. Ich war morgens pünktlich aus dem Bett gekommen, war beim Training und anschließend in der Uni gewesen, um ein paar Sachen zum Semesterende zu klären und Professoren für meine Leistungsnachweise hinterherzurennen, hatte die Nummer von der hübschen Barista in dem Café auf der Nordseite des Campus bekommen, alle Mails und Nachrichten auf meinen Social-Media-Kanälen abgearbeitet und dann festgestellt, dass eine meiner absoluten Lieblingsbands eine neue Single veröffentlicht hatte. Ein guter Tag also, ohne schlechte Neuigkeiten oder tragische Ereignisse. Und der Abend hätte genauso klasse werden sollen – hätte mir nicht dieser TRGame dazwischengefunkt.

Wahrscheinlich wäre es klüger, Guild Wars einfach zu beenden und etwas anderes zu zocken. Auswahl gab es genug, und meine Zuschauer würden es mir auch nicht übel nehmen. Dass wir mehrere Games pro Livestream anspielten, war völlig normal. Aber mein Ehrgeiz machte mir einen Strich durch die Rechnung. Normalerweise hatte ich null Konkurrenzdenken – weder in der Uni noch beim Sport, im Business oder was Frauen anging. Ich war der entspannteste Mensch der Welt. Aber wehe, jemand besiegte mich beim Zocken. Und dieser TR *hatte* mich besiegt. Mehrfach. Auf grausame Art und Weise. Mit einem verfickten *Lama* als Todesstoß! Das erforderte eine Revanche. Nein, das erforderte eiskalte, blutrünstige, alles zerstörende Rache.

Mit einem neuen Energydrink bewaffnet kehrte ich in mein Zimmer zurück und ließ mich in den Drehstuhl fallen. Der Schreibtisch mit den Monitoren nahm die ganze Wandseite gegenüber der Tür ein. Über den Bildschirmen hingen Poster von diversen Games und Filmen, darunter tauchte eine LED-Leiste alles in buntes Licht. Ich griff nach der Maus, loggte mich aber nicht aus dem Spiel aus.

In Warteschlange für Gruppenzuweisung.

»Eine Runde noch«, erklärte ich dem Stream. »Dann zocken wir etwas anderes.«

Eine Runde, in der ich in ein neues Team und auf eine neue Karte kam.

Eine Runde, in der TRGame – natürlich – wieder mit dabei war und mich – natürlich! – wieder abschlachtete und dieses dämliche Lama – natürlich!!! – wieder auf meiner Leiche einen Stepptanz vollführte.

»Das war's!« Keine fünf Minuten später schob ich Maus und Tastatur von mir und griff nach meinem Energydrink. »Wenn mich dieser Typ noch ein Mal killt, kann ich für nichts mehr garantieren. Dann steige ich durch den Monitor und erwürge ihn in Echtzeit.«

Lachen im Chat. Die Arschlöcher freuten sich darüber, dass meine Norn gerade ständig ermordet wurde. Und das noch immer von derselben Person. *Argh.* In Gedanken übte ich tödliche Rache, als mir etwas aus dem Chat auf dem anderen Bildschirm ins Auge sprang. Irgendjemand hatte etwas dazu geschrieben, aber die Nachrichten scrollten so schnell durch, dass der Text verschwand, bevor ich ihn lesen konnte. Außerdem musste ich mich sowieso auf das Game konzentrieren, bevor ich noch mal …

Ihr seid besiegt.

»Fick dich!« Ich stieß mich vom Schreibtisch ab, rollte mit dem Stuhl zurück und war kurz davor, aufzuspringen. Nur das Kopfhörerkabel verhinderte, dass ich komplett eskalierte. »Fick! Dich! Und fick dieses Spiel! Alter, was geht mit diesem Typen? Was für ein Drecksschwein!«

Meine Zuschauer amüsierten sich köstlich. Na klar. Ein paar grübelten im Chat darüber, wer hinter dem Namen TRGame stecken könnte, aber die meisten feierten einfach nur seine Siege über mich.

Ich gab ein Knurren von mir. »Okay, wer zum Teufel ist dieser TRGame?«

Teagan

Ahh, das hatte gutgetan. Es gab doch nichts Befriedigenderes, als Leute abzuschlachten. Virtuell natürlich.

Zufrieden lächelnd schloss ich Guild Wars wieder, nachdem ich mich durch die Arenen gemetzelt und jede Menge Punkte gesammelt hatte. Ich war so vertieft gewesen, dass ich kaum darauf geachtet hatte, welche Player meinen Aggressionen zum Opfer fielen. Aber hey, das war nicht mein Problem. Wenn ihre Charaktere starben, hätten sie eben besser spielen sollen. So war das Leben.

Ich streckte mich vor dem Monitor und achtete darauf, dass mein Dekolleté nicht zu deutlich sichtbar wurde. Das Letzte, was ich wollte, war, als eines dieser Gamer Girls wahrgenommen zu werden, die nur streamten, um ihre Brüste zu zeigen und damit Follower zu generieren. Nein, danke.

»Wir spielen immer noch kein Hello Kitty Online«, sagte ich, als ich den Vorschlag zum wiederholten Mal im Chat las. »Was ist los mit euch? Wer seid ihr, und wo sind meine normalen Zuschauer hin?«

Das erntete ein paar Lacher, während weitere Gaming-Vorschläge auftauchten. Aber ich hatte mich schon entschieden. Und als die Musik und der Startbildschirm von Dead by Daylight im Stream auftauchten, jubelten die meisten. Nicht alle, weil es immer Leute gab, die mit irgendetwas nicht zufrieden waren, aber man konnte nie alle glücklich machen. Weder im Livestream noch im echten Leben.

»Wie wär's mit einer Community-Runde?«, schlug ich vor und trank einen Schluck. »Wir spielen erst mal als Überlebende. Joint mir einfach nach.«

Und das taten sie. Noch während ich meinen Charakter mit allen notwendigen Items, Perks und Opfergaben ausstattete, war die Lobby bereits voll. Wir waren zu viert – oder zu fünft, wenn man den Killer mitzählte – und bereit für diese Runde.

Ich nippte an meiner Cola und nahm die anderen Player genauer in Augenschein.

DelilahStar hatte eine Werkzeugkiste ausgerüstet – sehr gut. Daneben gab es noch MoonDoll, die einen ziemlich guten Rang hatte, und … Parker4G.

Ich blinzelte und ließ das Glas sinken. Das war nicht *der* Parker4G, oder? Das war irgendein Fake- oder Fanaccount, der sich nach dem beliebten Gamer benannt hatte. Trotzdem begann mein Herz auf einmal zu hämmern, da mir irgendeine kleine Stimme in meinem Hinterkopf weismachen wollte, dass er es doch war. Was zumindest erklären würde, warum der Chat plötzlich ausrastete.

OMG!! er ist da!!
Parker hat auf uns gehört!
Yessss 😄
zeit für die revanche 😈

Revanche? Was für eine Revanche?

»Ähm …«, machte ich und überflog die Spielernamen erneut stirnrunzelnd. Nur um sicherzugehen, dass ich mir nichts einbildete. »Was ist hier los?«

Es dauerte einen Moment, bis die Antworten im Chat auftauchten. Und während man sonst manchmal Ewigkeiten bei Dead by Daylight in der Lobby warten musste, bis man alle Spieler zusammenhatte und die Karte geladen war, ging heute natürlich alles extra schnell.

Mit einem Auge war ich beim Game, das im Schutzwald auf dem MacMillan-Anwesen lud. Nicht meine Lieblings-Map, aber auch nicht die schlimmste. Sich hier zu orientieren war allerdings das Letzte.

Guild wars!!!
ihr habt in GW gegeneinander gespielt! Parker war team rot
du hast ihn in gw abgeschlachtet! er ist ausgerastet 😂
sein chat hat ihm gesagt, wer du bist 😄 jetzt will er bestimmt rache

Ich überflog die Zeilen und schnaubte. »Wenn er sich rächen wollte, hätte er besser den Killer spielen sollen statt einen Überlebenden.« Denn so standen wir auf derselben Seite.

Ich grinste, auch wenn mein Herz noch immer viel zu schnell hämmerte. Aber es passierte auch nicht jeden Tag, dass man zusammen mit einem der größten Gamer des Landes zockte. Parker streamte zwar hauptsächlich live, lud die zusammengeschnittenen Videos davon aber auch immer auf YouTube hoch. Wie hoch war seine Abonnentenzahl doch gleich? Zehn Millionen? Fünfzehn?

Oh Gott, streamte er das etwa gerade? Shit. *Shit.*

Ich war nicht nervös. Kein bisschen. Ich war nie aufgeregt bei irgendwelchen Spielen oder Aufnahmen, höchstens ein bisschen angespannt. Aber das Titellied von Dead by Daylight, das ich normalerweise sogar gerne unterwegs hörte – bevorzugt in der Schule oder bei der Arbeit –, machte mich jetzt nervös. Und das nicht aufgrund der Kettensäge, die kurz im Hintergrund zu hören war. Mit wenigen Klicks schaltete ich die Musik aus. Ich musste mich sowieso darauf konzentrieren, was in-game geschah.

Noch war alles ruhig – und verflucht dunkel. Ich rutschte näher an den Monitor heran und ließ meinen Charakter durch den Wald laufen. Ziel war es, fünf Generatoren zu reparieren, mindestens einen der beiden Ausgänge zu öffnen und zu entkommen. Easy peasy – wäre da nicht ein durchgeknallter Killer unterwegs, der uns alle der Reihe nach einfangen und an Haken aufhängen konnte.

Ich biss mir auf die Unterlippe, während ich gleichzeitig am ersten Generator arbeitete, mich umsah, auf das für den Killer typische Herzklopfen lauschte und auf die Quick-Time-Events achten musste. Ein einziger Fehler und … *Boom!*

Der Knall im Generator war so laut, dass ich zusammenzuckte.

»Scheiße!«

Und dann fuhr ich gleich noch mal zusammen, weil eine größere Spende von einem meiner Zuschauer reingekommen war, und die Musik, die ich dafür voreingestellt hatte, losging.

»Leute!« Ich wusste nicht, ob ich lachen oder fluchen sollte.

»Danke! Aber das ist gerade echt ein mieser Zeitpunkt. Es sei denn, ihr legt es darauf an, mich zu erschrecken.«

Wahrscheinlich hätte ich das besser nicht sagen sollen. Denn noch während ich am nächsten Generator arbeitete, trudelten die Beträge auf dem anderen Monitor ein – und immer wieder ging die Musik dabei los. Das tat sie nur bei größeren Summen im zweistelligen Bereich, aber offenbar hatten meine Zuschauer plötzlich Spaß daran gefunden, mir das Leben – und das Spielen – so schwer wie möglich zu machen.

Ich warf einen schnellen Blick auf den Monitor und musste schlucken. Himmel! So viel verdiente ich normalerweise in drei Streams zusammen – nicht an einem einzigen Abend. Und ich würde mich sicher nicht beschweren, außer dass … *Boom!*

»Diesmal bin ich nicht schuld!«, rief ich, denn es war ein anderer Mitspieler, der zusammen mit mir am Generator gewerkelt und das Quick-Time-Event verpasst hatte. DelilahStar, wie ich vermutete. Allerdings war ich diejenige, hinter der der Killer plötzlich her war. »Oh, Shit!«

Ich wich aus, wurde aber trotzdem mit einem Vorschlaghammer getroffen. Meine Figur schrie im selben Moment auf, in dem ich lauthals fluchte. Jetzt konnte ich definitiv nicht mehr auf den Chat achten, denn ich musste rennen, was das Zeug hielt. Ich sprintete durch den Wald und schlug Haken, während hinter mir das Pochen des Herzschlags immer lauter wurde. Nur um eine Sekunde später vom Röhren einer Kettensäge übertönt zu werden.

»Warum spielen wir das hier noch mal?«, zischte ich und rannte im Zickzack weiter.

Ein anderer Überlebender, den ich bisher gar nicht gesehen hatte, tauchte plötzlich auf.

»Oh. Hi Parker. Sag Hallo zum Killer!«

Ein kleiner, schadenfroher Teil von mir hoffte ja, dass sich der Killer jetzt auf Parker4G stürzen würde – aber ich hatte kein Glück. Der Drecksack blieb mir auf den Fersen. Ich schlug noch einen Haken, sprang über eine Palette, lief im Kreis und dann …

»Neeeein!«

Der Killer hatte mich niedergemetzelt und warf mich im nächsten Moment auch schon über seine Schulter. Ich wehrte mich nach Kräften, aber dummerweise war direkt neben uns ein Haken. Und schon hing ich dran. Das Schreien meiner Figur dröhnte durch meine Kopfhörer, und ich zog eine Grimasse. Das war ja eine tolle erste Runde.

Immerhin bekam ich so die Chance, kurz etwas zu trinken und wieder in den Chat zu schauen. Die Leute fieberten genauso sehr mit wie ich. Und die Spenden hörten nicht auf. Wenn das so weiterging, hatte ich bald mein Monatsziel erreicht, obwohl es noch nicht mal Mitte Juni war. Wow.

»Nach DbD spielen wir wieder Tomb Raider, okay?«

Als ich vor ein paar Monaten die ganz alten Spiele rausgekramt hatte und anfing, sie live zu zocken, hatte ich es mir zum Ziel gesetzt, sie vom ersten bis zum aktuellsten Game durchzuspielen – und zu meiner Überraschung kam das mega gut an. Trotz der schlechten Grafik von 1997 gefiel es meinen Zuschauern, und ich bekam immer mehr Abonnenten – und damit auch mehr Geld, das wiederum meinen Collegefonds füllte. Win-win für alle.

Ich sah zum Spiel zurück. Noch hatte mich niemand vom Haken gerettet, an dem ich gerade langsam und qualvoll verblutete. Aber meine Lebensanzeige sah noch gut aus. Halbwegs zumindest.

Auf einmal war da eine Bewegung rechts von mir, und ein anderer Spieler trat zwischen den Bäumen hervor. Nein, nicht irgendein anderer Spieler, sondern Parker4G. Ausgerechnet.

Vom Killer war weit und breit weder etwas zu sehen noch zu hören. Der Herzschlag war praktisch nicht existent. Wenn es einen guten Moment gab, um mich zu retten, dann war das jetzt.

Parker rannte auf mich zu, und ich stieß erleichtert den Atem aus. Doch statt mich vom Haken runterzuholen, blieb er nur vor mir stehen. Sah mich an. Und drehte dann wieder um, während ich noch immer am Haken hing.

»Was. Zur. Hölle?«, schrie ich und hämmerte auf die Leertaste ein, da die Hälfte meiner Lebensanzeige abgelaufen war und ich plötzlich kämpfen musste. Riesige schwarze Klauen hatten sich um mich herum materialisiert und drohten mich zu durchbohren, wenn ich die Taste nicht schnell genug drückte. »Du Arsch! Ist das etwa die Rache für Guild Wars?«

Keine Antwort. Wie auch? Parker hüpfte wahrscheinlich wie eine glückliche Gazelle durch die Map, während ich gleich starb. Mistkerl. Arschloch. Drecksack! Hoffentlich wachte er morgen auf, hatte einen Festplattencrash und alle seine Daten waren fort. Nein – hoffentlich verlor er all seine Spielstände bei jedem Game, das er jemals angefangen hatte.

Verdammt! Ich war gleich tot. Ich konnte nicht auf den Chat achten, während ich ums Überleben kämpfte und gleichzeitig wilde Verwünschungen ausstieß. Scheißegal, dass sie live in alle Welt übertragen wurden. Das war eine ganz miese Aktion gewesen! In Guild Wars hatten wir in unterschiedlichen Teams gespielt. Natürlich hatte ich Parker und seine Gruppe da abgeschlachtet – das war schließlich das Ziel im PvP-Match. Aber das hier?

»Wir sind im selben Team, du Loser!«

Wahrscheinlich lachten sich die Zuschauer gerade kaputt. Vielleicht fieberten sie auch mit und feuerten mich an – oder Parker. Was wusste ich schon. Das Einzige, worauf ich mich gerade konzentrieren konnte, war, nicht draufzugehen. Nicht, solange die Chance bestand, dass mich doch noch einer der anderen beiden Mitspieler rettete. Das hier war schließlich eine Community-Runde. Irgendwer musste auf meiner Seite sein, verdammt noch mal!

Der Balken mit meiner Lebensenergie wurde von Sekunde zu Sekunde kleiner. Shit. Ich hämmerte wie wild auf die Tastatur ein. Ich wollte nicht sterben! Und ganz sicher nicht als Allererste in dieser Runde.

Als der Balken nur noch ein dünner Strich war, tauchte plötzlich Parker vor mir auf und hob mich vom Haken.

»Oh, Gott sei Dank!«, rief ich und rannte los. Irgendwohin, Hauptsache weg von hier.

Dummerweise war ich noch immer verletzt und hinterließ eine Blutspur. Außerdem war das Jammern meiner Figur meilenweit zu hören. Ich musste eine Kiste mit einem Verbandskasten oder einen anderen Überlebenden finden, der mich heilen konnte. Andererseits fehlten nur noch zwei Generatoren, dann konnten wir den Ausgang öffnen und fliehen. Vielleicht schaffte ich es auch so, wenn der Killer nicht …

Herzschlag. Leise zunächst, dann wurde er immer lauter, und die dramatische Musik setzte ein.

»Heute ist echt nicht mein Tag«, murmelte ich.

Mein Charakter duckte sich, und ich betete innerlich, dass der Killer ihr Gewimmer nicht hörte und mich fand. Wenn ich noch mal am Haken landete, wäre ich ziemlich schnell ziemlich tot, da war ich mir absolut sicher. Am liebsten hätte ich die Augen zusammengekniffen und weggesehen, aber das konnte ich mir nicht leisten. Ich musste schnell genug flüchten, wenn der Killer auftauchte.

Aber es war nicht der Killer, der auf einmal um den Baumstamm herum zu mir kam. Es war derselbe Spieler, der mich gerade im letzten Moment vom Haken gerettet hatte. Derselbe Spieler, der jetzt trotz der nahenden Gefahr meine Verletzungen heilte.

Parker.

Ich biss die Zähne zusammen. Auf keinen Fall würde ich mich bedanken, weder im Livestream und erst recht nicht persönlich. Wobei es ja nicht so war, dass er und ich irgendeine Art von persönlichem Kontakt hatten. Das vorhin war eine Arschlochaktion gewesen, da konnte er mich jetzt noch so hingebungsvoll heilen.

»Schneller …!«, drängte ich leise, da der Herzschlag des Killers noch immer deutlich zu hören war, er also in der Nähe sein musste.

Fast im selben Moment verpasste Parker ein Quick-Time-Event, und mein Charakter schrie vor Schmerz auf.

»Echt jetzt?« Ich gab ein Geräusch von mir, das wie eine Mischung aus frustriertem Schnauben und Knurren klang. Noch deutlicher hätte man unsere Position nicht verraten können.

Parker heilte weiter. Hinten auf der Karte leuchtete ein fertiger Generator auf. Dann noch einer rechts von uns. Gott sei Dank! Die anderen Mitspieler waren fleißig gewesen. Jetzt mussten wir nur noch den Ausgang erreichen.

Sobald ich geheilt war, rannte ich los, schlug jedoch einen großen Bogen, um dem Killer auszuweichen. Mein Herz raste, und meine Hände waren so verkrampft, dass es wehtat. Gleich. Gleich hatten wir es geschafft. Nur noch ein kleines bisschen und … da! Der Ausgang war offen.

»Yes!«, rief ich, als ich hindurchlief.

Geschafft. Himmel!

Ich warf mich in meinen Stuhl zurück und atmete tief durch. »Was für eine Runde …«

Der Chat auf dem anderen Monitor lief so schnell durch, dass ich kaum eine Nachricht richtig lesen konnte. Egal. Allem

Anschein nach waren sie mehr als zufrieden. Genau wie ich – trotz der Arschlochaktion von Parker4G. Ich hatte nur mal ein Video von ihm auf YouTube gesehen, und wusste im Grunde nichts über ihn, aber wenn man so eine große Nummer in der Gamingszene war, musste man wohl ein Mistkerl sein.

Ich spielte noch ein paar weitere Runden mit der Community – diesmal *ohne* Parker –, dann wechselte ich zum zweiten Teil von Tomb Raider.

Erst weit nach Mitternacht verabschiedete ich mich von den Zuschauern, beendete den Livestream und loggte mich überall aus. Eigentlich hatte ich gar nicht vorgehabt, so lange zu spielen, aber ich hatte völlig die Zeit vergessen. *Ugh.* Morgen würde die Hölle werden.

Ich streckte mich gähnend und lauschte auf die Stille im Haus. Allem Anschein nach war Dad noch im Büro. Wahrscheinlich schlief er sogar dort – falls er überhaupt schlief und nicht die ganze Nacht durcharbeitete und vergaß zu essen, zu duschen oder dass er eine Tochter hatte. Ich schob das bittere Gefühl beiseite und wollte gerade alle Programme und anschließend den PC ausschalten, um ins Bett zu gehen, als in der Discord-App eine neue Nachricht im Chat aufleuchtete.

Sie war von Parker4G.

Parker4G
Sorry für das eben in DbD ...

TRGame
Irgendwie fällt es mir schwer, das zu glauben

Parker4G
Hey, das war mein Ernst! Außerdem hab ich dich vom Haken gerettet 😆

TRGame
In letzter Sekunde! Und wahrscheinlich nur, weil dich deine Fans sonst hassen würden

Parker4G
Stimmt 😁

Parker4G
Aber auch, weil ich ein Gentleman bin!

TRGame
Sorry, ich bin grad vor Lachen vom Stuhl gefallen

Parker4G: ...

Parker4G
Hey, bist du noch da?

Parker4G
Hallo??

Level 3

Parker

Ich hasste es, nach Hause zu fahren. Was mich wahrscheinlich zum schlechtesten Sohn der Welt machte – aber es war die Wahrheit. Zuerst war ich so weit weg wie möglich gezogen und hatte tatsächlich einen Platz als Medizinstudent in Woodshill, Oregon, bekommen, wo ich auch meine beste Freundin Callie Robertson kennengelernt hatte. Da wir beide aus Alabama stammten und das Gleiche studierten, hatten wir uns natürlich sofort angefreundet. Na ja, um genau zu sein, nach einem katastrophalen ersten Date, das uns beiden gezeigt hatte, dass wir niemals etwas miteinander anfangen könnten. Stattdessen waren wir Freunde geworden. Doch dann hatte erst Callie das Studium abgebrochen und ich kurz darauf ebenfalls, weil mir klar geworden war, dass es nur der verzweifelte Wunsch eines kleinen Jungen gewesen war, einer ganz bestimmten Person zu helfen: seiner Mom.

Also hatte ich es aufgegeben und versucht, herauszufinden, was ich mit meinem Leben anstellen wollte. Und das hatte mich nach Pensacola geführt. Vom Nordwesten Floridas waren es je nach Verkehrslage drei bis vier Stunden nach Hause – statt der bisherigen vierunddreißig. Weder Mom noch Dad hatten das von mir verlangt, trotzdem hatte ich es durchgezogen und fuhr mittlerweile fast jedes Wochenende nach Hause. Manchmal auch unter der Woche, wenn es nötig war.

Und ich hasste es. Ich hasste es, dass mein Zuhause nicht mehr voller schöner Erinnerungen steckte und ich bei jedem Besuch damit rechnen musste, dass etwas Schreckliches passiert war – oder mich damit auseinandersetzen musste, was noch passieren würde. Ich hasste meine eigene Hilflosigkeit ebenso sehr wie die völlige Resignation in Dads Gesicht und den abwesenden Ausdruck bei Mom. Aber vor allem hasste ich es, dass ich, obwohl ich jetzt öfter daheim war, nichts tun konnte. Nicht wirklich. Ganz egal, wie sehr ich es mir wünschte.

»Hi Dad.« Ich ließ den Rucksack neben der Küchentür stehen und ging zur Kochinsel hinüber.

Dort stapelten sich die benutzten Teller und Töpfe, die nicht mehr in die Spüle passten, weil die ebenfalls voll war. Kaffee- und Soßenflecken prangten auf den Arbeitsflächen. Dazwischen verschüttete Gewürze und die traurigen Überreste der Kräuter, die ich letztes Mal gekauft hatte, weil Dad so gerne frisch kochte.

»Donovan.«

Mein Vater war so ziemlich der einzige Mensch der Welt, der mich tatsächlich mit dem Vornamen ansprach. Und Mom. Früher zumindest. Ich hatte diesen Namen schon als Kind gehasst und alle dazu gezwungen, mich Parker zu nennen, aber bei Mom und Dad hatte ich es nicht übers Herz gebracht.

Jetzt betrachtete mich mein Vater aus müden Augen. Die Ringe darunter waren dunkler als bei meinem letzten Besuch, und es waren ein paar Falten dazugekommen. Obwohl Jim Parker gerade mal achtundvierzig Jahre alt war, wirkte er Jahrzehnte älter. Daran änderte auch das leichte Lächeln nichts, mit dem er mich bedachte und von dem ich wusste, dass er es sich gerade nur mir zuliebe abrang. »Du musst das nicht tun. Ich kümmere mich nachher darum.«

»Kein Problem. Ich hab schon angefangen«, behauptete ich und nahm die sauberen Teller, Tassen und Gläser aus der Spülmaschine, um sie in die Schränke zu räumen. Wenn ich das jetzt erledigte, musste Dad es später nicht tun. Außerdem konnte ich es auf diese Weise noch etwas hinauszögern, zu Mom zu gehen.

Ich schnaubte innerlich. *Darf ich vorstellen? Donovan Parker, Mustersohn.*

Jim widersprach nicht, was nur zu deutlich machte, wie dringend er die Unterstützung tatsächlich brauchte. Shit. Wie lange war mein letzter Besuch her? War ich diesmal zu lange fort gewesen? Die letzten Wochen verschwammen miteinander, weil ich fast rund um die Uhr für die Prüfungen hatte lernen müssen, ein paar Exklusivdeals für neue Games eingegangen war und mit den Streams und Aufnahmen kaum hinterherkam. Aber nichts davon spielte noch eine Rolle, als ich das Chaos in der Küche sah und sich mein schlechtes Gewissen meldete. So viel zu meinen regelmäßigen Besuchen …

»Wie geht's dir?«, fragte Dad und setzte sich auf einen der wackeligen Hocker an der Kücheninsel. In Gedanken machte ich mir eine Notiz, gleich anschließend in der Garage nach dem Werkzeugkasten zu suchen, um die Schrauben festzuziehen. »Was macht die Uni? Jetzt sind Semesterferien, oder?«

»Stimmt. Und in der Uni ist alles gut.« Das war meine Standardantwort. Dad hatte schon genug Sorgen, da wollte ich ihn nicht damit belasten, dass ich damit rechnete, durch mindestens eine, wenn nicht sogar durch zwei Klausuren gefallen zu sein, weil ich keine Zeit gehabt hatte, mich richtig darauf vorzubereiten. Oder dass ich vergangene Woche mehrere Tage vor dem Büro eines Professors hatte campen müssen, um ihn endlich zu erwischen und dazu zu bringen, meine Hausarbeit zu bewerten. Oder dass ich dieses Semester viel zu wenig für mein Studium getan hatte, da ich mich hauptsächlich auf

Livestreams und YouTube-Videos konzentriert hatte. Auf diverse Kooperationen und einen bald anstehenden Werbedeal, der mir nicht nur die Miete für das nächste halbe Jahr sichern, sondern auch einen Großteil von Moms Medikamenten bezahlen würde. Dazu kamen die nie endende Flut an E-Mails und Nachrichten, die verhasste Buchhaltung, und der Druck, immer auf dem neuesten Stand zu sein, was Games und Entwicklungen in der Szene betraf. Zwischen all dem war für mein Studium auf einmal nur noch sehr wenig Platz gewesen.

»Und die Spiele?«, hakte Dad ein paar Sekunden später nach.

Ich warf ihm einen überraschten Blick zu, während ich das dreckige Geschirr in die inzwischen leere Spülmaschine einräumte. Normalerweise kamen wir gar nicht so weit in unseren Gesprächen. Meist ging es um Mom, darum, was noch zu erledigen und zu besorgen war, oder ich schickte Dad aufs Sofa, damit er sich ausruhte. Darum fiel meine Antwort auch bei diesem Thema entsprechend kurz aus. »Läuft. Die Streams sind gut besucht.«

»Schön«, sagte Jim nach einem Moment und nickte, als wüsste er genau, wovon ich redete. »Das ist schön. Ich bin stolz auf dich, Donovan.«

Ich gab mir alle Mühe, nicht zusammenzuzucken, denn es gab wirklich nichts in meinem Leben, worauf er stolz sein könnte. Ich ging zum College und spielte Videospiele. Dad widmete sein ganzes Leben seiner todkranken Frau und versuchte, ihr jeden Tag so angenehm wie möglich zu machen. Dafür hatte er sogar seinen Job bei der Feuerwehr aufgegeben, da sie keine Pflegekraft einstellen wollten. Nicht einmal jetzt, obwohl ich es ihnen bezahlen könnte und das auch in regelmäßigen Abständen immer wieder anbot. Denn manchmal kam es mir so vor, als wäre es das Einzige, was ich sinnvoll beitragen konnte. Alles andere war definitiv nichts, auf das jemand wie Jim Parker stolz sein sollte.

»Danke, Dad«, murmelte ich und machte mich daran, die eingeweichten Töpfe und Pfannen zu schrubben. Das gab mir wenigstens etwas zu tun, weil ich keine Ahnung hatte, was ich noch sagen sollte.

Auch wenn wir kaum noch dazu kamen, richtig miteinander zu reden, wusste ich genau, was mein Vater da tat. Er versuchte, so etwas wie Normalität aufkommen zu lassen. Als wäre es ganz normal, dass wir in der Küche zusammensaßen und ich ihm erzählte, was es so Neues bei mir gab. Als wären das die einzigen und wichtigsten Gesprächsthemen, abgesehen vom Wetter oder davon, dass der Rasen hinterm Haus mal wieder gemäht werden müsste. Und ich ließ mich darauf ein. Ich *wollte* diese Normalität, selbst wenn sie nur vorgetäuscht war, da es so etwas im Hause Parker schon seit sieben Jahren nicht mehr gab. Aber für die paar Minuten tat ich gerne so, als ob.

Jim räusperte sich und schob die leeren Gläser und Tassen auf dem Tresen vor sich herum. »Und wie sieht es mit den Frauen aus? Gibt es da jemanden?«

Er stellte die Frage so betont beiläufig, dass ich unwillkürlich grinsen musste.

»Da ist niemand.« Ich stellte ihm zwei Töpfe zum Abtrocknen hin und widmete mich der letzten Pfanne in der Spüle.

Keine Ahnung, warum er überhaupt fragte. Es war ja nicht so, als hätte ich in den letzten zwei Jahren eine Beziehung gehabt, die länger als ein paar Wochen gehalten hätte. Außerdem hatte ich nach dem Desaster mit Faye nicht das geringste Interesse daran, mich wieder auf irgendjemanden einzulassen. Am Ende stand man sowieso nur wie der letzte Arsch oder – noch schlimmer – mit einem gebrochenen Herzen da. Oder beides.

Nope. Definitiv nicht erstrebenswert. Einmal im Leben reichte völlig aus.

»Wirklich nicht?«

Natürlich musste Dad jetzt auch noch nachhaken. Und in gewisser Weise verstand ich sogar, dass es Teil dieses *normalen* Gesprächs war – aber musste es dabei unbedingt um mein nicht vorhandenes Liebesleben gehen? Früher hatte ich ständig irgendwelche Kurzzeitbeziehungen oder Affären gehabt, und da hatte mein Vater auch nie groß nachgefragt. Seit der Sache mit Faye, die ich ihm dummerweise erzählt hatte, weil ich mir sicher gewesen war, die Eine gefunden zu haben, tat er das leider öfter. Vielleicht hatte es aber auch damit zu tun, dass ich letzten Monat vierundzwanzig geworden war. Vielleicht gab es ein ungeschriebenes Gesetz, dass man in diesem Alter eine feste, lang anhaltende Beziehung führen musste, die früher oder später vor dem Altar und in einem Vorstadthäuschen mit den statistischen 1,9 Kindern endete. Den Hund und den weißen Gartenzaun nicht zu vergessen.

»Sorry, Dad«, erwiderte ich so nonchalant wie möglich und zog eine Grimasse. »Du kennst mich doch. Ich hab gar keine Zeit für eine Beziehung, und die Frauen, die ich kennenlerne, wollen nur mein Geld.« Ich sah an mir hinunter. Mein schwarzes Gaming-T-Shirt mit dem Schriftzug *What doesn't kill you, gives you XP* hatte ein paar Wasserflecken abbekommen, genau wie Jeans und Schuhe, aber das juckte mich nicht im Geringsten. »Oder sie wollen nur meinen Körper. Es ist echt eine Qual.«

Das entlockte Dad zumindest ein Grinsen. Noch immer erschöpft, aber wenigstens grinste er jetzt – und allein diese kleine Veränderung in seiner Mimik ließ ihn um Jahre jünger wirken. Fast schon attraktiv. Er hatte genau wie ich fast schwarzes Haar, nur war seines von grauen Strähnen durchzogen und schon wieder viel zu lang. Von ihm hatte ich die Größe und den eher schlaksigen Körperbau geerbt, aber im Gegensatz zu meinen Augen waren seine braun. Die blauen Augen hatte ich von Mom.

»Wart's nur ab«, drohte er spielerisch und stand auf, um die leeren Gläser und Tassen ebenfalls in die Spülmaschine zu stellen. »Wenn du die Richtige triffst, ist es völlig egal, ob du Zeit hast oder nicht. Du nimmst dir die Zeit einfach – oder du bereust es dein Leben lang.«

Mein eigenes Grinsen verblasste. Eigentlich müsste ich ihn jetzt nach Mom fragen und danach, ob es bei ihnen genauso gewesen war, aber irgendwie brachte ich die Frage nicht über die Lippen. Nicht jetzt. Nicht, wenn sich wenigstens für einen kurzen Moment so etwas wie Normalität in diesem Haus eingestellt hatte.

»Das glaube ich nicht«, behauptete ich stattdessen und schaltete die Spülmaschine ein. Ein viel zu lautes Brummen ertönte, was mir wieder mal vor Augen führte, wie alt das Gerät schon war. Ich hatte bereits unzählige Male angeboten, ihnen eine neue zu kaufen, die schneller war und sogar Wasser und Strom sparte, aber Dad weigerte sich vehement. Und das nicht mal so sehr, weil er von seinem einzigen Sohn kein Geld annehmen wollte, sondern weil er daran festhielt, dass das Ding noch funktionierte. Und so lange etwas noch funktionierte, wurde es nicht einfach weggeworfen und ersetzt. In diesem Haushalt gab es Geräte, die älter waren als ich. Und da sollte noch mal jemand behaupten, alles würde nur bis zum Ende der Garantielaufzeit halten.

Ich trocknete die letzte Pfanne ab und stellte sie in den Schrank, dann wischte ich über alle Oberflächen und warf einen Blick in den Kühlschrank. Er war gut gefüllt. Immerhin. Dann konnte ich Lebensmittel schon mal von der Liste streichen. Aber wahrscheinlich würde ich sowieso noch mal für ein paar Getränke und Moms Medikamente losfahren.

Als ich nichts mehr zu tun hatte, goss ich mir ein Glas Wasser ein und machte Dad einen Kaffee. Einige Sekunden lang erfüllte das vertraute Brummen und Mahlen die Küche, dann wurde es still. Und unerträglich. Nur das Rumoren der Spülmaschine und das Ticken einer Uhr im Haus waren zu hören. Sonst nichts.

Ich gab mir einen Ruck. »Wie geht es ihr?«, brachte ich hervor, rauer, als ich beabsichtigt hatte.

Die Falten in Dads Gesicht glätteten sich, fast so, als wäre er erleichtert, dass ich endlich auf Mom zu sprechen kam. »Du kennst deine Mutter. Sie ist tapfer.«

Beinahe hätte ich den Kopf geschüttelt, denn die Wahrheit war: Ich kannte sie nicht. Nicht mehr. Meine Mutter war schon seit sieben Jahren nicht mehr die Frau, die mich großgezogen hatte. Und es tat weh. Mit jedem Besuch ein bisschen mehr. Anfangs hatte ich mir eingeredet, dass es nur eine Phase wäre, dass Mom einfach nur gestresst und deshalb so gereizt war. So vergesslich. Doch dann hatten wir nach monatelangem Hin und Her von den Ärzten die Diagnose bekommen. Und selbst dann hatte ich ihr und mir selbst immer wieder eingeredet, dass es ihr bestimmt bald besser gehen würde. Dass mir die Medikamente meine Mutter und Dad seine Frau zurückbringen würden. Dass die Müdigkeit und Apathie als Nebenwirkungen der Tabletten nur vorübergehend waren. Dass die Antidepressiva ihr helfen und sie dadurch ihre Lebensfreude zurückgewinnen würde. Dass ihr die Bewegung während der langen Spaziergänge guttun würde.

Manchmal redete ich mir das selbst heute noch ein und verdrängte die Wahrheit. Denn die war, dass ihr laut Einschätzung der Ärzte nicht mehr allzu viel Zeit blieb. Und ich war ein riesiger Feigling, weil ich es kaum schaffte, meiner eigenen Mutter ins Gesicht zu blicken. Aber wie konnte ich noch Mom – *meine* Mom – in ihr sehen, wenn diese Frau zu einer Fremden für mich geworden war? Und ich für sie genauso.

Ich zögerte und drehte das Glas in der Hand. »Ist es schlimmer geworden?«

Der Schmerz in den Augen meines Vaters war Antwort genug.

Ich presste die Lippen aufeinander. Er wollte mein Mitleid nicht, das wusste ich, aber ... Scheiße. Wie sollte ich kein Mitleid haben? Was er in den letzten Jahren alles hatte durchmachen müssen ... dass er Mom nicht helfen konnte und Tag für Tag dabei zusehen musste, wie die Liebe seines Lebens langsam vor seinen Augen zugrunde ging. Denn genau das passierte hier. Ganz egal, wie oft ich mir sagte, dass alles wieder gut werden würde, tief in mir drinnen wusste ich, dass das nicht passieren würde. Dass es nie mehr *gut* sein würde, auch wenn ich alles darum gegeben hätte, wenigstens für einen Tag so zu tun, als wäre alles normal. Als wäre alles beim Alten.

Dann würde Mom jetzt mit uns in der Küche sitzen, ihr Lachen wäre im ganzen Haus zu hören, und sie würde mich mit diesem liebevollen Blick bedenken, während sie mich darüber ausfragte, was es Neues gab. Ich würde mit meinen Eltern offen über die Uni und die Arbeit reden können, wir würden zusammen zu Abend essen und dann würde ich zurück nach Pensacola fahren, in dem Wissen, dass es den beiden gut ging und sie den restlichen Abend vermutlich mit etwas Wein auf der Veranda verbrachten und sich den Sonnenuntergang anschauten. Ein kitschiges Bild, ja. Aber eines, von dem ich mir mehr als alles andere wünschte, dass es Realität wäre.

Ich schluckte das bittere Gefühl hinunter und zwang meine Gedanken zurück in die Gegenwart. Das hier war weder der richtige Ort noch die richtige Zeit, um sich in irgendwelchen Was-wäre-wenn-Vorstellungen zu verlieren oder auf ein Wunder zu hoffen. Ich hatte schon lange damit aufgehört, an Wunder zu glauben, auch wenn Dad noch immer krampfhaft daran festzuhalten schien. Und vielleicht musste er das. Vielleicht war das seine Art, mit allem klarzukommen. Mit einem Leben, das ich niemandem wünschte, nicht mal meinem ärgsten Feind.

»Es ist gut, dass du da bist«, sagte er schließlich und trank einen Schluck von seinem Kaffee. »Sie wird sich freuen, dich zu sehen.«

Shit. *Shit.* Wieso klang das nach einem Abschied? Abschiede waren das Letzte, und ich weigerte mich, ihr Lebewohl zu sagen. Dazu war ich noch nicht bereit. Dazu würde ich nie bereit sein.

Dennoch brachte ich die nächsten Worte irgendwie hervor: »Ist sie oben?«

Dumme Frage. Wo sollte sie sonst sein, wenn nicht in ihrem Zimmer? Aber manchmal … Bis vor einem Jahr war sie an manchen Tagen noch im Garten gewesen und hatte gelächelt. Und an diesen Tagen war alles beinahe wieder wie früher gewesen.

Dad nickte nur und starrte in seinen Becher. Allem Anschein nach würde ich von ihm keine Hilfe bekommen, aber das erwartete ich auch gar nicht. Ich war schließlich hier, um *ihm* zu helfen. Um ihm eine Pause zu verschaffen. Eine Pause, die er dringend nötig hatte.

»Ich gehe zu ihr. Wieso haust du dich nicht etwas aufs Ohr?«, schlug ich vor und klopfte ihm im Vorbeigehen auf die Schulter.

Ohne eine Antwort abzuwarten, hob ich meinen Rucksack auf und machte mich auf den Weg ins Obergeschoss. Dabei nahm ich immer zwei Stufen auf einmal, um gar nicht erst auf die Idee zu kommen, innezuhalten oder umzudrehen. Ich hasste diese Besuche. Hasste es, wie ich mich danach fühlte. Aber hier ging es um meine Mom. Ich würde sie immer besuchen kommen, selbst wenn es eines Tages mein letzter Besuch sein würde.

Oben angekommen bog ich zuerst nach links ab und warf den Rucksack auf das Bett in meinem alten Kinderzimmer. Dann atmete ich tief durch und folgte dem Flur in die entgegengesetzte Richtung. Die angelehnte Tür quietschte ganz leise, als ich sie nach einem kurzen Klopfen aufdrückte und nach einem winzigen Zögern schließlich ganz eintrat.

»Hey Mom …«

Später am Abend schloss ich die Tür zu meinem Zimmer und lehnte mich dagegen. Es waren nur ein paar Stunden vergangen, trotzdem fühlte es sich wie eine Ewigkeit an. Keine Ahnung, wie Dad das Tag für Tag schaffte.

Wahrscheinlich, weil er keine andere Wahl hat, während du jederzeit wieder abhauen kannst, meldete sich eine gehässige Stimme in meinem Kopf.

Ich biss die Zähne zusammen und stieß mich von der Tür ab. Ich hasste mich ja selbst dafür, aber ich war schon jetzt erleichtert darüber, dass ich nur an manchen Tagen in der Woche hier sein und nicht die ganzen Semesterferien in diesem Haus verbringen würde. Auch wenn mich das zu einem schlechten Sohn machte. Aber länger hier zu sein und Mom so zu erleben … Nein, das konnte ich nicht. Ich konnte es einfach nicht.

Ächzend zog ich mir das Shirt über den Kopf und warf es auf den alten Schreibtischstuhl. Als Nächstes folgten Schuhe und Jeans, dann ließ ich mich aufs Bett fallen. Jeder Muskel in meinem Körper tat weh. Mom hatte sich wieder aufgeregt und einen ihrer Anfälle gehabt, bei denen ich gezwungen war, sie festzuhalten, damit sie sich nicht selbst wehtat. Mittlerweile war sie eingeschlafen und Dad war wieder bei ihr. Und ich … ich war so verflucht erledigt, dass ich einfach nur die Augen schließen und alles vergessen wollte.

Aber ich konnte nicht. Dafür kreisten meine Gedanken zu sehr. Um das, was war, aber vor allem um das, was bald sein könnte. Moms Zustand hatte sich verschlechtert. Sie sah schlimmer aus als bei meinem letzten Besuch, und ich erkannte kaum noch die Frau in ihr, die mich großgezogen hatte. Was irgendwie eine Ironie war, da sie mich, ihren einzigen Sohn, schon lange nicht mehr erkannte.

Shit.

Ich musste mich ablenken. Ich brauchte irgendetwas, das meinen Kopf beschäftigte, bis ich einschlafen konnte. Wie auf Autopilot holte ich den Laptop aus meinem Rucksack und klappte ihn auf. Kurz darauf klickte ich mich lustlos durch Netflix und YouTube. Nichts weckte mein Interesse und die E3 hatte noch nicht begonnen, sonst hätte ich den Livestream aus L.A. mitverfolgen können. Jedes Jahr wurden dort die neuesten Games und spannendsten News der Branche vorgestellt. Bis es wieder so weit war, dauerte es allerdings noch ein paar Tage, also musste ich an diesem Abend etwas anderes finden, das meine Gedanken auf Trab hielt und verhinderte, dass ich anfing, über Dinge nachzudenken, über die ich besser nicht nachdachte, weil ich mich damit nur selbst verrückt machte.

Seufzend schob ich mir die Kissen zurecht und lehnte mich in meinem alten Bett zurück. Meine Füße hingen über das Ende, und ich fragte mich unwillkürlich, wie ich hier jemals reingepasst hatte. Lustlos klickte ich am Laptop weiter. Ich könnte die ganzen Mails beantworten, die in den letzten Stunden eingetroffen waren, aber dafür fehlte mir die Konzentration. Irgendwie landete ich auf Twitch und loggte mich über meinen Privataccount ein, um in Ruhe zuschauen zu können, ohne dass mich irgendjemand im Chat oder sogar der Streamer selbst erkannte. Ich wechselte von Fortnite zu GTA und anschließend zu Minecraft. Ein paar Leute streamten auch The Witcher, aber danach war mir gerade nicht zumute, also scrollte ich weiter, bis mein Blick auf einen Namen fiel, der mir bekannt vorkam. Ein Name, bei dem ich automatisch innehielt.

TRGame.

Ohne darüber nachzudenken, klickte ich darauf und fand mich im Livestream wieder. Durch meine eigenen Zuschauer hatte ich bereits erfahren, dass sich hinter dem Namen TRGame eine Frau verbarg, aber das war auch schon alles. Ich hatte nicht in ihren Channel reingeschaut und auch nicht in den sozialen Medien nach ihr gesucht. Auch nicht, nachdem wir eine Runde Dead by Daylight zusammen gespielt hatten. Umso überraschter war ich jetzt, das Gesicht hinter dem Namen zu sehen.

Sie war hübsch. Das war das Erste, was mir auffiel. Das Zweite war, dass sie mächtig angepisst zu sein schien.

»Stirb endlich!«, fauchte sie und zog die dunklen Brauen zusammen, bis sich zwei kleine Falten dazwischen bildeten.

Jepp. Eindeutig angepisst.

Sie hatte eine überraschend tiefe, fast schon rauchige Stimme, die perfekt zu ihrem Äußeren passte. Ihr Haar schien länger zu sein. So genau konnte ich das nicht beurteilen, da sie es zusammengebunden oder hochgesteckt trug, aber ein paar Strähnen hatten sich daraus gelöst. Strähnen, die dunkelbraun anfingen und auf Kinnhöhe in ein knalliges Lila übergingen. Sie konnte nicht viel älter als zwanzig sein, vielleicht war sie sogar jünger. Ihre Augen waren eine faszinierende Mischung aus Braun und Grün und dunkel geschminkt, ansonsten schien sie nicht mal Lippenstift, Gloss oder sonst etwas von dem Zeug zu tragen, das meine Mitbewohnerinnen in unserem viel zu kleinen Bad bunkerten. Dazu ein schlichtes schwarzes Tanktop, ein paar Ketten und ein Headset, das ihrer knalligen Haarfarbe Konkurrenz machte.

Attraktiv? Ja. Mein Typ? Keine Ahnung. Darüber dachte ich besser nicht nach, auch wenn ich bereits Callies neckende Stimme im Kopf hatte, die verkündete, dass *jede* Frau mein Typ wäre. Ich schnaubte. Diese Zeiten waren eindeutig vorbei.

Ich löste den Blick von TRGame und richtete meine Aufmerksamkeit auf das Spiel. Überrascht runzelte ich die Stirn. Ich hatte so etwas wie Guild Wars, Dead by Daylight oder ein anderes RPG oder Survival-Game erwartet. Womit ich nicht gerechnet hatte, war die verpixelte Grafik von Tomb Raider II. Allerdings schien die vollbusige Lara Croft mit dem unbewegten, aufgemalten Gesicht bei den Leuten anzukommen, denn im Chat feuerten sie TR allesamt an, gaben Tipps und überlegten bei den Rätseln mit.

»Okay, jetzt bloß nicht sterben«, murmelte TR, während sie Lara über in der Luft schwebende knallgrüne Plattformen laufen ließ.

Sollten die Sträucher darstellen? Neongrüne Lava? Ich hatte keine Ahnung, aber irgendwie machte es Spaß, ihr dabei zuzusehen. Außerdem hatte TRs Stimme etwas seltsam Beruhigendes nach diesem langen Tag.

»Nicht sterben! Nicht … *FUCK!*«

Oh ja. Total beruhigend.

In ihren Augen blitzte es vor Wut, und sie verzog die Lippen zu einer grimmigen Linie, während sie es noch mal versuchte. Grinsend machte ich es mir gemütlich und verfolgte das Spielgeschehen aus halb geschlossenen Augen. Es dauerte nicht lange, bis sie mir ganz zufielen und ich nur noch der Stimme lauschte, die mich durch das letzte Level von Tomb

Raider II führte, etwas mit dem Chat quatschte und anschließend mit Tomb Raider III begann.

Irgendwann musste ich eingeschlafen sein, denn als ich mit einem Zucken wieder aufwachte, war es zwei Stunden später und TR verabschiedete sich gerade. Sie sah direkt in die Kamera und lächelte dabei, was ihre ganze angespannte Ausstrahlung mit einem Mal fortwischte und eine seltsame Wirkung auf mich hatte.

»Gute Nacht und bis zum nächsten Mal!«

Ich schluckte hart und setzte mich auf. Der Stream war offline, und ich sollte auch besser zusehen, dass ich noch etwas Schlaf abbekam. Aber statt den Laptop zuzuklappen und mich wieder hinzulegen, öffnete ich Discord und tippte eine Nachricht ein.

Parker4G
Netter Stream. Hätte nicht gedacht, dass die alten Tomb Raider Teile noch so spannend sein könnten

TRGame
Verfolgst du mich?

Parker4G
Nein, sollte ich? War nur ein ernst gemeintes Kompliment. Zwischen Kollegen und so ...

TRGame
Wenn das so ist, dann musst du echt an deinen Komplimenten arbeiten

Parker4G
Bist du immer so angriffslustig?

TRGame
Bist du immer so heuchlerisch?

Parker4G
Wie kann es geheuchelt sein, wenn ich es ernst meine? Nimm das Kompliment einfach an, Frau!

TRGame
Oh, sorry. Hab ich etwa die zarten Gefühle des Gamingkönigs verletzt?

Parker4G
Welche Gefühle?

TRGame

Gute Antwort. Sehr gute Antwort.

Parker4G

😁

Parker4G

Das zuzugeben, hat bestimmt wehgetan, oder?

TRGame

Nur ein bisschen …

Parker4G

Hey, eigentlich müsste ICH sauer auf DICH sein nach der Aktion in Guild Wars, nicht andersrum!

TRGame

Ich bin nicht sauer. Und du hast gar keinen Grund dazu. Du hast es einfach verkackt 🤷‍♀️

Parker4G

ICH hab es verkackt??

TRGame

So ziemlich. Vor jeder Menge Zuschauern. Wie viele waren es doch gleich in deinem Stream?

Parker4G

Um die 70 000 … vielleicht auch mehr …

TRGame

Wirst du dich je wieder trauen, Guild Wars zu spielen? Oder kannst du dich dort nie wieder blicken lassen?

Parker4G
Ich kann und ich werde, wart's nur ab. Meine Norn ist ehrenvoll im Kampf gestorben!

TRGame
Ja, ungefähr 10x nacheinander. Mein Lama hatte schon Schmerzen in den Hufen vom ganzen Herumgetanze auf deiner Leiche 😆

Parker4G
Na ja, wenigstens hing ich bei DbD nicht als Erste am Haken ... 🤷‍♀️

TRGame
Wie bitte?! Das war ja wohl NICHT meine Schuld!

Parker4G
Nee, schon klar ... das behaupten sie alle

TRGame
Ich behaupte es nicht, ich weiß es!

Parker4G
Mhmm ...

TRGame
Hey! Ich muss dir gar nichts beweisen. Ich kenne dich nicht mal!

Parker4G
Absolut richtig

TRGame
Ich weiß, dass ich gut bin, und meine Zuschauer wissen das auch

Parker4G
Wenn du das sagst ...

TRGame
Verdammt!

TRGame
Schalt DbD ein! Jetzt!

Parker4G
Ganz wie die Lady wünscht 😁

Level 4

Teagan

Ich war total übermüdet – und das war ganz allein meine Schuld. Na ja, und die von Parker. Genau genommen war es allein *seine* Schuld, weil er mich herausgefordert hatte und wir die halbe Nacht Dead by Daylight gespielt hatten. In der ersten Runde waren wir beide ziemlich schnell gestorben. In der zweiten hatte ich ihn vom Haken gerettet, woraufhin er auf einer Revanche bestand, aber in Runde Nummer drei hatte der Killer uns beide direkt am Anfang getötet, weil er uns zusammen an einem Generator erwischt hatte. Bei Runde Nummer vier hatten wir ewig auf weitere Mitspieler warten müssen und vor lauter Langeweile angefangen, uns alberne Emojis und Lamabilder zu schicken. Im Anschluss daran hatten wir noch Guild Wars gezockt. Und ehe ich mich versah, war es vier Uhr morgens, und mein Wecker würde in zwei Stunden klingeln.

Was er leider auch pünktlich tat. Grummelnd tastete ich nach meinem Handy, um den nervigen Alarm auszuschalten – und fand nichts auf dem Nachttisch. Ich richtete mich auf den Ellbogen auf und sah mich aus zusammengekniffenen Augen um. *Ugh.* Jeder Muskel in meinem Körper schrie nach Schlaf, und ich bekam die Lider kaum auf. Aber mein Vergangenheits-Ich war um vier Uhr morgens clever genug gewesen, das Handy so weit entfernt vom Bett hinzulegen wie möglich, was mein Gegenwarts-Ich dazu zwang, jetzt aufzustehen.

Draußen war es schon hell, was es mir wenigstens ein bisschen leichter machte, richtig wach zu werden. Trotzdem wünschte ich mir, heute wäre nicht Freitag und damit kein Schultag. *Argh.* Wieso hatte ich gestern Abend nach dem Stream auch noch unbedingt zocken müssen? Ach ja. Weil Parker mich herausgefordert hatte.

Allein bei der Erinnerung daran musste ich den Kopf schütteln. Ich ging neben der Tür in die Hocke, hob mein Smartphone auf und schaltete den Alarm aus. Wie kam es, dass mich einer der berühmtesten Gamer des ganzen Landes kannte? Das war total absurd. Außerdem dachte ich besser nicht allzu genau darüber nach, wie viele Zuschauer und Fans Parker hatte, wie groß seine Reichweite war und dass er wahrscheinlich genug Geld verdiente, um in einem riesigen Haus mit Pool und eigenem Kinosaal zu leben.

Ich schnaubte leise. Wenigstens schien er nicht abgehoben zu sein – wenn man mal von seiner Arroganz absah, was Spiele betraf. Allerdings hatte es durchaus Spaß gemacht, mit ihm zusammen zu zocken.

Mit noch halb geschlossenen Augen schleppte ich mich ins Bad und schaffte es irgendwie, zu duschen, mich anzuziehen und anschließend sogar zu schminken, ohne mir Kajal, Augenbrauenstift oder Mascara aus Versehen in die Pupille zu jagen. Wirklich wacher machte mich das allerdings nicht. Da half nur noch Koffein. Eine Menge davon. Und vielleicht sollte ich mir auch gleich ein oder zwei – oder zehn – Dosen Energydrinks einpacken, da mir wieder mal ein langer Tag bevorstand.

Lustlos schlurfte ich die Treppe hinunter, erleichtert darüber, dass ich meine Tasche schon gestern Abend vor dem Livestream sortiert und damit alles eingepackt hatte, was ich für diesen Schultag benötigte.

»Guten Morgen, Teagan.« Dad stand an der Kochinsel und sah mich über den Rand seiner Kaffeetasse an.

Ich kam zu einem abrupten Halt und blinzelte mehrmals, doch das Bild vor meinen Augen blieb dasselbe. Litt ich unter Halluzinationen aufgrund von Schlafmangel? Aber nein, mein Vater war wirklich in unserer Küche und stellte gerade eine zweite Tasse in den Vollautomaten.

»Schwarz, richtig?«

»Mit drei Löffeln Zucker«, antwortete ich mechanisch und starrte auf seinen breiten Rücken.

Wie immer trug er einen maßgeschneiderten Anzug und hatte sich das dunkelbraune Haar, in dem keine einzige graue Strähne zu sehen war, zurückgekämmt. Ein frischer, würziger Duft hing in der Luft. Also war Dad offenbar nicht gerade eben aus dem Büro gekommen, sondern hatte hier geduscht und vielleicht sogar hier geschlafen.

Oh verdammt. Ob er mich letzte Nacht gehört hatte? Ich war nicht gerade leise gewesen, wann immer ich Parker, den Killer oder andere Mitspieler verflucht hatte. Andererseits waren die Wände in diesem Haus dick, und mein Zimmer lag weit genug vom Elternschlafzimmer entfernt. Vom *Elternschlafzimmer*. Richtig. Ich schnaubte innerlich, da Dad schon seit drei Jahren allein dort übernachtete. Wenn er überhaupt mal da war.

Das letzte Mal, dass ich meinen Vater morgens vor der Schule in der Küche angetroffen hatte, war … keine Ahnung. Es war so lange her, dass ich mich nicht mal mehr richtig daran erinnern konnte, weil dieser Mann praktisch in seiner Firma wohnte. Was diesen Morgen nur noch seltsamer machte.

»Guten Morgen«, trällerte Susanna, die mit ein paar Zwiebeln und einer Packung frischer Milch aus der Vorratskammer neben der Küche kam. Im Gegensatz zu mir schien sie überhaupt nicht überrascht zu sein, meinen Vater hier anzutreffen, also wusste sie Bescheid oder hatte bereits mit ihm gesprochen.

Susanna arbeitete für uns, seit ich denken konnte. Erst hatte sie Mom und Dad im Haushalt geholfen, dann war sie zu einer Art Nanny für mich geworden, wenn meine Eltern arbeiten waren. Aber das waren die seltenen Ausnahmen gewesen, denn Mom hatte sich immer Zeit für mich genommen. Sie hatte mich von der Schule abgeholt, war mit mir Eis essen gefahren, hatte mich bei meinem allerersten Besuch im GameStop begleitet und mir das erste Spiel gekauft. Aber auch nachdem Mom gegangen war, blieb Susanna ein fester Bestandteil unseres Lebens. Sie war diejenige, die dafür sorgte, dass im Haus alles sauber und aufgeräumt war, die mir Frühstück und Abendessen kochte und mir früher nach der Schule immer Gesellschaft geleistet hatte. Das war, bevor ich den Job im Coffeeshop angenommen hatte, um fürs College zu sparen. Ein College, das Dad nicht finanzieren wollte. Genauer gesagt, einen ganz bestimmten Studiengang, den er für sinnlos hielt.

»Teagan, setz dich doch«, forderte Susanna mich auf und deutete auf den Tisch in der Frühstücksecke. Sie lächelte warm. »Ich bin gleich mit dem Essen fertig.«

Ich folgte ihrer Anweisung automatisch, da ich noch immer zu überrascht und außerdem zu übermüdet war, um zu protestieren. Oder um überhaupt einen klaren Gedanken zu fassen.

»Hier.« Dad stellte die Tasse vor mich und setzte sich mir gegenüber an den Tisch, wo bereits die Zeitung lag, die der Lieferjunge heute Morgen vor unser Haus geworfen haben musste.

Ich war kurz davor, mit lauter Fragen herauszuplatzen, hielt mich jedoch zurück. Denn im Grunde wollte ich gar nicht wissen, warum Dad an diesem Morgen plötzlich da war – und vor allem wollte ich nicht erfahren, dass er in zwei Minuten wegmusste oder noch heute eine längere Geschäftsreise antreten würde. Es war so lange her, dass wir zusammen gefrühstückt hatten, dass ich das hier einfach nur genießen wollte.

Dad schien meinen Blick zu bemerken, denn er schob die bereits aufgeschlagene Zeitung beiseite. Dann lächelte er leicht. »Was steht heute bei dir an?«

»Das Übliche. Schule. Arbeit. Du kennst das.« Nach außen hin gab ich mich unbekümmert und zuckte mit den Schultern, innerlich freute ich mich jedoch über diese Frage. Weil es so verflucht lange her war, dass sich abgesehen von unserer Haushälterin überhaupt jemand für das interessiert hatte, was ich tat. Genauer gesagt jemand, der nicht dafür bezahlt wurde.

Dad schmunzelte. »Auch wenn ich am Anfang nicht glücklich damit war, dass du nach der Schule jobbst, bin ich jetzt sehr froh darüber.«

»Tatsache?«

Er nickte. »Hart zu arbeiten ist eine gute Sache. Dabei lernst du wichtige Dinge, die dir in der Highschool keiner beibringt.« Er sah auf, als Susanna uns das Frühstück brachte und bedankte sich bei ihr.

»Danke«, sagte ich ebenfalls und stürzte mich als Erstes auf die Spiegeleier und den Toast. Wohlweislich hatte Susanna mir nur wenig Bacon und Würstchen dazugelegt, da sie wusste, dass fettiges Essen am Morgen nicht gerade mein Favorit war.

Dad warf einen kurzen Blick auf sein Handy, und ich wappnete mich innerlich bereits, doch dann legte er es beiseite und griff nach seiner Gabel. »Hast du schon was von den Colleges gehört, bei denen du dich beworben hast?«

Ich war gerade dabei, erleichtert aufzuatmen, als diese Frage kam und sich alles in meiner Brust zusammenzog. Plötzlich fand ich meine Spiegeleier höchst interessant und zerschnitt die dazugehörigen Pancakes mit akribischer Genauigkeit.

»Noch nicht«, log ich und schob mir einen großen Bissen in den Mund.

Denn hier kam das Problem: Mom und Dad waren vorbildliche Schüler gewesen und die Universitäten – privat und staatlich – hatten sie mit Kusshand genommen. Mich dagegen? Eher weniger. Von den bisherigen Colleges, bei denen ich mich nur auf Dads Wunsch hin beworben hatte, hatte ich entweder noch keine Antwort oder bereits Absagen bekommen. Nur Washington D.C. stand noch aus. Ausgerechnet die Uni, auf der Dad mich gerne sehen würde, weil sie einen sehr guten Ruf hatte, er ein paar der Dozenten persönlich kannte und vor allem natürlich, weil er selbst dorthin gegangen war. Eine katholische Universität ohne kreative Kurse – und damit das letzte College, auf das ich gehen wollte. Mal ganz davon abgesehen, dass keine einzige dieser Universitäten, die er ausgesucht hatte, Game Design als Studienfach anbot. Aber das war ein ganz anderes Thema. Eines, über das wir schon viel zu oft diskutiert hatten. Und ich hatte keine Lust auf weitere Streitereien deswegen.

»Hm«, machte Dad und trank einen Schluck von seinem frisch gepressten Orangensaft, ehe er sich wieder dem Frühstück widmete. »Mach dir keine Gedanken. In den nächsten Wochen müssten die ersten Zusagen kommen und dann können wir entscheiden, welches College es wird.«

Wir. Nicht du, Teagan. Wir würden das entscheiden. Ich antwortete nicht darauf, zerkaute mein Essen aber mit mehr Gewalt als nötig. Irgendwann würde mein Vater akzeptieren müssen, dass ich nicht in die Business-Schiene wollte wie er, und dass aus seinem kleinen Mädchen auch keine Ärztin oder Anwältin werden würde, weil ihre Noten viel zu schlecht dafür waren. Und weil sie verdammt noch mal keine Lust auf den Scheiß hatte.

Ich wollte Game Design studieren und eines Tages bei

einem der ganz großen Spieleentwickler arbeiten. Ich wollte neue Welten miterschaffen, mir coole Konzepte überlegen und den Leuten das geben, was Spiele mir gegeben hatten: eine Zuflucht aus dieser beschissenen Welt. Das wollte ich schon, seit ich das erste Game gezockt hatte. Mom hatte das gewusst und mich immer in diesem Bestreben unterstützt. Aber Mom war nicht mehr hier …

»Schmeckt es dir nicht?«, fragte Dad plötzlich und deutete mit einem Kopfnicken auf meinen fast vollen Teller, während seiner bereits zur Hälfte geleert war. »Ich bin sicher, Susanna kann dir etwas an…«

»Das Frühstück ist toll.« Wie zum Beweis lud ich meine Gabel extra voll und schob sie mir in den Mund.

Dad nickte zufrieden, und Susanna warf mir ein Lächeln zu, bevor sie sich wieder den Pfannen widmete, die sie gerade abspülte.

»Bist du am Wochenende zu Hause?«, fragte ich schließlich, auch wenn mich diese Frage Überwindung kostete. Ich kannte niemanden, der fast darum betteln musste, Zeit mit seinen Eltern verbringen zu dürfen. Andererseits kannte ich nicht viele Leute, also war das vielleicht etwas völlig Normales.

Das Gesicht meines Vaters hellte sich auf. »Darüber wollte ich mit dir sprechen. Ich bin …«

Ein Vibrieren unterbrach ihn mitten im Satz. Dad griff nach seinem Smartphone und nahm den Anruf entgegen, obwohl er früher immer gepredigt hatte, dass Handys am Esstisch nichts zu suchen hatten. Aber da war er wenigstens noch an den Wochenenden zum Essen daheim gewesen.

»Nein, schon gut«, sagte er jetzt und notierte sich etwas an den Rand der Zeitung. »Das ist keine Unannehmlichkeit. Gut, dass Sie sich gemeldet haben. Ich kümmere mich umgehend darum.«

Hoffnung war ein trügerisches Miststück. Man spürte kaum, wenn sie sich anschlich und einen wie eine warme, flauschige Decke einhüllte. Dafür merkte man umso deutlicher die Eiseskälte, wenn sie sich ohne Vorwarnung wieder verabschiedete.

Ich trank ein paar Schlucke, aber das bittere Gefühl blieb. Und das lag nicht am schwarzen Kaffee.

Dad beendete das Telefonat und schob den Stuhl zurück. »Tut mir leid, aber das kann nicht warten. Ich muss sofort los.«

Ich nickte nur und verzog meinen Mund zu einem Lächeln, das meine Augen nicht erreichte. Was hatte ich auch anderes erwartet? So langsam müsste ich doch daran gewöhnt sein, dass es für die Menschen in meinem Leben immer etwas oder jemanden gab, der oder das wichtiger war als ich. Erst Mom, dann meine Kindergartenfreundin Penny und dann auch noch mein Ex-Freund Brandon … Für sie alle war ich irgendwann nicht mehr wichtig genug gewesen. Da sollte es wirklich keine Überraschung mehr sein, schon gar nicht von meinem Dad, bei dem es im Grunde schon so gewesen war, seit ich denken konnte.

»Macht nichts«, kam es mir ganz von selbst über die Lippen. Ich schaufelte noch zwei Bissen in mich rein und trank den Kaffee aus, dann stand ich ebenfalls auf. »Ich muss auch los. Die Bildung wartet nicht.«

Dad warf mir ein abgelenktes Lächeln zu. Aber vielleicht galt das auch dem Handydisplay, wer wusste das schon so genau? Innerhalb von Sekunden war er weg, und gleich darauf war der BMW zu hören, der die Einfahrt verließ. Dass er den neuen Wagen nicht mal in die Garage gestellt hatte, verriet schon alles.

Ich mied Susannas mitfühlenden Blick, stopfte ein paar Energydrinks in meine Tasche und nahm die Brotdose, die sie auf die Kochinsel gestellt hatte, dann machte ich mich ebenfalls auf den Weg.

Hoffnung war zum Kotzen. Wenn ich die Wahl hätte, würde ich nie wieder auf etwas hoffen wollen – oder auch nur in Versuchung geraten, mich auf andere Menschen zu verlassen. Wozu auch? Die Enttäuschung war von Anfang an vorprogrammiert.

Als ich abends nach Hause kam, war die Sonne schon untergegangen, und meine Laune befand sich auf einem ähnlichen Tiefpunkt. Freitagabende im Coffeeshop waren das Letzte. Als hätte jemand alle Idioten der Welt rausgelassen und ihnen lediglich eine Richtungsanweisung gegeben – direkt zu uns. Nur dass an den Wochenenden zusätzlich zu den Idioten auch noch Betrunkene dazukamen, da der Laden vierundzwanzig Stunden am Tag geöffnet hatte. Ich mied die Nachtschichten, auch wenn sie gutes Geld einbrachten, da ich in der Zeit streamen und schlafen wollte. Aber die Abendschichten nahm ich mit.

Nach so vielen Stunden hinter dem Tresen taten mir nicht nur die Füße, sondern auch das Gesicht weh. Letzteres vor allem von den vielen Fake-Lächeln, zu denen ich mich jedem Kunden gegenüber zwingen musste, und weil ich die Zähne die ganze Zeit so fest zusammengebissen hatte. Aua. Nur ein Freitagabendstream und ein paar möglichst gewalttätige Spiele konnten diesen Tag noch retten.

Im Haus war es wie so oft dunkel. Ich kümmerte mich um die Alarmanlage und schaltete das Licht ein, holte mir aus der Küche den Auflauf, den Susanna für mich zubereitet hatte, und aß ihn noch im Gehen. Oben angekommen verschlang ich den Rest, machte mich kurz frisch, dann startete ich den Computer.

»Hi zusammen!«, begrüßte ich den Chat etwas zu überschwänglich, aber ich war einfach so froh und erleichtert, jetzt hier zu sein und diesen miesen Tag hinter mir zu haben. Mehr noch. Es war Wochenende. Und bis auf eine Schicht am Sonntag hatte ich frei. *Frei!* Was zur Hölle sollte ich nur mit der ganzen Zeit anfangen?

»Sorry, dass es so spät geworden ist«, entschuldigte ich mich und lächelte zum ersten Mal an diesem Tag wirklich ehrlich. »Ich war noch bei der Arbeit und bin nicht früher weggekommen. Wie war euer Tag?«

Ich goss mir eine Cola ein und überflog die Antworten, während ich trank. Es war erstaunlich, wie viel die Leute online von sich preisgaben. Viele meiner Zuschauer waren in meinem Alter oder noch jünger und erzählten jetzt von der Schule, andere freuten sich genau wie ich aufs Wochenende, und wieder andere standen kurz vor der Geburt ihres Kindes, saßen inmitten von Kartons in ihrer neuen Wohnung oder hatten sich zu einem Mädelsabend mit Pizza und Wein versammelt, um mir beim Zocken zuzusehen. Manchmal fragte ich mich, warum sich diese Leute dazu entschlossen, ihren Freitagabend ausgerechnet hier mit mir zu verbringen. Okay, das war gelogen. Das fragte ich mich sogar ziemlich oft. Gleichzeitig war ich aber auch so unendlich dankbar dafür, dass es diese Leute, diese Community gab, dass ich manchmal nicht wusste, wohin mit diesen ganzen Empfindungen.

Games und Livestreams hatten mir in den schwierigsten Zeiten meines Lebens geholfen. Sie hatten mich abgelenkt, als ich es am dringendsten gebraucht hatte. Sie hatten mir etwas zum Nachdenken gegeben, mich lachen, weinen und fühlen lassen. Aber vor allem hatten sie mir ein Zuhause gegeben, als mein eigenes auseinandergebrochen war.

»Wow. Ihr habt eindeutig spannendere Leben als ich.«

Das erntete ein paar Lacher im Chat, und ich grinste.

»Was wollen wir heute spielen? Sollen wir direkt mit Lara Croft weitermachen? Oder erst mal etwas anderes zum Aufwärmen?«

jaaaa
Guild wars war letztes mal so cool 😁
DBD! DBD!!
oh ja, dead by daylight!
also ich bin ja immer noch für hello kitty online 😁

Ich prustete leise. »Nein, wir spielen immer noch kein Hello Kitty«, wies ich den Chat zurecht.

Die Reaktion waren lauter Emojis, die mir die Zunge rausstreckten. Typisch.

Die Leute warfen mit weiteren Vorschlägen um sich, aber ich startete bereits Dead by Daylight. Obwohl man im Grunde ständig dasselbe tat – Generatoren reparieren und vor dem Killer fliehen –, hatte dieses Spiel eindeutig Suchtpotenzial. Vor allem nach letzter Nacht.

YESSSS! DBD!!
mega!!
machen wir wieder community runden? 😊
Kann ich der Killer sein?
hey, dein rang hat sich verbessert! hast du etwa ohne uns gespielt??

Ich blinzelte kurz, überrascht davon, dass das jemandem aufgefallen war, obwohl ich es nicht mal selbst gemerkt hatte. Andererseits war ich letzte Nacht zu übermüdet gewesen, um überhaupt noch etwas wahrzunehmen.

»Stimmt, ich hab ein bisschen ohne euch trainiert«, gab ich zu und registrierte die ersten Spenden des Abends. Es war nicht viel, aber jeder Dollar zählte. Außerdem war das Geld zweitrangig. Bei den Streams ging es mir vor allem um den Spaß und die Community.

Eine sehr aufmerksame Community, wie ich wieder mal feststellte, während ich meine Überlebende in der Lobby mit Inventar und Opfergabe ausstattete. Dass ich gestern ausgerechnet mit Parker4G trainiert hatte, erwähnte ich nicht. Zum einen tat das absolut nichts zur Sache, zum anderen wollte ich mich nicht dadurch profilieren. Und vielleicht wollte ein kleiner Teil von mir das auch nicht preisgeben, weil es keine Streaming-Sache war, sondern etwas ... Persönliches.

Ich schnaubte. *Persönlich.* Als ob. Trotzdem hielt mich irgendetwas davon ab, meinen Zuschauern davon zu erzählen.

Was als Aufwärmen begann, endete erst nach zehn oder elf Runden mit der Community. Auf einmal war es zwei Stunden später und meine Cola fast leer.

»Ich hole mir kurz was zu trinken, dann starten wir mit Tomb Raider. Diesmal wirklich!«, versprach ich, nahm das Headset ab und stand auf.

Ich sprintete nach unten, um mir eine neue Flasche aus dem Kühlschrank zu holen, dazu noch zwei Energydrinks, auch wenn mich der hohe Konsum dieses Zeugs wahrscheinlich irgendwann ins Grab bringen würde. Nach einem kurzen Zwischenstopp im Bad kehrte ich zurück und ließ mich auf den bequemen Gaming-Stuhl fallen.

»Weiter geht's! Ich bin versorgt und ihr hoffentlich auch.«

Ich schob das Discord-Fenster auf den anderen Monitor, ließ das Programm aber offen, da Alice mir dort schrieb und mich informierte, sollte irgendetwas mit dem Stream oder Chat sein. Dann startete ich das Game auf dem Hauptbildschirm. Sofort erfüllte die verpixelte Grafik den Stream, und die Leute jubelten, als Lara Croft in ihrem mintfarbenen Tanktop und den Hot Pants erschien. Ganz ehrlich? Diese Figur mit den Riesenbrüsten und der superschmalen Taille war schon längst keine Frau mehr, und die Game Designer gehörten mit dicken Wälzern über Sexismus und Gender-Debatten geschlagen. Trotzdem waren die Spiele gut. Außerdem war Tomb Raider das Game, mit dem ich damals angefangen hatte. Das Game, das mich als allererstes in diese fremden, spannenden Welten eingeführt und meine Liebe zum Zocken geweckt hatte. Also konnte ich auch über Laras XXL-Brüste hinwegsehen. Meistens zumindest. Wenn sie mir nicht gerade die Sicht auf irgendwelche Gegner oder Wände verdeckten, an denen ich hochklettern musste.

Der letzte Speicherpunkt lud, und schon fanden wir uns in Level 5 in der Wüste Nevadas wieder, wo ich erst mal die kreisenden Geier besiegen musste. Der Vorteil an den alten Games waren eindeutig die Sprünge und Saltos, die Lara Croft in den neueren Spielen noch nicht draufhatte, weil sie die Vorgeschichte darstellten. Aber solange ich die alten Teile durchspielte, genoss ich dieses Detail sehr.

»Okay, hier ist nichts außer einer dämlichen Schlange«, murmelte ich und lief weiter, durch einen Tunnel hindurch, bis ich in einer Höhle landete, wo weitere Schlangen und ein Medipack auf mich warteten. »Finden wir hier noch etwas anderes?«

Ich sah kurz zum Chat, dann auf den anderen Monitor, wo Alice etwas bei Discord geschrieben hatte. Ohne nachzudenken, klickte ich auf den grünen Button bei einer neu aufploppenden Meldung, und dann auf den Screenshot, den mir meine Moderatorin geschickt hatte. Anscheinend hatte der Stream kurz geruckelt, was an der Internetverbindung liegen könnte, aber jetzt schien alles wieder zu funktionieren.

»Seid ihr noch alle dabei?«, fragte ich und sah wieder zum Chat. »Läuft alles bei euch?«

»Also bei mir läuft es super«, ertönte plötzlich eine tiefe Stimme in meinem Ohr.

Ich zuckte so heftig zusammen, dass ich beinahe mein Glas umstieß und mir fast die Kopfhörer runterriss. »Was zur Hölle?!«

Mein Herz raste wie verrückt, und meine Hände zitterten, während ich zu begreifen versuchte, was gerade passierte. Der Chat explodierte auf einmal nur so vor Nachrichten, Emojis und Großbuchstaben, und lief so schnell durch, dass ich kaum etwas davon richtig erkennen konnte.

»Hey TRGame«, sagte wieder diese Stimme, die mir irgendwie bekannt vorkam und bei der sich mein Herzschlag verdreifachte. Sie war warm und hatte einen weichen Südstaatenakzent, der mich ganz kirre machte.

Und plötzlich wusste ich ganz genau, was gerade passiert war und mit wem ich da sprach, auch wenn ich nicht fassen konnte, wie das überhaupt möglich war. Und warum. Aber gerade eben hatte ich bei Discord noch eine Meldung weggeklickt. Zumindest hatte ich das geglaubt, aber wie es aussah, hatte ich stattdessen einen Anruf entgegengenommen.

Ich räusperte mich. »Parker …?«

»Hundert Punkte!« Auch wenn ich ihn nicht sehen konnte, war das Grinsen deutlich aus diesen Worten herauszuhören. »Sag Hallo zu fünfundneunzigtausend Zuschauern!«

Vielleicht war es ganz gut, dass ich mein Glas vorsorglich von meiner Tastatur weggeschoben hatte, denn jetzt hätte ich seinen Inhalt definitiv darüber ausgegossen. Fünfundneunzigtausend Zuschauer? Was. Zum. Teufel?

»Hi«, brachte ich irgendwie hervor, klang dabei aber ein bisschen erstickt. »Streamst du etwa gerade?«

Gott, und ich redete hier mit ihm. So ganz nebenbei, als wäre das völlig normal. Oder als hätte mich der Mistkerl vorgewarnt, denn das hatte er definitiv nicht!

»Vielleicht …?« Und da war sie wieder, diese gedehnte, fast schon entspannte Sprechweise aus den Südstaaten, die man hier oben in Washington so selten hörte, und die mich an heiße Sommer, endlos weite Felder und lange Abende auf einer Veranda denken ließ.

Etwas blinkte rechts von mir auf, gleich darauf erschien eine Meldung nach der anderen auf dem Hauptmonitor, alle inklusive herumhüpfendem Gif. Meine Followerzahl stieg – und das in einem rasanten Tempo. Genauso schnell wie die Spenden eintrafen. Immer mehr und höhere Beträge innerhalb so kurzer Zeit, dass mir der Kopf schwirrte und ich überhaupt nicht mehr mitkam.

Was passierte hier?

Ein paar Stunden später

TRGame
Wie konntest du das tun??

Parker4G
😁

Parker4G
Wie konnte ich was tun? Du musst schon genauer werden

TRGame
DAS!

TRGame
Der Stream ... Du bist einfach ... WHY???

Parker4G
Ich hab heute spontan gestreamt und dachte mir, ich statte meiner guten DbD- und GW-Freundin einfach mal einen Besuch ab 😊

TRGame
Du ... das ist ... ich will dich anschreien und mich gleichzeitig irgendwie bei dir bedanken. Du Idiot! Hast du eine Ahnung, wie viele neue Follower ich plötzlich habe?!

Parker4G
Gern geschehen 😁

TRGame
...

Parker4G
Hey, komm. Ich hab nichts weiter getan, als kurz bei dir reinzuschauen, während ich gestreamt habe. Das waren keine 10 Minuten. Wahrscheinlich nicht mal 5 🤷‍♀️

Parker4G
Du bist nicht wirklich sauer, oder?

TRGame
Nein ...

Parker4G
Aber?

TRGame
Argh. Nichts, schon gut. Ich hab mich brav bedankt. Aber tu das nie wieder, verstanden?

Parker4G
Was ist los?

TRGame
seufz Du gibst keine Ruhe, oder?

Parker4G
Nope. Also spuckst du es besser gleich aus

TRGame
Es ist total dämlich

Parker4G
Nichts ist dämlich für mich. Außer vielleicht, als Erste am Haken zu hängen 🤨

TRGame
🙄

Parker4G
Hey, komm schon, das war ein Witz!

Parker4G
TR?

Parker4G
Hallo??

TRGame
Ich bin es nicht gewohnt, Hilfe anzunehmen oder überhaupt welche zu bekommen. Okay? Das ist alles

TRGame
Parker …?

Eingehender Anruf von Parker4G

Abgelehnt

TRGame
Was tust du da??

Parker4G
Dich anrufen. Deine letzte Nachricht klang, als würden wir über ein ernstes Thema reden und ernste Themen erfordern Anrufe. Oder Face-to-Face-Time. Wie wär's mit einer Videokonferenz?

TRGame
Nein! Und nein! Wir müssen überhaupt nicht telefonieren!

Parker4G
Willst du etwa nicht meine wundervolle, besänftigende, verständnisvolle Stimme hören, während du mir dein Herz ausschüttest?

TRGame
Du bist so ein Idiot. Und wehe, du behauptest, ich wäre die Erste, die dir das sagt!

Parker4G
Oh, das höre ich ständig, keine Sorge. Meine Mitbewohner sagen mir das mindestens 4x am Tag

TRGame
😁

Parker4G
Das war das erste Mal, dass du ein lachendes Emoji geschickt hast. Es geschehen noch Zeichen und Wunder 😆

Parker4G
Und denk nicht, mir wäre nicht aufgefallen, dass du abgelenkt hast, Miss

TRGame
Es gibt keine Emojis dafür, wie sehr ich gerade die Augen verdrehe

Parker4G
Schick mir ein Video davon. Ein Gif tut es auch

TRGame
Als ob!

Parker4G
Wieso nicht?

TRGame
Ich kenn dich kaum. Und ich schicke keinen fremden Kerlen irgendwelche Videos oder Fotos von mir

Parker4G
Dir ist aber schon klar, dass du alle paar Tage live im Internet streamst und es davon jede Menge Aufnahmen und auch Gifs gibt?

TRGame
Was? Nein! Wirklich? OMG!

Parker4G
😁

Parker4G
Na gut, dann eben kein Clip davon, wie du die Augen SO HART verdrehst. Obwohl ich mir das gerne angesehen hätte …

TRGame
Spinner

Parker4G
😊

Parker4G
Wie sieht's aus? Es ist erst kurz nach 2. Lust auf eine Runde Guild Wars?

TRGame
Dir ist schon klar, dass ich deinetwegen letzte Nacht nur 2h Schlaf hatte?

Parker4G
Armes Häschen ...

TRGame
Du bist echt unmöglich

Parker4G
Ich weiß. Also? GW? DbD? Irgendwas anderes?

TRGame
Etwas anderes. Ich hole mir kurz was mit Koffein. Und suche nach einem passenden Gif für dich, wo jemand die Augen verdreht

Parker4G
😂

Level 5

Parker

Ich parkte den Wagen am Straßenrand, schaltete den Motor ab und lehnte mich seufzend im Fahrersitz zurück. Geschafft. Ich hatte das Wochenende bei meinen Eltern in Alabama irgendwie überstanden und war Dad dabei so gut wie möglich zur Hand gegangen, indem ich den Haushalt geschmissen, den Rasen gemäht, Unkraut gezupft und mich um Mom gekümmert hatte, damit mein Vater eine Pause haben konnte. Jetzt war es Sonntagabend, und ich fühlte mich, als hätte ich seit Wochen nicht mehr geschlafen.

Was zumindest teilweise stimmte. Am Freitagabend mit fast nur meinem alten Equipment in meinem früheren Kinderzimmer zu streamen, war gar nicht so einfach gewesen. Zweimal war die Verbindung zusammengebrochen, und ich hatte den Livestream neu starten müssen, aber dann hatte es doch noch bis halb zwei geklappt. Allerdings hatte ich auch danach nicht viel Schlaf abgekriegt, da ich bis morgens um fünf mit TRGame gezockt hatte.

Sie war bei Weitem nicht die einzige Person die ich kannte, die gerne nachts spielte, aber irgendwie machte es mit ihr verflucht viel Spaß. Vielleicht, weil wir uns gegenseitig absolut nichts schenkten und uns immer wieder herausforderten. Es war spannend, lustig und machte fast schon ein bisschen süchtig. Mein Biorhythmus fand das allerdings weniger spaßig, denn der war seit diesem Wochenende total im Eimer. Nicht, dass das etwas Neues für mich wäre.

Auf der Fahrt zurück nach Pensacola hatten mir ein paar Leute aus der Uni geschrieben, die über die Ferien auch dageblieben waren oder sowieso in der Gegend wohnten. Unten am Strand fand heute eine Beachparty statt, auf die ich normalerweise echt Lust hätte, aber nach den letzten Tagen war ich einfach zu erledigt dafür. Vielleicht würde ich mir noch ein Bier auf der Veranda oder im Garten hinterm Haus gönnen, aber das wäre es dann auch schon. Ich textete ihnen eine kurze Antwort, dann packte ich mein Handy ein und zog den Schlüssel ab.

Ich stieg aus, holte meinen Rucksack von der Rückbank und machte mich auf den Weg ins Haus. Zusammen mit Cole, Sophie, Lincoln und Eliza bewohnte ich eine relativ große Wohnung direkt in Downtown, was wir uns als arme Studenten nur deshalb leisten konnten, weil wir zusammengelegt hatten und der alte Mr Oakley von unten, dem das Gebäude gehörte, ein Auge für uns zugedrückt hatte. Er tat zwar immer recht grummelig, und es verging kein Tag, an dem er nicht wenigstens einen von uns anschnauzte, aber im Grunde seines Herzens liebte er uns. Da war ich mir absolut sicher.

Unsere Wohnung befand sich zwar nicht direkt zwischen all den Bars, Kneipen, Restaurants und Cafés, die abends hell erleuchtet waren und neben Studenten auch älteres Publikum und Touristen anzogen, aber zumindest waren sie in Laufnähe, und auch der Hafen war nicht allzu weit entfernt. Nicht, dass mir das viel nutzte. Ich war viel seltener dort oder am Strand, als mir lieb war. Aber durch die Streams und YouTube-Videos, die Uni und meine Besuche daheim blieb nicht mehr allzu viel Freizeit übrig. Gar keine, um genau zu sein. Und die opferte ich lieber ein paar Stunden dringend benötigtem Schlaf. Es sei denn, TR war online.

Bei der Erinnerung an ihre überraschte, fast schon entsetzte Reaktion, als ich in ihren Stream reingeplatzt war, musste ich unweigerlich grinsen. TR hatte eine angenehme Stimme, das war mir schon vor drei Tagen aufgefallen, als ich dabei zugeschaut hatte, wie sie die alten Tomb-Raider-Teile spielte. Aber persönlich mit ihr zu sprechen, anstatt sie nur zu hören? Auch wenn es nur ein paar wenige Minuten vor viel zu vielen Zuschauern gewesen waren? Das war noch mal etwas völlig anderes.

Ich nahm die Stufen zur Veranda mit wenigen Schritten, dann öffnete ich die Haustür. Von hier aus führte ein Flur zu Mr Oakleys Wohnung und eine Treppe auf der rechten Seite nach oben zur WG. Von unserem Nachbarn war nichts zu sehen, also steuerte ich direkt die Treppe an.

Nach gerade mal drei Stufen klingelte mein Handy. Wie immer machte sich eine seltsame Mischung aus Hoffnung und einer dunklen Vorahnung in meinem Brustkorb breit, da ich einerseits darauf hoffte, dass es nur einer meiner Freunde war, andererseits aber stets damit rechnete, dass der Anruf von zu Hause kam. Und diese Art von Anrufen war nie gut. Doch als ich das Gerät, ohne stehen zu bleiben, aus der Hosentasche zog und einen kurzen Blick aufs Display warf, machte sich Erleichterung in mir breit.

»Hey Fremde«, begrüßte ich meine beste Freundin und verlangsamte meine Schritte etwas.

»Das sagt der Richtige«, behauptete Callie, und ich konnte förmlich vor mir sehen, wie sie in ihrem typischen Outfit, bestehend aus Kleid und Cowboy-Stiefeln, die Arme vor der Brust verschränkte. »Ich bin nicht derjenige, der am Wochenende in der Nähe war, ohne Hallo zu sagen oder wenigstens kurz Bescheid zu geben.«

»Woher …?«

Ach ja, der Livestream. Verdammt. Ich hatte zwar nicht direkt erwähnt, dass ich in meinem alten Kinderzimmer war, obwohl ein paar Leute gefragt hatten, ob ich umgezogen war, da sie einen anderen Hintergrund gewohnt waren. Aber anscheinend hatte Callie zugesehen oder zumindest kurz reingeschaltet und natürlich sofort erkannt, wo ich mich befand.

Witzigerweise war sie eine meiner ersten Zuschauer gewesen – und klickte sich bis heute regelmäßig in meine Streams rein. Sogar in die spontanen, die ich gar nicht erst vorher online ankündigte. Sie behauptete immer, sie tat es, um mich überhaupt noch zu Gesicht zu bekommen. Aber in Wahrheit wusste ich es besser: Sie erwärmte sich langsam für die Gaming-Szene. Und früher oder später würde ich sie auch noch dazu bekommen, mit mir gemeinsam zu zocken. Auf den Tag freute ich mich schon jetzt.

»Sorry.« Ich fuhr mir mit den Fingern durchs Haar. »Ich war bei meinen Eltern. Da war keine Zeit für einen Spontantrip nach Summerville.«

»Ist das der einzige Grund?«, hakte sie eine Spur leiser nach. »Oder …?«

Oder gab es noch einen anderen? Callie sprach diese Frage zwar nicht aus, aber wir wussten beide, was sie meinte. Und sie hatte recht, auch wenn ich es nur ungern zugab. Seit wir nicht mehr zusammen studierten, sahen wir uns nur noch selten. Bis vor zwei Jahren hatte ich sie öfter in ihrer Heimatstadt besucht, wo Callie jetzt zusammen mit Keith wohnte – der nicht nur ihr Freund, sondern auch ihr Stiefbruder war. Und da sollte noch mal jemand behaupten, mein Liebesleben wäre kompliziert. Aber im schönen Summerville mitten in Alabama lebte auch Faye Morganstern – und auf eine Begegnung mit ihr konnte ich gut und gerne verzichten. Was mit der Grund dafür war, dass ich seither kaum noch dort war.

»Ich war beschäftigt«, behauptete ich – und das war nicht mal gelogen.

Callies Stimme nahm einen weichen, mitfühlenden Klang an. »Wie geht es deiner Mom?«

Ich biss die Zähne zusammen und blieb am Treppenabsatz kurz vor der Wohnung stehen. Mit den meisten Leuten aus der Highschool hatte ich keinen Kontakt mehr, genauso wenig mit den Kommilitonen aus meiner kurzen Zeit in Oregon. Nur Callie war noch da … und das, obwohl ich so dumm gewesen war, mich ausgerechnet in ihre beste Freundin zu verlieben. In ihre *verlobte* beste Freundin. Dass das nur in einem Desaster mit gebrochenem Herzen enden konnte, war abzusehen gewesen, trotzdem hatte ich mich darauf eingelassen. Und jetzt war ich hier, zwei Jahre später, und vermied es noch immer, nach Summerville zu fahren – nur wegen der Chance, dort Faye zu begegnen. Genauer gesagt Faye und ihrem Ehemann, dem Kerl, den sie letzten Endes doch noch geheiratet hatte.

Doch trotz allem, was passiert war, hatte mir Callie nie die Freundschaft gekündigt. Irgendwie schaffte sie es, mit uns beiden befreundet zu bleiben, wofür ich ihr unendlich dankbar war. Denn sie war auch die Einzige, die von der Situation bei mir zu Hause wusste. Weder die Leute aus meiner WG, meine Kommilitonen, Gamer-Freunde oder die wenigen Frauen, mit denen ich kurzzeitig etwas gehabt hatte, ahnten auch nur das Geringste.

»Nicht gut«, erwiderte ich nur, da ich nicht darüber reden wollte. Es hatte Jahre gedauert, bis ich Callie überhaupt von meiner Mom und ihrer Krankheit erzählt hatte. Bis dahin hatte ich noch alles, was darauf hindeutete, heruntergespielt: die häufigen Besuche daheim, die langen Telefonate, die hohen Arztrechnungen, die Dad und ich gemeinsam schulterten. Die blauen Flecken, wann immer ich von zu Hause kam.

Callie seufzte. »Das tut mir ehrlich leid. Warum hast du nicht angerufen oder wenigstens kurz getextet? Ich hätte vorbeikommen und euch helfen können.«

Weil ich nicht will, dass du hilfst. Weil ich nicht will, dass überhaupt jemand darüber Bescheid weiß, da ich das Mitleid nicht ertragen könnte. Und weil meine Eltern seit diesem einen Vorfall alles dafür getan haben, um den Schein zu wahren und niemanden wissen zu lassen, was im Hause Parker wirklich vor sich geht.

Damals hatten wir noch nicht gewusst, was mit Mom los war. Sie war immer ein fröhlicher und herzlicher Mensch gewesen und hatte sich mit allen gut verstanden. Seien es die Nachbarn, die Eltern meiner Mitschüler oder die Kassiererinnen im Supermarkt. Mom konnte jedem ein Lächeln aufs Gesicht zaubern. Doch dann hatte sie sich innerhalb weniger Monate verändert. War schnippisch und aggressiv geworden. Und kurz bevor die Diagnose gekommen war, hatte ein ganz normales Gespräch mit der Nachbarin von gegenüber damit geendet, dass Mom sie ohne Vorwarnung aufs Übelste beschimpft hatte. Seither vermieden meine Eltern jeden Kontakt zur Außenwelt.

Ich schloss für einen Moment die Augen und atmete tief durch, dann riss ich sie wieder auf und ging weiter. »Es gibt nichts, bei dem du hättest helfen können, Callie. Aber trotzdem danke.«

»Manchmal bist du so ein Idiot.«

Ich schnaubte leise und kramte in meinem Rucksack nach dem Wohnungsschlüssel. »Warum sagen das in letzter Zeit immer alle?«

»Weil es wahr ist. Außerdem rufe ich an, um dich daran zu erinnern, was in fünf Tagen ist.«

Ich rechnete kurz nach und musste dann grinsen. »Was ist in fünf Tagen?«, fragte ich in gespielter Unwissenheit.

»Der Feiertag des heiligen St. Parker, Schutzpatron der Freundschaften, Bestrafer der Vergesslichkeit. Schon mal von ihm gehört?«, war die trockene Antwort. »Mein Geburtstag, Mann!«

Ich lachte lautlos. »Ich weiß. Ausnahmsweise habe ich es mir gemerkt.«

»Wirklich?« Sie klang misstrauisch. Nicht ohne Grund, denn seit wir uns kannten, hatte ich ihren Geburtstag schon dreimal vergessen. Allerdings würde ich sogar meinen eigenen vergessen, wenn mich nicht jemand daran erinnern würde.

»Was hast du geplant? Eine große Party in Summerville?«

Als ich die Wohnungstür aufstieß, schallte mir Musik entgegen. Im ersten Raum rechts sang sich irgendeine Boyband aus den Neunzigern den Herzschmerz von der Seele (Sophie war wieder in Hochform), aus dem Zimmer daneben war ein japanisches Anime-Opening zu hören (Eliza schien hochkonzentriert zu arbeiten) und aus Raum Nummer drei auf der linken Seite dröhnte Hard Rock (Cole machte Sport oder arbeitete oder hatte Sex – wer wusste das bei ihm schon so genau?). Nur Lincolns Tür stand weit offen, was normalerweise hieß, dass er nicht daheim war.

Es war ohnehin ein Wunder und außerdem eine Premiere, dass wir alle während der Semesterferien hier waren, statt irgendwo hinzufahren. Ich musste arbeiten, genau wie Sophie, Cole hatte einen Sommerkurs belegt, außerdem lebte seine neue Freundin in der Stadt, und Lincoln jobbte und hatte sich eine ganze Reihe an Sommerseminaren aufgebürdet. Liz zeichnete rund um die Uhr an ihrer Graphic Novel, aber wenn ich mich nicht irrte, würde immerhin sie bald in den Flieger steigen und bis zum Ende des Sommers weg sein. Und sie würde uns fehlen, denn tatsächlich war das hier nicht nur eine bloße Zweckgemeinschaft, auch wenn es für die meisten von uns so angefangen hatte. Einzig Sophie und Cole kannten sich schon länger, der Rest von uns war nach und nach dazugestoßen, und mittlerweile fühlten wir uns alle ziemlich wohl in unserer WG. Zumindest solange Cole nicht wieder versuchte, uns alle umzubringen.

»Ja, eine Party. Eine extrem gute Party. Und du bist eingeladen«, kam es aus dem Handy. »Ausreden zählen nicht. Wenn du unerwartet verunglückst oder plötzlich krank wirst, hast du trotzdem zu kommen. Und bei einem Aufenthalt im Krankenhaus sorgt meine Stiefmom dafür, dass du hierher verlegt wirst.«

Ich prustete los. »Schon kapiert. Ich hatte fast vergessen, wie fordernd du sein kannst, Robertson.«

»Ich bin noch nicht fertig.« Entgegen ihrer Warnung wurde Callies Stimme sanfter. »Sag mir das nächste Mal Bescheid, okay? Ich kann und ich will helfen – und du wirst das gefälligst annehmen, Donovan Parker!«

Beim Klang meines vollen Namens schnitt ich eine Grimasse. Doch bevor ich darauf antworten konnte, wurde die Tür direkt neben mir mit einem Ruck aufgerissen.

»Cole!«, rief Eliza quer durch die ganze Wohnung.

Es dauerte nur ein, zwei Sekunden, dann ging auch Coles Tür auf. Er trug nur weiße Boxershorts, was zumindest eine meiner Vermutungen von eben bestätigte. »Was?! Ich bin beschäftigt!«

»Wo ist mein schwarzer Pulli? Wenn du ihn wieder mitgewaschen hast …«

Cole verzog das Gesicht, als hätte er Schmerzen. »Wie oft denn noch? Ich hab das Teil nicht gesehen! Was kann ich dafür, dass du ständig deine Klamotten herumliegen lässt?«

»Gahh!« Sie fuhr sich mit beiden Händen durch das kurz geschnittene schwarze Haar und lenkte ihren mörderischen Blick auf die einzige andere Person im Flur – mich.

Abwehrend hob ich die freie Hand. »Hey, ich bin unschuldig. Ich war das ganze Wochenende über weg. Außerdem … fliegst du nicht nach Australien? Wozu brauchst du einen Pulli?«

»Weil dort gerade Winterzeit ist, Sherlock! Außerdem friere ich immer.« Das entsprach eindeutig der Wahrheit. Selbst jetzt, bei um die sechsundzwanzig Grad und Sonnenschein trug sie ein langärmeliges Shirt – dazu allerdings Hot Pants, die so knapp waren, dass sie diese Bezeichnung nicht einmal verdient hatten, und pink gestreifte Plüschsocken. »Ich schwöre dir, wenn Cole wieder etwas von mir mit seinen Sachen gewaschen und zerstört hat, mache ich ihn kalt. Hast du das gehört, Springman?«, brüllte sie quer durch den Flur, bis nicht nur ich, sondern auch Cole das Gesicht verzog. »Wenn meine Klamotten wieder wegen dir eingelaufen sind, schmeiße ich all deine Boxershorts mit meinen roten Sachen in die Maschine und dann sind sie rosa! FÜR IMMER!«

Liz war so laut, dass sogar Sophie die Musik ausschaltete und den Kopf aus ihrem Zimmer steckte. »Geht die Welt unter?«, wollte sie wissen und schob sich die Brille auf dem Nasenrücken hoch.

Statt einer Antwort warf Cole lediglich eine Kusshand in Liz' Richtung und zwinkerte Sophie zu, dann ließ er die Tür zufallen, bevor Liz sich auf ihn stürzen konnte.

Ich konnte gar nicht anders, als loszulachen. »Sorry. Ich ruf dich zurück. Hier ist gerade Land unter.«

»Hab ich gemerkt.« Callies Belustigung war nicht zu überhören. »Irgendwann muss ich dich wirklich mal besuchen kommen und deine Mitbewohner persönlich kennenlernen.«

»Jederzeit, Calls. Jederzeit. Du kannst sogar deinen heißen Freund mitbringen.«

Sie schnaubte. »Pass auf dich auf, du Schwachkopf.«

»Du auch.« Grinsend legte ich auf, warf den Rucksack in mein Zimmer am anderen Ende des Flurs und das Handy aufs Bett. Dabei fiel mir erst so richtig auf, was Callie gesagt hatte, bevor das Chaos in der WG ausgebrochen war. Sie plante eine Geburtstagsparty. In ihrer Heimatstadt. Und sie wollte mich dabeihaben. Aber wenn ich da war, dann mit Sicherheit auch Callies beste Freundin Faye. Meine – mehr oder weniger – Ex-Freundin. Fantastisch.

Ich unterdrückte ein Fluchen und schob die Gedanken daran energisch beiseite, als ich die Küche betrat. Neben dem Wohnzimmer und dem Garten war das der Ort, an dem wir uns am häufigsten aufhielten. Und alles dafür taten, um Sophie und Liz vom Kochen abzuhalten. Nichts gegen die beiden, aber Sophie konnte sich schon lebensgefährlich verletzen, wenn sie ein Messer nur ansah, und bei den letzten Backversuchen von Liz war jedes Mal der Rauchmelder angesprungen. Einmal hatte Mr Oakley sogar die Feuerwehr gerufen, weil der ominöse Geruch bis zu ihm ins Erdgeschoss gedrungen war.

In der Küche klebte noch immer der gelbe Zettel, der uns davor warnte, den Herd anzulassen und alle im Haus zu töten. Als mein Blick auf den Kühlschrank fiel, musste ich unwillkürlich grinsen. Denn dort hing ein Zettel, der bei meiner Abfahrt noch nicht dort gewesen war: *Schwarzer Pulli vermisst! Hat ihn jemand gesehen?*

Gleich daneben prangte eine krakelig gezeichnete Figur, die mir mit einer zerbrochenen Tasse zuprostete. Ohne Zweifel Lincolns Werk. *Sorry, hab die Tasse (grün, weiße Punkte, sah ganz nett aus) fallen lassen. Wem auch immer sie gehört – ich kaufe eine neue! P.S.: Hab den schwarzen Pulli weder gesehen noch gewaschen oder mitgenommen. Pass endlich mal auf deine Sachen auf, Lizzy!*

Ich schnaubte leise. Diese Chaoten. Kopfschüttelnd öffnete ich den Kühlschrank und nahm mir die Reste vom letzten Essen heraus, die zum Glück noch einigermaßen frisch aussahen.

Im Flur war es mittlerweile wieder still geworden. Leise summend kam Sophie in die Küche geschlendert und schnappte sich einen grünen Apfel aus der Schale auf dem Tisch. Sie war so dünn, dass man meinen könnte, ein Windhauch könne sie umwerfen. Dabei futterte sie mindestens so viel wie Cole und ich.

»Hat sich die Lage wieder beruhigt?«, fragte ich und rührte in dem Eintopf – oder was auch immer der Inhalt des Topfes darstellen sollte – herum, den ich wieder aufwärmen wollte. Zumindest konnte ich ein bisschen Gemüse darin erkennen.

Sophie schob sich ein paar lange blonde Haarsträhnen über die Schulter zurück. »Nope. Wahrscheinlich wird sie Cole umbringen«, murmelte sie und biss in den Apfel.

Ich warf ihr einen belustigten Blick zu. »Scheint dich nicht sonderlich zu stören. Wart ihr nicht mal beste Freunde?«

»Schind wir immer noch«, nuschelte sie mit vollem Mund und schluckte den Bissen runter. »Aber wenn ich mich zwischen Cole und Liz entscheiden muss, wähle ich Liz. Frauenpower und so.«

»Hey, das hab ich gehört!«, rief Cole, der im Türrahmen aufgetaucht war und sich nun auf einen der ungleichen Stühle am Tisch fallen ließ. »Mein armes Herz.«

»Welches Herz?«, konterte Sophie umgehend.

Cole riss die Augen auf und fasste sich an die Brust, wo besagtes Herz schlug. Ich wandte mich grinsend wieder dem Eintopf zu und löffelte etwas davon auf einen Teller. Und weil ich wusste, dass Sophie nicht nur aus Langeweile in die Küche gekommen war, füllte ich auch einen Teller für sie und stellte ihn auf den Tisch. Dann schnappte ich mir ein Bier aus dem Kühlschrank und setzte mich dazu.

»Danke.« Sophie holte aus, um den Apfelrest im Mülleimer zu versenken, doch er entglitt ihrer Hand, flog haarscharf an Coles Kopf vorbei und prallte mit einem dumpfen Laut gegen das Fenster. Sie zog eine Grimasse und hob das Ding samt Kernen auf, warf es in den Müll – und fiel dann wie eine Verhungernde über ihren Teller her.

»Schön, dass du zur Abwechslung mal was anhast.« Mit dem Löffel in der Hand deutete ich auf Cole, der inzwischen nicht mehr nur Boxershorts trug, sondern ein dunkelrotes T-Shirt und – Überraschung! – sogar eine Hose.

Eine weitere Person betrat die Küche, schlang die Arme von hinten um Coles Hals und beugte sich zu ihm hinunter. »Meinetwegen hättest du auch nackt bleiben können«, schnurrte sie in sein Ohr. Laut genug, dass wir jedes einzelne Wort hören konnten.

Sophie hielt im Kauen inne und verzog das Gesicht, während ich so tat, als müsste ich eines meiner Fleischbällchen wieder hochwürgen. Cole zeigte uns nur den Mittelfinger und gab seiner Freundin einen kurzen Kuss auf den Mund. Erst danach hob sie den Kopf und sah in die Runde. »Hey zusammen.«

»Hallo Mallory«, begrüßte ich sie, genau wie Sophie, die ihr – wenn auch mit vollem Mund – ein Lächeln zuwarf.

Wenn ich mich nicht völlig irrte, waren Mallory und Sophie im selben Studiengang und ebenfalls miteinander befreundet. So hatte Cole seine aktuelle Freundin überhaupt erst kennengelernt, und jetzt ging Mallory schon seit knapp zwei Monaten in unserer WG ein und aus. Wenigstens war sie dabei angezogen, im Gegensatz zu Cole. Es hatte schon Tage gegeben, da war ich morgens nichts ahnend in die Küche geschlurft und hatte noch vor dem ersten Kaffee mehr von meinem Mitbewohner gesehen, als ich je hatte sehen wollen. Genau das war der Stoff, aus dem Albträume gemacht wurden. Wer brauchte da noch Horror-Games …

Ich stopfte mich mit dem Eintopf voll und lauschte den Plänen, die Cole und Mallory für den Rest des Sonntags schmiedeten. Sie wollten heute Abend noch mal an den Strand und fragten auch Sophie und mich, aber ich gab nur einen undefinierbaren Laut von mir. Ich brauchte dringend eine Pause von anderen Menschen. Aber bevor ich das – auf höfliche Weise und ohne meine Eltern zu erwähnen – deutlich machen konnte, piepte mein Handy mit einer neuen Nachricht. Nicht bei den üblichen Messengern, sondern bei Discord.

TRGame
Streamst du heute?

Ein, zwei Sekunden lang starrte ich auf die Frage, dann musste ich grinsen. Bisher war ich immer derjenige gewesen, der zuerst getextet hatte, doch jetzt hatte TR mich von sich aus angeschrieben – und aus irgendeinem Grund freute mich das. Es freute mich sogar sehr.

»Sorry, Leute, ich bin raus.« Ich schob das Handy zurück in die Hosentasche, futterte meinen Teller leer und stand auf. Nachdem ich ihn abgespült hatte, verabschiedete ich mich von den anderen und ging geradewegs in mein Zimmer. Dort ließ ich mich aufs Bett fallen, ignorierte das Knarren der Holzpaletten unter der Matratze und tippte eine Antwort.

Parker4G
Warum? Angst, mir die Follower wegzuschnappen, wenn du gleichzeitig streamst?

TRGame

Nein, aber vielleicht habe ich gerade nichts Besseres zu tun und würde dir zuschauen. Wobei ... jetzt überlege ich mir das noch mal 😆

Parker4G

Warte kurz

TRGame

Worauf?

Parker4G

Dass ich den Stream starte 😁

Und genau das tat ich auch. Trotz meiner Müdigkeit hievte ich mich hoch, schaltete den Computer ein und ging live, obwohl ich das heute Abend eigentlich nicht vorgehabt hatte. Bis eben hatte mir der Sinn nur noch nach meinem Bett oder einem Feierabendbier im Garten gestanden. Stattdessen saß ich jetzt in meinem Gamingsessel, sah in die Webcam und begrüßte die ersten Zuschauer dieses spontanen Streams.

Was sagte das über mich aus?

Vermutlich mehr, als ich wissen wollte. Oder über das ich nachdenken wollte. Jetzt wollte ich nur diesen Stream genießen – zusammen mit dem Wissen, dass TR mir dabei zuschaute.

Am selben Abend

TRGame
Schöner Stream. Aber bei Black Ops hast du es total versaut

Parker4G
Wow, vielen Dank!

TRGame
Immer wieder gerne 😁

TRGame
Du hattest aber eh vor, zu streamen, und hast das nicht nur gemacht, weil ich danach gefragt habe, oder?

Parker4G
Wer weiß …

TRGame
Komm schon!

Parker4G
Die Wahrheit?

TRGame
Ja

Parker4G
Okay

Parker4G
Ich war total erledigt und wollte eigentlich nur noch ins Bett

oder mit einem Bier im Garten entspannen. Ein Stream war nicht geplant 🙆

TRGame
Du hast einen Garten?

Parker4G
Das ... war nicht der Punkt, aber ja. Toller Ort. Sehr ruhig. Sehr gepflegt. Mit Hängematte und Liegen. Du solltest vorbeikommen und ihn dir anschauen 😏

Parker4G
TR?

Parker4G
Bedeutet das Schweigen, dass du aus irgendeinem Grund wieder vor Lachen am Boden liegst?

TRGame
Jepp

Parker4G
Du bist echt ... etwas

TRGame
Etwas?

Parker4G
Ich suche noch nach der passenden Beschreibung 😌

TRGame
Ah, okay. Das kann ja dauern

Parker4G
Hey!

TRGame
Weil du so müde bist und heute schon fünf Stunden im Stream gezockt hast! Nur deshalb 😇

Parker4G
Ja, klar

TRGame
Und da will man EINMAL freundlich sein ...

Parker4G
Dass du überhaupt weißt, wie man das schreibt

TRGame
Ich hab ein Wörterbuch neben mir liegen

Parker4G
War klar 😆

Parker4G
Jedenfalls war es gut, dass ich heute gestreamt habe. Danke für den Tritt in den Hintern

TRGame
Immer wieder gern. Hat Spaß gemacht, dir zuzuschauen

Parker4G
Obwohl ich es bei Black Ops verkackt habe?

TRGame

Das war der beste Teil daran 😁

Parker4G

Das mit der Freundlichkeit musst du noch üben

TRGame

Freundlichkeit wird überbewertet

Parker4G

Nicht da, wo ich herkomme

TRGame

Ahh, der wohlerzogene Südstaaten-Junge

Parker4G

Hey, was hast du gegen die Südstaaten?

TRGame

Gar nichts. Ich war noch nie da 🤷‍♀️

Parker4G

Das solltest du unbedingt ändern

TRGame

Warum? Bietest du dich etwa als Tourguide an?

Parker4G

Eigentlich nicht, aber jetzt, wo du es sagst … 😆

TRGame

Ich suche immer noch nach einem passenden Gif, das dir zeigt, wie sehr ich gerade die Augen verdrehe

Parker4G
😂

Parker4G
Schick mir ein Video. Problem gelöst

TRGame
Du bist unmöglich

Parker4G
Ich weiß

TRGame
Unverbesserlich

Parker4G
Jepp

TRGame
Nervig

Parker4G
Ein bisschen kreativer könntest du schon sein. Übrigens: Dauernd hier zu chatten und mich so nett von dir beleidigen zu lassen, ist auf Dauer etwas umständlich. Gibst du mir deine Nummer? Oder soll ich dir einfach meine schicken?

TRGame
Hmm ... lass mich überlegen

TRGame
Nein

Parker4G
Ach, komm schon, du solltest inzwischen wissen, dass ich kein creepy Stalker bin

TRGame
Nope

Parker4G
Wie du willst. Dann muss ich dir eben meine Nummer geben

TRGame
Wofür??

Parker4G
Damit du mich anrufst?

TRGame
Wie wär's mit: Nein

Parker4G
Wie wär's mit: 850-555-0128

TRGame
🙄

Parker4G
Call me, maybe?

TRGame
Immer noch Nein

TRGame
Und jetzt hab ich auch noch einen Ohrwurm ...

Parker4G
😂 😇

5 Minuten später

Parker4G
Hey, TR?

TRGame
Ja?

Parker4G
Schlaf schön

Am nächsten Tag

TRGame
Also … ich hab hier echt viele Anfragen von Leuten, ob und woher wir uns kennen

Parker4G
Tun wir nicht. Was nicht an mir liegt, denn du willst meine Handynummer ja nicht 😆

TRGame
Ich hab sie schon und überlege, was ich damit alles anstellen könnte

Parker4G
Texten? Anrufen? Die Nummer auf einen Zettel schreiben und sie in einem magischen Ritual verbrennen? An einer Voodoo-Puppe befestigen? Auf allen Social Media Kanälen posten?

Parker4G
Nein, halt. Mach das Letzte bitte nicht

TRGame
Das ist deine größte Sorge von den oben genannten Dingen?

Parker4G
Irgendwie schon, ja 😂

Ein paar Stunden später

Parker4G
Wofür steht eigentlich das TR in deinem Namen? Tomb Raider?

TRGame
Natürlich 😆

TRGame
Nein, um ehrlich zu sein, kam Tomb Raider erst später dazu und ist jetzt so ein bisschen mein Markenzeichen geworden, weil ich die ganzen alten Games spiele

Parker4G
Ahh. Und wofür steht TR dann?

TRGame
Du lässt nicht locker, was?

Parker4G
Nope. Und ich bin ungeduldig und kann extrem nervtötend werden, wenn ich zu lange auf etwas warten muss, also beantwortest du das besser sofort 😇

TRGame
Es sind meine Initialen

Parker4G
Und die stehen für ...?

TRGame
Teagan Ramona. Auch wenn ich den Namen hasse, also komm ja nicht auf die Idee, mich jemals so zu nennen!

Parker4G
Teagan Ramona. Ich mag es

TRGame hat ein Gif gesendet

TRGame
Da. Genau so sehe ich gerade aus!

Parker4G
Ich glaube nicht, dass es menschenmöglich ist, die Augen so krass zu verdrehen. Das ist doch Fake!

TRGame
Wie du meinst 🙄

TRGame
Und denk dir ja nicht seltsame Spitznamen wie Tea oder so einen Scheiß aus!

Parker4G
Du brichst mir das Herz, Tea-Tea 💔 😭

TRGame
Wenn ich Tea-Tea bin, nenne ich dich ab jetzt nur noch Cheryl

Parker4G
Sind wir dann auch das heißeste Pärchen in ganz Riverdale? 😁

TRGame
...

Parker4G
Das war ein Scherz!

Parker4G
Wie soll ich dich denn dann nennen? Weiterhin TR?

TRGame
Teagan reicht

Parker4G
Alles klar, Teagan. Freut mich, dich kennenzulernen. Ich bin Parker

TRGame
Hallo Parker

Parker4G
😁

Am Abend des 14. Juni

Unbekannte Nummer
Hey, du hast schon seit ein paar Tagen nicht mehr gestreamt. Alles klar bei dir?

Unbekannte Nummer
Hier ist übrigens Teagan

Unbekannte Nummer zu Kontakten hinzugefügt

Teagan
Alles okay?

Parker
Jepp.

Parker
Ganz toll.

Parker
Könnte gar nicht besser sein.

Teagan
Wow, du hättest mich FAST überzeugt

Parker
Sorry, ich bin nur ... Ach, vergiss es. Schon gut

Teagan
Nur?

Parker
Auf einer Veranstaltung, auf der ich gar nicht sein will. Und zähle die Minuten, bis ich gehen kann, ohne unhöflich zu wirken

Teagan
Ohhh, das kenne ich SO GUT

Teagan
Familienfeier?

Parker
Geburtstagsparty

Teagan
Ugh! Noch schlimmer!

Parker
Du sagst es

Teagan
Und wer ist das Geburtstagskind?

Parker
Meine beste Freundin Callie

Teagan
Und das ist schlimm, weil …?

Parker
Weil ihre beste Freundin auch da ist und die ist zufällig so etwas wie meine Ex

Teagan
Autsch

Parker
Jepp.

Teagan
Den oder die Ex zu sehen ist echt zum Kotzen. Ich bin froh, dass ich das nicht mehr jeden Tag erleben muss

Parker
Ich normalerweise auch nicht, weil ich nie hier bin. Aber diese Sache konnte ich leider nicht absagen

Zwölf Minuten später

Teagan
Sorry, musste kurz ein paar Kunden bedienen. Bist du noch da? Lebst du noch? Oder hast du dich schon in Alkohol und Verzweiflung gestürzt?

Parker
Noch da, am Leben und dummerweise nüchtern

Teagan
Oh shit

Parker
Ich kann mich nicht betrinken, weil ich noch fahren muss

Teagan
Scheiße ...

Teagan
Kann ich irgendwie helfen?

Parker
Wie wär's, wenn du einen spontanen Notfall vortäuschst, der mich dazu zwingt, sofort von hier zu verschwinden? Du könntest dir aus Versehen den Finger abhacken. Oder die Wehen setzen ausgerechnet jetzt ein und ich muss dich sofort ins Krankenhaus fahren

Teagan
Ich hab gerade laut losgelacht. Mein Kollege hat mich komisch angeschaut, weil er das nicht von mir gewohnt ist 😂

Parker
Sorry? 😁

Teagan
Musst du nicht sein. Dieser Tag kann ein paar Lacher gebrauchen

Parker
Wem sagst du das ...

Parker
Mist

Parker
Muss Schluss machen

Parker
Da kommen Menschen und wollen reden

Teagan
Ihh, Menschen!

Eine halbe Stunde später

Parker
Töte mich. Ernsthaft. Bitte töte mich jetzt!

Teagan
So schlimm?

Teagan
Wir können es immer noch mit dem vorgetäuschten Notfall versuchen?

Parker
Danke, aber das würde Callie sofort durchschauen, weil wir die Nummer schon ein paarmal zusammen durchgezogen haben, um uns gegenseitig aus doofen Gesprächen, Blind Dates und anderen dummen Situationen zu helfen

Teagan
Mist. Ich fürchte, dann bist du rettungslos verloren

Teagan
Ich kann ich nichts mehr für dich tun

Teagan
Adieu!

Parker
Warte!!!

Parker
Du kannst mir weiter schreiben. Dann wirke ich zwar unhöflich, weil ich die ganze Zeit am Handy hänge, aber wenigstens lassen mich die meisten Leute in Ruhe. Und ich muss mir nicht das glückliche Ehepaar geben ...

Teagan
Das glückliche Ehepaar?

Parker
Die Ex, die ich vorhin erwähnt habe? Sie hat inzwischen geheiratet

Teagan
Doppel-Autsch

Teagan
Hat sie dich betrogen?

Parker
Nein, wir waren nicht ... Wir waren nicht zusammen. Nicht richtig jedenfalls. Es ist kompliziert.

Teagan
Klingt ganz so

Parker
Jedenfalls hat sie sich für ihn entschieden. Aber sie ist ein so verflucht netter Mensch, dass sie auf dieser verdammten Party auch mit mir reden und sicherstellen will, dass es mir gut geht. Bisher konnte ich ihr erfolgreich aus dem Weg gehen

Teagan
Eine Frage, Parker

Parker
Ja?

Teagan
Was zur Hölle wolltest du mit einem netten Mädchen?

Parker
😂

Parker
Um ehrlich zu sein, weiß ich das jetzt im Nachhinein auch nicht mehr

Teagan
😄

Parker
So ... und du arbeitest gerade? Lenke ich dich ab?

Teagan
Ja. Und nicht sehr. Im Moment ist nicht viel los

Parker
Als was arbeitest du eigentlich? Und wo?

Teagan
Als Barista in einem kleinen Coffeeshop hier in der Stadt

Parker
Ahh. Ich mag Baristas. Sie machen meine Kaffees. Die sind meistens ziemlich heiß

Teagan
Die Baristas oder der Kaffee?

Parker
Beides natürlich

Teagan
Natürlich

Teagan
Lass mich raten: Sie geben dir auch ihre Nummer? Schreiben sie mit Herzchen und einem verzweifelten ›Bitte nimm mich!‹ auf deinen Becher?

Parker
Stimmt. Alle bis auf eine. Aber bei ihr hab ich auch noch nie einen Kaffee bestellt

Teagan
Gut. Wenigstens eine mit etwas Grips

Parker
😂

Parker
Bist du eigentlich nur bei mir so zynisch oder ist das einfach deine Art?

Teagan
Beides. Definitiv beides.

Parker
Also bin ich wenigstens ein bisschen was Besonderes?

Teagan
Du bist ein Gaming-Star. Besonderer geht kaum.

Parker
Natürlich bin ich ein Star. Keine Frage. Aber das meinte ich gar nicht

Teagan
Sondern …?

Parker
Shit. Leute im Anmarsch

Später am Abend

Parker
Übrigens schön zu sehen, dass du doch noch eine gute Verwendung für meine Handynummer gefunden hast und mir hier schreibst, statt bei Discord

Teagan
Ja. Sie auf allen Social Media Kanälen zu posten, hebe ich mir für später auf

Parker
Sehr beruhigend

Parker
Arbeitest du eigentlich immer noch?

Teagan
Spätschicht

Parker
Ich bin seit fast sechs Stunden auf dieser Party und du arbeitest die ganze Zeit?

Teagan
Von irgendetwas muss ich ja das College bezahlen

Parker
Auch wieder wahr. Aber ganz ehrlich: Wer trinkt mitten in der Nacht noch so viel Kaffee?

Teagan
Mehr Leute als du denkst. Und: Hast du das gerade ernsthaft gefragt? Du?

Parker
Ja, aber Leute wie wir sitzen nachts mit Kaffee vorm PC und zocken. Wir gehen nicht extra in den nächsten Coffeeshop, um uns welchen zu holen

Teagan
Du würdest dich wundern, was ich für Geschichten erzählen kann ...

Parker
Schieß los!

Teagan
Ernsthaft?

Parker
Das oder ich betrinke mich doch noch. Und dann muss ich hierbleiben, weil Callie mich nicht Auto fahren lässt, und das ist das Letzte, was ich gerade will

Teagan
Und was willst du gerade?

Parker
Nicht auf dieser Party sein

Teagan
Danke, Captain Obvious

Parker
😊

Parker
Ich wäre jetzt lieber in einem ganz bestimmten Coffeeshop und würde mir von einer ganz bestimmten Barista einen Kaffee mit Herzchen im Milchschaum machen lassen

Teagan
Diese Barista schreibt dir aber nicht ihre Nummer auf den Becher

Parker
Die hab ich zum Glück schon

Rund eine Stunde später

Parker
Geschafft! Endlich! Danke, dass du mir heute beigestanden hast

Teagan
Kein Problem

Parker
Nein, ernsthaft jetzt. Du hast einen Abend, der beschissen sein sollte, irgendwie erträglich gemacht

Teagan
Du übertreibst

Parker
Und du kannst nicht gut mit Komplimenten und Dankbarkeit umgehen, oder?

Teagan
Ich hasse dich gerade ein bisschen

Parker
Warum? Weil ich dich so leicht durchschaut habe?

Teagan
Du hast keine Ahnung, wer oder wie ich wirklich bin

Parker
Stimmt. Aber so langsam lerne ich dich kennen. Und mir gefällt, was ich da entdecke, Tea-Tea

Teagan
😆

Teagan
Hast du getrunken? Denn wenn du was getrunken hast, lasse ich dich genauso wenig fahren wie deine Freundin Callie

Parker
Ich bin völlig nüchtern. Und gerade auf dem Weg zum Auto, also kann ich dir in den nächsten Stunden leider nicht mehr texten

Parker
Es sei denn, du willst auf Anrufen oder Videochatten ausweichen …?

Teagan
Schon gut. Ich hab jetzt auch Schluss und mache mich auf den Heimweg

Parker
Alles klar. Dann schlaf später schön!

Parker
Und träum von mir 😏

Teagan hat ein Gif gesendet

Parker
Eines Tages werde ich für die Nachwelt festhalten, wie DU die Augen so verdrehst wie auf dem Bild

Teagan
Als ob

Parker
😁

Teagan
Gute Heimfahrt

Parker
Danke, Süße

Ein paar Tage danach

Teagan
Ich hasse alle Menschen und möchte etwas anzünden

Parker
Das ist wahrscheinlich ein schlechter Zeitpunkt, um dich zu fragen, ob du im Juli zur RTX nach Texas kommst?

Teagan
!&T/GjhQ!z*HLOfj#

Parker
Oooookay

Parker
Was ist passiert?

Teagan
Nichts. Nur ein beschissener Tag mit beschissenen Leuten und beschissenen Nachrichten

Parker
Was für Nachrichten?

Teagan
Ich will nicht darüber reden. Ich will nicht mal darüber nachdenken, sondern nur irgendetwas oder irgendjemanden kaputt schlagen.

Parker
Spiel mit mir und wir jagen ein paar Sachen in die Luft!

Teagan
Gott, ich würde SO gerne, aber ich kann nicht. Bin noch unterwegs 😭

Parker
Warum nicht?

Parker
Komm schon, T! Spiel mit mir!

Parker
Spiel mit mir! Spiel mit mir! Spiel. Mit. Mir.

Teagan
Wie alt bist du? 12? 😅

Parker
Im Herzen? Definitiv. Geistig? Wahrscheinlich auch. Körperlich? Lass mich kurz nachgucken ...

Parker
Eindeutig nicht mehr 12

Teagan
Du hast gerade nicht wirklich nachgeschaut, oder?

Parker
Vielleicht ... vielleicht auch nicht ...

Teagan
Oh Gott 😅

Parker
Jepp, so wurde ich auch schon ein paarmal genannt.

Teagan
Das war's. Ich rede nie wieder mit dir

Teagan
Und ich lache mehr, als ich es an diesem Scheißtag tun sollte!

Parker
Gern geschehen

Teagan
ARGH 😂

Parker
Also? Fährst du zur RTX?

Teagan
Wie kommst du darauf?

Parker
Es ist eine Convention. Gamer sind da. Neue Sachen werden vorgestellt. Und da du eine Gamerin bist und schon nicht auf der E3 in L. A. warst, ist die RTX in Texas die nächste logische Wahl. Also? Kommst du?

Teagan
Als Besucherin oder als Teilnehmerin?

Parker
Spielt das eine Rolle?

Teagan
Wahrscheinlich nicht

Teagan
Warum fragst du überhaupt? Hat der Gaming-König in seinem vollgepackten Terminplan etwa noch eine Lücke für mich frei?

Parker
Eventuell? 😁

Sechs Minuten später

Parker
Teagan?

Parker
Tea-Tea?

Teagan
Ich denke darüber nach!

Parker
Das ist alles, was ich hören wollte. Oder lesen.

Parker
Und jetzt: Was kann ich tun, um diesen beschissenen Tag weniger beschissen für dich zu machen?

Teagan
Töte ein paar Gegner. Schlachte einen Haufen Zombies ab. Jag irgendwas in die Luft, dann kann ich dir zumindest später da-

bei zuschauen und meine Aggressionen durch dich ausleben. Das reicht mir für heute Abend schon.

Parker
Na gut. Der Livestream startet sowieso um ...

Parker
Oh Shit

Parker
In 2 Min

Parker
Sicher, dass dir das reicht und du nicht mitzocken willst? Ich würde mich sogar freiwillig von dir töten lassen 😁

Teagan
Das schaffe ich auch, ohne dass du mich lässt

Parker
Bist du da GANZ sicher?

Teagan
Jepp. Und jetzt geh endlich und starte den Stream!

Parker
Bin schon dabei 😆

Teagan
Parker?

Parker
Hm?

Teagan
Mach sie fertig!

Parker
😊

Noch ein paar Tage später

Parker
Hey, wieso wusste ich nicht, dass du auch The Witcher zockst!?

Parker
Und wieso hast du die Belohnung bei der »Goodness, Gracious, Great Balls of Granite!«-Quest bekommen? Ich hab dem Typen die Kronjuwelen dieser dämlichen Statue überlassen und nach einer Woche war er tot und der Auftraggeber angepisst

Teagan
Hahahahaha!

Parker
Das ist nicht lustig! Ich wollte einem Kumpel aushelfen und dann so ein Scheiß! Tod durch Überanstrengung. Als ob!

Teagan
😂 😂 😂

Teagan
Tja … Ich bin eben gut 😏

Parker
Oder einfach herzloser als ich

Teagan
Das sowieso. Aber Frauen haben eben einfach ein besseres Gespür als Männer dafür, was das Richtige ist 🤷‍♀️

Parker
Dir ist schon klar, dass du damit gewisse Sprüche fast schon herausforderst?

Teagan
Hau raus. Glaub mir, ich hab sie alle schon gehört

Parker
Zum Beispiel?

Teagan
Willst du das Spiel für deinen Freund kaufen? Was, du spielst selbst? Das glaube ich nicht. Das ist doch nichts für Mädchen, haha!

Teagan
Btw ein Grund, warum ich Games inzwischen nur noch online kaufe 🙄

Parker
So ein Scheiß passiert wirklich?

Teagan
Jepp

Teagan
Oder die alte Nummer: Was? Du bist eine Frau? Kein Wunder, dass dein Team verloren hat!

Teagan
Und mein persönlicher Favorit: Was geht, Baby? Geile Titten. Zeig mal etwas Haut, deshalb sind wir schließlich da!

Parker
Shiiiit

Parker
Ich schäme mich gerade für meine Geschlechtsgenossen

Teagan
Zum Glück sind nicht alle so. Und mit AliceW hab ich eine echt gute Moderatorin, die sich gar nicht erst auf Diskussionen einlässt, sondern solche Idioten sofort bannt

Parker
Sehr gut. Ohne Mods geht es echt nicht. Ich wüsste nicht, was ich ohne meine tun würde

Teagan
Dito

Parker
Obwohl ich wahrscheinlich ein paar mehr bräuchte bei dem Chaos im Chat ... Was meine Mods nach einem Stream manchmal erzählen, was ich gar nicht mitbekomme ... Krasser Scheiß. Aber nicht so krass wie bei dir, nehme ich an?

Teagan
Ach, ich denke mir dann immer, dass diese Leute echt traurige Leben und kleine Schwänze haben müssen

Teagan
Parker?

Teagan
Alles klar?

Parker
Ja!

Parker
Hab mich nur grad am Trinken verschluckt

Teagan
😂

Parker
Jedenfalls werde ich mir The Witcher weiter bei dir angucken. Ich will sehen, wie du dich so schlägst

Teagan
Du meinst besser als du? 😇

Parker
In deinen Träumen, Süße

Parker
Hey, und falls du doch noch zur RTX kommst, schau vorbei und sag Hallo, ja? Meine ganzen Termine und wo ich mich sonst so rumtreibe, findest du online

Teagan
Keine Versprechungen

Parker
Ich bestehe darauf 😝

Parker
Nein, jetzt mal ganz im Ernst. Es wäre toll, dich live zu treffen

Teagan
Mal sehen ...

Level 6

Teagan

RTX, Austin, Texas

Ich war nervös. Das letzte Mal, dass ich mich so gefühlt hatte, war, als ich Dad von meinen Plänen erzählt hatte, Game Design zu studieren. Zu sagen, dass er es nicht gut aufgenommen hatte, wäre die Untertreibung des Jahrhunderts gewesen. Er war ausgerastet. Damals war meine Nervosität also durchaus berechtigt gewesen. Aber jetzt?

»Komm schon, Teagan!« Alice stand schon am Ende der Schlange, kam jetzt aber noch mal zurück, um mich am Arm zu packen und mit sich zu ziehen, weil ich ein paar Meter davor stehen geblieben war.

Jetzt standen wir wieder in Reih und Glied – ich in meinen Alltagsklamotten und Alice in ihrem Cosplay von Alice im Wunderland. Inklusive blonder Perücke und blauem Haarband, farblich passend zu ihrem Kleid. *Wenn schon Alice, dann auch richtig,* hatte sie gesagt, als sie mir mit einem breiten Grinsen in der Hotellobby entgegengekommen war.

Und obwohl ich Alice gerade mal seit einer halben Stunde persönlich kannte, moderierte sie meine Streams schon fast von Anfang an. Sie war eine meiner ersten Zuschauerinnen gewesen und hatte schon damals im Chat durchgegriffen, wenn sich mal ein paar Idioten danebenbenommen hatten. Da war der Sprung zur Moderatorin selbstverständlich gewesen. Allerdings hätte ich nie damit gerechnet, dass wir uns persönlich gegenüberstehen würden. Davon, gemeinsam auf eine Convention zu gehen, mal ganz abgesehen.

»Das wird toll!«, behauptete sie jetzt und hakte sich bei mir unter, als wollte sie verhindern, dass ich wieder einfach stehen blieb – oder weglief. »Du wirst sehen.«

Ich nickte nur, da mir noch immer die Worte fehlten. Ich war nie wirklich aus meiner Heimatstadt rausgekommen, ganz zu schweigen davon, den Bundesstaat zu verlassen, auch wenn ich mir das mit jedem weiteren Jahr, das ich dort verbrachte, mehr gewünscht hatte. Und jetzt hatte ich nicht nur Washington verlassen, sondern war einmal quer durchs ganze Land gereist. Die Flüge nach Texas waren unglaublich teuer gewesen, aber das war immer noch besser, als über zweiunddreißig Stunden mit dem Auto zu fahren – und das ohne Pausen gerechnet. Mein Gewissen hatte ich damit beruhigt, dass ich nicht nur wegen der Convention hergekommen war, sondern mir auch den Campus ansah.

Das Terrence College lag ziemlich zentral – ich hatte mir extra ein Hotel ganz in der Nähe ausgesucht – und bot einen hervorragenden Game-Design-Studiengang an. Mehrere renommierte Namen, die hier studiert hatten, arbeiteten jetzt bei den ganz großen Unternehmen und lebten meinen Traum. Ich wollte das auch. Ich wollte es so sehr, dass ich alles dafür tun würde, um hier angenommen zu werden.

Sicher, das West Florida Media & Arts College und die University of Southern California waren auch gute Optionen, und ich würde keine Sekunde zögern, dorthin zu ziehen, sollte mich eine dieser Unis annehmen. Zur Not ging auch das DigiPen Institute of Technology in Redmond, Washington, wobei mir das eindeutig zu nahe an meiner Heimatstadt war. Aber nachdem mir meine erste Wunsch-Uni in New York vor rund zwei Wochen abgesagt hatte, war das kleine private – und damit unendlich teure – Terrence College in Austin, Texas, das sich auf Game Art, Game Design und Game Engineering spezialisiert hatte, meine neue Nummer eins geworden.

Allein beim Gedanken an den hübschen kleinen Campus, den ich gestern Nachmittag besucht hatte, und die Möglichkeit, dass ich in einem halben Jahr dort leben könnte, machte mein Magen einen Sprung und zog sich dann vor Anspannung zusammen.

Das könnte allerdings auch an den riesigen Schlangen am Eingang zur RTX liegen, die sich vor den Taschenkontrollen gebildet hatten. Wer war auf die blöde Idee gekommen, ausgerechnet am Samstag, dem Haupttag der Convention, herzukommen? Ach ja: ich. Dass wir hier in der prallen Morgensonne standen, mit Sonnenbrillen auf den Nasen und Kaffeebechern in den Händen, war ganz allein mein Verdienst.

Im Gegensatz zu mir hatte Alice einen wesentlich kürzeren Weg hierher gehabt. Sie wohnte zusammen mit ihrer Partnerin Jo, die auf der Convention als Security arbeitete, in Austin. Sie war auch diejenige gewesen, die mich letztlich dazu überredet hatte, nicht länger herumzuüberlegen, sondern die Tickets einfach zu buchen und herzufliegen. Ohne Ankündigung für meine Zuschauer, denn dafür war es zu knapp gewesen und – ganz ehrlich? Ich hatte nicht den geringsten Schimmer, was ich hätte sagen sollen.

Hey Leute, ich bin auf der RTX! Überraschung! Lasst uns zusammen einen Kaffee trinken gehen!

Ähm … Nein. Einfach nein. Mal ganz davon abgesehen, dass hier so viele Berühmtheiten herumschwirrten, dass mich sowieso keiner erkennen würde. Was gut war. Auf Distanz und hinter einem Monitor waren mir andere Menschen tausendmal lieber als live und in Farbe. Und noch eine Sache, auf die ich gut verzichten konnte: die Gerüche. Es war schon jetzt so verflucht warm, dass mir mein schwarzes Top am Rücken klebte, und irgendetwas sagte mir, dass das in den Hallen nicht viel besser sein würde.

Doch Alice zog mich erbarmungslos weiter, und wir rückten in der Schlange nach vorne. Wenigstens fiel ich mit meinen braunen, auf halber Höhe knallig lila gefärbten Haaren und den Fingernägeln in der gleichen Farbe nicht auf. Da zog Alice schon deutlich mehr Blicke auf sich. Wobei auch sie zwischen all den anderen Cosplayern und Leuten mit bunt gefärbten Haaren und Gaming-T-Shirts kaum hervorstach.

Direkt vor uns stand eine Gruppe junger Mädchen in Sailor-Moon-Outfits im Punk-Stil. Weiter vorne erkannte ich den Vault Boy aus Fallout mit blondem, leicht gelocktem Haar und blau-goldenem Anzug. Neben ihm tippte Deadpool etwas in sein Handy. Und ein Stück hinter uns liefen ein paar Gestalten aus Final Fantasy zusammen mit Captain America herum.

Und obwohl mich die schiere Masse an Menschen um mich herum schon jetzt geradezu erdrückte, fühlte ich mich nicht … fremd. Zu Hause fiel ich immer negativ auf – sei es mit meinem Aussehen, meinen Interessen oder meinem Verhalten. Vor allem in der Highschool, wo es nur so vor Barbiepüppchen wie Maddison Mae und dazu passenden Kens wie Brandon wimmelte. Gott sei Dank hatte ich mittlerweile meinen Abschluss und würde diese Flure nie wieder betreten. Die Leute, mit denen ich gezwungenermaßen die letzten vier Jahre meines Lebens verbracht hatte, musste ich echt nicht wiedersehen.

Es dauerte eine gefühlte Ewigkeit, in Wahrheit aber nur eine knappe halbe Stunde, bis wir die Taschenkontrolle erreichten, unsere Ausweise samt Schlüsselbändern erhielten und die Convention betraten. Meine Finger kribbelten vor Aufregung, und mein Magen gurgelte leise, weil ich bisher nur Kaffee zu mir genommen hatte. Aber mehr hatte ich einfach nicht runterbekommen.

Ich hängte mir meinen Fachbesucher-Ausweis um, auf dem zum Glück nicht mein richtiger Name, sondern einfach nur TRGame stand – und trotzdem musste ich dem Drang widerstehen, ihn einfach einzustecken, sodass ihn niemand lesen konnte. Was lächerlich war. Das war nicht die Highschool und auch keine Mall in meiner Heimatstadt, sondern eine Gaming Convention. Das hier waren Leute wie ich. Und dieser Gedanke half mir dabei, mich etwas zu entspannen, während wir den Eingangsbereich durchquerten und die erste Halle im Erdgeschoss betraten.

Überall waren Stände von großen und kleinen Entwicklern, bekannten Namen genauso wie Indie-Game-Studios, die ihre neuesten Spiele mitgebracht hatten – manche davon sogar noch vor dem offiziellen Release. Und das Beste daran? Wir konnten sie schon testen.

»Ich bin im Himmel!«, stieß ich hervor.

Alice blieb grinsend neben mir stehen. »Ich hab dir doch gesagt, dass es toll wird. Also: Wo wollen wir zuerst hin? Wir haben Zeit bis ungefähr elf.«

Ich warf ihr einen misstrauischen Blick zu und wich einer Gruppe von Leuten in unserem Alter aus. »Was ist um elf?«

Alice wedelte nachlässig mit der Hand. »Ach, nicht so wichtig. Aber um zwölf beginnt dein Retro-Panel, zwischendurch lasse ich dich kurz allein, um Jo zu besuchen, und um drei ist das Live Let's Play.«

»Welches Live Let's Play?«

Grinsend hakte sie sich wieder bei mir unter und zog mich an den Ständen vorbei. »Für das ich dich angemeldet habe. Du brauchst echt eine Managerin, T.«

Ich prustete. Ja, klar. Vielleicht sollte ich ihr böse sein, dass sie mich ohne mein Wissen bei diesem Live Let's Play angemeldet hatte, aber um ehrlich zu sein, freute ich mich schon jetzt darauf. Außerdem war ich es schon gewohnt, live vor Leuten zu spielen, also konnte das hier nicht so viel anders sein, oder?

In den nächsten zwei Stunden wanderten wir durch die Hallen auf den verschiedenen Ebenen. Wir schauten uns die Stände an, Alice kaufte sich in einem Shop ein Plüsch-Pikachu, wir legten eine kleine Pause ein, um uns eine Schale Pommes zu teilen und etwas zu trinken, dann zogen wir weiter. Soweit ich mitbekommen hatte, sollte es heute Nachmittag ein Meet & Greet mit einigen Produzenten geben, zu dem ich unbedingt gehen wollte, und abends dann exklusive Screenings sowie eine Party auf dem Convention-Gelände. Vorher – und damit vor meinen eigenen Terminen – wollte ich noch zu den Ständen der Manga- und Game-Art-Künstler, doch Alice deutete zur Rolltreppe in die entgegengesetzte Richtung.

Ich warf einen sehnsüchtigen Blick auf die Zeichnungen an den Ständen, folgte ihr dann jedoch. Später würde ich auf jeden Fall hierher zurückkommen und mich mit den Leuten unterhalten. Vielleicht konnte ich herausfinden, wo sie studiert hatten – falls sie das überhaupt hatten –, und an welchen Game Designs sie aktuell arbeiteten.

Die ganze Zeit über hatte ich ganz bewusst nicht auf mein Handy geschaut und ganz bewusst nicht daran gedacht, dass Parker ebenfalls irgendwo hier herumschwirrte. Und das war mir ziemlich gut gelungen, weil es auf der Convention so unheimlich laut war, so viel zu sehen und zu erleben gab und ich ständig abgelenkt wurde. Aber als Alice jetzt geradewegs zu den Signings marschierte, wurde mir unweigerlich flau im Magen.

Ja, es könnte durchaus sein, dass sie zu einem ganz bestimmten Let's Player oder Gaming-Star wollte, davon gab es schließlich genug in der Branche, und ich wusste zufällig, dass sie ein riesiger Fan von einigen von ihnen war. Innerlich hoffte ich darauf, dass sie die Räume, die ausschließlich für Signierstunden reserviert waren, nur deshalb ansteuerte. Aber eine leise Stimme tief in meinem Inneren wusste es besser.

Und sie behielt recht. Denn in dem Raum, den wir gerade durch einen Seiteneingang betraten, der nur für Fachbesucher zugänglich war, hatte niemand Geringeres als Parker seine Autogrammstunde.

Ich blieb so abrupt stehen, dass meine Stiefel auf dem Linoleumboden quietschten. Glücklicherweise ging das Geräusch völlig unter, denn es war verflucht laut. Die Schlange war endlos, und nur weil wir von der Seite hereingekommen waren, konnten wir überhaupt einen Blick auf Parker werfen.

Er war … groß. Seltsam, dass mir ausgerechnet das als Erstes auffiel, aber er war eindeutig ein ganzes Stück größer als ich. Und mit den strahlend blauen Augen, den dunklen Haaren, die an der Seite kurz geschoren und oben ein, zwei Zentimeter länger waren, im echten Leben noch attraktiver als in seinen Livestreams. Obwohl er auf den ersten Blick ein bisschen schlaksig wirkte, bemerkte ich den trainierten Bizeps und die starken Arme, wann immer er für einen seiner Fans etwas unterschrieb oder den- beziehungsweise diejenige kurz umarmte.

»Ich hasse dich«, murmelte ich an Alice gewandt, ohne den Blick von Parker zu nehmen. Ich hatte es zwar schon geahnt – oder vielmehr befürchtet –, aber dass Alice mich wirklich geradewegs hierhergebracht hatte, war nicht fair. Und so was von nicht abgemacht! »Ich hasse dich so sehr!«

»Damit kann ich leben«, zwitscherte sie gut gelaunt.

Verdammt. Warum konnte Parker nicht wie eine Vogelscheuche aussehen und mega unsympathisch sein? Meinetwegen auch unhöflich und einfach ein Arschloch. Und wieso musste er eine so verflucht angenehme Stimme haben, die mich in den letzten Wochen ständig begleitet hatte? Nein, nicht begleitet. *Verfolgt.* Parkers Stimme mit dem warmen Südstaatenakzent hatte mich regelrecht verfolgt. Mich – und tausend andere, wenn ich mir die Warteschlange so anschaute, die zum größten Teil aus Frauen und jungen Mädchen bestand.

Alice stieß mich mit dem Ellbogen an. »Willst du nicht hingehen?«

Ich lachte ungläubig auf und riss den Blick zum ersten Mal von Parker los, um meine Moderatorin entsetzt anzustarren. »Machst du Witze? Ich soll mich da anstellen? Nein, danke. Ich kann meine Lebenszeit anderweitig wirklich besser verschwenden.«

Sie seufzte. »Aber ihr kennt euch. Ich bin mir ziemlich sicher, dass du dich nicht anstellen musst, um einen Moment mit ihm zu reden.«

Hey, und falls du doch noch zur RTX kommst, schau vorbei und sag Hallo, ja?

Natürlich musste mir Parkers Nachricht ausgerechnet jetzt wieder einfallen. Und ein Teil von mir ... verdammt, ein viel zu großer Teil von mir wollte genau das tun. Einfach da hinmarschieren, über das Absperrband klettern, seine Signierstunde crashen und Hallo sagen. Bei der bloßen Vorstellung musste ich ein irrwitziges Lachen unterdrücken. Und diese Aktion auch noch vor den Augen all dieser Leute? Seiner ganzen Zuschauer, Fans und Follower? Nein. Never ever. Lieber ließ ich Parkers Team freiwillig im Guild Wars PvP gewinnen. Wir kannten uns gerade mal seit ... was? Fünf Wochen? Mehr?

Weniger? Außerdem hatten wir bisher immer nur miteinander gechattet. Na gut. Und ein bisschen geflirtet. Aber das war's auch schon. Das war definitiv *kein* Grund, ihn anzusprechen. Schon gar nicht hier und jetzt.

»Geh schon hin!«, drängte Alice.

»Ich kann nicht!«, stieß ich hervor.

»Ach nein?« Sie runzelte die Stirn. »Und warum nicht?«

»Er ist ... beschäftigt. Sieh dir doch nur mal diese Schlange an.« Ich deutete auf die ganzen Leute. Die Schlange zog sich durch die halbe Halle. Wenn nicht sogar noch weiter. Manche saßen auf dem Boden, statt zu stehen, was mir nur zu deutlich vor Augen führte, wie lange sie hier schon auf ihren Lieblingsgamer warteten. Eine Vierergruppe weiter hinten spielte sogar Karten.

Alice verdrehte die Augen. »Für dich macht er sicher eine Ausnahme, wenn du nur kurz Hallo sagen willst.«

Ja, aber ich wollte gar nicht, dass er meinetwegen eine Ausnahme machte. Gleichzeitig wollte ich mich auch nicht stundenlang anstellen müssen, um zwei, drei Worte mit Parker wechseln zu können. Von Angesicht zu Angesicht, statt nur am Handy oder am PC. Gott, dachte ich ernsthaft darüber nach? Warum? Nur weil wir ein paarmal nett miteinander geschrieben hatten? Weil wir uns tatsächlich ganz gut verstanden, wenn wir uns nicht gegenseitig im Spiel fertigmachten? Das war total bescheuert. Außerdem wollte ich gar nicht wissen, ob er im echten Leben genauso war wie online. Das konnte doch nur eine Enttäuschung werden. Oder sehr, sehr seltsam.

»Lass uns ... einfach später noch mal vorbeischauen«, murmelte ich. »Vielleicht ist es dann etwas ruhiger.«

»Später ist er aber nicht mehr da. Er hat einen total vollgestopften Terminplan, das weißt du genauso gut wie ich. Versuch gar nicht erst zu leugnen, dass du dir seine Termine online angeschaut hast! Außerdem: Musst du nicht in einer Stunde zu diesem Panel über Retro Games?«

Ich presste die Lippen aufeinander und wand mich innerlich, denn Alice hatte recht. Zumindest mit ihrer letzten Aussage. Warum zum Teufel hatte ich zugestimmt, bei irgendwelchen Programmpunkten mitzumachen? Es war nicht so, dass ich nichts zu den Themen zu sagen hätte, aber ich hasste Menschen. Und öffentliche Auftritte. Und Menschen bei öffentlichen Auftritten. Und jetzt sollte ich zusammen mit anderen Gamern auf einer Bühne sitzen und etwas Sinnvolles sagen? Ich wusste nicht, ob ich bei der Vorstellung hysterisch lachen oder mich lieber auf dem nächsten Klo einschließen wollte, um mir die Seele aus dem Leib zu kotzen.

Die Livestreams waren nur ein Mittel zum Zweck gewesen, um das Schöne mit dem Notwendigen zu verbinden. Ich zockte, erzählte irgendwelches Zeug und verdiente damit ein bisschen Geld, das ich fürs College sparen konnte. Bekannt zu werden und auf irgendwelche Conventions zu gehen, war nie Teil des Plans gewesen, obwohl ich nicht leugnen konnte, dass ich es genoss, hier zu sein. Zumindest hatte ich das, bis meine Moderatorin mich heimlich zu Parkers Signierstunde manövriert hatte.

»Du kannst das!«, beharrte Alice, und ich hatte keine Ahnung, ob sie damit das Panel oder Parker meinte. Wahrscheinlich sogar beides.

»Nein.«

Hatte ich das nur gedacht oder laut ausgesprochen? Egal.

»Lass uns gehen«, sagte ich entschieden und wollte mich bereits abwenden.

»Hey, du bist doch TRGame!«, rief plötzlich jemand.

Fuck.

In meinem Kopf reihte sich ein Fluch an den anderen, nach außen hin zwang ich mich jedoch zu einem Lächeln und drehte mich langsam um. Es dauerte einen Moment, bis ich das Mädchen in der Signierschlange entdeckte, das mich angesprochen hatte. Sie hatte hellrosa Haare, die mit Sicherheit nur eine Perücke waren, und trug eine weiß-blaue Schuluniform. Und sie starrte mich erwartungsvoll an.

Schicksalsergeben nickte ich. »Die einzig Wahre.«

»Oh mein Gott!«, kreischte sie so laut, dass gleich mehrere Leute in ihrer unmittelbaren Nähe zusammenzuckten. Mich selbst eingeschlossen. »Du bist es wirklich! Ich *liebe* deine Streams!« Sie gab ihren Freundinnen Bescheid, trat aus der Reihe und kam geradewegs auf mich zu. »Wie du letztens alle in der Guild-Wars-Arena fertiggemacht hast, war einfach *göttlich*! Parker ist sooo ausgerastet! Oh. Mein. Gott!«

»Ähm … danke?«

»Deinetwegen habe ich selber mit Tomb Raider angefangen! Ich bin eigentlich kein Fan von Retro-Games, aber du hast das sooo toll gemacht!«

»Danke.«

Was zum Teufel sagte man in einer solchen Situation, abgesehen von etwas so Lahmem wie *Danke*? Ich hatte nicht die geringste Ahnung. Bis auf Alice war ich keinem anderen Menschen persönlich begegnet, der ebenfalls zockte – oder mir gerne dabei zuschaute. Und jetzt hatte ich beides in ein- und derselben Person vor mir und keinen Schimmer, wie ich reagieren sollte.

»Unterschreibst du mein T-Shirt? Können wir ein Foto zusammen machen?« Das Mädchen, das höchstens zwei, drei Jahre jünger sein konnte als ich, hüpfte beinahe auf und ab. Von irgendwoher zauberte sie einen schwarzen Stift hervor und drückte ihn mir in die Hand.

Erst als ich damit auf dem Stoff ansetzte, registrierte ich, mit welchem Spruch er bedruckt war: *YES I like video games. NO I won't date you.*

Ich musste unweigerlich grinsen. »Cooles Shirt.«

»Danke!« Sie strahlte mich an. »Das gibt's hier auch im Shop, hab ich vorhin gesehen.«

Dummerweise hatte ich kein Geld, um mir auch eines zu holen, obwohl ich bei den ganzen dämlichen Anmachen, die ich tagtäglich im Chat zu lesen bekam, gerne so ein Shirt gehabt hätte. Und das waren nur die, die Alice nicht schnell genug rausfilterte. Aber Flüge, Übernachtung und Convention-Tickets hatten bereits ein Loch in meine Ersparnisse gerissen, das ich schnell wieder auffüllen musste, wenn ich nicht noch ein Jahr in meiner Heimatstadt bleiben und Kaffee für dämliche Pryans zubereiten wollte. Oder doch noch auf Dads Angebot einging und etwas *Vernünftiges* studierte, bei dem er alle Kosten für Studium und Unterkunft übernehmen würde. Nein, danke.

»Hier.« Ich gab ihr den Stift zurück und lächelte – diesmal sogar ehrlich. Doch fast augenblicklich gefror es mir auf den Lippen, als ich feststellte, dass mittlerweile zahllose neugierige Augenpaare auf mich gerichtet waren. Von Parker-Fans, die mich offenbar ebenfalls erkannten. Und es wurden immer mehr.

Shit. Ich musste hier weg. Ich sah mich nach Alice um, die wie vom Erdboden verschluckt zu sein schien, doch dann blieb mein Blick am anderen Ende der Schlange hängen. An Parker. Der ausgerechnet in diesem Moment vom Signieren aufsah.

Ich hatte es immer für eine verkitschte Lüge gehalten, wenn Leute behaupteten, ihnen würde kurz das Herz stehen bleiben. Doch als sich unsere Blicke trafen, hätte ich schwören können, dass mein Herz einen Schlag lang aussetzte und dann in alarmierend schnellem Tempo weiterpochte. Entweder war an diesem Spruch doch etwas dran oder ich sollte mich dringend ärztlich untersuchen lassen.

Überraschung erschien auf Parkers Gesicht, dicht gefolgt von einem breiten Lächeln, was ihn irgendwie nur noch anziehender machte. *Verdammt.* Wie war das überhaupt möglich? Ohne den Blickkontakt zu unterbrechen, sagte er etwas zu dem wartenden Fan vor ihm, dann legte er den Stift ab, kletterte über das Absperrband und … marschierte direkt auf mich zu?!

Okay, das musste ich mir einbilden. Das konnte gerade unmöglich wirklich passieren.

Mayday Mayday Mayday!

Was war hier los?

Ehe ich auch nur einen einzigen klaren Gedanken fassen konnte – davon, irgendetwas Intelligentes zu sagen oder zu tun, ganz zu schweigen –, stand Parker plötzlich vor mir und ich fand mich in einer Umarmung wieder. Gott, ich sollte wirklich dieses blöde Organ in meinem Brustkorb untersuchen lassen, denn plötzlich hämmerte es wie verrückt. Aber wenigstens reagierte es in irgendeiner Form, während der Rest von mir völlig erstarrt war.

Dann bemerkte ich Parkers Geruch – und starb innerlich ein kleines bisschen.

Da war diese Mischung aus frisch und kühl – und doch so verlockend intensiv. Ich meinte, Rosmarin und Apfel wahrnehmen zu können, dazu etwas, das ganz Parker zu sein schien. Am liebsten hätte ich meine Nase an seinem Hals vergraben und diesen Duft einfach nur inhaliert. Shit. Wieso hatte mich niemand vorgewarnt, wie gut dieser Kerl roch?

Nach und nach kam wieder Leben in mich, und ich realisierte, dass ich ihn genauso fest umarmte, wie er mich – und dass ich mich dafür auf die Zehenspitzen stellen musste. Von irgendwoher meinte ich, Geräusche zu hören. Stimmen. Jubel. Das Klicken von Handyfotos. Aber das war alles ganz weit weg.

Bis es mit einem Schlag zurückkehrte, als Parker sich ein Stück zurücklehnte und meinen Blick suchte. »Hi.«

»Hallo.« Meine Mundwinkel wanderten wie von selbst in die Höhe, doch dann verzog ich das Gesicht. »Sorry. Ich wollte deine Signierstunde nicht crashen, aber *jemand* hat mich hierher geschleift.« Ich sah zu meiner Moderatorin, die jetzt wieder nur zwei Schritte entfernt stand und ziemlich selbstzufrieden aussah. »Parker, das ist Alice. Alice, Parker.«

Er ließ mich los, um Alice die Hand zu geben, und ich erwischte mich dabei, wie mir sofort die Wärme fehlte, die von ihm ausgegangen war. Und sein Geruch. Was zum Teufel stimmte nicht mit mir?

»Freut mich, Alice«, begrüßte Parker sie gut gelaunt. »Ich hab schon von dir gehört.«

Die pragmatische, bodenständige Alice wurde schlagartig blass und riss die Augen auf. »Du hast … ihr habt … über mich geredet?« Sie deutete zwischen uns hin und her.

Ich musste mir auf die Lippen beißen, um bei dieser Reaktion nicht laut loszulachen. »Hey, sieh mich nicht an. Ich hab nur Gutes erzählt. Denke ich.«

Alice warf mir einen mörderischen Blick zu, und ich prustete leise.

Auch Parker grinste und schien etwas hinzufügen zu wollen, als jemand seinen Namen rief. Er schnitt eine Grimasse. »Danke, dass du sie hergeschleift hast«, sagte er zu Alice und zwinkerte ihr zu, dann wandte er sich an mich. »Ich muss zurück, aber sehen wir uns später noch?«

Ich war überrascht, wie schnell ich sowohl mit *Ja* als auch mit *Nein* antworten wollte – und gar keinen Ton über die Lippen brachte.

Zum Glück hatte ich Alice dabei. Meine wundervolle Moderatorin. Meine wundervolle, bald schon *tote* Moderatorin, weil ich sie spätestens heute Abend nach dem letzten Programmpunkt erwürgen würde.

»Auf jeden Fall!«, warf sie breit grinsend ein. »Ihr seid in gegnerischen Teams beim Live Let's Play heute Nachmittag und könnt euch bei PlayerUnknown's Battlegrounds austoben. Außerdem ist Teagan beim Retro-Panel auf der Bühne, falls du vorbeikommen willst. Und dann …«

Ich packte ihren Arm so fest, dass sie vor Schreck quietschte. Aber das war immer noch besser, als sie an Ort und Stelle umzubringen. Hier gab es eindeutig zu viele Zeugen.

Amüsiert blickte Parker zwischen uns hin und her. »Gut zu wissen«, erwiderte er und ignorierte das Rufen des dunkelhaarigen Kerls bei der Signierbühne total. »Und heute Abend? Habt ihr da schon was vor?«

»Nein, aber …«

Diesmal ließ mir Parker keine Chance, weiterzusprechen.

»Perfekt. Dann sehen wir uns auf der After-Show-Party. Bis später.« Er warf mir ein Lächeln zu, das seltsame Dinge in meiner Magengegend auslöste, dann machte er auf dem Absatz kehrt und joggte zurück.

»Tjaaa …« Selbstgefällig verschränkte Alice die Arme vor der Brust. »Lief doch super.«

»Ich töte dich«, murmelte ich und hoffte, dass sich die Morddrohung nicht in meiner Mimik widerspiegelte, da uns noch immer ein paar Leute aus der Schlange beobachteten.

Sie winkte ab. »Freu dich lieber. Sieht so aus, als hättest du heute Abend ein Date. Da wirst du gar keine Zeit haben, mich zu töten, schließlich musst du dich noch frisch machen und –«

»Oh, ich finde vorher eine Gelegenheit dazu, verlass dich drauf.« Und damit packte ich sie und zog sie aus dem Raum.

Parker
Ich hatte recht

Teagan
Womit?

Parker
Es war toll, dich live zu treffen 😁

Teagan
Auch wenn wir deine Signierstunde gecrasht haben?

Parker
Ach was! Alles gut. Wenigstens hatte ich so eine kleine Pause und ein nettes Gespräch

Parker
Wir sehen uns heute Abend, oder? Auf der After-Show-Party?

Teagan
Vielleicht ...

Parker
Oh wow. Etwas mehr Begeisterung bitte!

Teagan
...

Parker
Ich hätte dich nicht für einen Feigling gehalten, Tea-Tea

Teagan
Wie bitte?!

Parker
Die Party …

Teagan
Das hat nichts mit Feigheit zu tun. Vielleicht mag ich einfach keine Partys. Oder Menschen!

Parker
Musst du auch nicht. Ich bin ja da 😌

Teagan
Du bist echt von dir selbst überzeugt. Hat dir das schon mal jemand gesagt?

Parker
😁

Parker
Das fällt dir erst jetzt auf? Wirklich?

Teagan
🙄

Parker
Also? Party heute Abend? Es sei denn, du traust dich nicht …

Teagan
Ich TRAUE mich nicht???

Teagan
Erst werde ich dein Team beim Live Let's Play fertigmachen –

und dann reden wir heute Abend noch mal darüber, was ich mich traue und was nicht!

Parker
Deal!

Parker
Aber dazu musst du mein Team erst mal schlagen, Tea-Tea

Teagan
Besorg dir schon mal Taschentücher

Parker
?

Teagan
Weil ich euch zum Heulen bringen werde!

Parker
Oh. Ach so. Ich dachte gerade an was anderes

Teagan
Ugh! Bilder in meinem Kopf!

Parker
Gern geschehen

Teagan
Ich hasse dich.

Level 7

Parker

Conventions waren das Beste. Zugegeben, ich liebte die Livestreams – und wenn ich ehrlich war sogar das anschließende Schneiden der Videos, um sie auf YouTube hochzuladen, auch wenn das manchmal eine echt nervige und langwierige Arbeit sein konnte. Vor allem wenn wieder mal irgendwas nicht so funktionierte, wie es sollte, und dadurch mein ganzer Zeitplan durcheinandergeriet. Doch der direkte Austausch mit meinen Zuschauern war der Teil, der mir am meisten Spaß machte. Ich hätte den ganzen Tag in diesem Raum stehen und mit den Leuten quatschen, sie umarmen, lachen, herumscherzen und irgendwelches Zeug signieren können. Leider hatten die Veranstalter mir genau wie allen anderen nur zwei Stunden Zeit eingeräumt, und als ich den letzten Fan verabschiedete, hatte ich schon über eine halbe Stunde überzogen. Whoops.

Ursprünglich wäre ich allein auf die Convention gekommen, aber vor einer Woche hatte Cole erklärt, er als zukünftiger Gaming-Designer wolle die Gelegenheit nutzen, um zu netzwerken und die neuesten Spiele auszutesten, und Lincoln ... okay, keine Ahnung, was der eigentlich hier machte. Aber er studierte Cyber Security, und vermutlich gab es auf der RTX auch eine Spielwiese für jemanden wie ihn.

Von der Autogrammstunde hatte ich die beiden ferngehalten, weil ich das sehr gut allein hinbekam und keinen dazu verdonnern wollte, stundenlang herumzustehen. Trotzdem mussten die beiden genau wie Coles Freundin Mallory zumindest in der Nähe geblieben oder pünktlich zurückgekommen sein, denn sie schleiften mich direkt nach dem Signieren in den abgesperrten Bereich hinter den Bühnen, wo es Snacks und Getränke für die eingeladenen Gamer und Entwickler gab, genauso wie die Möglichkeit, zwischendurch kurz zu verschnaufen.

Nach dem Treffen mit meinen Zuschauern schwebte ich noch immer auf einem Adrenalinhoch. Während ich mir Häppchen in den Mund stopfte, versuchte ich, einigermaßen vernünftige Gespräche hinzukriegen. Schließlich ging es neben allem anderen bei solchen Veranstaltungen vor allem ums Networking und darum, alte Freunde und Bekannte aus der Szene wiederzutreffen. Ich begrüßte Leute per Handschlag oder mit kurzen Umarmungen, wir machten ein paar Selfies, die sofort auf Instagram und Co. landeten, tauschten uns über die neuesten gehypten Games aus und vereinbarten gemeinsame Streams und Termine auf den nächsten Conventions. Zwischendurch sah ich mich immer wieder nach Teagan und ihrer Begleitung um, konnte die beiden aber leider nirgends entdecken.

Auch beim Live Let's Play später am Nachmittag hatten wir keine Möglichkeit, ungestört miteinander zu reden. Bei PUBG beschränkte sich die Kommunikation zwischen allen Teilnehmern auf zugerufene Befehle, Richtungsanweisungen, Jubelschreie, Flüche und wilde Verwünschungen, wenn man selbst oder jemand aus dem eigenen Team getroffen wurde. Ich verlor eine Person aus meiner Gruppe – aber wir schafften es trotzdem in die markierte Zone und gewannen in den letzten Sekunden sogar gegen einen ziemlich berühmten Gamer und seine Truppe. TRGame war schon vor einer ganzen Weile rausgeflogen. Ha! So viel zu den Tränen und Taschentüchern, die sie mir angedroht hatte.

Nachdem alle Programmpunkte erledigt waren, machte ich abends einen kurzen Abstecher ins Hotel, duschte und zog mich um, dann ging es für die After-Show-Party zurück ins Convention Center, wo Lincoln, Cole, Mallory und ich uns unter die Leute mischten. Nach dem zweiten Tag in Folge auf der RTX sollte ich körperlich total erledigt sein, aber stattdessen war ich aufgekratzt und voller Energie. Ich konnte kaum still sitzen, allerdings war mir auch nicht danach zumute, mich auf der Tanzfläche auszutoben, die einen Großteil der Halle ausmachte. Stattdessen versuchte ich mich mit ein paar Leuten aus der Szene, die ebenfalls regelmäßig streamten, an einigen Runden Just Dance, ehe ich zu den anderen zurückkehrte.

Auf der Bühne lief gerade ein Live-Act, der dem Publikum einheizte, aber der DJ stand schon an seinem Pult bereit, damit die Party richtig starten konnte. Am anderen Ende der Halle gab es ein riesiges Buffet direkt neben der Bar. Die meisten Leute tummelten sich noch dort, aber wir hatten uns in weiser Voraussicht schon mal eine der vielen Sitzecken gesichert. Ächzend ließ ich mich auf ein knallgrünes Sofa mit vielen bunten Kissen fallen.

»Hey.« Ich trat Cole gegens Schienbein, damit er von seinem Handy aufsah. »Wo sind die anderen?«

»Holen was zu trinken.« Er hatte es sich in einem roten Sessel gemütlich gemacht und hob nicht mal den Kopf. Was auch immer er da las oder anschaute, es musste wahnsinnig spannend sein. Spannend genug, um sogar die Plaudertasche unserer WG zum Schweigen zu bringen.

Seufzend lehnte ich mich zurück und ließ den Blick durch die Halle – oder das, was ich bei all den Menschen davon sehen konnte – wandern. Allerdings waren es weder Linc noch Mallory, nach denen ich mich umsah, sondern eine ganz bestimmte junge Frau mit langen, teilweise lila gefärbten Haaren, einer unglaublichen Ausstrahlung und einem Konkurrenzdenken, das mich herausforderte und zu Höchstleistungen antrieb. Während meiner Autogrammstunde hatten wir uns höchstens ein, zwei Minuten miteinander unterhalten. Mehr nicht. Aber ich wollte mehr. Ich wollte in Ruhe mit ihr reden und herausfinden, ob sie im echten Leben genauso war wie online in den Streams. Wie in unseren ganzen Chats. Und ich war ehrlich genug, das zumindest vor mir selbst zuzugeben.

»Suchst du jemand Bestimmtes?« Cole hatte sein Smartphone weggesteckt und sein amüsiertes Gesicht tauchte in meinem Blickfeld auf, als er sich auf dem Sessel vorlehnte. Er wedelte mit der Hand herum, als könnte er nur so auf sich aufmerksam machen. Wie immer zierten zahlreiche Glücksarmbänder sein Handgelenk, ohne die er nie aus dem Haus ging. Einmal war er sogar schon fast beim Campus gewesen und extra wieder zurückgefahren, um sie zu holen.

»Linc«, erwiderte ich auf seine Frage hin. »Mit den Getränken.«

Was zumindest ein Teil der Wahrheit war. Nach der Tanzpartie bei Just Dance war ich am Verdursten.

»Hmmm«, machte Cole nur und rieb sich über den Ring in seiner Augenbraue. »Sicher? Gibt es da nicht noch jemand anderen, der dein Interesse geweckt haben könnte? Sie ist ungefähr so groß und hat …«

»Kein. Wort«, knurrte ich.

Obwohl ich mich für nichts schämte – schließlich war auch gar nichts passiert! –, konnte ich auf seine dummen Sprüche verzichten. Teagan und ich waren Freunde. Freunde, die seit Wochen miteinander schrieben und sich heute zum allerersten

Mal in echt gesehen hatten. War es da wirklich ein Wunder, dass ich mehr von ihr woll… ähm, mehr Zeit mit ihr verbringen wollte? Definitiv nicht. Aber das musste ich sicher nicht mit der ganzen Welt teilen. Oder mit meinen neugierigen Mitbewohnern.

Grinsend lehnte sich Cole zurück. »Wie du meinst, Mann. Aber die ganzen Fotos und Videos von euch bei deiner Autogrammstunde erzählen eine *ganz* andere Geschichte.«

Ich seufzte innerlich. Auch das noch … Dabei hätte ich wissen müssen, dass so etwas sofort online sein und ziemlich hohe Wellen schlagen würde. Wahrscheinlich explodierte die Gerüchteküche bereits. Und ich hatte noch keine Zeit gehabt, überhaupt mal länger auf mein Handy zu schauen, als es dauerte, um ein Foto oder kurzes Video hochzuladen.

Wo war Sophie, wenn man sie brauchte? Sie hätte im Handumdrehen dafür gesorgt, dass Cole die Klappe hielt und nicht weiter auf diesem Thema herumritt. Leider war unsere Mitbewohnerin in Pensacola geblieben, statt mit uns nach Texas zu fahren. Nicht, dass ich es ihr verübeln könnte. Wenn ich an ihrer Stelle gewesen wäre und die Wahl zwischen sturmfreier Bude für ein ganzes Wochenende und einer zehnstündigen Autofahrt mit Cole, Linc, Mallory und mir hätte, würde ich auch Ersteres wählen.

»Also, wenn du meine Meinung dazu hören willst …«

»Will ich nicht«, fiel ich Cole ins Wort, bevor er weiterreden konnte. Wenn der Kerl erst mal anfing, gab es kein Halten mehr. Einmal hatten wir es darauf ankommen lassen und er hatte uns tatsächlich über zwei Stunden lang vollgetextet. Praktisch ohne Luft zu holen. Auf eine Wiederholung konnte ich wirklich verzichten.

»Was willst du nicht?«, fragte Mallory und setzte sich mit einem Cocktail in der einen und einem Bier in der anderen

Hand auf Coles Schoß. Erst überreichte sie ihm das Bier, dann drückte sie ihren Mund auf seinen.

Ich wandte den Blick ab. Im Grunde mochte ich Mallory – sie war immer gut drauf, hatte einen tollen Sinn für Humor und war auch noch hübsch anzusehen. Aber die beiden zusammen konnten auf Dauer nervig werden. Ständig knutschten oder schmusten sie herum, völlig egal, ob sie allein oder in Gesellschaft waren. Ich schnaubte. Pärchen waren anstrengend. Aber das hier war immer noch besser als Faye und ihren Ehemann auf Callies Geburtstagsparty zu ertragen. Sieben Stunden lang. Und da gab es echt noch Leute, die behaupteten, in einer Multiplayer-Lobby darauf warten zu müssen, dass das Spiel endlich startete, wäre die Hölle. Die hatten ja keine Ahnung.

Ich atmete auf, als Lincoln endlich aus der Menge auftauchte und mir gleich darauf ein Bier in die Hand drückte. »Danke, Kumpel.« Ich trank ein paar Schlucke gegen den Durst – und dann noch einen großen, um Cole und Mallory auszublenden.

Lincoln ließ sich auf den Gaming-Sitzsack schräg gegenüber fallen. Auch sein Blick glitt zu dem glücklichen Paar und er schnitt eine Grimasse. Dann flog auch schon ein Bierdeckel durch die Luft. »Nehmt euch ein Zimmer!«

Cole sah nicht mal auf, sondern knutschte weiter mit seiner Freundin herum, zeigte Linc dafür aber erstaunlich zielgenau den Mittelfinger.

Belustigt schüttelte ich den Kopf und stieß nur mit Lincoln auf einen gelungenen zweiten Convention-Tag an. Dann lehnte ich mich mit einem zufriedenen Seufzen zurück. Es war echt zu schade, dass Sophie und Liz nicht auch hier sein konnten. Damit wäre unsere WG komplett – und diese durchgeknallte Truppe bedeutete mir mittlerweile mehr, als ich je für möglich gehalten hatte.

Als ich vor drei Jahren für einen Neuanfang nach Pensacola gezogen war, war mein ganzes Leben ein einziger verdammter Clusterfuck gewesen. Neues Studium, neue Stadt, in die falsche Frau verliebt und Eltern, die mich brauchten und in deren Nähe ich sein wollte. Nicht so nahe, dass ich praktisch wieder zu Hause wohnte, denn das würde ich nicht aushalten, aber nahe genug, um spontan genauso wie an den Wochenenden hinzufahren. Und in Notfällen.

Ich war ohne Erwartungen nach Florida gekommen, ohne Kohle und nach meinem abgebrochenen Medizinstudium mit kaum bis gar keinen Zukunftsaussichten. Doch dann war ich irgendwie in dieser WG gelandet, zusammen mit Leuten, die ähnliche Interessen hatten wie ich, die lustig, locker, loyal und total chaotisch waren. Und selbst wenn wir uns gelegentlich gegenseitig an die Gurgel gingen oder einer von uns – meistens Cole – die anderen auf möglichst kreative Weise ins Jenseits befördern wollte, wusste ich, dass ich mich auf sie verlassen konnte. Egal, worum es ging. Und obwohl ich auch allein zu dieser Veranstaltung gefahren wäre, war ich doch froh, dass sie dabei waren.

»Erde an Parker.« Lincoln wedelte mit der Hand vor meinem Gesicht herum.

Ich schlug sie weg und starrte ihn stirnrunzelnd an. »Was willst du?«

»So schlecht drauf?« Er grinste dieses wissende Grinsen, das ihm trotz der braunen Hundewelpenaugen etwas Diabolisches verlieh.

Ich schüttelte nur den Kopf.

Cole löste sich lange genug von Mallorys Lippen, um Luft zu holen und seinen Senf dazu zu geben. »Könnte daran liegen, dass eine ganz bestimmte Frau noch nicht aufgekreuzt ist.«

Diesmal war ich derjenige, der ihm den Mittelfinger zeigte. Okay, vielleicht hatte ich das mit der loyalen WG, an der ich mit ganzem Herzen hing, gerade etwas übertrieben.

»Entspann dich.« Lincoln fuhr sich durch das dunkelblonde Haar und lehnte sich in dem Sitzsack zurück. Obwohl er völlig relaxt wirkte, merkte man ihm an, dass er nicht richtig hierher gehörte. Vielleicht war Linc einfach zu sehr erwachsen und zu wenig nerdig mit seinen Chucks, der Jeans und dem schwarzen Hemd, vielleicht auch zu fokussiert und zielorientiert, um den ganzen Tag über zwischen all den Ständen, Veranstaltungen und Besuchern Spaß zu haben. Wahrscheinlich musste man das bei einem Cyber-Security-Studium, das man mithilfe eines Sportstipendiums finanzierte, auch sein. Aber da er die Hälfte der Kosten für das Hotelzimmer ebenso wie seinen Teil für den Sprit übernahm, würde ich mich sicher nicht beschweren. »Wir verarschen dich nur. Sie kommt bestimmt.«

War ich wirklich so leicht zu durchschauen? Denn irgendwie war ich mir gar nicht mehr so sicher, was Teagans Auftauchen anging. Seit unserem letzten viel zu kurzen Chat und dem Live Let's Play heute Nachmittag hatte ich nichts mehr von ihr gesehen oder gehört. Auch auf meine Nachricht, wo genau wir auf der After-Show-Party zu finden waren, hatte sie nicht reagiert.

Shit. Was, wenn sie es sich anders überlegt hatte und schon nach Hause gefahren war? Dass ich nicht mal wusste, wo genau dieses Zuhause war, machte die Sache nicht gerade besser. Genau genommen wusste ich kaum etwas über Teagan, außer dass sie aufs College ging, als Barista arbeitete und mein Team und mich im Guild Wars PvP fertigmachen konnte. Aber auch, dass sie gut zuhören und man stundenlang mit ihr zocken konnte, dass sie eine rebellische Art genauso wie einen erfrischend zynischen Sinn für Humor und ein unglaubliches

Lächeln hatte und nie klein beigab. Und dass sie sich heute verdammt gut in meinen Armen angefühlt hatte.

Bevor ich genauer über den letzten Punkt nachdenken konnte, teilte sich die Menge ein wenig und gab den Blick auf zwei Personen frei, die sich zu uns durchschlängelten. Eine davon war Alice, die ich zum Glück auch ohne ihr Alice-im-Wunderland-Cosplay erkannte, und die uns schon auf die Entfernung zuwinkte. Die andere war Teagan.

Ich ließ meinen Blick an ihr auf und ab gleiten und schluckte hart. Scheiße, war sie hübsch. Und heiß.

Teagan trug eine grau gemusterte Jeans, die wie eine zweite Haut an ihren Beinen und Hüften klebte, Boots mit Nieten und ein schlichtes schwarzes Top. Ihre ab Kinnhöhe lila gefärbten Haare fielen ihr in Wellen über die Schultern auf den Rücken, die dichten Brauen und dunkel geschminkten Augen ließen ihr Gesicht so faszinierend wirken, dass ich mich zwingen musste, den Blick abzuwenden. Auch wenn ich irgendwann noch herausfinden wollte, welche Farbe ihre Augen hatten. Weder in einem ihrer Livestreams noch heute, als wir uns persönlich gegenübergestanden hatten, hatte ich es deutlich ausmachen können.

»Na, sieh mal einer an.« Ich stellte das Bier beiseite und stand auf. »Ihr habt es wirklich geschafft.«

»Ja …«, erwiderte Teagan gedehnt und blieb einen Schritt von mir entfernt stehen. Der Blick aus ihren zusammengekniffenen Augen wanderte zu Alice, bevor er zu mir zurückkehrte. »Ich hatte quasi gar keine andere Wahl.«

Meine Mundwinkel zuckten, da ich mir nur zu gut vorstellen konnte, wie Alice sie hierher hatte schleifen müssen – ähnlich wie heute Vormittag zu meiner Signierstunde. Zu der Zeit hatte ich jedoch keinen Gedanken daran verschwendet, wie ein Treffen mit TRGame aussehen könnte. Dafür war ich zu sehr mit den ganzen wartenden Leuten beschäftigt gewesen. Als Teagan dann plötzlich aufgetaucht war, war ich meinem ersten Instinkt gefolgt, zu ihr hinübergegangen und hatte sie umarmt. Und genau das war das Problem. Vor ein paar Stunden hatte ich nicht nachgedacht – jetzt schon. Und plötzlich wusste ich nicht mehr, was ich tun sollte oder wohin mit meinen Händen. Sollte ich sie noch mal umarmen? Ihr auf die Schulter klopfen? War eine Bro-Fist besser? Oder doch ein freundliches Nicken?

Scheiße. Ich hatte nicht die geringste Ahnung, wie ich mich verhalten sollte. Und das war eine völlig neue Erfahrung für mich.

Teagan rührte sich nicht, wippte nur etwas auf den Fersen vor und zurück, bevor sie die Hände in die hinteren Taschen ihrer Jeans schob. Okay. Dann also keine Umarmung. Shit. Hätte ich mich bloß schneller entschieden.

Glücklicherweise ersparte uns Linc eine längere peinliche Stille, indem er aufstand und den beiden nacheinander die Hand gab. »Hi. Ich bin Lincoln. Freut mich.«

»Hey.« Teagan lächelte etwas angespannt. »Zockst du auch?«

Lincolns Mundwinkel zuckten, aber er schüttelte den Kopf. »Nur ab und zu, um mich abzureagieren. Ich bin Parkers Mitbewohner. Genau wie der da.« Er deutete mit dem Daumen auf Cole, der sich nach einem lauten Räuspern meinerseits endlich dazu entschied, seinen Mund von seiner Freundin zu lösen.

Blinzelnd sah er in die Runde, dann breitete sich Erkenntnis auf seinem Gesicht aus – zusammen mit einem fetten Grinsen. »Oh, hallo. Da seid ihr ja! Wir haben uns schon Sorgen gemacht, ob ihr noch kommt.«

Wie bitte? Gerade eben hatte er noch felsenfest behauptet, dass Teagan hier auftauchen würde. Und jetzt das? Diese kleine Ratte.

»Ich bin Cole und das ist Mallory – und Aufstehen ist gerade nicht möglich«, fügte er hinzu und hielt Mallory an der Hüfte fest, als sie genau das tun wollte. Sie kicherte und vergrub das Gesicht an seinem Hals.

Ich schüttelte nur den Kopf, dann ließ ich mich wieder aufs Sofa fallen und rutschte zur Seite, um den beiden Neuankömmlingen Platz zu machen. Das endete damit, dass ich am äußersten Ende saß, Teagan direkt neben mir in der Mitte und auf ihrer anderen Seite Alice, schräg gegenüber von Lincoln, der es sich wieder auf dem Sitzsack gemütlich gemacht hatte.

Als mich plötzlich etwas Warmes am Oberschenkel berührte, erstarrte ich. Mein Blick zuckte zu Teagan hinüber. Sie schien es im selben Moment zu bemerken, zog ihr Knie hastig weg und räusperte sich leise. All das, ohne mich auch nur eine Sekunde lang anzusehen.

»Cole also …«, murmelte sie schließlich und schaute von ihm zu mir. »Ist das der Mitbewohner, der euch fast in die Luft gesprengt hätte?«

Seine Augen wurden kugelrund. »Scheiße, du hast ihr davon erzählt?«, rief er entrüstet und warf dabei fast Mallory von seinem Schoß, die sich mit einem Quietschen an ihm festhielt.

Ich zuckte nur mit den Schultern und verbarg mein Grinsen hinter meiner Bierflasche. »Ich hab nur die Wahrheit erzählt«, murmelte ich und trank einen großen Schluck.

»Es war ein Unfall!«, rief Cole.

»Das sagst du jedes Mal«, konterte Lincoln schulterzuckend und deutete auf unseren Kumpel, während er sich an Alice wandte. »Einmal hat er eine Tiefkühlpizza im Ofen vergessen, und als der Feuermelder anging, war die ganze Wohnung schon voller Rauch.«

Bei der Erinnerung daran musste ich grinsen, auch wenn

selbst jetzt noch, Monate später, ein Hustenreiz meinen Hals kitzelte. Den Gestank aus dem Haus zu kriegen hatte Ewigkeiten gedauert. Kurzzeitig hatten wir sogar befürchtet, dass Mr Oakley uns rausschmeißen würde – was er glücklicherweise nicht getan hatte, nachdem Eliza ein längeres Gespräch mit ihm geführt hatte, in dessen Folge wir uns nicht nur einen, sondern gleich zwei Feuerlöscher angeschafft hatten.

»Wie bitte?« Mallory starrte ihren Freund mit offenem Mund an. »Du hast behauptet, das wäre Sophie gewesen!«

Ich prustete in mein Bier, weil das bei unserer tollpatschigen Mitbewohnerin gar nicht so unwahrscheinlich war. An jenem Nachmittag war Cole allerdings ganz allein schuld an dem Chaos gewesen. »Unser Vermieter von unten, der schon über achtzig ist, hat die Feuerwehr gerufen, und die sind mit zwei Trucks angerückt«, erinnerte ich uns alle und sah zu Teagan hinüber. Sie lächelte ganz leicht, wirkte aber noch immer irgendwie angespannt. Selbst dann noch, als Alice und Lincoln anfingen, sich angeregt über irgendetwas zu unterhalten und Cole und Mallory zu ihrem Speichelaustausch zurückkehrten. Okay … vielleicht auch genau deswegen.

»Hey.« Ich stieß ihre Schulter mit meiner an.

Fragend zog sie die Brauen hoch, und ich kam nicht umhin, eine Spur von Misstrauen in ihren Augen lesen zu können. Augen, die bei den schlechten Lichtverhältnissen hier drinnen eher dunkel wirkten.

Ich vermied es, auf ihren Mund zu starren, und konzentrierte mich stattdessen weiterhin auf ihre Augen. »Ich hab eine Idee.«

»Muss ich mir Sorgen machen?«

»Kein bisschen!«, behauptete ich, wiegte dann jedoch scheinbar nachdenklich den Kopf hin und her. »Ein bisschen vielleicht. Kommt drauf an, wie fit du bist.«

»Wie … fit ich bin?«

Ich sprang auf. »Genau. Komm mit.« Vielleicht war es gewagt, aber ich hielt ihr die Hand hin.

Stirnrunzelnd sah Teagan von mir zu meiner ausgestreckten Hand und wieder zurück. Dann stand sie ohne meine Hilfe auf, was mich aus irgendeinem Grund grinsen ließ.

»Wir sind gleich zurück«, informierte ich niemanden Bestimmtes und bahnte uns einen Weg durch die Menge. Beim Hereinkommen hatte ich nämlich schon entdeckt, dass es – wie es sich für eine After-Show-Party auf einer Games-Convention gehörte – außer der Tanzfläche noch ganz andere Möglichkeiten gab, Spaß zu haben. Neben so alltäglichen Dingen wie Dart und Billard hatten die Veranstalter auch ein paar Virtual-Reality-Games, Dance-Dance-Revolution-Maschinen und Konsolen für Just Dance, SingStar und Mario Kart zur Verfügung gestellt, an denen sich haufenweise Leute austobten.

»Dance Dance Revolution?«, rief Teagan, als sie entdeckte, worauf ich zusteuerte – nämlich auf das blinkende Ding, das aussah wie ein Spielautomat aus den Neunzigern, allerdings mit Feldern davor, auf denen Pfeile und Symbole aufgezeichnet waren, und auf die man im vorgegebenen Takt zur Musik springen musste. Sie lachte auf. »Bist du irre?«

Ich blieb vor der Maschine stehen, für die sich außer uns gerade niemand zu interessieren schien, und warf ihr ein herausforderndes Lächeln zu. »Hast du Angst?«

Sekundenlang starrte sie mich nur mit offenem Mund an, dann gab sie mir einen Schubs gegen die Brust. »Rauf da! Und dann sehen wir, wer hier Angst hat.«

Wir stellten uns nebeneinander auf die Matte, jeder auf sein eigenes Feld. Dann drückte ich ein paar Knöpfe und schon ging es los.

»Ich hab das noch nie gemacht«, stieß Teagan hervor, als die ersten Bewegungen von uns verlangt wurden. Wir mussten nach vorne und zurück springen, dann zur Seite, während eine passende Melodie dazu lief.

»Ich auch nicht.«

Okay, das war nicht die ganze Wahrheit. Als Kind hatte ich das ständig gespielt, wann immer Mom und Dad mit mir in die Mall gefahren waren. Aber das war schon so lange her, dass es nicht mehr zählte. Richtig?

Wir schafften das erste Level, das deutlich schwieriger war als in meiner Erinnerung. Am Ende atmeten wir beide schwer und hatten eine der schlechtesten Bewertungen überhaupt. Autsch.

»Das ist furchtbar!« Lachend hielt sich Teagan an mir fest. »Wer hat sich das bitte ausgedacht?«

Ich grinste. »Keine Ahnung. Wie wär's, wenn …«

Plötzlich packte sie meinen Bizeps so fest, dass ich nach Luft schnappte. »Oh mein Gott, spielen sie da drüben etwa Beat Saber?«, rief sie. »Das wollte ich schon immer mal ausprobieren!«

Und schon war sie fort. Sekundenlang starrte ich ihr nur hinterher, während ich versuchte, das Mädchen aus unseren Chats mit dem im echten Leben in Verbindung zu bringen. Und stellte fest, dass ich noch lange nicht genug über Teagan wusste oder ausreichend Zeit mit ihr verbracht hatte, um das tun zu können. Also folgte ich ihr, schob mich an ein paar Leuten vorbei, begrüßte andere per Handschlag, die ich von früheren Conventions oder gemeinsamen Streams kannte, und erreichte schließlich den Virtual-Reality-Bereich der Party.

Teagan hatte recht. Hier wurde Beat Saber gespielt – und das anscheinend gegeneinander, wenn mich die neben dem riesigen Bildschirm leuchtende Highscore-Tabelle nicht täuschte.

Bei dem Game ging es darum, die direkt auf einen zuschwebenden Würfel mit zwei Lichtschwertern zu zersäbeln. Dabei gab es sowohl für die Lichtschwerter als auch für die Würfel zwei Farben, und man musste die Würfel mit dem Schwert in der richtigen Farbe und auch noch aus der angezeigten Richtung treffen. Als wäre das nicht schon anspruchsvoll genug, gab es zusätzlich Hindernisse, denen man während des Gameplays ausweichen musste. Die Geschwindigkeit hing von der Musik und dem Schwierigkeitsgrad ab. Ich hatte Beat Saber zwei-, dreimal bei Cole auf dem Campus getestet, wo er und noch ein paar andere Studenten ein Virtual-Reality-Studio betreuten und im Rahmen ihres Studiums an neuen Konzepten arbeiteten.

Im Moment metzelte sich eine junge Frau durch die heranfliegenden Würfel. Sie stand mit dem Rücken zu uns, hatte eine schwarz-weiße VR-Brille auf dem Kopf und die beiden Move-Motion-Controller in den Händen. Sie sah alles durch die Brille, während das Spiel für uns auf den überdimensionalen Bildschirm direkt vor ihr projiziert wurde, sodass wir live dabei zuschauen konnten, wie sie die pinken und blauen Würfel zerschmetterte. Das Lied, das währenddessen in voller Lautstärke auf dieser Seite der Halle lief, kam mir irgendwie bekannt vor. Es dauerte ein paar Sekunden, bis ich es anhand der Stimmen als eine Nummer von den Backstreet Boys erkannte. Woher ich das wusste? Sicher nicht, weil ich die Band so liebte. Aber Sophie vergötterte sie und zwang die ganze WG dazu, ihre Songs mitzuhören, wenn sie sie mal wieder in Stadionlautstärke in ihrem Zimmer laufen ließ.

Die aktuelle Spielerin schlug sich ziemlich gut. Ihre Punktzahl und Combos kletterten immer weiter in die Höhe, bis sie ein paar Schläge versaute, dann jedoch schnell wieder in den Rhythmus zurückfand.

Teagan tauchte neben mir auf. »Das müssen wir spielen!«

Ich sah sie mit hochgezogenen Brauen an. »*Wir?*«, rief ich gegen die Musik und Stimmen an.

»Ja, *wir.*« Sie nickte entschieden. »Oder hast du etwa Angst, wieder von einem Mädchen fertiggemacht zu werden?«

Ich lachte ungläubig auf. »Das hast du jetzt nicht gesagt.«

Doch sie grinste nur herausfordernd. Und das, genau das war die Teagan, die ich in unseren Chats, gemeinsamen Gaming-Sessions und ihren Livestreams kennengelernt hatte.

»Wie du willst.« Ich zuckte lässig mit den Schultern. »Aber sei hinterher bloß nicht traurig.«

»Oh, ich werde gar keine Zeit haben, um traurig zu sein, weil ich nämlich meinen Sieg feiern werde.«

Bevor ich etwas darauf antworten konnte, beendete die Playerin ihre Performance. Ohne Teagans Blick loszulassen, riss ich die Hand hoch. »Ich bin der Nächste!«

»Welcher Song?«, rief jemand.

»Das überlasse ich ganz euch.«

Ein Kerl in einem neongrünen T-Shirt, mit dem ich heute schon während des Live Let's Plays kurz zu tun gehabt hatte, als er unser Equipment überprüft hatte, winkte mich zu sich. Ich zwinkerte Teagan zu, dann trat ich nach vorne, ließ mir die VR-Brille geben und alles erklären. Ich hörte ihm aufmerksam zu, auch wenn das nicht mein erstes Mal in einem VR-Spiel war, aber das hier war schließlich sein Job. Dann gab er mir die beiden Controller in die Hände und wünschte mir viel Glück.

»Hey! Wer hat die Schwierigkeit auf *Hard* gestellt?«

Durch die Kopfhörer nahm ich nur gedämpftes Lachen wahr, dann begann auch schon der Song, und ich musste mich vollauf konzentrieren, die Würfel passend zum Rhythmus von MC Hammers *U Can't Touch This* zu treffen. Wahrscheinlich sah ich nicht mal halb so grazil aus wie meine Vorgängerin, vor allem wenn ich beim Refrain so wild herumsprang wie jetzt, aber das war mir egal. Mir blieb überhaupt keine Zeit, darüber nachzudenken, wie lächerlich ich mich gerade machte. Und, ganz ehrlich? Nach ein paar Jahren Livestreams und Convention-Auftritten hatte ich eh kein Problem mehr damit, für ein paar Lacher zu sorgen. Also tobte ich mich aus, schnitt durch die heransausenden Würfel, riss die Arme hoch, wich den auf mich zukommenden Wänden und Bomben aus und sprang im Takt des Refrains hin und her. Und obwohl ich regelmäßig mit Linc ins Fitnessstudio ging, war ich ziemlich schnell außer Atem. Das hier war eindeutig kein Spiel für Anfänger oder Leute, die Sport hassten.

Zum Glück dauerte es keine drei Minuten, bis ich die letzten Würfel zerschnitt und das Lied endete. Keuchend riss ich mir die VR-Brille runter und starrte auf den Highscore. Nicht übel. Definitiv nicht übel.

Ein paar Leute jubelten, aber mein Blick suchte und fand Teagan, die breitbeinig dastand und klatschte. Ihr Lächeln hätte herausfordernder nicht sein können.

»Nicht schlecht, Parker.«

Ich schnaubte und griff nach der Wasserflasche, die mir irgendjemand hinhielt, nachdem ich Brille und Controller abgegeben hatte. »Nicht schlecht?«, echote ich und wischte mir über die Stirn. »Versuch das erst mal zu toppen, Süße.«

»Du hast heimlich geübt, oder?«, entgegnete sie und trat an die Stelle, wo ich bis eben gestanden hatte. »Nur deshalb warst du so gut.«

Einen Moment lang war ich zu abgelenkt von dem Tattoo auf ihrem Schulterblatt, um zu reagieren, doch dann breitete sich ein Grinsen auf meinem Gesicht aus. »Also gibst du zu, dass ich gut war?«

Sie schüttelte nur den Kopf, ließ sich die Einweisung für das Spiel geben und setzte die VR-Brille auf. »Ich wollte das schon seit Ewigkeiten testen, aber *im Gegensatz zu dir* hatte ich noch nie die Gelegenheit dazu.«

Ich trank noch einen Schluck und beobachtete Teagan dabei, wie sie sich in Position brachte. Das dürfte interessant werden.

Wieder wählten die Umstehenden das Lied aus, zu dem sie spielen würde, genauso wie den Schwierigkeitsgrad. Zu meiner Genugtuung erkannte ich, dass sie das Level auch auf der Schwierigkeitsstufe Hard durchstehen musste.

Ihr Song war *Escape*, ein Lied, das extra für Beat Saber komponiert worden war. Es startete zunächst mit einer schnellen Melodie, die einen Vorgeschmack auf das gab, was einen später erwartete, mit Beginn des Gesangs jedoch deutlich langsamer wurde. Aber ich wusste genau, worauf Teagan sich da eingelassen hatte. Denn sobald der Refrain losging, wurde der Rhythmus immer schneller – und damit auch die Würfel, die plötzlich auf den Spieler zurasten.

»Alter …« Ich hielt mit der Wasserflasche auf dem Weg zum Mund inne, da meine ganze Aufmerksamkeit auf dem Bildschirm lag, wo Teagan zwar ein paar Würfel verpasste, aber dennoch jede Menge Punkte sammelte, weil sie immer wieder traf und immer mehr Combos schaffte. »Willst du mich verarschen?«

Das spielte sie doch nie und nimmer gerade zum ersten Mal. Dafür war sie zu schnell, wenn sie mit den Controllern ausholte und zuschlug, sich vor den Hindernissen duckte oder ihnen auswich und die Würfel dabei auch noch aus den korrekten Winkeln traf.

Ich merkte nicht einmal, wie mein Blick vom Geschehen auf dem Bildschirm zur Spielerin wanderte. Sie wirkte mehr badass als jeder Cosplayer und Gamer, den ich heute und gestern auf der Convention gesehen hatte. Und das waren eine Menge gewesen. Ich hob erst den Kopf, als das Lied verklang – und Teagan die Runde mit einer Combo von über dreihundert beendete. Sie nahm die VR-Brille ab und lächelte atemlos, als um uns herum lauter Jubel ausbrach.

»Du hast gesagt, du hast das noch nie gespielt!«, rief ich ihr entgegen, als sie zu mir zurückkam.

Sie zuckte lässig mit den Schultern. »Hab ich auch nicht.«

»Du hast gerade einen neuen Highscore aufgestellt!«

»Anscheinend hab ich gute Reflexe.« Sie grinste breit und nahm mir die Wasserflasche aus der Hand, um ein paar Schlucke daraus zu trinken.

In ihren Augen funkelte es gut gelaunt. Sie atmete schnell, war verschwitzt und ihr Mascara, Eyeliner – oder was auch immer Frauen sich auf die Augen schmierten – war etwas verlaufen. Aber sie war wunderschön.

»Ich will noch mal!«, verkündete sie lachend.

»Damit du noch mehr Leute, die hier punkten wollen, zur Verzweiflung bringen kannst?«

Sie gab mir einen spielerischen Stoß gegen die Schulter und sah sich nach dem Typen im grünen T-Shirt um. »Lass mich. Das macht Spaß.«

»Beat Saber? Oder das mit der Verzweiflung?«

»Beides natürlich.«

Ich grinste breit. »Natürlich.«

Jemand anderes war dran, anschließend übernahm Teagan wieder. Diesmal mit einem Song von Taylor Swift, der vor allem bei den weiblichen Zuschauern für lautstarke Zustimmung sorgte.

Es machte Spaß, ihr zuzuschauen. Und das nicht nur, weil sie so viele Combos wie möglich schaffen wollte, sondern auch, weil man ihr anmerkte, wie viel Freude ihr das Spiel bereitete. Teagan stand nicht einfach steif da und zerschmetterte die pinken und blauen Würfel mit den Lichterschwertern, sondern tanzte dabei auch zum Song. Und schon bald wanderte mein

Blick wieder abwärts zu Teagans Hüften, die im Takt der Musik hin und her schwangen. Nach einigen Sekunden erwischte ich mich dabei, dass ich ihr auf den Hintern starrte – aber es war ein wirklich hübscher Hintern. Genauso wie die langen Beine in der hautengen Jeans und die ganze Art, wie sie zu dem Lied herumtänzelte und dabei lässig einen Würfel nach dem anderen zerschmetterte, als hätte sie nie etwas anderes getan.

Als das Level vorbei war, hatte sie ihren eigenen Highscore übertroffen. Die Umstehenden klatschten, pfiffen und prosteten ihr zu. Irgendein Typ bat sie sogar, ihn zu heiraten, woraufhin Teagan nur lachte.

»Oh mein Gott, das war so gut!«, stieß sie hervor, als sie wieder bei mir war, und fächelte sich mit den Händen Luft zu. »Ich brauche etwas zu trinken.«

Halb im Spaß bot ich ihr meine Flasche an, in der zwar nicht mehr allzu viel drin war, aber immerhin. Besser als nichts. Teagan riss sie förmlich an sich und stürzte das Wasser in wenigen großen Schlucken hinunter.

»So schlimm?«, neckte ich sie.

Kopfschüttelnd gab sie mir die leere Flasche zurück. »Mach du das mal zwei Lieder lang. Das ist besser als ein Workout.«

Oh ja, das konnte ich schon nach nur einem Level bestätigen.

»Komm.« Ohne nachzudenken, griff ich nach ihrer Hand, bahnte uns einen Weg an den anderen Gästen vorbei, die sich um die Spiele versammelt hatten, und hielt erst an, als wir die Bar erreicht hatten. »Was willst du trinken?«

»Wasser. Cola. Irgendwas.« Teagan rutschte auf einen frei gewordenen Hocker und lehnte sich gegen den Tresen.

Ich bestellte eine Cola für sie und einen Energydrink für mich, dann wandte ich mich ihr wieder ganz zu. »Hübsches

Tattoo.« Mit den Fingerspitzen strich ich ganz leicht über ihr Schulterblatt.

Teagan erstarrte unter der Berührung – und für einen Moment befürchtete ich, zu weit gegangen zu sein.

Aber statt meine Hand wegzuschlagen oder mir eine Standpauke zu halten, lächelte sie nur etwas zögerlich. »Danke. Ich hab es mir mit sechzehn stechen lassen.«

»Mit sechzehn? Und das haben dir deine Eltern erlaubt?« Ich versuchte, mir meine Überraschung nicht anmerken zu lassen, wobei mir wieder einmal klar wurde, dass ich gar nicht so genau wusste, wie alt Teagan eigentlich war. Definitiv keine sechzehn mehr, so viel stand fest.

»Nope.« Sie schnitt eine Grimasse und nahm dankend ihre Cola vom Barkeeper entgegen. »Es war so etwas wie meine ganz persönliche Rebellion.«

Ich stieß mit ihr an. »Deine ganz persönliche Rebellion war ein Schmetterling?«

Ein schöner Schmetterling – keine Frage. Im Tribal-Stil mit filigranen blauen Flügeln. Aber dennoch ein Schmetterling.

»Hey, was hast du gegen Schmetterlinge?«

»Gar nichts«, wehrte ich ab und trank einen Schluck. »So, wie ich dich kennengelernt habe, hätte ich bloß mit etwas anderem gerechnet. Das ist alles. Ein Totenkopf zum Beispiel. Oder das tanzende Lama aus Guild Wars 2.«

»Ach, sei still.« Sie nippte an ihrer Cola. »Ich hab es mir stechen lassen, kurz nachdem meine Mom uns verlassen hat.«

Ich erstarrte. Shit. *Voll ins Fettnäpfchen, Kumpel.* »Das tut mir leid.«

Sie zuckte mit den Schultern, als wäre es keine große Sache, aber ich konnte ihr ansehen, dass es das doch war, auch wenn – oder vielleicht gerade weil – sie meinem Blick auswich.

»Was ist mit dir?«, unterbrach sie meine Gedanken. »Irgendwelche Tattoos?«

»Glaub mir, ich würde jetzt echt gerne mit irgendeiner coolen Story ankommen und dir all meine Tattoos präsentieren, aber … nein. Ich bin noch Jungfrau. Tattoo-Jungfrau.«

Ihre Mundwinkel zuckten, und der verletzte Ausdruck, der in ihren Augen aufgetaucht war, verschwand wieder. Mit dem Kopf deutete sie Richtung Sitzecken. »Dein Kumpel Cole scheint kein Problem damit zu haben. Seine Arme sind voll davon.«

»Ja, aber Cole hat auch kein Problem mit Nadeln. Ich schon«, gab ich widerwillig zu und schüttelte mich.

Statt sich über mich lustig zu machen, was ich bei dem Thema schon oft genug erlebt hatte, nickte Teagan nur. Ganz so, als würde sie diese für viele so lächerliche Angst akzeptieren. Wobei das in meinen Augen kein bisschen lächerlich war. Nadeln konnten echt fies sein und höllisch wehtun.

Neben Teagan wurde ein Hocker frei, und ich schnappte ihn mir, bevor es jemand anderes tun konnte. Als ich mich hinsetzte, streiften sich unsere Knie für einen Moment – und unsere Blicke trafen sich.

»Okay, ein Geständnis: Ich mag zwar keine Nadeln«, sagte ich langsam und ließ meinen Blick von ihrem Gesicht über ihren Hals bis zu ihrer Schulter wandern. »Aber ich mag Tattoos.«

»Ja?« Ein Lächeln erschien auf ihrem Gesicht. »Dann hab ich auch ein Geständnis für dich: Vielleicht ist das nicht mein einziges.«

»Tatsache?«

»Mhm.«

Ich nahm einen großen Schluck von meinem Energydrink, um meine plötzlich ziemlich trockene Kehle zu befeuchten. »Wo sind die anderen?«

»Nur eins.« Sie hielt einen Finger in die Höhe. »Ein anderes. Und es ist an einer Stelle, die die meisten Leute nicht zu sehen bekommen.

Scheiße. Hatte sie das gerade wirklich gesagt? War ihr eigentlich klar, welche Art von Bildern mir gerade durch den Kopf schossen? Ein Blick in ihr Gesicht genügte. Oh ja, sie wusste es. Und wie sie es wusste.

Ich räusperte mich, trotzdem klang meine Stimme irgendwie rau. »Und das wäre dann … wo genau?«

Mit einem Funkeln in den Augen lehnte Teagan sich vor, um mir die Antwort zuzuflüstern. Als ich ihren warmen Atem an meinem Ohr spürte und ihre weiche Stimme hörte, wanderte ein heißer Schauer durch meinen Körper, und ich hielt unweigerlich die Luft an. Dabei berührte sie mich nicht mal. Was zum Teufel passierte hier eigentlich?

»Das zweite Tattoo …«, begann sie leise und kam noch ein bisschen näher, bis ihre Lippen mein Ohr streiften und ich jedes bisschen Selbstbeherrschung aufbringen musste, um meinen Kopf nicht einfach zu drehen und meinen Mund auf ihren zu pressen, »… ist an meinem Knöchel.«

»An … deinem Knöchel …«, wiederholte ich perplex, während sie sich zurücklehnte, als wäre nichts gewesen.

»Genau.« Sie blinzelte übermäßig unschuldig und nippte an ihrer Cola. »Ich trage fast nur Boots, also kriegt dieses Tattoo so gut wie niemand zu sehen. Was hast du denn gedacht?«

Ich konnte nicht anders, ich prustete los. Im ersten Moment grinste Teagan nur, dann musste auch sie lachen.

»Jetzt will ich es erst recht sehen«, behauptete ich, sobald wir uns einigermaßen von unserem Lachflash erholt hatten.

Teagan bekam große Augen und sah sich kurz um. »Hier? Jetzt?«

Am liebsten hätte ich mit Ja geantwortet, da ich wirklich

neugierig war. Doch dann könnte ich sie nicht später irgendwann daran erinnern und damit aufziehen, also schüttelte ich den Kopf. »Nicht jetzt. Aber irgendwann.«

»Hm«, machte sie und drehte ihr Glas auf dem Tresen. »Das würde voraussetzen, dass wir uns wiedersehen. Also in echt jetzt.«

»Zweifelst du etwa daran?«

Sie wiegte den Kopf ein wenig hin und her. »Ich fliege nicht jeden Tag mehrere Stunden zu einer Convention. Auch nicht, um dich zu sehen, Parker.«

»Ich auch nicht«, konterte ich grinsend und musste den Impuls unterdrücken, die Hand auszustrecken und sie zu berühren. Ihr das Haar zurückzustreichen zum Beispiel. Ihren Arm zu streifen. Ihr die Hand aufs Knie zu legen. Aber dafür kannten wir uns noch nicht gut genug. Oder?

In meinem Kopf tauchten unsere ganzen Chats der letzten Wochen auf. Eigentlich kannten wir uns schon. Irgendwie zumindest. Nicht so richtig persönlich, aber virtuell. Ergab das einen Sinn?

Teagan lächelte, trank ihre Cola aus und rutschte vom Hocker. Aber während sie bereits zu den anderen ging, blieb ich noch einen Moment sitzen und sah ihr nach. Ich hatte keine Ahnung, was das zwischen uns war, ich wusste nur, dass da etwas war. Und dass ich es näher erkunden wollte.

Als ich kurz darauf ebenfalls zu den anderen zurückkehrte, saß Cole allein auf dem Sofa. Von Mallory war weit und breit nichts zu sehen, während Alice und Lincoln noch immer die Köpfe zusammensteckten. Nur dass mittlerweile eine weitere junge Frau mit dunklem Lockenkopf dazugestoßen war, die neben Alice saß und den Arm locker um sie gelegt hatte. Sie unterhielt sich mit Teagan, die vor ihr stand und sie bereits zu kennen schien.

»Da ist ja der Rest des glücklichen Paars«, begrüßte mich Cole mit einem breiten Grinsen und wissenden Ausdruck in den Augen.

Statt einer Antwort gab ich ihm einen Schubs, damit er zur Seite rutschte und ich mich ebenfalls aufs Sofa fallen lassen konnten. Es dauerte nur einen kurzen Moment, bis sich Teagan zu mir setzte.

»Hey Cole?«, fragte Teagan und lehnte sich an mir vorbei, um meinen Mitbewohner anzusehen. »Was hat dich eigentlich hierher verschlagen? Bist du ein bekannter YouTuber, den ich kennen sollte?«

Cole schnaubte. »Als ob. Das überlasse ich lieber den anderen. Ich studiere Game Design«, fügte er hinzu, und ich hätte schwören können, dass Teagans Augen bei der Antwort begeistert aufleuchteten.

»Wirklich? Wo studierst du? Und woran arbeitest du gerade?«

Coles Grinsen wurde nur noch breiter. Er setzte sich auf und rieb die Hände aneinander. »Wie viel Zeit hast du?«

Ich schnaubte kopfschüttelnd. »Und so schnell bin ich abgeschrieben …«

Teagan warf mir ein amüsiertes Lächeln zu, dann wandte sie sich wieder an Cole und wurde schon bald mit allen möglichen Details zu seinem Studium überschüttet. Sie klebte förmlich an seinen Lippen, aber ich konnte meinen Blick einfach nicht von ihr losreißen.

Level 8

Teagan

Ich hatte keine Ahnung, wie spät es war, als wir durch die Stadt liefen. Ob wir noch Samstagnacht oder schon Sonntagmorgen hatten. Es war auf jeden Fall noch dunkel, aber die ersten Vögel begannen bereits zu zwitschern, während Parker mich in mein Hotel zurückbegleitete. Von den anderen hatte ich mich bereits verabschiedet, auch von Alice und Jo, obwohl ich die beiden morgen vor meiner Abreise noch einmal zum Frühstück treffen würde.

Auch wenn ich nicht damit gerechnet hatte, hatte ich tatsächlich Spaß auf der After-Show-Party gehabt. Und das, obwohl Alice mir vorher hatte androhen müssen, nie wieder meine Livestreams zu moderieren und mich künftig mit den ganzen Trollen und sexistischen Idioten allein zu lassen. Nein, danke – da musste ich nicht lange überlegen.

Also war ich eher widerstrebend mit ihr zur Party gegangen. Widerstrebend und aufgeregt, da ich nicht genau wusste, was mich erwarten würde – außer, dass sich Parker dort herumtreiben würde. Und nach der seltsamen Stimmung am Anfang war es ein wirklich schöner Abend geworden. Wir hatten geredet, miteinander gelacht, waren noch mal bei Beat Saber gegeneinander angetreten – ich hatte ihn wieder fertiggemacht – und hatten Zeit mit den anderen verbracht. Alice, Jo und ich hatten die Tanzfläche erobert, Lincoln hatte mich haushoch beim

Billard geschlagen, und Cole hatte mir bis ins kleinste Detail alles über sein Studium erzählt. Trotzdem hatte ich mich zurückhalten müssen, um ihn nicht mit noch mehr Fragen zu bombardieren.

Es war das erste Mal, dass ich mit jemandem reden konnte, der mein Wunschfach an einer meiner Wunschunis studierte, und ich wollte so viel wie nur möglich darüber erfahren. Allerdings hatte ich keinem von ihnen verraten, dass ich gerade erst die Highschool beendet und mich vor ein paar Monaten bei Colleges im ganzen Land beworben hatte. Aus irgendeinem Grund schienen alle davon auszugehen, dass ich älter war und ebenfalls schon studierte – und ich klärte dieses Missverständnis nicht auf. Wie bescheuert wäre ich bitte, das zu tun?

Auf den Straßen war es ruhig, genau wie in der Hotellobby, als wir dort ankamen. Die Rezeption war noch besetzt, und der junge Mann dahinter warf uns nur einen kurzen Blick zu, als wir die Aufzüge ansteuerten.

»Du musst mich nicht hochbringen«, sagte ich zum gefühlt hundertsten Mal.

Und zum ebenfalls gefühlt hundertsten Mal schüttelte Parker entschieden den Kopf. »Sorry, aber meine Eltern haben mir Manieren beigebracht. Ich begleite eine Frau abends nach Hause.«

Ich presste die Lippen aufeinander, um nicht zu lächeln. Doch das kleine Kribbeln in meinem Bauch konnte ich dummerweise nicht auf dieselbe Weise unterdrücken. Also warf ich Parker einen herausfordernden Blick zu. »Selbst wenn es kein Date war?«

Er blieb so abrupt stehen, dass ich ebenfalls innehielt, und starrte mich aus weit aufgerissenen Augen an. »Wie bitte? Das war *kein* Date? Hast du mir etwa die ganze Zeit etwas vorgemacht?!«

Ich prustete los und schlug mir die Hand vor den Mund, als mein Lachen viel zu laut in der Lobby widerhallte. Überhaupt hatte ich an diesem Abend viel gelacht, und meistens war Parker der Grund dafür gewesen.

Er lehnte sich an mir vorbei und drückte den Aufzugknopf. Als er sich wieder aufrichtete, trafen sich unsere Blicke, und Wärme breitete sich in meinem Inneren aus. Was hatte er nur an sich, dass ich so auf ihn reagierte? Dabei kannten wir uns im Grunde doch kaum. Wir hatten uns heute das erste Mal persönlich getroffen. Er sollte ein Fremder für mich sein. Und gleichzeitig ... war er das nicht. Ich kannte sein Lachen, kannte die Witze, die er so gerne riss, wusste, wie er spielte, wie ehrgeizig er sein konnte und wie gut er zuhören konnte, selbst wenn ich bisher nur wenig von mir preisgegeben hatte.

Die Fahrstuhltüren öffnete sich, begleitet von einem dezenten *Pling!* – und der Moment war vorbei. Ich schluckte hart, weil mein Mund auf einmal so trocken war, und betrat den Aufzug. Parker folgte mir schweigend, und ich drückte die Taste für meine Etage. Allem Anschein nach meinte er es ernst damit, mich bis zu meiner Zimmertür zu bringen, damit ich auch ja heil ankam. Bei jedem anderem wäre ich davon ausgegangen, dass er andere Gründe für die Begleitung haben könnte, aber Parker nahm ich seine ritterlichen Intentionen tatsächlich ab. Er schien wirklich ein netter Kerl zu sein – und nicht einer, der mich nur bis zu meinem Zimmer brachte, um mich flachlegen zu können.

Die Fahrt nach oben verlief schweigend. Man hätte uns glatt für Fremde halten können, die einfach nur in einem Aufzug nebeneinanderstanden und an die Wand starrten, aber das könnte nicht weiter von der Wahrheit entfernt sein. Denn auch wenn keiner von uns etwas sagte oder tat, spürte ich, wie sich die Stimmung zwischen uns veränderte. Hier in diesem Metallkasten gab es nichts, das meine Aufmerksamkeit auf sich ziehen, nichts, das meine Gedanken länger beschäftigen konnte. Nichts außer dem Kerl neben mir.

Nach und nach richteten sich all meine Sinne auf ihn aus. Ich spürte die Hitze, die sein Körper ausstrahlte, und registrierte wieder diesen unverwechselbaren Duft, der ihm anhaftete. *Argh.* Wieso musste er auch *so gut* riechen? Ich wollte meine Nase an seinem Hals oder in seinem Shirt vergraben und einfach nur tief einatmen. Was völlig lächerlich war und damit etwas, das ich niemals tun würde. Wie peinlich wäre das denn? Trotzdem kam ich nicht dagegen an, wie sehr mich sein Duft einnahm. Genau wie seine ganze Nähe.

Und obwohl er mich nicht mal berührte, fühlte ich seine Wärme auf meiner Haut. Auf meinen nackten Armen, die seinen so nahe waren. An meinen prickelnden Fingerspitzen, die ich am liebsten nach ihm ausgestreckt hätte. Man könnte meinen, ich wäre betrunken, dabei hatte ich heute Abend ganz bewusst auf jeglichen Alkohol verzichtet. Nicht nur, um nicht nach meinem Ausweis gefragt zu werden, sondern auch, um jede einzelne Minute genießen und für immer glasklar im Gedächtnis behalten zu können.

»Alice wollte noch Bescheid geben, wenn sie und Jo sicher zu Hause angekommen sind«, murmelte ich, nur um irgendetwas zu sagen und diese plötzliche Spannung zwischen uns zu lösen.

»Mach dir keine Sorgen«, erwiderte Parker leise. Im selben Moment hielt der Fahrstuhl, die Türen glitten auf, und wir stiegen aus. Seite an Seite gingen wir den Flur entlang. Es war völlig still auf der Etage, und der dicke Teppich dämpfte jeden unserer Schritte. »Cole und Linc werden die beiden auf jeden Fall bis zu ihrem Auto begleiten.«

Vor meiner Zimmertür blieb ich stehen und drehte mich

zu Parker um. Aus irgendeinem Grund hämmerte mein Herz plötzlich wie wild.

Er lächelte. »Die beiden gehören zu den Guten«, fügte er hinzu, als versuchte er noch immer, mich zu beruhigen.

Ich schluckte leicht. Was hatte es nur mit diesem Kerl auf sich? Warum war er so … so *nett*? So charmant? So lustig und humorvoll? So verflucht anziehend.

»Und was ist mit dir?«, fragte ich, bevor ich genauer darüber nachdenken konnte, und räusperte mich, da meine Stimme auf einmal seltsam belegt klang. »Bist du auch einer von den Guten?«

Parkers Blick lag wie gebannt auf meinem Gesicht. Und als er sich ganz leicht die Lippen befeuchtete, wusste ich, dass ich verloren war. Ich starrte einen Moment zu lange auf das, was seine Zungenspitze da machte, riss den Blick jedoch schnell wieder hoch.

Zu spät. Wenn ich das Funkeln in seinen blauen Augen richtig deutete, hatte er es bemerkt. Und er genoss es.

»Meistens«, erwiderte er rau und kam einen halben Schritt näher.

Mein Puls schoss in die Höhe.

»Meistens …?«, wiederholte ich atemlos.

»Genau.«

Ohne dass ich es bewusst registriert hatte, war ich zurückgewichen, bis ich plötzlich die Wand neben der Tür im Rücken spürte. Parker musste meiner Bewegung gefolgt sein. Er hielt meinen Blick fest und stützte sich mit der Hand neben meinem Kopf ab. Auch wenn er sich nicht weiter bewegte, war er mir auf einmal so nahe, dass ich den Kopf in den Nacken legen musste, um ihn anzusehen, und inhalierte mit jedem Atemzug seinen Geruch.

»Ich hab dich zurück ins Hotel gebracht. Ganz ohne Hintergedanken. Also macht mich das wohl zu einem der Guten«, stellte er leise fest. »Aber …« Sein Blick wanderte an mir hinunter und genauso quälend langsam wieder hinauf. Und obwohl er mich nirgendwo berührte, genügte allein dieser Blick, um eine Spur aus purer Hitze auf meiner Haut zu hinterlassen.

»Aber …?«, hakte ich nach, obwohl eine kleine Stimme in meinem Kopf ziemlich lautstark anmerkte, dass ich das besser nicht tun sollte. Das hier – was auch immer es war – konnte gar nicht gut enden. Trotzdem konnte ich mich nicht davon abhalten, dieses Spiel, was wir hier spielten, weiterzuführen. Nur noch ein bisschen länger. Nur noch ein bisschen mehr.

»Aber …«, nahm Parker den Faden wieder auf. »Jetzt frage ich mich, ob ich wirklich einer von den Guten bin.«

Hatte er sich zu mir hinuntergebeugt, oder war ich diejenige, die sich etwas auf die Zehenspitzen gestellt hatte, um ihm entgegenzukommen? Ich wusste es nicht, hatte nicht die geringste Ahnung. Das Einzige, was ich noch wusste, war, dass sich das hier gut anfühlte. Neu und aufregend und völlig anders als alles, was ich mit Brandon oder sonst jemandem erlebt hatte. Vielleicht weil keiner von ihnen mich je so herausgefordert hatte wie Parker. Vielleicht auch, weil keiner bisher die gleiche Wirkung auf mich gehabt hatte wie er.

»Warum?« Meine Stimme war kaum hörbar, und ich drückte die Hände neben meinem Körper flach gegen die Wand, um mich davon abzuhalten, sie nach Parker auszustrecken. Denn wenn ich das tat, könnte ich für nichts mehr garantieren.

Er neigte den Kopf etwas, bis sich unsere Lippen fast berührten. Es fehlten vielleicht nur noch zwei, drei Millimeter, dafür spürte ich seinen warmen Atem umso deutlicher auf meiner Haut.

»Weil ich gerade ziemlich viele Hintergedanken habe«, murmelte er.

Irgendetwas in mir schmolz. Verpuffte. War einfach weg. Mit ziemlicher Sicherheit mein Verstand. Denn das war die einzige Erklärung dafür, dass ich noch immer hier stand, oder vielmehr an der Wand lehnte, Parker dicht vor mir, und sich keiner von uns bisher wegbewegt hatte, obwohl es genau das war, was wir beide tun sollten.

Stattdessen betrachtete ich sein Gesicht. Angefangen bei dem dunklen, fast schwarzen Haar, in das ich meine Finger vergraben wollte, über die hohe Stirn, die dichten Brauen über den unglaublich blauen Augen, der geraden Nase bis hin zu seinem Mund. Für einen Mann hatte er einen wirklich schönen Mund, mit sanft geschwungenen Lippen, die immer wieder meinen Blick auf sich zogen. Als ich ihn heute Vormittag zum ersten Mal getroffen hatte, war er glatt rasiert gewesen, doch jetzt, so viele Stunden später, waren die schwarzen Bartstoppel nur zu deutlich zu erkennen. Ich wollte sie mit den Fingern nachfahren und herausfinden, ob sie so rau waren wie in meiner Vorstellung. Aber ich tat es nicht, sondern lenkte meine Aufmerksamkeit zurück zu seinen Augen.

»Du bist einer von den Guten«, behauptete ich, selbst überrascht davon, wie heiser meine Stimme auf einmal klang, aber nicht weniger überzeugt von dieser Feststellung. Herausfordernd hob ich das Kinn etwas an. »Ich dagegen … nicht.«

Seine Mundwinkel zuckten. Und dann kam er näher.

Die erste Berührung war nur ein sanftes Streichen von Lippen über Lippen. Kaum spürbar und nichts, was überhaupt die Bezeichnung »Kuss« verdient hätte. Trotzdem stockte mir der Atem, und mein Herz hämmerte auf einmal so viel schneller als zuvor.

Blinzelnd öffnete ich die Augen und sah zu Parker hoch. Er war mir noch immer so verdammt nahe, dass seine Augen das Einzige waren, das ich noch wahrnahm. Und wann hatte ich eigentlich meine Hände von der Wand gelöst und sie an seine Seiten gelegt?

Ein paar atemlose Sekunden verharrten wir beide so, bis die Spannung unerträglich wurde. Zumindest hielt ich es keinen Moment länger aus, ihm so nahe zu sein, ohne ihn richtig zu berühren. Ohne ihm *noch* näher zu kommen. Also tat ich das einzig Richtige in dieser Situation: Ich stellte mich auf die Zehenspitzen und presste meinen Mund auf seinen.

Diesmal gab es kein sanftes Streichen und auch kein zögerliches Herantasten. Seine Lippen brannten auf meinen. Eine Hand umfasste mein Kinn, die andere legte er an meine Taille, als müsste er mich festhalten. Dabei war ich diejenige, die sich an ihm festkrallte, als würde mein Leben davon abhängen. Und das tat es irgendwie auch. Zumindest fühlte es sich so an.

Meine Haut kribbelte, und als er mich an sich zog, entkam mir ein kleiner Laut, der mir unter anderen Umständen peinlich gewesen wäre. Aber das hier war Parker. Der schlechteste Verlierer bei Guild Wars. Der Überlebende bei Dead by Daylight, der mich am Haken hängen ließ, nur um mich in letzter Sekunde doch noch zu befreien und vor dem Killer zu retten. Der bekannte Gamer, der extra einen Livestream startete, nur weil ich danach gefragt hatte.

Ich legte die Arme um seinen Hals, schob die Finger in sein Haar und packte zu. Aus seiner Kehle kam ein tiefer Laut, bei dem sich etwas in meinem Bauch erwartungsvoll zusammenzog. Im nächsten Moment drängte er mich gegen die Wand und presste sich an mich. Bei dem kurzen Knabbern an meiner Unterlippe keuchte ich auf. Parker nutzte die Chance sofort, um mit der Zunge über die Stelle zu fahren, und meinen Mund zu erobern. Doch in dem Moment, in dem sich unsere Zungen berührten, brach er den Kuss ab und zog sich zurück.

Sein Brustkorb hob und senkte sich schnell, und er starrte mich an, als würde er mich zum ersten Mal sehen. Oder sich erst jetzt bewusst werden, was da gerade zwischen uns passiert war. Ich schnappte genauso nach Luft wie er. Obwohl ich nie um eine Antwort verlegen war, fehlten mir nun die Worte. Überhaupt war mein Kopf nach diesem Kuss wie leer gefegt. Irgendjemand sollte ihn besser schleunigst neu starten, damit wieder alles so funktionierte, wie es sollte. Stattdessen schlug mir das Herz bis zum Hals, meine Haut spannte und kribbelte, und mein Magen machte einen Hüpfer nach dem anderen. Und meine Knie waren ganz weich. Offenbar war an diesem Spruch tatsächlich etwas dran, auch wenn ich das bisher nie für möglich gehalten hatte. Verdammt. Was passierte hier?

»Ich schwöre, ich wollte dich nur sicher zurück ins Hotel bringen«, sagte Parker atemlos und mit einer so rauen Stimme, dass ich ihn am liebsten gepackt, wieder an mich gezogen und dort weitergemacht hätte, wo wir aufgehört hatten.

Aber ich tat es nicht, sondern nickte nur. »Ich weiß.«

Er lächelte – und es war dieses Lächeln, das noch mehr verrückte Dinge mit mir anstellte. Oder vielmehr dafür sorgte, dass ich Dinge mit *ihm* anstellen wollte. Doch bevor ich überhaupt begreifen konnte, was hier los war, lehnte er sich wieder ein wenig vor. Diesmal küsste er mich jedoch nicht, sondern drückte seine Lippen für einen winzigen Moment auf meine Stirn.

»Schlaf gut, Tea-Tea.«

Ich schloss die Augen und atmete tief durch, dann brach das Lächeln hervor, das ich hatte zurückhalten wollen, weil ich diesen Spitznamen so albern fand. Normalerweise. Aber so wie Parker ihn aussprach, mit dieser Wärme in seiner Stimme und diesem unvergleichlichen Akzent, konnte ich gar nicht anders, als zu lächeln. Und mein Herz konnte nicht anders, als noch wilder zu schlagen.

Ich lehnte den Kopf gegen die Wand und suchte seinen Blick. Auch seine Mundwinkel wanderten in die Höhe.

»Nacht«, flüsterte ich.

Und auch wenn alles in mir dagegen protestierte, zog ich die Schlüsselkarte aus meiner Hosentasche, sobald Parker einen Schritt zurückgetreten war, und öffnete die Tür. Kurz zögerte ich und rang mit mir. Wenn ich mich jetzt zu ihm umdrehte und ihn hereinbat, würde er es tun. Da war ich mir ziemlich sicher. Und wahrscheinlich würde es keiner von uns am nächsten Morgen bereuen. Aber dann würde sich alles, was in diesem Hotelzimmer passierte, wie ein Schleier auf all die anderen Erinnerungen an diesen Trip zur RTX legen. Und ich wollte mich vor allem an diese Momente erinnern.

An das erste Mal, als ich Parker tatsächlich in echt gesehen hatte. An sein Lächeln. An das Gefühl, so fest von ihm umarmt zu werden, als hätte er nur auf diesen Augenblick gewartet. An das Gameplay heute Nachmittag gegen sein Team. Wie ich ihn bei Beat Saber geschlagen hatte. Wie wir geredet, gelacht und herumgealbert hatten. Zu zweit, aber auch mit unseren Freunden. Das war es, woran ich zurückdenken wollte, wenn ich wieder daheim war – und nicht an eine Nacht, die die Dinge zwischen uns verkomplizieren würde.

Also tat ich es nicht. Ich drehte mich nicht zu Parker um und fragte ihn auch nicht, ob er reinkommen wollte, sondern betrat mein Zimmer und drückte die Tür hinter mir zu.

Parker
Hey Teagan?

Teagan
Ja?

Parker
Ich will eine Revanche bei Beat Saber

Teagan
😂

Teagan
Träum weiter!

Parker
Oh, das werde ich. Und wie ich das werde.

Parker
Und nicht nur davon ...

Level 9

Teagan

Gut eine Woche später saß ich neben meinem Dad im Auto und fummelte an meiner Bluse herum, wobei ich nur mit Mühe ein frustriertes Grummeln unterdrückte. Das Ding hatte Perlenknöpfe, war aus irgendeinem weichen, seidigen Material, cremeweiß und sehr elegant. Und natürlich sehr teuer gewesen. Damit war es genau die Art von Kleidungsstück, das ich niemals freiwillig tragen würde. Aber Dad hatte mich darum gebeten, mir *etwas Vernünftiges* anzuziehen, und das war eines der wenigen Teile in meinem Kleiderschrank, das in seinen Augen angemessen war. Bonuspunkte gab es dafür, dass es das Tattoo auf meinem Schulterblatt verdeckte. Denn obwohl es nur ein mittelgroßer und noch dazu sehr geschmackvoller Schmetterling war, war ich mir ziemlich sicher, dass Dad es mir nie verziehen hatte, mit sechzehn seine Unterschrift gefälscht zu haben, um mir dieses Tattoo stechen zu lassen. Aber es war ja nicht so, als könnte er es ungeschehen machen.

Parker
Wie wär's mit einer Runde Guild Wars? Vielleicht haben wir Glück und landen wieder in verschiedenen Teams 😁

Teagan
Aww, vermisst du mein Lama?

Parker
Du hast noch nie meinen Todesstoß gesehen, Baby 😏

Teagan
😂

Parker
Also? Wie sieht's aus?

Teagan
Ich kann nicht …

Mit einem leisen Seufzen sah ich auf das Smartphone in meiner Hand, bevor ich wieder durch das Fenster beobachtete, wie die Landschaft an uns vorbeirauschte. Kaum zu fassen, dass seit der Convention in Texas mittlerweile fast eine Woche vergangen war. Noch weniger zu fassen war, dass ich mich trotz allem wieder ganz in meinem alten Leben befand, wo jeder dritte Freitagabend im Monat nur eines bedeutete: Dinner mit der ganzen Familie. Meine Großeltern väterlicherseits und der Rest der Familie lebten rund anderthalb Stunden entfernt in einer der Kleinstädte, die sich um Seattle herum ausgebreitet hatten. Zum Glück lagen so viele Meilen zwischen uns, denn sonst würden Treffen wie dieses wahrscheinlich noch öfter stattfinden. Und das war wirklich das Letzte, was ich in meinem Leben brauchte.

Wir waren noch ungefähr eine halbe Stunde von unserem Ziel entfernt, als ich erneut auf mein Handy schaute. Alice hatte geschrieben und sich darüber beklagt, dass sie heute Abend keine Trolle aus dem Chat kicken und niemanden bannen konnte. Bei den ganzen wütenden Emojis, die sie dazu schickte, musste ich unweigerlich schmunzeln. Dabei sollte sie eigentlich froh über den freien Abend sein. Während der letzten Livestreams waren ständig Fragen zu Parker im Chat aufgetaucht. Und zu Parker und mir.

Anscheinend hatten gleich mehrere Leute unsere Umarmung während seiner Autogrammstunde gefilmt und ins Internet gestellt. Dazu kamen ein paar Fotos von uns beiden auf der After-Show-Party und schon brodelte die Gerüchteküche. Wobei das eine Untertreibung war. Die Gerüchteküche war längst explodiert.

Gestern waren wir dazu übergegangen, bestimmte Wörter und Fragen im Chat einfach zu blockieren, sodass sie gar nicht erst auftauchen konnten. Dafür stieg meine Followerzahl unglaublich schnell an, und ich hatte keine Ahnung, wie ich hinterherkommen sollte. Weder bei den ganzen neugierigen Fragen noch bei den vielen neuen Zuschauern oder der Tatsache, dass ich in der letzten Woche genug Geld verdient hatte, um mir fast das komplette erste Collegejahr finanzieren zu können. Nicht die Wohnung und auch keine Lebenskosten, aber zumindest die Studiengebühren waren abgedeckt. Wahrscheinlich würde es noch eine ganze Weile dauern, bis ich das wirklich realisiert hatte. Das Einzige, was mir noch immer fehlte, war eine Rückmeldung von meinen Wunschcolleges. Langsam aber sicher wurde es eng. Spätestens Ende August musste ich irgendwo anfangen, sonst würde ich nur weiter zu Hause hocken und Kaffee für nervige Kunden zubereiten müssen. *Ugh.*

Ich tippte eine Antwort an Alice und wünschte ihr trotz all der wütenden Emojis zuvor einen schönen Abend, dann schaute ich mir die nächsten Nachrichten an. Sie waren wieder von Parker.

Allein seinen Namen zu lesen sorgte dafür, dass sich mein Herzschlag beschleunigte. Seit der RTX in Austin hatten wir beinahe täglich getextet und mittlerweile noch zweimal bis spät in die Nacht – oder eher bis zum Morgengrauen – miteinander gezockt. Jetzt, da ich nicht mehr zur Schule musste, war das leichter, und ich hatte plötzlich so viel freie Zeit, dass ich öfter streamen und zusätzliche Schichten im Coffeeshop übernehmen konnte.

»Teagan.« Dad warf mir einen warnenden Blick zu und deutete auf das Handy.

Ich verdrehte die Augen und packte es weg, ohne Parker zu antworten. Dieser Abend würde die Hölle werden, das wusste ich jetzt schon. Seit meiner Rückkehr aus Austin war mein Vater ziemlich gereizt. Offenbar waren ein Zettel am Kühlschrank und die Nachricht, die unsere Haushälterin Susanna ihm von mir überbracht hatte, nicht genug gewesen. Wahrscheinlich hätte ich ein halbes Jahr im Voraus ein Meeting mit seiner Sekretärin ansetzen lassen und mich dann mit ihm im Büro treffen sollen, um das Für und Wider dieser Reise mit ihm auszudiskutieren. Na, aber sicher doch.

Die restliche Zeit verbrachte ich damit, aus dem Fenster zu starren und am Radio herumzudrehen, nur um dann frustriert aufzugeben, weil nur Schwachsinn lief. Und weil Dad sowieso lieber Klassik hörte, als irgendetwas mit richtigen Lyrics und Gesang.

Als wir das mehrstöckige Haus mit Garten, in dem meine Großeltern zusammen mit Onkel Peter und seiner Familie wohnten, endlich erreichten und der Wagen stoppte, war ich beinahe erleichtert, dem angespannten Schweigen im Auto zu entkommen. Allerdings nur kurz. Denn sobald wir durch die Eingangstür traten, fand ich mich in mehreren Umarmungen wieder, die ich weder wollte noch besonders enthusiastisch erwiderte. Gut möglich, dass ich mich gerade wie ein verzogenes Biest verhielt, aber ich kannte diese Leute kaum. Und sie kannten mich nicht. Sie kannten nur das Mädchen, als das sie mich sehen wollten. Aber keiner hier wusste auch nur ansatzweise etwas über meine Wünsche und Ziele oder darüber, wie sehr ich mich abrackerte, um sie zu erreichen.

Ich könnte auch einfach auf ein College gehen, das mein Vater guthieß, und mir von ihm alles finanzieren lassen: Anreise, Studiengebühren, Wohnung, Möbel, Lebensmittel. Einfach alles. Aber dann würde ich für immer in seiner Schuld stehen und tun müssen, was *er* wollte, statt das, was *ich* wollte. Und das kam nicht infrage.

»Wie schön, dass ihr da seid!«, rief Grandma Ethel und tätschelte mir das Haar, als wäre ich noch fünf. Dann presste sie die Lippen zu einem Strich zusammen, was in Anbetracht der Tatsache, dass sie ohnehin sehr dünne Lippen hatte, wirklich eine Kunst war. »Oh, was hast du nur mit deinen schönen Haaren gemacht?«

Nur mit Mühe konnte ich ein Augenrollen unterdrücken. Das fragte sie mich jedes Mal. Ganz ehrlich? Löschte sie nach jedem gemeinsamen Abendessen die Erinnerung an meine gefärbten Haare, um sich beim nächsten Mal erneut darüber aufzuregen zu können?

»Ach, lass das Mädchen doch.« Grandpa Douglas klopfte mir etwas zu fest auf die Schulter. »Sie hat ihre rebellische Phase. Die hatten wir alle mal. Das geht vorbei.«

Selbst wenn ich hätte antworten wollen, kam ich nicht dazu, denn jetzt tauchte Onkel Peter im Flur auf.

»Da ist ja mein Lieblingsbruder.« Er umarmte Dad und nutzte es schamlos aus, dass er einen halben Kopf größer und breiter gebaut war als mein Vater. »Wie läuft's? Wie stehen die Verkäufe?« Damit führte er Dad auch schon Richtung Esszimmer, wo seine Frau und ihre beiden Töchter warteten. Sieben und neun Jahre alt und die Jüngste war so verwöhnt, dass jedes Treffen mit ihrem Geschrei endete. Reizend. Wenigstens

Janey war erträglich und für ihr Alter ziemlich aufgeweckt und clever.

»Nun steh nicht hier herum«, wies mich Grandma Ethel an und deutete mir an, ihr zu folgen. »Du kannst mir in der Küche helfen.«

Kurz sah ich Grandpa Douglas nach, der sich ebenfalls in Richtung Esszimmer bewegte, dann folgte ich ihr schicksalsergeben. »Warum helfen Dad oder Onkel Peter nicht?«

Sie lachte auf. »Mach dich nicht lächerlich, Teagan Ramona. Dein Vater und dein Onkel wüssten gar nicht, was sie mit einer Schüssel und einem Löffel anfangen sollten. Die Küche ist das Reich von uns Frauen.«

Diesmal konnte ich es mir nicht verkneifen, die Augen zu verdrehen, aber nahm die Schürze, die sie mir hinhielt, brav entgegen.

»Das habe ich gesehen, Mädchen.« Spielerisch drohte sie mit dem Zeigefinger. »Mit dieser Einstellung wirst du nie einen Ehemann finden.«

»Vielleicht bin ich ja nicht im neunzehnten Jahrhundert stecken geblieben und will gar keinen«, murmelte ich und band mir die Schürze um. Dabei hatte ich das seltsame Gefühl, dieses Gespräch schon mal geführt zu haben. Ach ja. Das hatte ich. Bei ungefähr jedem dieser Treffen in den letzten Jahren.

»Ach, papperlapapp. Das wird sich ändern, sobald du den Richtigen triffst«, behauptete sie und drückte mir einen Kochlöffel in die Hand, gefolgt von einer eindeutigen Geste in Richtung Herd, wo ich in was auch immer herumrühren sollte. »Und dann wirst du froh sein, ihm etwas zu essen machen zu können. Eigentlich sollte dir das deine Mutter beibringen, aber diese Frau hat ja noch nie das getan, was von ihr verlangt wurde.«

Ruhig bleiben. Halt einfach die Klappe und lächle, Teagan.

Aber meine Finger verkrampften sich so fest um den Kochlöffel, dass ich nicht einschätzen konnte, was zuerst in zwei Teile zerbrechen würde – das Holz oder meine Knöchel.

»Ist einfach abgehauen und hat euch allein gelassen …«, murmelte Grandma Ethel und hantierte mit den Gewürzen herum. »Eine Schande ist das! Das kannst du mir glauben.«

Newsflash: Ich war auch nicht gerade begeistert davon, dass Mom uns sitzen gelassen hatte, aber wenigstens behielt ich meine Meinung für mich. Wie wäre es zur Abwechslung damit?

Aber statt meine Gedanken laut auszusprechen, biss ich die Zähne zusammen. Vor ein paar Jahren, kurz nach Moms Verschwinden, hatte ich ein-, zweimal gesagt, was mir zu ihrem Gejammer durch den Kopf ging – und damit eine mittlere Familienkrise ausgelöst. Dad hatte mir Hausarrest verpasst und wochenlang nicht mehr als nötig mit mir geredet. Und zu diesen Abendessen hatte er mich trotzdem weiterhin gezwungen, also hatte mein Protest exakt gar nichts bewirkt. Außerdem war mir mittlerweile klar, dass diese Leute gar keine andere Meinung hören wollten. Ihre eigene war die einzige, die existierte. Also hielt ich den Mund und rührte einfach nur in diesem Topf herum, bis Grandma Ethel mich weiterscheuchte. Gleich darauf stand ich mit einem Messer in der Hand vor einem riesigen Topf gekochter Pellkartoffeln und seufzte innerlich. Das würde ein wundervoller Abend werden.

Zwei Stunden später war ich kurz davor, mir meine Gabel ins Auge zu rammen, nur um diesem Abendessen endlich zu entkommen. Rettungswagen, Notaufnahme, OP und Krankenhaus klangen mit jeder Minute attraktiver. Alles wäre besser, als weiter hier herumsitzen zu müssen, den Alltagsgeschichten und dem ganzen Klatsch und Tratsch zu lauschen und dabei halbwegs interessiert auszusehen. Oder zumindest nicht zu

Tode gelangweilt. Immerhin war mein heutiges Outfit – bis auf meine heiß geliebten Boots – makellos, also konnten sie daran nicht viel aussetzen. Das konnte nur ich in Gedanken, weil ich mich in dieser weißen Bluse und der schwarzen Bügelfaltenhose einfach nicht wohlfühlte. Das war nicht ich, sondern ein Püppchen, das man extra zu diesem Anlass ausstaffiert und aufgehübscht hatte.

Während Grandma Ethel und Tante Karlie über die Nachbarin Mrs Miller sprachen, die einen neuen Gärtner engagiert hatte, der höchstens um die zwanzig sein konnte und die Hecken auf eine Weise stutzte, die einfach unmöglich war, unterhielten sich Dad, Onkel Peter und Grandpa Douglas über irgendeinen Senatorenskandal in Alabama.

Seufzend schob ich die Krümel auf meinem Teller hin und her und sah immer wieder auf das Handy, das von der Tischdecke verdeckt auf meinem Schoß lag. Mittlerweile hatte ich die letzten Nachrichten von Parker nicht nur beantwortet, wir hatten noch weitere hin und her geschickt. Wie er es fertigbrachte, mir während seines Livestreams zu schreiben, ging über mein Verständnis hinaus. Und da sollte noch mal jemand behaupten, Männer wären nicht multitaskingfähig.

Als ich das nächste Mal aufsah, bemerkte ich Janeys Blick, der nicht mir galt, sondern dem kaum angetasteten Stück Kuchen auf meinem Teller. Sie selbst hatte nur ein winziges Stück bekommen. Mehr erlaubte ihre Mutter nicht.

Kurz sah ich zu Tante Karlie hinüber, die sich noch immer über den Gärtner echauffierte, dann vertauschte ich schnell die Teller. Meine Cousine strahlte und schob sich sofort eine Gabel voll in den Mund.

Im nächsten Moment gab ihr Karlie einen Klaps auf die Finger. »Du kennst die Regeln, Schatz. Ein Stück ist mehr als genug. Alles andere landet auf den Hüften.«

Ich verschluckte mich an meinem Schluck Wasser und musste husten. »Echt jetzt?«, rief ich und wischte mir mit dem Handrücken über den Mund.

Karlie warf mir einen wütenden Blick zu. »Denk nicht, ich hätte das nicht gesehen, Teagan Ramona.«

Ich ignorierte ihre anklagenden Worte. »Willst du deine Töchter ernsthaft dazu erziehen, Komplexe wegen ihrer Figur zu haben?«

Sie funkelte mich an. »Es ist nichts Falsches daran, auf die eigene Gesundheit zu achten.«

»Gesundheit, genau. Was soll der Scheiß von wegen ihrer Figur? Janey ist neun!«

»Teagan …«, tadelte Dad mit schneidender Stimme. »Nicht in diesem Tonfall.«

Verdammt. Bis eben ich war mir sicher gewesen, dass er so in die Diskussion mit Peter und Grandpa vertieft gewesen war, dass er gar nicht mitbekam, was um ihn herum passierte. Anscheinend hatte ich mich geirrt.

Ich sah in die Runde. Niemand ergriff Partei oder mischte sich ein; davon, mir in irgendeiner Form recht zu geben, ganz zu schweigen. Und Janey sah nur mit großen Augen hin und her, die Kuchengabel in der Hand, allerdings ohne noch einen Bissen zu nehmen.

»Aber es stimmt doch!«, rief ich. »Sie ist noch ein Kind. Wen kümmert da ihre Figur? Lasst sie doch essen, worauf sie Lust hat, anstatt ihr einzureden, dass das einzig Wichtige im Leben eine schlanke Taille ist, verdammt noch mal!«

»Teagan!« Karlie rümpfte die Nase. »Nur weil deine Mutter dir keine Grenzen gesetzt und völlig in deiner Erziehung versagt hat, heißt das nicht, dass sich andere Mütter keine Mühe geben.«

»Wie bitte?«, stieß ich fassungslos hervor.

Wieso bekam eigentlich immer ich die Seitenhiebe ab, die gegen meine Mutter gerichtet waren? Ich konnte doch auch nichts dafür, dass sie ihre Sachen gepackt hatte und einfach gegangen war. Aber ich konnte sehr wohl etwas dafür, dass sie mich zurückgelassen hatte. Oder nicht? Sie war schließlich nicht nur meine Mom, sondern auch meine beste Freundin gewesen. Zumindest war ich fest davon überzeugt gewesen, bis ... ja, bis sie eines Tages weg gewesen war.

»Du bist genau wie deine Mutter.«

Ich erstarrte. Oh nein, das hatte sie jetzt nicht gesagt. Das war unter der Gürtellinie. Und unfair, denn diese Leute hatten meine Mutter noch weniger gekannt als ich selbst. Trotzdem kam ich nicht gegen die Kälte an, die sich bei diesen anklagenden Worten in mir ausbreitete. Oder gegen die Übelkeit.

»Du bist desinteressiert, angriffslustig und unhöflich. Oder denkst du, niemand am Tisch hätte bemerkt, dass du die ganze Zeit auf dein Handy starrst?«

Das Abendessen, das eigentlich ganz lecker gewesen war, lag mir auf einmal wie ein Stein im Magen. »Seit wann ist eine eigene Meinung zu haben dasselbe wie angriffslustig zu sein?«

»Teagan.« Dads warnende Stimme hallte erneut durch das Esszimmer. Nach außen hin wirkte er völlig ruhig, aber ich konnte die Ader auf seiner Stirn pochen sehen, wie jedes Mal, wenn er kurz vorm Explodieren war.

Karlie schüttelte nur den Kopf und widmete sich wieder ihren Töchtern, denen sie für alle hörbar erklärte, warum es wichtig war, dass man auf seine Familie und vor allem auf Menschen, die älter und klüger waren als man selbst, hörte und ihnen mit dem nötigen Respekt begegnete.

Als das Abendessen endlich vorbei war, tat mein ganzer Kiefer weh, weil ich die ganze Zeit über die Zähne so fest zusammengebissen hatte. Vielleicht hätte ich erleichtert oder sogar froh sein sollen, als wir uns verabschiedeten und das Haus endlich verließen, doch dafür war die Stimmung zwischen Dad und mir zu angespannt.

Wir schwiegen während der Fahrt zurück und diesmal war ich klug genug, das Handy nicht hervorzuholen, auch wenn es mich in den Fingern juckte, herauszufinden, was Parker getextet hatte. Aber dann würde Dad wahrscheinlich gleich der Kopf platzen, und das war während einer Autofahrt ziemlich unpraktisch.

Also wartete ich, bis wir daheim ankamen und sich das Garagentor hinter uns schloss, um wie nebenher beim Aussteigen mein Handy aus der Tasche zu fischen. Bisher hatte Dad nichts zu dem Abendessen bei seiner Familie gesagt, obwohl ich ihm ansehen konnte, dass ihm eine Million Vorwürfe auf den Nägeln brannten. Aber das Ding war … Dad hatte nie einen großen Teil zu meiner Erziehung beigesteuert. Mom hatte mir beigebracht, Bitte und Danke zu sagen, aber auch, mich nicht mit meiner Meinung zurückzuhalten, wenn ich mich im Recht glaubte. Sie hatte mir ebenso Manieren beigebracht wie Respekt vor älteren Menschen und Autoritätspersonen – allerdings nur, wenn es angebracht war. Und wenn es nicht angebracht war, hatte sie den Leuten die Hölle heiß machen können.

Einmal hatte sie den Kinderarzt so zur Schnecke gemacht, weil er zu ruppig mit mir umgegangen war und mir nichts erklärt hatte, dass er hinterher derjenige war, der fast geweint hätte, und nicht mehr ich.

Dad war in all den Jahren bis auf die wenigen Abendessen an den Wochenenden praktisch nicht anwesend gewesen, weil er seine gesamte Lebenszeit lieber in der Firma verbrachte statt zu Hause bei seiner Frau und seiner Tochter. Insofern erschien es dem Rest der Familie wahrscheinlich sogar ganz berechtigt, dass sie hauptsächlich auf mir und meiner Mutter herumhackten – und nicht auf ihm.

»Du hast dich heute Abend unmöglich benommen«, murmelte er beim Aussteigen.

»Wie bitte?« Ich sah vom Handy auf und starrte ihn über das Dach des BMWs hinweg an. »Ich habe mich unmöglich benommen? *Ich?* Nicht Karlie?«

»Wie Karlie und Peter ihre Kinder erziehen, geht dich nichts an, Teagan. Das ist ganz allein ihre Sache.«

»Soll ich etwa danebensitzen und auch noch applaudieren, wenn sie ihren Töchtern Komplexe mit auf den Weg gibt? Als wäre der sexistische Mist in diesem Haus nicht schon schlimm genug.«

»Das reicht.« Er knallte die Tür mit so viel Schwung zu, dass ich zusammenzuckte. »Deine Tante hat recht. Du bist die ganze Zeit am Handy und auch sonst ständig mit den Gedanken woanders. Bis vor Kurzem dachte ich noch, das liegt am Klausuren- und Bewerbungsstress, aber das ist doch längst vorbei.«

Wow, ein Wunder, dass er das überhaupt bemerkt hatte, schließlich war es ja nicht so, als wäre er besonders häufig zu Hause gewesen. Er hatte es vor ein paar Wochen nicht mal zu meiner Abschlussfeier geschafft – im Gegensatz zu den Eltern all meiner Mitschüler. Und ich war mir sogar ziemlich sicher, dass er in letzter Zeit öfter im Büro geschlafen hatte als daheim. Aber machte ich ihm deswegen Vorwürfe? Nein. Also sollte er mich doch auch einfach in Ruhe lassen.

»Du tust, was du willst, und vergisst völlig, dass ich die Verantwortung für dich trage. Ich bin dein Vater, Teagan. Und denk ja nicht, dass dein heimlicher Ausflug letzte Woche ohne Konsequenzen bleiben wird. Du bist ohne Erlaubnis nach Texas geflogen. Und dann auch noch ganz allein!«

Diesmal war ich diejenige, die die Autotür mit mehr Kraft als nötig zuschlug. »Ich bin keine sieben mehr, Dad. Ich kann lesen, schreiben, bar und mit Karte bezahlen, einen Flug buchen und – oh! Auch nach dem Weg fragen oder mein Handy benutzen, sollte ich mich verlaufen.«

»Wie wär's, wenn du dein Handy benutzt hättest, um mich anzurufen und vorher um Erlaubnis zu fragen!«

Sekundenlang konnte ich ihn nur anstarren. Dann platzte all die Wut, all die Frustration aus mir heraus.

»Ich bin achtzehn Jahre alt!«, rief ich. »Ich verdiene mein eigenes Geld. In ein paar Wochen ziehe ich aus und werde sonstwo leben – hoffentlich tausend Meilen von hier entfernt. Ich brauche keine Erlaubnis, um mir Colleges anzuschauen!«

Und damit ließ ich ihn stehen und stapfte aus der Garage ins Haus, wo ich als Erstes diese dämliche Alarmanlage ausschaltete, damit sie nicht plötzlich losschrillte.

»Verkauf mich nicht für dumm, Teagan Ramona.« Dad folgte mir in den Flur und wurde mit jedem Wort lauter. »Du warst nicht nur dort, um dir den Campus anzuschauen, sondern auch auf dieser Convention.«

Ich wirbelte zu ihm herum. »Und wenn schon! Dich interessiert das alles doch sowieso nicht! Du willst nur, dass ich brav und nett bin und zu allem Ja und Amen sage. Zu dem Mist am Esstisch genauso wie zu den Universitäten, die *du* für mich aussuchst, als hätte ich keinen eigenen verdammten Willen!«

»Es interessiert mich sehr wohl, wenn meine einzige Tochter allein quer durchs Land fliegt, um sich mit irgendwelchen Freaks auf einer Freakshow zu treffen!«

Ich zuckte zusammen. Seine Worte waren nicht direkt gegen mich gerichtet gewesen, trotzdem fühlte es sich so an, als hätte er mir ins Gesicht geschlagen. Der Tag auf der RTX, das

Treffen mit Parker, Alice und den anderen. Die Spiele, Gespräche, die ganzen Infos, die Cole mir zu seinem Studiengang gegeben hatte … Das war alles für mich. *Alles.* Zum vielleicht ersten Mal in meinem Leben hatte ich mich nicht wie eine Außenseiterin gefühlt, nicht wie die Seltsame in der Schule, die sich die Haare bunt färbte und auf komische Computerspiele stand. Und mein Vater nahm all das, all meine schönen Erinnerungen, und zog sie durch den Dreck, indem er die Convention als Freakshow bezeichnete und die Teilnehmer und Besucher als Freaks? Ohne sich auch nur einen Hauch von Gedanken darüber zu machen, was mir das bedeutete?

Ich schüttelte ungläubig den Kopf. »Das meinst du nicht ernst.«

»Und wie ich es ernst meine.« Er erwiderte meinen Blick genauso starr, wandte sich dann jedoch mit einem Seufzen ab und fuhr sich mit der Hand durch das kurze Haar. »Ich weiß, dass du diese Games magst, Liebling, aber das ist nur ein Hobby. Es hat keine Zukunft. Deine Zukunft ist auf einem College mit einem guten Ruf und in einem Beruf, der dich weiterbringt.«

»Du meinst einen Beruf wie deinen, bei dem ich zwanzig Stunden am Tag, sieben Tage die Woche im Büro hocke.«

»Zum Beispiel.«

Ich schnaubte. »Du bist echt unglaublich.«

»Ich werde nicht zulassen, dass du dein Leben mit so einem Schwachsinn verschwendest, Teagan. Was willst du denn machen, hm? In irgendeinem dunklen Keller sitzen, ohne Freunde, ohne ein richtiges Leben, und irgendwelche Spiele programmieren? Willst du dich wirklich vor der echten Welt verstecken, bis du alt und grau bist und es bereust, nie richtig gelebt zu haben?«

»Oh, bitte erspar mir dieses Klischee!«

Abgesehen davon wollte ich keine Spiele *programmieren*. Ich wollte sie *designen*, mich mit ihrem Aufbau, der Story, den Charakteren und der ganzen Welt auseinandersetzen. Ich wollte meinen Ideen Farbe verleihen und ganze Welten erschaffen, einfach weil ich es konnte. Und ich wollte andere Leute genauso dafür begeistern, wie ich mich dafür begeisterte. Aber natürlich begriff Dad den Unterschied nicht. Für ihn war alles dasselbe. Und die Ironie des Ganzen? Wahrscheinlich verbrachte er mehr Zeit im Büro vor einem Monitor, als ich es als Game-Designerin je tun würde. Vielleicht sollte er mal darüber nachdenken.

»Du tust das wegen Mom, oder? Du bestrafst *mich* dafür, dass sie abgehauen ist!«

Er wurde blass. Sein Blick verfinsterte sich. »Das hat nichts mit deiner Mutter zu tun.«

»Ach nein?«, konterte ich, und plötzlich waren da all die Worte, die ich ihm schon seit Jahren an den Kopf werfen wollte. Schon lange vor dem Tag, an dem Mom ihre Koffer gepackt hatte, ins Auto gestiegen und nie mehr zurückgekehrt war. Weil er schon damals nie da gewesen war und sich nie für mich interessiert hatte. »Es hat also nichts damit zu tun, dass du mit ihrem Job und ihren Hobbys nie wirklich etwas anfangen konntest? Dass du die Leute, mit denen sie befreundet war, nicht ausstehen konntest? Dass sie in Paris jemanden kennengelernt hat, der sie besser versteht und sie unterstützt, statt ihre Leidenschaft zerstören zu wollen?«

»Du redest da über Dinge, von denen du keine Ahnung hast«, erwiderte er mühsam beherrscht. »Was zwischen deiner Mutter und mir vorgefallen ist, hat nichts mit dir zu tun. Und selbst wenn es so wäre: Ich werde nicht zulassen, dass du dich genauso in eine Traumwelt flüchtest wie sie. Damit ist jetzt Schluss.«

Er machte auf dem Absatz kehrt und marschierte den Flur hinunter. Zuerst begriff ich nicht, was er vorhatte, doch dann sah ich, was er ansteuerte: das Telefon, an dem auch der WLAN-Router hing. Der Zugang zum Internet. Mein Zugang zu einer Welt, in der mich die Leute verstanden, statt mich komisch von der Seite anzuschauen.

»Dad …!«

Er reagierte nicht.

Ich lief los. »Das kannst du nicht machen!«

»Oh doch, und wie ich das kann.« Er zog den Router aus der Steckdose und richtete sich wieder auf. An dem Gerät hingen allerlei Kabel, aber keines der erforderlichen Lämpchen leuchtete noch. »Ich habe diesen Schwachsinn mit deinen Spielen viel zu lange geduldet. Dein Verhalten heute Abend hat mir das deutlich gezeigt. Ab jetzt gibt es kein Internet mehr für dich. Wenn du dich über Colleges oder Zimmer in Wohnheimen informieren willst, tust du das ab sofort bei mir im Büro. Für etwas anderes brauchst du das Internet nicht. Und wenn du dich bis zum nächsten Abendessen nicht im Griff hast und dich nicht bei deiner Tante entschuldigst, gibt es bald auch keinen Computer mehr in deinem Zimmer.«

Mir wurde übel. Jeder Muskel in meinem Körper spannte sich so sehr an, dass ich zitterte. Das konnte er unmöglich ernst meinen. Er konnte mich nicht dazu zwingen, das Internet und die Livestreams aufzugeben und mir damit drohen, mir im Zweifelsfall sogar den Computer wegzunehmen.

In ein paar Wochen würde ich aufs College gehen. Aber bis es so weit war, war ich auf meinen Vater angewiesen. Auf mein Zuhause. Mein Zimmer. Meinen Rechner. Mein Internet. Die Livestreams waren nicht bloß ein Hobby – sie waren ein Teil meiner Existenz geworden. Und das nicht nur, weil ich damit deutlich mehr verdiente als im Coffeeshop. Was sollte ich den

Rest des Sommers über tun, wenn ich keinen Kontakt zur digitalen Außenwelt haben konnte? Rausgehen? Mich mit den Leuten aus meiner alten Highschool treffen? Mit Maddison Mae darüber quatschen, wie gut oder schlecht Brandon küssen konnte? Sicher nicht.

»Dad!«, rief ich verzweifelt und blinzelte gegen die blöden Tränen in meinen Augen an. »Tu das nicht. Bitte.«

»Tut mir leid, Liebling, aber du lässt mir keine andere Wahl. Zwing mich nicht dazu, dir auch noch das Handy wegzunehmen.«

Ich konnte ihn nur anstarren. Alles fühlte sich so an, als wären wir in einer parallelen Dimension gelandet. Dort passierten solche Dinge vielleicht, aber doch nicht hier. Nicht im echten Leben. Nicht in diesem Haus. Nicht mir.

»Und das nur, weil ich mit Tante Karlie beim Essen gestritten habe?«

Er warf mir einen harten Blick zu. »Wenn du wirklich glaubst, dass das der einzige Grund ist, dann hast du jetzt eine Menge Zeit, um dein Verhalten und deine Entscheidungen noch mal gründlich zu überdenken.« Er seufzte tief und auf einmal trat etwas fast Bedauerndes in seine Augen. »Eines Tages wirst du zur Vernunft kommen und mir dafür dankbar sein.«

Den Teufel würde ich! Aber ich brachte kein Wort hervor, keinen Protest, keine Argumente, gar nichts. Ich war völlig erstarrt und konnte meinem Vater nur nachschauen, wie er mit dem WLAN-Router unterm Arm ins Schlafzimmer ging und die Tür hinter sich zudrückte. Mit ziemlicher Sicherheit würde er das Gerät morgen sogar mit ins Büro nehmen, nur um dafür zu sorgen, dass ich nicht mehr rankam.

Das bedeutete … keine Online-Games mehr. Keine Streams und keine Multiplayer-Sessions. Und da mein Datenvolumen für diesen Monat schon so gut wie aufgebraucht war, weil ich in jeder freien Minute im Coffeeshop am Handy hing, auch keine Mails mehr. Kein Discord. Keine Foren, in denen ich alles über meine Wunsch-Unis las, was ich finden konnte, oder mich mit anderen Gamern über Spiele und Neuerscheinungen austauschte. Überhaupt keine Neuerscheinungen und News aus der Szene mehr. Nichts. Aber vor allem keine Chats mehr mit Parker.

Ich weigerte mich, das zu akzeptieren. Ich weigerte mich einfach. Das musste ein schlechter Scherz sein. Nur dass ich nicht diejenige war, die dabei lachte. Ich war diejenige, die es irgendwie ausbaden musste. Und ich war völlig allein.

Teagan
Menschen sind das Letzte!

Parker
??

Teagan
Ich will in einem Haus am See oder am Meer leben, wo ich keine einzige verdammte Person sehen, hören, sprechen oder lesen muss!

Parker
Du brichst mir das Herz ...

Teagan
Na gut, dann eben mit digitalem Kontakt zur Außenwelt. Aber das war's! Ich hab genug von Menschen.

Parker
Was ist passiert?

Parker
Tea-Tea? Was ist los?

Teagan
Nichts. Nur ein beschissener Tag.

Parker
Mit beschissenen Leuten und beschissenen Nachrichten?

Teagan
So in etwa. Ja.

Parker
Hm ...

Parker
Willst du darüber reden?

Teagan
Jetzt?

Parker
Ich bin wach ... du bist wach ...

Teagan
Und du bist noch mitten in deinem Livestream, oder nicht?

Parker
Ich könnte früher Schluss machen?

Teagan
Quatsch. Konzentrier dich lieber auf den Stream und darauf, beim Spielen nicht so abzulosen

Parker
Schaust du etwa zu? 😏

Teagan
Ich kann nicht ...

Parker
Dann wirst du nie erfahren, ob ich mich anstrenge oder gerade verliere

Teagan
Oh, ich weiß, dass du gerade verlierst, weil du mir textest, statt dich um deine Zuschauer und ums Gameplay zu kümmern!

Parker
Vielleicht ...

Parker
Vielleicht erreiche ich aber auch gerade einen neuen Highscore 😆

Teagan
Das hättest du wohl gerne ...

Parker
😄

Level 10

Parker

Es war Samstagabend, mein Kopf dröhnte, ich war rastlos und allein daheim. Mittlerweile bereute ich es, nicht mit den anderen an den Strand gefahren zu sein und die Hitzewelle auszunutzen, die Pensacola aktuell heimsuchte. Es war beinahe so, als wären uns die heißen Temperaturen von Texas hierher gefolgt.

Ich rieb mir über die Stirn und stand auf, um den Ventilator auf eine höhere Stufe zu stellen, dann setzte ich mich wieder an den Schreibtisch und warf einen Blick aufs Handy. Dad hatte mir vorhin getextet und gefragt, wann ich das nächste Mal nach Hause kam. Mehr nicht. Nichts über Moms Zustand. Keine Infos darüber, ob es ihr schlechter ging oder es irgendwelche Vorfälle gegeben hatte. Ich biss die Zähne zusammen und rieb mir über die pochende Stirn.

Ich saß schon den ganzen Tag an den Aufnahmen des gestrigen Livestreams, um sie zu YouTube-Videos mit einer leichter verdaulichen Länge zu schneiden, während ich nebenher meine Social-Media-Kanäle pflegte. So viel zum sogenannten Fame als gefeierter Gaming-Star – oder was auch immer sich die Menschen darunter vorstellten. Die Realität bestand leider nicht aus ständigen Poolpartys mit Drinks und leicht bekleideten Mädels oder aus millionenschweren Werbedeals mit Getränkefirmen und den größten Spieleherstellern. So sah mein

Leben definitiv nicht aus. Stattdessen rollte ich mit dem Stuhl zwischen zwei Monitoren hin und her, trank viel zu viel Kaffee und Energydrinks und hatte die Vorhänge schon den ganzen Tag zugezogen, damit es hier drinnen nicht noch wärmer wurde.

Mittlerweile musste es bereits Abend sein. Zumindest war mein Magenknurren ein ziemlich guter Indikator dafür. Und die Tatsache, dass alle Gläser, Dosen und Flaschen im Raum leer waren.

Ein letztes Mal überprüfte ich das aktuelle Video und atmete auf. Zwischenzeitlich hatte ich befürchtet, dass sich die Tonspur während der Aufnahme im Livestream zu sehr verschoben hatte und es mit dem Upload zeitlich eng werden könnte. Ich lud die Videos immer zu einer ganz bestimmten Uhrzeit hoch, und wusste aus Erfahrung, dass schon eine halbe Stunde Verspätung zu zahlreichen Fragen und empörten Kommentaren im Netz führen konnte. Aber zum Glück hatte doch noch alles geklappt. Der Rechner schnurrte im Hintergrund, während er die letzten Videos renderte, und für mich gab es heute ausnahmsweise nicht mehr viel zu tun. Wenn man mal von den ganzen Mails, Nachrichtenanfragen, der längst überfälligen Buchhaltung und dem Stapel ungespielter Games absah.

Seufzend stand ich auf, streckte mich und ließ den Nacken knacken, dann brachte ich die ganzen leeren Flaschen, Gläser und Dosen in die Küche und holte mir einen neuen Energydrink aus dem Kühlschrank. Wahrscheinlich nicht die beste Entscheidung, da ich schon den ganzen Tag so unruhig war, dass ich gefühlt die Wände hochgehen könnte, aber das Zeug schmeckte mir. Außerdem hielt es mich wach, und das war im Moment das einzig Wichtige.

Zurück in meinem Zimmer ließ ich mich auf den Drehstuhl fallen, schaltete Monitor Nummer drei ein und loggte mich auf

Twitch über meinen privaten Account ein, mit dem ich inkognito zuschauen und sogar im Chat schreiben konnte. In der Erwartung, gleich Teagans Stimme zu hören, weil sie samstags immer zu dieser Zeit streamte, lehnte ich mich zurück. Aber es passierte nichts. TRGame war offline.

Huh. Seltsam.

Allerdings war es gerade mal kurz vor zehn. Vielleicht fing sie heute einfach später mit dem Stream an. Den Nachrichten von gestern Abend nach zu urteilen, hatten sich bei ihr genügend Aggressionen angesammelt, um etwas zu zocken, bei dem sie jede Menge Gegner in die Luft jagen, Zombies killen oder sich anderweitig durch gefährliche Level durchkämpfen konnte. Und nach einem ganzen Tag, an dem ich seit dem Aufstehen nur Videos geschnitten, nachbearbeitet und Thumbnails für YouTube erstellt hatte, konnte ich ein bisschen Entspannung in Form von Teagans Livestream sehr gut gebrauchen.

Während ich wartete, schrieb ich Dad eine Antwort, klickte mich anschließend wieder durch meine Social-Media-Kanäle, wo ich alle Nachrichten ignorierte, die sich auf die Umarmung mit Teagan während meiner Autogrammstunde auf der RTX bezogen, postete ein neues Bild auf Instagram und in die Storys, diskutierte mit ein paar Leuten auf Discord über die Games, die im Herbst neu herauskamen und schielte dabei immer wieder zu Twitch hinüber.

TRGame war noch immer offline. Ich ging direkt zur Channelinfo, aber auch hier stand nichts dazu, ob der Livestream heute später starten oder ganz ausfallen würde, und mittlerweile war es schon elf Uhr. Normalerweise begannen ihre Streams spätestens zu dieser Zeit, wenn Teagan vorher eine Schicht im Coffeeshop hatte. So viel wusste ich inzwischen. Anders als die Leute im Chat, in dem ich ebenfalls unterwegs war. Sie wunderten sich jedoch ebenso wie ich, wo TRGame blieb. Und so langsam begann ich mir Sorgen zu machen.

Ich wartete weitere zehn Minuten, aber als auch dann nichts von Teagan zu sehen, hören oder lesen war, schnappte ich mir mein Smartphone und tippte eine Nachricht an sie. Kurz darauf klingelte mein Handy – und ich erstarrte. Mein erster Gedanke galt Mom und Dad, da so ein später Anruf immer nur einen Notfall bedeutete. Aber es war Teagans Name, der auf dem Display aufleuchtete. Ich atmete erstickt aus, aber das Hämmern in meinem Brustkorb wollte sich nicht so schnell wieder beruhigen – wenn auch aus einem völlig anderen Grund.

Bisher hatten wir nie miteinander telefoniert und uns überhaupt nur zweimal persönlich gesprochen – das erste Mal, als ich sie während ihres Livestreams via Discord überraschend angerufen hatte und das zweite Mal auf der RTX. Dass sie jetzt, exakt eine Woche später, hier anrief, statt zu texten oder wie geplant ihren Livestream zu starten, war mehr als seltsam. Und beunruhigend.

Ich hielt mir das Handy ans Ohr. »Hi. Du rufst an. Wie old school.«

»Mein Datenvolumen am Handy ist fast verbraucht«, sagte sie statt einer Begrüßung. Pure Frustration schwang in ihrer Stimme mit. »Und wir haben erst Mitte Juli!«

»Shit.« Mein Blick wanderte zum Rechner, wo TRGame noch immer als offline anzeigt wurde, dann zur Uhrzeit am oberen rechten Bildschirmrand und wieder zurück. »Alles klar bei dir? Streamst du heute nicht?«

»Nichts ist klar. Und nein, ich streame nicht. Heute nicht und wie es aussieht auch in Zukunft nicht mehr.«

Ich runzelte die Stirn. »Was soll das heißen?«

»Das heißt …« Sie atmete tief durch. »Das heißt, dass mein

Vater den Router mitgenommen hat. Kein Internet, keine Livestreams, keine Online-Games. Gar nichts!«

Wie bitte? Was?

»Shit«, war das Erste, was mir dazu einfiel. Nicht sehr hilfreich, aber wenigstens ehrlich.

Sie schnaubte. »Du sagst es.«

»Was ist passiert? Wieso hat er das getan?«

Diesmal antwortete Teagan nicht sofort. Und als sie es tat, konnte ich das Zögern in ihrem Tonfall hören.

»Wir hatten … eventuell … eine kleine Meinungsverschiedenheit.«

»Eine Meinungsverschiedenheit?«, wiederholte ich gedehnt.

»Na gut, es war ein Streit. Wir haben uns angeschrien und am Ende hat er den Router eingepackt. Wahrscheinlich hätte er mir auch das Handy weggenommen, wenn er sich nicht Sorgen machen würde, dass er mich dann gar nicht mehr erreicht und keine Ahnung hat, wo ich mich herumtreibe.«

»Shit …«

»Jepp.«

Nachdenklich lehnte ich mich im Stuhl zurück, bis er leise quietschte, und fuhr mir mit der Hand durchs Haar. »Und jetzt? Was machst du jetzt?«

»Ich hab einen Plan aufgestellt. Punkt eins ist Durchdrehen. Check.«

In meiner Vorstellung hakte sie das gerade mit dem Zeigefinger ab, was mich unweigerlich zum Lächeln brachte. »Was ist Punkt zwei?«

Sie seufzte tief. »So weit bin ich nicht gekommen. Wenn ich anfange, darüber nachzudenken, drehe ich durch und dann bin ich wieder bei Punkt eins.«

Verdammt. Ich würde gerne irgendetwas tun, ihr irgendwie helfen, aber ich hatte nicht die geringste Ahnung, wie ich das anstellen sollte. Und noch schlimmer als diese Hilflosigkeit war die Vorstellung, plötzlich keinen oder kaum noch Kontakt mehr zu ihr zu haben. Keine regelmäßigen abendlichen Livestreams mehr, keine nächtlichen Gaming-Sessions, keine Chats zu allen möglichen und unmöglichen Uhrzeiten.

»Was war der Grund für den Streit? Meinst du, ihr kriegt das wieder hin?«

»Es gab eine Menge Gründe. Zu viele, um sie alle aufzuzählen. Sagen wir einfach, mein Dad und der Rest der Familie sind nicht sonderlich begeistert über meine Einstellungen, meine Hobbys und meine Zukunftspläne.«

»Zukunftspläne?«, hakte ich automatisch nach, da sie das mir gegenüber zum ersten Mal erwähnte. Zwar hatte ich auf der RTX-After-Show-Party mitbekommen, wie angeregt sie sich mit Cole über sein Studium unterhalten hatte, dem allerdings nicht allzu viel Bedeutung beigemessen. Jeder, der zockte, wusste eine gute Spielegrafik zu schätzen. Klar war das Interesse an Game Design da. Dass mehr dahinterstecken könnte, war mir überhaupt nicht in den Sinn gekommen. Was auch daran liegen könnte, dass ich an jenem Abend in Gedanken mit ganz anderen Dingen beschäftigt gewesen war.

Schweigen am anderen Ende der Leitung.

»Teagan?«

»Ach, verdammt!« Sie seufzte tief. »Ich hab mich bei ein paar Colleges beworben. Einige nur, weil mein Vater mich unbedingt dort hinschicken will und weil ich einen Plan B brauche, falls Plan A nicht funktioniert.«

»Was ist Plan A?«, hakte ich automatisch nach, während ich noch zu begreifen versuchte, was das bedeutete. Ging sie etwa noch zur Schule? War sie minderjährig? Scheiße, ich hatte nicht die geringste Ahnung, wie alt sie war, und hatte sie geküsst. Wobei ich diesen Kuss um keinen Preis der Welt rückgängig machen wollte.

»Plan A ist, Game Design zu studieren«, antwortete Teagan, ohne auch nur zu ahnen, was ihre vorherigen Worte für ein Chaos in meinem Kopf ausgelöst hatten. »Es gibt nur eine Handvoll Unis in den Staaten, die das anbieten, und es ist sauschwer, da reinzukommen. New York hat mir schon abgesagt, also bleiben nur noch drei. Das Terrence College in Texas, die University of Southern California und das …«

»… West Florida Media & Arts College in Pensacola«, ergänzte ich. Coles College. Deshalb das Interesse an seinem Studiengang und all die Fragen dazu. Auf einmal ergab dieses ganze Gespräch einen vollkommen neuen Sinn.

»Genau.« Sie zögerte einen Moment, dann fügte sie hinzu: »Ich war nicht nur wegen der RTX in Austin, sondern auch, um mir das Terrence College anzuschauen.«

»Und?«, fragte ich und stand auf, weil ich keine Sekunde mehr still sitzen konnte. Ich war schon den ganzen Tag so unruhig gewesen, aber der letzte Energydrink und dieses Telefonat hatten meine Rastlosigkeit nur noch verschlimmert. An Schlaf war heute Nacht mit ziemlicher Sicherheit nicht mehr zu denken.

»Und …«, wiederholte Teagan gedehnt, »es ist schön da. Als New York mir abgesagt hat, war ich total am Ende, aber dann ist Texas meine Nummer eins geworden. Allerdings hatte ich auch noch keine Chance, mir die anderen beiden Unis anzuschauen.«

»Dann komm her.«

Die Worte waren aus mir herausgeplatzt, bevor ich darüber nachdenken konnte. Bevor ich sie aufhalten konnte. Aber … wollte ich das überhaupt?

»Was?«

Mein Puls begann zu hämmern, und da war eine kleine Stimme in meinem Kopf, die mir weismachen wollte, dass das eine ganz miese Idee war. Ich ignorierte beides.

»Komm her und schau dir den Campus an. Cole, Linc und ich wohnen in Pensacola. Mallory auch.«

Sie zögerte. »Ist das dein Ernst?«

»Klar. Eine unserer Mitbewohnerinnen ist den Sommer über bei ihrem Freund in Australien. Du kannst in ihrem Zimmer schlafen.« Ich hielt kurz inne, wartete auf ihre Reaktion. Als keine kam, fügte ich noch halb im Spaß hinzu: »Du kannst natürlich auch jederzeit mein Bett haben, wenn dir das lieber ist.«

Teagan lachte auf. Und lachte fast eine Minute später immer noch.

Ich nahm das Handy herunter und starrte kurz darauf, dann hielt ich es mir amüsiert wieder ans Ohr. »Bist du jetzt fertig?«

»Nein«, keuchte sie. »Lachflash!«

Ich gab einen undefinierbaren Laut von mir. »Das ist das erste Mal, dass eine Frau anfängt zu lachen, wenn ich ihr einen Platz in meinem Bett anbiete.«

Und da war es wieder, dieses Geräusch, nur diesmal gedämpft, fast so, als würde sich Teagan gerade die Hand vor den Mund halten.

»Mach nur. Lass es raus. Mein Ego kann das ab.«

Sie prustete los. Und obwohl ich gerade der Grund ihrer Belustigung war, konnte ich nicht anders, als selbst zu grinsen. Gott, diese Frau war echt unmöglich.

»Es gibt für alles ein erstes Mal«, stieß sie schließlich hervor und schniefte dabei. »Ich brauche ein Taschentuch.«

»Scheiße, TR, weinst du etwa?«

»Keine Sorge, das sind Tränen der Freude. Und der Erheiterung. Und … keine Ahnung.« Sie räusperte sich – und irgendetwas sagte mir, dass sie in diesem Moment genauso an den Kuss zurückdenken musste wie ich. Oder vielleicht war das auch bloßes Wunschdenken. »Aber jetzt mal ganz im Ernst. Wenn ich wirklich zu euch komme, wird das das Erste sein, was ich tue: Dich aus deinem Bett kicken, damit du auf dem Boden schlafen musst, während ich dein Bett in Beschlag nehme.«

Ich kniff die Augen zusammen und wiegte den Kopf hin und her. So war das zwar nicht gemeint gewesen, aber ich verstand, dass sie die Zweideutigkeit in meinen Worten lieber ausblendete. Seit diesem Wahnsinnskuss vor ihrem Hotelzimmer hatten wir kein Wort mehr darüber verloren, genauso wenig darüber, wie und ob es weiterging. Ob es überhaupt weitergehen konnte. Aber wir waren einfach nicht dazu gekommen, obwohl ich mehr als einmal mit dem Smartphone in der Hand dagesessen und überlegt hatte, was ich ihr schreiben könnte. Doch dann war ich so mit den Streams und den Videos und allem, was während des Wochenendes auf der Convention liegen geblieben war, beschäftigt gewesen, und Teagan schien genauso viel zu tun zu haben. Wir hatten zwar einige Male getextet und miteinander gezockt, aber da waren wir zu sehr davon abgelenkt gewesen, vor Killern davonzulaufen, gegnerische Teams zu erledigen oder die markierte Zone zu erreichen.

Und ganz ehrlich? Ich hatte keine Ahnung, was ich über diese Sache zwischen Teagan und mir denken sollte. Vielleicht war genau das das Problem. In jener Nacht hatte ich nicht nachgedacht, ich hatte mich mitreißen lassen und einfach gehandelt. Wollte ich jetzt, eine Woche später, zurückrudern und so tun, als wäre nie etwas zwischen uns gewesen? Scheiße, nein. Definitiv nicht. Aber ich merkte auch, dass Teagan gerade mehr als genug andere Sorgen hatte. Sogar mehr, als ich vermutet hatte, wenn sie seit Monaten auf Zu- und Absagen von Colleges im ganzen Land wartete.

Erst Teagans Seufzen machte mir klar, dass ich seit einer kleinen Ewigkeit nichts mehr gesagt hatte. Wir schwiegen schon seit geraumer Weile, aber es fühlte sich nicht seltsam an, gemeinsam am Telefon zu schweigen. Wer hätte das gedacht?

»Wie hast du dich für deine Uni entschieden?«, fragte sie schließlich. »Warte. Du studierst doch, oder? Das habe ich auf der RTX richtig mitbekommen?«

Ich nickte, auch wenn sie es nicht sehen konnte, und rieb mir mit der freien Hand über den Nacken. »Ja, aber das ist eine ziemlich lange Geschichte.«

Sie schnaubte. »Ich hab 'ne Flatrate. Und es ist ja nicht so, als hätte ich heute Abend ohne Internet noch irgendetwas anderes zu tun.«

Mein Blick zuckte zum Monitor. »Willst du deinen Zuschauern nicht Bescheid geben, dass du heute und voraussichtlich auch in nächster Zeit nicht mehr streamst?«

»Hab ich schon. Ich hab Alice getextet, und sie postet die Updates überall. Aber heute ist Jos Geburtstag, wahrscheinlich hat sie es deshalb noch nicht geschafft.«

»Okay.« Ich legte den Kopf in den Nacken und ließ die ganze verquere Geschichte, die mich hierhergebracht hatte, in Gedanken Revue passieren. »Ursprünglich komme ich aus einer winzigen Stadt in Alabama. Sie hat ungefähr … neunundachtzig Einwohner.«

»Ahhh, ich wusste es! Daher der Südstaatenakzent.«

»Hey!« Ich setzte ich abrupt wieder auf. »Was hast du gegen meinen Südstaatenakzent?«

»Gar nichts.« Das Grinsen war ihrer Stimme deutlich anzuhören. »Er passt zu dir.«

»Du meinst wohl: Er ist sexy.«

»Wenn du das sagst …«

Diesmal war es an mir, zu grinsen, aber ich beschloss, nicht weiter darauf einzugehen. »Jedenfalls war ich eine Zeit lang ganz versessen darauf, Medizin zu studieren, hab mich im ganzen Land beworben und bin an ein College nach Oregon gegangen. Dort hab ich Callie kennengelernt. Du weißt schon, meine beste Freundin, auf deren Geburtstagsparty ich vor einem Monat war.«

»Wo auch die Ex mit dem Ehemann war«, ergänzte Teagan trocken. »Ich erinnere mich.«

Kurz biss ich die Zähne zusammen, erzählte dann jedoch weiter. »Callie und ich waren auf einem Date, haben dann aber ziemlich schnell gemerkt, dass niemals etwas zwischen uns laufen wird, aber da wir beide aus Alabama stammen – und uns das irgendwie verbunden hat –, sind wir stattdessen Freunde geworden.« Beim Gedanken an meine beste Freundin musste ich unweigerlich lächeln. »Callie hat dann noch vor mir ihr Studium in Oregon abgebrochen und ist zurück nach Hause gezogen. Ich hab kurz nach ihr das Handtuch geworfen.«

»Wolltest du nach dem College doch nicht mehr auf die Med School?«

Ich schüttelte den Kopf. In Gedanken war ich wieder zu Hause bei meinen Eltern, bei meiner Mom, für die es keine Hilfe gab, nur Wege, die Symptome zu lindern. Daran würde kein Medizinstudium der Welt etwas ändern. Ich schluckte hart. »Definitiv nicht«, erwiderte ich und musste mich räuspern, damit meine Stimme nicht mehr so verflucht belegt klang. »In der Zwischenzeit hatte ich schon mit den Livestreams und YouTube-Videos angefangen und wusste, dass ich in der Richtung weitermachen wollte, aber professionell. Also habe ich mich an einigen Unis beworben und bin schließlich in Pensacola gelandet. Jetzt bin ich im Master of Business Administration mit Schwerpunkt Entrepreneurship.«

Und damit an einer anderen Universität als die, auf die Cole ging und die Teagan anstrebte. Witzigerweise war der Campus gar nicht weit entfernt und es gab haufenweise Cafés, in die die Studenten beider Colleges gingen, weil sie direkt in der Mitte oder auf dem Weg lagen. Und am Strand trafen sich sowieso ständig alle. Manchmal glaubte ich, in einem Dorf zu wohnen, weil man fast immer Leuten begegnete, die man von irgendwoher kannte. Andererseits bot Pensacola noch immer genügend Anonymität, um als richtige Stadt durchzugehen.

»Wir sind zwar nicht New York oder Austin«, begann ich, »aber dafür haben wir den besten Strand und die besten Leute.«

»Tatsache?« Belustigung schwang in ihrer Stimme mit.

»Auf jeden Fall. Du hast alle Vorzüge von Florida, aber ohne die ganzen Touristen wie in Miami. Was will man mehr?«

»Stimmt. Was will man mehr?«

Kurz zuckte mein Blick zum Monitor, als der Bildschirmschoner anging, dann richtete ich meine ganze Aufmerksamkeit wieder auf Teagan am anderen Ende der Leitung. »Also, wie sieht es aus? Kommst du nach Pensacola, um dir den Campus anzuschauen?«

Parker
Eine Frage noch ...

Teagan
Ja?

Parker
Wie alt bist du eigentlich genau?

Teagan
Das fällt dir erst jetzt ein? Ernsthaft?

Parker
Ernsthaft

Teagan
18

Teagan
Im Oktober werde ich 19

Parker
Wow

Parker
Tatsache?

Teagan
Ich musste ein Jahr in der Highschool wiederholen wegen ...
aus Gründen

Parker
Aus Gründen?

Teagan
Jepp.

Parker
Hmm

Teagan
Ziehst du die Einladung jetzt zurück? Darf ich doch nicht mehr nach Florida kommen?

Parker
Keine Chance 😁

Parker
Ich bin nur überrascht, das ist alles. Du wirkst nicht wie 18

Teagan
Und du nicht wie … wie alt bist du überhaupt?

Parker
24

Teagan
Wow

Teagan
Das ist ganz schön alt

Parker
Wie bitte?!

Teagan
Ich weiß nicht, ob ich euch jetzt noch in der WG besuchen kann. Seid ihr alle schon so alt?

Parker
🙄

Teagan
Kein Wunder, dass du im Guild Wars PvP ständig gegen mein Team verlierst. Das ist das Alter, Parker …

Parker
Ich zeig dir gleich, wer hier alt ist!

Teagan
😆

Level 11

Teagan

Am nächsten Tag saß ich nach der Schicht im Coffeeshop auf der Fensterbank in meinem Zimmer und starrte in die Auffahrt. Der Router war noch immer weg, also gab es im ganzen Haus kein Internet. Keine Filme und Serien, die ich durchsuchten könnte. Nicht mal Musik, weil ich alles nur noch online hörte und mein alter CD-Player schon vor zwei Jahren den Geist aufgegeben hatte. *Argh!*

Was taten Menschen ohne Internet? Wie verbrachten sie ihre Zeit? Wie kommunizierten sie mit anderen? Sollte ich etwa da rausgehen und ... was genau tun? Zur Mall fahren und dort herumhocken? Allein ins Kino gehen? *Ugh.* Nein, danke. Da blieb ich lieber zu Hause sitzen, starrte reglos aus dem Fenster und fragte mich, wie zum Teufel ich in einem kitschigen Vampirfilm gelandet war. Denn genau so musste sich Bella gefühlt haben, als Edward plötzlich weg war. Nur dass mein Edward der Internetanschluss war.

Seufzend sah ich auf mein Handy, obwohl ich genau wusste, dass es ohne Datenvolumen keine neuen Nachrichten geben würde. Klar könnte ich mir ein neues Datenpaket kaufen, aber das war schweineteuer, und jetzt, wo das Streaming auf unbestimmte Zeit als Einnahmequelle wegfiel, musste ich jeden Cent zweimal umdrehen. Was auch der Grund war, warum ich noch immer zögerte und Parkers Einladung nicht einfach angenommen hatte. Na gut, und weil Dad mir mit ziemlicher Sicherheit den Hals umdrehen und den Computer wegnehmen würde, wenn ich noch so eine Aktion wie zur RTX startete.

Aber ich wollte es. Ich wollte Parker und die anderen in Florida besuchen. Ich wollte mir das College anschauen, bei dem ich mich beworben hatte und auf dessen Antwort ich noch immer jeden Tag wartete. Und zu meiner eigenen Überraschung wollte ich den Kontakt zu anderen Menschen. Zu Leuten, die die gleichen Interessen hatten wie ich und mich nicht komisch anschauten, wenn ich etwas von Lara Croft oder Guild Wars erzählte.

Seufzend lehnte ich den Kopf gegen den Fensterrahmen. Könnte es nicht wenigstens regnen? Das würde viel besser zu meiner aktuellen Lebenssituation passen. Ein Tornado, Gewitter oder Schneesturm wären auch okay. Aber nein, stattdessen strahlte die Sonne von einem widerlich blauen Himmel herunter, und alle Welt genoss den Sommer. Sogar Dad war heute früher nach Hause gekommen, dabei arbeitete er sonst auch den ganzen Sonntag. Allerdings war er sicher nicht hier, um sich im Garten auf eine Liege zu setzen und sich zu sonnen – er hatte sich direkt in seinem Arbeitszimmer vergraben. Aber ich wusste genau, was er mit dieser Aktion bezweckte. Er wollte auf mich aufpassen und sichergehen, dass ich keine Dummheiten anstellte. Ich verdrehte die Augen. Als ob das ohne Internet so einfach möglich war. Ich konnte mir nicht mal online die Wettervorhersage anschauen. Davon, Flüge nach Florida zu buchen, ganz zu schweigen.

Eine Bewegung in der Einfahrt zog meine Aufmerksamkeit auf sich. Die Post war da. Huh. Bis eben hatte ich nicht mal gewusst, zu welcher Uhrzeit sie sonst kam, weil ich immer mit etwas anderem beschäftigt gewesen war. Schule, Hausaufgaben, Arbeiten, Livestreams, Social Media … oder ich hatte mich einfach in ein paar Foren, auf Blogs und Online-Magazinen herumgetrieben.

Aber da ich jetzt sowieso nichts Besseres zu tun hatte und mich irgendwie beschäftigen musste, bevor ich ausrastete, stand ich auf, zog meine Boots an und trottete die Treppe hinunter. Vor dem Haus kniff ich die Augen vor den blendenden Sonnenstrahlen zusammen, fischte die Post aus dem Briefkasten und schlurfte anschließend genauso lustlos wieder zurück.

Die Briefe landeten auf einem Haufen auf der Kücheninsel, während ich mir etwas zu trinken aus dem Kühlschrank holte. Kein Kaffee und auch keine Energydrinks, weil es keinen Grund mehr für mich gab, wach und fit zu sein. Ich könnte genauso gut den ganzen Tag verschlafen … wenigstens würde dann die Zeit schneller vergehen.

Erst als ich das Glas Wasser ausgetrunken hatte, drehte ich mich zu dem Stapel Post um und beäugte ihn kritisch. Mein Herz begann vor Aufregung zu hämmern, auch wenn ich es ihm am liebsten verboten hätte. Die Wahrscheinlichkeit, dass einer der Briefe für mich war, war verschwindend gering. Trotzdem kribbelten meine Finger, als ich sie danach ausstreckte und die einzelnen Umschläge durchging.

Rechnung. Werbung. Werbung. Rechnung. Irgendetwas für Dad. Noch mehr Werbung und … Ich hielt unwillkürlich die Luft an. Ein Brief der Georgetown University in Washington, D.C., einer katholischen Universität, wo man Politik, Medizin, Jura und all diesen Kram studieren konnte und die auf Platz 24 im nationalen Ranking stand. Ich konnte mich noch gut an den Vortrag erinnern, den mir mein Vater dazu gehalten hatte. Darüber, wie er dort im Basketballteam gespielt und sie auch dank ihm den Pokal geholt hatten. Wie er seinen Abschluss gemacht hatte. Wie er in einem Museum in Washington Mom kennengelernt hatte.

Ich schüttelte das seltsame Gefühl ab und ging ins Wohnzimmer hinüber, wo ich mich aufs Sofa fallen ließ, den Brief noch immer in der Hand.

Machte es mich zu einem schlechten Menschen, dass ich mir eine Absage wünschte? Auch wenn ich genau wusste, wie enttäuscht Dad dann sein würde? Aber ich wollte nicht auf dieses College. Mal ganz davon abgesehen, dass ich nicht dorthin passte, würde ich mich dort verlieren. All meine Hobbys und Interessen würden nach und nach einschlafen, weil ich keine Zeit mehr dafür hätte, bis ich nur noch für mein Studium lebte und später eine Achtzig-Stunden-Woche in irgendeinem Büro verbringen würde.

Brr! Allein bei der Vorstellung wurde mir übel.

Trotzdem zitterten meine Finger, als ich den Umschlag langsam öffnete und den Brief herauszog. Und das Zittern nahm nur noch zu, als ich die Worte las.

Eine Zusage.

Die Georgetown University hatte mich akzeptiert. Ich sollte mich freuen. Wenigstens erleichtert sein, weil ich nun einen funktionierenden Plan B hatte, auf den ich zurückgreifen konnte, wenn das mit dem Game Design nicht funktionierte. Aber ich war nicht erleichtert, und ich freute mich auch nicht. Stattdessen zog sich mein Magen zusammen, und Übelkeit breitete sich in mir aus. Weil ich diesen Plan B nicht wollte. Ich wollte Plan A, verdammt noch mal!

Ein Geräusch ließ mich zusammenzucken. Dad stand im Türrahmen und betrachtete mich mit gerunzelter Stirn.

»Alles in Ordnung?«, fragte er und trank einen Schluck aus seiner Tasse.

Ich war so in Gedanken versunken gewesen, dass ich nicht mal gehört hatte, wie er sich einen Kaffee gemacht hatte. Und auch jetzt konnte ich nicht antworten, also nickte ich nur.

»Was ist das?«, fragte er und trat näher. Als ich nicht reagierte, nahm er mir den Brief aus der Hand und las ihn selbst. Innerhalb von Sekunden hellte sich sein besorgtes Gesicht auf und Freude breitete sich darauf aus. So viel Freude, dass sich mein Magen nur noch mehr zusammenzog. »Sie haben dich angenommen! Das ist großartig, Teagan!«

Ja. Großartig. Und wie. Denn jetzt stand der Zukunft, die *er* für mich vorgesehen hatte, nichts mehr im Weg. Na ja, nichts außer meinem Starrsinn.

»Das müssen wir feiern! Was sagst du, Liebling? Teagan?«, rief Dad mir nach, als hätte er erst jetzt bemerkt, dass ich schon längst aufgestanden und auf dem Weg nach oben war. Und wahrscheinlich entsprach das sogar der Wahrheit.

»Mir ist nicht nach Feiern«, gab ich zurück und ging weiter, ohne zurückzuschauen, damit ich sein enttäuschtes Gesicht nicht sehen musste.

In meinem Zimmer angekommen, drückte ich die Tür hinter mir zu und lehnte mich dagegen. Das Herz schlug mir bis zum Hals, und Tränen brannten in meinen Augen. Wie lächerlich war das eigentlich? Jeder andere in meinem Alter würde sich riesig über eine Collegezusage freuen. Für mich fühlte es sich stattdessen so an, als würde die Welt untergehen. *Meine* Welt.

Rastlos glitt mein Blick durch das Zimmer, über das ungemachte Bett, die Tomb-Raider-Poster an der einen Wand, das unordentliche Regal und den verlassenen Schreibtisch mit den Monitoren, dem Rechner und dem Gaming-Sessel. Dann sah ich auf das Handy, das noch immer auf der Fensterbank lag.

Dann komm her.

Parkers Stimme geisterte durch meinen Kopf. Wenn es so einfach wäre, hätte ich mich schon längst in einen Flieger gesetzt, aber das konnte ich nicht tun. Nicht schon wieder. Und ganz bestimmt nicht so kurz nach dem Desaster, das überhaupt erst dazu geführt hatte, dass Dad mir den Router weggenommen hatte. Oder …?

In meinem Kopf arbeitete es unablässig. Ich wollte nicht auf die Georgetown University, so viel war klar. Und wenn ich meinen Vater damit sowieso enttäuschen würde – noch mehr als ohnehin schon –, dann … ja, dann konnte ich auch nach Florida fliegen und mir den Campus des West Florida Media & Arts Colleges anschauen. Dann konnte ich auch Parker wiedersehen. Selbst wenn das bedeutete, mir diese blöden Tickets direkt am Schalter am Flughafen zu besorgen und Dads Zorn erneut auf mich zu ziehen.

Alles war besser, als auf eine Universität gehen und jahrelang etwas studieren zu müssen, das mich in keinster Weise interessierte.

Alles war besser, als meinen Traum einfach aufzugeben.

Am nächsten Morgen saß ich im Flieger. Beim Anflug auf Pensacola war es bereits Nachmittag, und ich drückte mir fast die Nase an der Scheibe platt. Da war so viel Blau, so viel Meer, endlose Strände, Häuser und Autos, die immer größer wurden, bis sie nicht mehr so aussahen, als wären sie kleine Ameisen. Zugegeben, Pensacola war nicht Miami Beach, aber das, was ich vom Flugzeug aus erkennen konnte, hatte mich schon überzeugt. Es musste ein Traum sein, so nahe am Meer zu leben. Und wenn ich hier auch noch Game Design studieren könnte …

Ich atmete tief durch und unterdrückte das aufgeregte Kribbeln in meinem Bauch. Noch hatte ich nichts vom WFMAC gehört, weder eine Zu- noch eine Absage. Allerdings hatten wir bereits den achtzehnten Juli. Allzu lange konnte es nicht mehr dauern, bis ich von allen Colleges eine Rückmeldung erhielt, schließlich begannen die ersten Herbstsemester schon in einem Monat. Wann genau es hier losging, musste ich noch mal nachschauen. Bisher war das Terrence College in Austin mein Favorit. Mal sehen, ob mich das West Florida Media & Arts College genauso von sich überzeugen konnte.

Und vielleicht, nur vielleicht hatte meine Aufregung ja auch etwas damit zu tun, dass Dad mich vermutlich umbringen würde, sobald ich wieder zu Hause war, weil ich ihm wieder nur einen Zettel hinterlassen und unserer Haushälterin Susanna Bescheid gesagt hatte, dass ich nach Florida flog.

Kaum tauchte dieser Gedanke auf, schob ich ihn weit von mir. Damit würde ich mich erst auseinandersetzen, wenn ich wieder zu Hause war. Außerdem würde Dad sowieso nicht so schnell merken, dass ich weg war, weil er einen neuen Kunden hatte und die nächsten Tage wieder mal rund um die Uhr arbeiten und vermutlich im Büro schlafen würde. Heute Morgen war er sogar noch vor mir losgefahren.

Meine Aufregung hatte also überhaupt nichts mit einem möglichen schlechten Gewissen zu tun, sondern vielmehr damit, dass ich gleich Parker wiedersehen würde. Mir einfach anzubieten, bei ihnen in der WG zu übernachten, war nicht selbstverständlich. Ich kannte die Leute bei mir daheim seit dem Kindergarten, und trotzdem würde mir keiner von ihnen je so etwas anbieten, da war ich sicher.

Meine Finger bohrten sich in die Armlehnen, als der Anflug auf den Pensacola International Airport begann. Es war nicht so, dass ich Flugangst hatte – ich hatte nur zu viele Artikel im Internet darüber gelesen, was alles schiefgehen konnte. Und natürlich war ausgerechnet die Tatsache, dass Anflüge und Landungen mit am gefährlichsten waren, in meinem Kopf hängen geblieben. Danke auch, Gehirn.

Ein Ruckeln ging durch den Flieger. Ich hielt die Luft an und kniff die Augen zusammen. Es konnte nicht mehr lange dauern, bis … Eine kleine Erschütterung und der Flieger hopste kurz auf und ab, dann waren wir auf der Rollbahn. Oh, Gott sei Dank!

Alles, was danach folgte, fühlte sich nicht nur wie eine Ewigkeit an, sondern dauerte tatsächlich so lange. Eigentlich hatten wir es geschafft, pünktlich zu landen, doch bis wir dann auch tatsächlich am Terminal ankamen und aussteigen durften, vergingen noch einige quälend lange Minuten. Ich presste meine Tasche an mich – genau dieselbe, die ich bis vor wenigen Wochen noch ständig in der Schule dabeigehabt hatte, und die mir jetzt als Reisetasche diente –, dann stand ich auf.

Ungeduldig folgte ich den anderen Passagieren aus dem Flugzeug und die langen Gänge entlang. Natürlich blieb jemand direkt vor mir einfach stehen, um sein Handy zu checken, und irgendwo brüllte ein Kind so laut, dass mir die Ohren klingelten, während mich ein Kerl im Businessanzug mit Aktenkoffer in der Hand und Headset im Ohr fast umrannte. Bah. Menschen. Dagegen halfen nicht mal mehr die niedlichen Delfine, die auf dem Boden zu sehen waren.

Zum Glück bogen die meisten Reisenden Richtung Gepäckausgabe ab, an der ich vorbeilaufen konnte und stattdessen direkt den Ausgang ansteuerte. Dass mein Herz dabei mit jedem Schritt schneller schlug, lag sicher nur daran, dass ich schon ewig keinen Sport mehr gemacht hatte und hier ein Mordstempo an den Tag legte. Das war der einzige Grund. Ganz bestimmt.

Ich trat durch die Türen in den Wartebereich, wo sich einige Leute versammelt hatten, um die eintreffenden Passagiere in Empfang zu nehmen. Mütter mit Babys auf der Hüfte und kleinen Kindern an der Hand, besorgte Eltern, die auf ihre

Söhne und Töchter warteten, aufgeregte Männer und Frauen, die das Wiedersehen mit ihren Partnern gar nicht mehr erwarten konnten, ganze Gruppen von Studenten und …

Ich blieb abrupt stehen, als mein Blick den von jemand anderem traf. Strahlend blaue Augen, fast schwarze Haare und ein genauso dunkler Bartschatten, dazu ein langsames Lächeln, das sich jetzt auf seinem Gesicht ausbreitete. Parker hatte zwar angekündigt, dass er mich abholen würde, trotzdem traf es mich völlig unvorbereitet, ihn dort stehen zu sehen. Vielleicht, weil ich mir weder bei den Vorbereitungen noch beim Packen, auf dem Weg hierher und nicht mal während des Fluges erlaubt hatte, auch nur eine Sekunde daran zu denken, wie es sein würde, ihn wiederzusehen. Oder was das in mir auslösen würde.

Ich hatte keine Ahnung, wer von uns sich zuerst in Bewegung setzte, aber plötzlich standen wir voreinander, und ich versank in einer Umarmung, bei der mir die Luft weg- und das Herz förmlich stehen blieb. Und da war er wieder, dieser Duft, der mich noch Tage nach der RTX verfolgt hatte. Diese Mischung aus fruchtigem Apfel, Rosmarin und etwas Warmem, Würzigem machte mich noch wahnsinnig. Ich musste dringend herausfinden, welches Duschgel Parker benutzte.

Später. Denn im Moment war ich vollauf zufrieden damit, seine Nähe zu spüren und die Arme ganz fest um ihn zu schlingen.

»Mhhh«, machte er gedämpft in meinem Haar. »Du riechst gut.«

Ich gluckste, auch wenn mein Puls in die Höhe schoss. Trotzdem machte ich mich nicht von ihm los. »Nach Menschen, Stress und Flugzeug?«

»Nein.« Parkers Lachen war nicht zu hören, aber ich spürte deutlich, wie seine Schultern bebten. »Nach dir.« Sein warmer Atem streifte meinen Hals und hinterließ eine prickelnde Gänsehaut. Dann löste er sich ein Stück von mir und sah lächelnd auf mich hinunter. Für eine Sekunde verweilte sein Blick auf meinem Mund, dann schaute er mir wieder in die Augen. »Willkommen in Pensacola.«

»Danke.«

War das wirklich ich, die so atemlos klang? Gott, das war ja furchtbar. Aber ich konnte meine Reaktionen auf diesen Kerl einfach nicht abstellen. Erst recht nicht, als er mir wie selbstverständlich den Arm um die Schultern legte und mich an den ganzen Leuten vorbei Richtung Ausgang führte.

»Ist das dein ganzes Gepäck?«, fragte er und deutete auf meine Tasche.

»Jepp.« Schließlich war ich nur für ein paar Tage hier. Zahnbürste, Schminkzeug, Unterwäsche, ein paar Klamotten, Handy, Ladekabel, Geldbeutel. Wie viel mehr brauchte man?

Im Aufzug ließ er mich los, aber ich spürte immer wieder seine Blicke auf mir, bis ich mich schließlich im Parkhaus zu ihm umdrehte. Gegen meinen Willen musste ich lächeln. »Was?«

»Nichts.« Er schüttelte den Kopf, aber auch seine Mundwinkel zuckten. »Ich kann nur nicht ganz glauben, dass du wirklich da bist.«

Mir lag eine sarkastische Erwiderung auf den Lippen, aber ich schluckte sie hinunter. »Ich auch nicht«, erwiderte ich stattdessen ehrlich und hielt ebenfalls an, als Parker neben einem schwarzen Wagen stehen blieb. »Dad wird mich umbringen.«

»So schlimm?« Parker nahm mir die Tasche ab und legte sie in den Kofferraum. Dann drückte er die Klappe wieder zu. Die Bewegung zog meine Aufmerksamkeit automatisch auf seinen Bizeps. Huh. Wer hätte gedacht, dass ein Gamer so trainiert sein konnte? Im selben Moment, in dem diese Feststellung in meinem Kopf auftauchte, verpasste ich mir in Gedanken einen Tritt. Ich hasste die Klischees, mit denen sich Gamer und vor allem Gamerinnen herumschlagen mussten, und jetzt war ich selbst in diese Falle getappt. Mist.

Ich räusperte mich und versuchte, mich daran zu erinnern, was Parker gerade gesagt hatte. Dann zuckte ich mit den Schultern. »Keine Ahnung. Aber er war nicht so happy darüber, dass ich zur RTX nach Texas geflogen bin. Obwohl ich mir dort auch einen Campus angeschaut habe. Allerdings hält er Gaming und Game Design sowieso für den größten Schwachsinn«, fügte ich murmelnd hinzu und ließ mich auf den Beifahrersitz fallen.

Das Auto war mittelgroß, geräumig und sauber, obwohl ich hier und da ein bisschen Sand entdeckte. Entweder pflegte Parker den Wagen gut oder er benutzte ihn nicht allzu häufig.

»Tut mir leid, das zu hören.« Er glitt hinters Lenkrad und startete den Motor. »Mein Dad hat längst aufgegeben, zu verstehen, was ich eigentlich studiere und arbeite. Irgendwann hat er es einfach so hingenommen.«

»Immerhin.« Es lag mir auf der Zunge, nach seiner Mom zu fragen und wie sie zu dem Thema stand, aber das würde unweigerlich Fragen nach meiner eigenen Mutter nach sich ziehen und dazu war ich noch nicht bereit. »Also«, sagte ich stattdessen und sah aus dem Fenster, als wir losfuhren und das Parkhaus verließen. »Wie sieht der Plan aus? Wie lange fahren wir?«

»Nur zehn bis fünfzehn Minuten, je nachdem wie gut wir durchkommen. Ich bringe dich in die WG, dann kannst du erst mal ganz in Ruhe ankommen, und danach kann Cole dir den Campus zeigen. Oder ihr macht das morgen, ganz wie du willst.«

»Morgen«, erwiderte ich, ohne darüber nachdenken oder einen Blick auf die Uhr werfen zu müssen. Es war noch hell draußen, aber ich war einmal quer durchs ganze Land geflogen – im wahrsten Sinne des Wortes. Um ehrlich zu sein, wusste ich nicht mal mehr, in welcher Zeitzone ich mich befand.

»Wie lange warst du unterwegs?«, wollte Parker wissen, als hätte er meine Gedanken erraten.

Ich ging die Strecke im Geiste durch. »Alles in allem? Ungefähr elf Stunden. Ich bin um halb sechs Uhr morgens in Seattle losgeflogen und hatte einen Zwischenstopp in Denver, wo ich über vier Stunden auf den Anschlussflug warten musste, und dann noch drei Stunden Flug hierher.«

»Wow, murmelte er. »Ich würde gern sagen, dass ich mich geehrt fühle, aber ich weiß ja, dass du den ganzen weiten Weg nicht meinetwegen gemacht hast.« Er warf mir ein Grinsen zu und setzte die Sonnenbrille auf.

Ich zog meine eigene Sonnenbrille aus der Tasche, schob sie mir auf die Nase und lehnte mich zurück. Scheinbar entspannt, auch wenn ich das innerlich absolut nicht war. Ich war in diesem seltsamen Zustand, bei dem ich in Gedanken noch zu Hause, körperlich aber bereits an einem neuen Ort war. In dem ich eigentlich todmüde sein müsste, weil ich viel zu wenig geschlafen hatte, zu früh aufgestanden war und eine halbe Weltreise hingelegt hatte, in Wahrheit aber total überdreht war. Meine Muskeln waren angespannt, und meine Haut kribbelte vor Aufregung. Doch das lag definitiv nicht nur an der Erschöpfung oder der Tatsache, dass ich plötzlich in Florida war, sondern vor allem an dem Kerl neben mir, der den Wagen ruhig durch die vollen Straßen lenkte.

Parker trug ein rotes Fallout-Shirt mit dem Logo von Nuka-Cola, eine verblichene Jeans und ein paar Bänder um das linke Handgelenk. Den Ellbogen hatte er lässig am Türrahmen abgestützt, die Hand am Lenkrad, während die andere locker auf dem Schalthebel lag. Sein Blick war geradeaus auf die Straße gerichtet, und sein Bizeps spannte sich jedes Mal ein bisschen an, wenn wir abbogen und er das Lenkrad drehte. Wie am Abend auf der RTX hatte er einen dunklen Bartschatten. Und ich musste mich nicht fragen, wie sich das auf meiner Haut anfühlte, denn ich wusste es bereits. Ich wusste es sogar sehr genau.

Seine Mundwinkel wanderten in die Höhe, aber er sagte nichts. Musste er auch nicht, weil ich selbst merkte, dass ich ihn anstarrte. Verdammt!

Hastig riss ich den Blick von ihm los und sah durchs Fenster nach draußen.

Der Himmel war strahlend blau, die Sonne brannte auf uns herab, und nur ein paar schmale Wölkchen zogen vorbei. Wir hatten die Gegend rund um den Flughafen bereits verlassen und fuhren gerade über eine Brücke an einem See vorbei. Aus irgendeinem Grund war ich überrascht, wie grün es hier war. Überall waren Bäume, Sträucher, vom Sommer etwas ausgetrocknete Wiesen und Palmen zu sehen. Jawohl, Palmen. Obwohl ich wusste, dass wir in Florida waren, überraschte mich der Anblick dennoch.

In den etwas über zehn Minuten Fahrt passierten wir mehrere Tankstellen, eine einsame Bushaltestelle, eine Apotheke direkt neben einem Beauty- und einem Waschsalon, ebenerdige Bungalows mit weißen Briefkästen am Straßenrand, und etwas, das wie ein Bootsverleih oder -verkauf aussah. Wow. Das Meer musste wirklich ganz in der Nähe sein, aber so flach wie die Gegend um uns herum war, hatte ich noch keinen Blick darauf erhaschen können.

An einer ziemlich großen Kreuzung deutete uns ein Schild den Weg nach Pensacola Beach. Wir fuhren auf die Autobahn und nahmen wenig später schon die Ausfahrt Richtung Downtown. Hier veränderte sich das Bild zunehmend. Moderne Bauten wechselten sich mit traditionellen roten Backsteingebäuden ab, die mit massiven Säulen versehen waren, wie ich sie eher in den ländlichen Bereichen der Südstaaten erwartet hätte. Außerdem standen nun die ein- bis dreistöckigen Wohnhäuser näher beieinander und ihre Fassaden wiesen deutlich mehr Farbe auf. Da gab es mintfarbene und hellblaue Gebäude ebenso wie ein Eckhaus in einem so leuchtenden Goldgelb, als hätten sich die Erbauer die gelbe Backsteinstraße in *Der Zauberer von Oz* zum Vorbild genommen.

Parker bog ein paarmal ab, bis er den Wagen schließlich in einem hübschen Wohngebiet am Straßenrand anhielt und den Motor ausschaltete. »Da wären wir.«

Ich folgte seinem Blick zu einem der Häuser, in dem drei Generationen derselben Familie Platz finden würden. Ganz ähnlich wie mein eigenes Zuhause also, nur dass dort bloß Dad und ich lebten. Aber während unser Haus in Washington von außen kalt und steril wirkte, strahlte dieses Haus sofort eine gewisse Wärme aus. Und das lag nicht nur an der Sonne, die auf mich herabschien, sobald ich aus dem Auto ausstieg und die Tür hinter mir zudrückte.

Eine niedrige Steinmauer grenzte den Rasen ab, ein paar Stufen und ein Stück Weg führten zum eigentlichen Haus hinauf. Neben dem Erdgeschoss gab es noch zwei weitere Stockwerke, wenn man den Dachboden dazurechnete. Die Fassade war in einem warmen Rotton gestrichen, die Fensterläden dunkelgrün, die schmalen Säulen und das Geländer an Veranda und Balkon strahlten dagegen ganz in Weiß. Dazu kam eine dunkelbraune Eingangstür aus schwerem Holz mit einem darin eingesetzten bunten Glasmosaik – und ich musste sofort an eine meiner Lieblingsserien denken.

»Wow …«, stieß ich ohne Nachzudenken hervor. »Das erinnert mich total an das Haus aus *Charmed*.«

»Charmed?« Parker kam um den Wagen herum, meine Tasche über der Schulter. Ein neugieriger Unterton schwang in seiner Stimme mit.

Ich nickte abwesend. »Das Original aus den Neunzigern, nicht das Remake. Meine Mom und ich haben einen ganzen Sommer damit verbracht, alle acht Staffeln durchzusuchten.«

»Klingt nach einem guten Sommer.«

Ich seufzte tief. »Der beste.«

Und der letzte, bevor sie uns verlassen hatte. Mittlerweile wusste ich, dass Mom sich auf einer Reise durch Frankreich, die sie mit zwei Freundinnen gemacht hatte, in einen anderen Mann verliebt hatte. Kurz danach hatte sie ihre Sachen gepackt und war abgehauen. Erst Monate später hatte ich erfahren, dass sie mit ihrem neuen Lebensgefährten in Paris zusammengezogen war.

Ob sie heute noch dort lebte? War sie überhaupt noch mit Mister French zusammen? Ich hatte nicht die geringste Ahnung. Es war ja nicht so, als hätte sie sich von mir verabschiedet oder würde mich regelmäßig updaten. Von einem Tag auf den anderen war unsere Mutter-Tochter-Beziehung nicht mehr existent gewesen, und aus welchen Gründen auch immer hielt es meine Mutter offenbar für das Beste, keinen Kontakt mehr zu mir zu haben. Oder vielleicht war es für sie so auch am einfachsten.

Ich hatte mich immer wieder gefragt, was bei uns daheim falsch gelaufen war und ob ich etwas daran hätte ändern können. Aber am Ende lief es immer auf dieselbe Sache hinaus: Mein Dad war nie zu Hause, sondern immer bei der Arbeit gewesen. Wahrscheinlich war es also kein Wunder, dass sie sich vernachlässigt gefühlt hatte. Und wenn er daheim gewesen war, hatten die beiden sich meist gestritten. Ich hatte die Diskussionen zwischen den beiden jahrelang aus nächster Nähe mitbekommen. Aber was hatte *ich* falsch gemacht? Warum hatte sie *mich* einfach zurückgelassen?

Eine sanfte Berührung an meinem Arm. »Teagan?«

Ich zuckte zusammen. Parker zog seine Hand sofort zurück.

»Sorry.« Ich räusperte mich und zwang meine Gedanken wieder in die Gegenwart. »Was hast du gerade gesagt?«

Seine Mundwinkel zuckten. »Ich hab dich nur gewarnt. Falls du einen alten Kerl mit Pfeife siehst, der dich böse anstarrt, mach dir nichts draus. Das ist Mister Oakley von unten. Und wenn er nicht gerade vorm Fernseher die ganze Welt verflucht, sitzt er am Fenster oder auf der Veranda, sonnt sich und wirft anderen Menschen finstere Blicke zu.«

»Okay …?«, erwiderte ich etwas irritiert, aber nicht allzu überrascht. Auf der Party nach der RTX hatte ich ja schon ein paar Geschichten aus der WG gehört, genau wie von ihrem ominösen Nachbarn.

Parker leerte den Briefkasten, dann folgten wir dem Weg zum Haus hinauf und nahmen die letzten Stufen zur Veranda, auf der ein paar Stühle und ein kleiner dreibeiniger Tisch standen. Vom berühmt-berüchtigten Mister Oakley war weit und breit nichts zu sehen. Parker öffnete die Haustür und ließ mich vorausgehen. Irgendwie war ich fast ein bisschen enttäuscht, dass es drinnen nicht auch wie bei *Charmed* aussah, und ich weder antike Standuhren noch einen direkten Zugang in den Wohnbereich entdecken konnte. Eine einzelne Tür gegenüber vom Eingang führte in die Wohnung im Erdgeschoss, während rechts von uns eine gewundene Treppe nach oben ging. Parker deutete darauf, also nahm ich die Stufen nach oben.

Im Obergeschoss angekommen, hielt Parker vor der Wohnungstür inne und bedachte mich mit einem seltsamen Blick.

War er etwa nervös? Angespannt? Aber warum sollte er das sein?

»Bereit?«, fragte er mit einem belustigten Gesichtsausdruck. Gleichzeitig wirkte er so, als würde er sich gerade für das Schlimmste wappnen.

Alarmiert runzelte ich die Stirn. »Wofür?«

Statt einer Antwort stieß Parker die Tür auf und deutete schwungvoll hinein. »Willkommen im Chaos!«

Ein Schritt hinein genügte, um zu wissen, was er damit meinte. Es roch verbrannt, aus zwei Richtungen schallte Musik, die unterschiedlicher nicht sein könnte, direkt vor uns im Flur lag ein blaues Handtuch auf dem Boden und irgendein Kerl brüllte etwas, das kaum zu verstehen war.

Okay. Wow. Ich hatte keine Ahnung, was ich erwartet hatte, aber definitiv nicht, dass es so laut und chaotisch hier sein würde. Wir folgten dem Flur zur Küche, aus der uns der Geruch nach Verbranntem entgegenkam. Beim Eintreten begrüßten uns Songs einer Boyband, die ziemlich nach den Neunzigern klang. Am Herd stand eine junge Frau, ein Stück kleiner als ich, ziemlich schmal, mit Brille und fast taillenlangen goldblonden Haaren. Ihren hektischen Bewegungen nach zu urteilen versuchte sie gerade zu retten, was auch immer sie da kochte. Und sie war nicht allein. Cole sprang um sie herum und schien Schadensbegrenzung betreiben zu wollen, während der Rauch schon an die Decke stieg und es wahrscheinlich nur noch eine Frage der Zeit war, bis der Feuermelder losging. Wobei … den würde man bei der Lautstärke der Musik wahrscheinlich eh nicht hören.

Direkt nach uns betrat auch Lincoln die Küche. Er hatte reichlich Schaum im Haar und trug nur ein Handtuch um die Hüften. Und vielleicht starrte ich einen Moment zu lange auf das Sixpack, das er dabei zur Schau trug …

»Hey!«, rief er in die Runde. »Ich versuche zu duschen! Hört auf, am Wasserhahn rumzuspielen!«

Parker verzog das Gesicht und warf mir einen entschuldigenden Blick zu.

Ich sah von einem zum anderen – und prustete los. »Oh mein Gott, das ist so gut!«

Erst jetzt schienen uns die anderen überhaupt zu bemerken. Und während ich noch gegen mein Lachen ankämpfte und mir mit einer Hand Luft zufächelte, starrten Lincoln und die junge Frau uns aus riesigen Augen an.

Cole dagegen warf auch den zweiten Topf ins Spülbecken und schaltete hastig den Herd aus. »Oh, hey, Teagan. Wieso bist du schon da?«

Parker stellte meine Tasche auf einem Stuhl ab und durchquerte die Küche in großen Schritten, um die Fenster aufzureißen.

Ich konnte nur grinsend den Kopf schütteln und mir den Bauch halten, der schon wehtat vom vielen Lachen. »Was ist das hier? Ein Sims-Haushalt?«

Die Jungs starrten mich sekundenlang an, dann grölten sie los.

Die junge Frau hingegen strahlte und kam mit ausgebreiteten Armen auf mich zu. »Ich mag dich!« Sie drückte mich mit erstaunlich viel Kraft an sich. »Ich bin Sophie. Hi!«

»Hi«, erwiderte ich etwas überrumpelt und machte mich schnell wieder von ihr los, was zur Folge hatte, dass sie über eine unsichtbare Delle im Boden stolperte, sich jedoch in letzter Sekunde noch am Tisch festhalten konnte, bevor sie auf die Nase fiel.

Cole, der das Ganze aus sicherer Entfernung beobachtet hatte, grinste nur. »Diese WG ist chaotischer als jeder Sims-Haushalt. Glaub mir. Schon getestet.«

Lincoln kratzte sich am Kopf, sah dann auf den Schaum auf seinen Fingern hinab und runzelte die Stirn, beinahe so, als hätte er in dem Trubel vergessen, dass er gerade aus der Dusche kam. »Du hast uns als Sims angelegt?«

»Klar.« Lässig zuckte Cole mit den Schultern und ließ Wasser in die angebrannten Töpfe laufen. »Mit irgendwem musste ich das Spiel ja mal ausprobieren.«

Lincoln schien noch etwas sagen zu wollen, winkte dann aber ab und verließ die Küche unverrichteter Dinge wieder. Vermutlich, um sich das ganze Shampoo aus den Haaren zu waschen.

Parker ging zum Kühlschrank und holte zwei Flaschen Wasser heraus. Eine überreichte er mir, die andere schraubte er selbst auf. »Und da ist dir niemand Besseres eingefallen, als deine Mitbewohner?«

»Beschwer dich nicht, du hast eine fantastische Karriere als außerirdisches Testobjekt hingelegt.«

Parker verschluckte sich und musste husten. »Dein verdammter Ernst?« Mit dem Handrücken wischte er sich über den Mund.

Cole winkte ab. »Klar.«

»Und der Rest?«, wollte Sophie wissen und warf einen traurigen Blick Richtung Spüle. Der Rauch hatte sich inzwischen verflüchtigt – genauso wie was auch immer sie da hatte kochen wollen.

»Lass mich kurz nachdenken.« Cole tippte sich gegen seinen Nasenring. »Linc ist Wahrsager geworden, du bist Akrobatin, und Lizzy ist arbeitslos.«

Diesmal war ich diejenige, die losprustete und sich beinahe beim Trinken verschluckte. »Alles klar«, sagte ich und nahm einen großen Schluck von meinem Wasser, um das Kitzeln in meiner Kehle runterzuspülen. »Und was ist mit dir?«

Cole warf mir ein selbstzufriedenes Lächeln zu. »Aus mir ist natürlich ein gefeierter Superstar geworden.«

»Natürlich«, antworteten Parker und ich gleichzeitig.

Ich sah im selben Moment zu ihm, wie er zu mir. Dann lächelte er, was … seltsame Dinge in meiner Magengegend auslöste. Dinge, über die ich nicht nachdenken wollte. Nicht jetzt und nicht hier. Am besten gar nicht. Das klang doch nach einem guten Plan.

»Da du mein Essen ruiniert hast …«, begann Sophie.

Cole unterbrach sie mit einem Schnauben. »Du meinst wohl eher, ich habe dich vor einer Lebensmittelvergiftung und uns alle vor dem Feuertod bewahrt.«

Sie warf ihm einen vernichtenden Blick zu, der trotz ihrer schmalen Statur erstaunlich viel Wirkung zeigte. Bildete ich mir das nur ein oder zuckte Cole tatsächlich zusammen?

»Wie auch immer«, fuhr Sophie fort und wedelte mit der Hand, als hätte es gar keinen Einwand gegeben. »Wir bestellen jetzt etwas. Und du lädst uns alle ein«, fügte sie mit einem honigsüßen Lächeln hinzu.

»Was?« Cole blinzelte verdutzt. »Wieso denn das?«

Parker klopfte ihm scheinbar mitfühlend auf die Schulter. »Versuch gar nicht erst, dich mit ihr anzulegen.« Dann drückte er ihm einen weißen Umschlag in die Hand. »Das war für dich in der Post.«

»Für mich?« Irritiert sah Cole zwischen Parker und dem Brief hin und her, dann drehte er ihn zwischen den Fingern. »Kein Absender. Huh …«

Sophie kehrte mit einem Laptop in der Hand in die Küche zurück, ließ sich auf einen der unterschiedlich großen und farbigen Stühle am Küchentisch fallen und klappte ihn auf. »Was wollen wir bestellen? Pizza? Sushi? Burger? Thai? Mexikani…«

»Heilige Scheiße!«

Alle Blicke richteten sich auf Cole. Lincoln kam – diesmal vollständig angezogen – zurück in die Küche. »Was ist jetzt schon wieder?«

Statt einer Antwort hielt Cole den Brief weit von sich und wir alle sahen den roten Glitzer, der sich über sein Shirt, seine Arme, seine Hose und sogar auf dem Boden um ihn herum verteilt hatte.

Ich schlug mir die Hand vor den Mund, um mein Lachen zu unterdrücken, aber irgendwie musste es mir doch entschlüpft sein, denn plötzlich starrten mich alle an. »Ist das von Ship Your Enemies Glitter? Wen hast du so abgefuckt, dass er dir Glitzer schickt?«

Letztes Jahr hatte es einen riesigen Aufruhr in meinem Englischkurs gegeben, weil irgendein Typ einen solchen Brief erhalten hatte und den Glitzer in der ganzen Schule verteilt hatte. Sogar ich hatte am Abend etwas davon an meiner Tasche gefunden, obwohl ich nie direkt mit dem Typen zu tun gehabt hatte. Das Zeug war echt die Hölle. Und jetzt hatte Cole auch so einen Brief bekommen? Vielleicht war es gemein, aber ich konnte gar nicht anders, als zu lachen. Erst recht nicht, als er auch noch anfing, den Brief laut vorzulesen.

»Hallo, du schrecklicher Mensch …«

Diesmal war Sophie diejenige, der ein Glucksen entkam. »Oh mein Gott!«, stieß sie hervor. »Da kennt dich jemand *so* gut. Und du bist voll mit dem Zeug.«

»Was du nicht sagst«, konterte Cole trocken.

Sie musste so sehr lachen, dass ihr die Tränen kamen. »Das ist der beste Tag meines Lebens!«

»Schön, dass dich das so amüsiert«, murmelte er und bewegte sich so schnell, dass Sophie gar nicht reagieren konnte. In der einen Sekunde saß sie noch da und wischte sich die

Lachtränen aus dem Gesicht, in der nächsten schlang Cole die Arme von hinten um sie und teilte den ganzen Glitzer großzügig mit ihr.

»Hey! Echt jetzt?«, rief sie entrüstet und sprang auf. Sophie sah an sich herunter und verzog das Gesicht. Ihr Oberteil, ihre Jeans, ihre Arme und vor allem ihre blonden Haare – alles funkelte.

Cole grinste hämisch und wackelte mit den Brauen. »Will sonst noch jemand?«

Ich wich zurück. Parker stellte sich todesmutig vor mich und Lincoln schien diese Drohung völlig kalt zu lassen. Zumindest bis sich Cole auf ihn stürzte und ihn durch die halbe Wohnung jagte. Parker riss mich zur Seite, als die beiden an uns vorbeiwetzten, und murmelte eine Entschuldigung, aber ich schüttelte nur grinsend den Kopf.

Normalerweise mochte ich keine anderen Menschen. Und normalerweise würde ich mich auch nie so schnell mit Leuten anfreunden, die ich kaum kannte. Aber hier funktionierte es irgendwie sofort, was fast schon unheimlich war. Dennoch … In dieser verrückten WG, die mich so chaotisch und herzlich willkommen geheißen hatte, fühlte es sich beinahe so an, als wäre ich eine von ihnen.

Parker
Ich hab Glitzer im Bett. Wieso zum Teufel hab ich Glitzer im Bett? 😱

Teagan
Hahaha!

Parker
Das ist nicht komisch! Das Zeug geht nicht mehr weg!

Teagan
Ich weiß. In Elizas Zimmer ist es auch. Es ist einfach überall! Sogar an mir

Parker
Wo genau?

Teagan
😅

Teagan
Denkst du echt, ich falle darauf rein?

Parker
Einen Versuch war es wert 😆

Parker
Warum bist du überhaupt noch wach? Solltest du nicht todmüde sein nach der langen Reise?

Teagan
Bin ich auch

Parker
Aber ...?

Teagan
Keine Ahnung. Vielleicht bin ich einfach zu überdreht von diesem ganzen Tag

Parker
Oder von Cole und dem Glitzer ...

Teagan
Könnte auch sein, ja 😁

Fünf Minuten später

Parker
Lust zu zocken?

Teagan
Jetzt??

Parker
Wieso nicht? Es ist erst ... 2 oder so

Teagan
😂

Teagan
Morgen. Lass uns morgen zocken. Jetzt versuche ich ein bisschen zu schlafen

Parker
Na gut

Zwei Minuten später

Parker
Hey Teagan?

Teagan
Hm?

Parker
Schlaf gut

Teagan
Du auch 😊

Level 12

Parker

Die Wärme des Tages hielt sich auch nachts in der Wohnung, obwohl wir alle Fenster weit geöffnet hatten. Den ganzen Tag über hatte ich schon ein leichtes Hämmern im Kopf verspürt, es aber die meiste Zeit über ausgeblendet und versucht, mir nichts davon anmerken zu lassen. Das war jetzt anders. Ich hatte keine Ahnung, wann ich überhaupt ins Bett gekommen war, weil wir den Abend zusammen mit Cole und Sophie im Wohnzimmer vor der Playstation und Xbox verbracht hatten. Aber ich wusste, dass ich mich seit einer gefühlten Ewigkeit in meinem Bett hin und her wälzte und einfach nicht schlafen konnte. Und das nicht nur, weil ich den höchsten Punkt der Müdigkeit bereits überschritten hatte und wieder hellwach war, sondern weil das Hämmern in meinem Kopf immer heftiger wurde.

Irgendwann setzte ich mich ächzend auf und rieb mir mit beiden Händen über Stirn und Schläfen. Shit. So würde ich keine Sekunde lang schlafen können. Seufzend stand ich auf, schlurfte zum Schreibtisch hinüber und schaltete die Beleuchtung ein, die mich natürlich sofort blendete.

»Dämliches Mistding …« Ich wühlte in den Schubladen, bis ich endlich die Schmerztabletten fand und spülte sie mit dem letzten Rest meiner Wasserflasche hinunter. Dann ging ich zum offenen Fenster hinüber und lehnte mich hinaus.

Die Luft war warm statt frisch, und der Anblick der Lichter Pensacolas hatte diesmal keine sonderlich beruhigende Wirkung auf mich. Auch die Mischung aus unterschiedlichsten Geräuschen – das Zirpen von Grillen, Autos, die in der Nähe oder direkt durch unsere Straße fuhren, das Rascheln der Bäume im Wind, das entfernte Bellen eines Hundes in der Nachbarschaft – wirkten in dieser Nacht nicht harmonisch und einlullend. Denn all das wurde von dem Dröhnen in meinem Kopf übertönt.

Ich sah mich in meinem Zimmer um, das aus nicht viel mehr bestand als der dicken Matratze auf den Holzpaletten, dem Schreibtisch mit den beiden Rechnern, drei Monitoren, der LED-Beleuchtung und dem ganzen Kabelsalat darunter, einem Drehstuhl und einer kleinen Kommode mit all meinen Klamotten. Ich seufzte und rieb mir über die Augen. An Weiterschlafen war nicht mehr zu denken, aber genauso wenig daran, einfach den PC anzuschmeißen und irgendetwas zu zocken. Wahrscheinlich würde mein Kopf dabei explodieren. Außerdem war ich noch immer verflucht durstig, also schnappte ich mir die leere Flasche und öffnete leise die Tür.

Ich wusste noch genau, wie ich in meiner Anfangszeit in der WG nachts ständig gegen irgendetwas gelaufen war, wenn ich ins Bad oder in die Küche wollte. Wenn man wie ich meist erst abends mit den Livestreams anfing, konnten die ziemlich lang gehen. Also war ich nachts praktisch genauso oft in der Wohnung unterwegs wie tagsüber – und mittlerweile brauchte ich kein Licht mehr, um mich im Dunkeln zurechtzufinden. In den meisten Fällen erreichte ich mein Ziel ohne weitere Zwischenfälle. Gelegentlich stolperte ich über irgendetwas, das einer meiner Mitbewohner auf dem Boden liegen gelassen hatte. Allerdings war Liz gerade nicht da, also sank die Wahrscheinlichkeit, mich in einem ihrer Kleidungsstücke zu verheddern und auf die Schnauze zu fliegen, beträchtlich.

Im Flur war es vollkommen still. Nur die Geräusche von draußen drangen durch die offenen Fenster in Küche und Wohnzimmer herein. Die Türen zu den anderen Räumen waren geschlossen und es gab auch keinen schmalen Lichtstreifen, der darauf hindeutete, dass außer mir noch jemand in dieser Wohnung wach war. Ich würde ja selbst auch viel lieber schlafen, statt mitten in der Nacht wie ein Zombie durch die Gegend zu schlurfen.

Kurz blieb mein Blick an einer ganz bestimmten Tür hängen. Normalerweise schlief Liz dahinter, aber jetzt … jetzt war da Teagan. Es war fast schon unheimlich, wie gut sie sich bereits nach wenigen Stunden hier eingelebt hatte. Sie scherzte mit Cole herum, als würden sie sich ewig kennen, schien sich auch sofort mit Sophie angefreundet zu haben und Linc … na ja, der war nach dem Essen direkt zur Arbeit gefahren, also gab es da wohl kein großartiges Kennenlernen. Aber ich glaubte mich zu erinnern, dass sich die beiden auf der RTX-Party ganz gut verstanden hatten.

Ehrlich, Mann?

Ich rieb mir über den Nacken. Warum war mir das so wichtig? Dass Teagan jetzt hier war, bedeutete nicht automatisch, dass sie im Herbst nach Pensacola ziehen und am WFMAC studieren würde. Außerdem war die Sache zwischen uns … Um ehrlich zu sein, hatte ich nicht mal einen Namen dafür. Aber es fühlte sich gut an. Es machte Spaß, riss mich aus meinem Alltag, lenkte mich ab. Sie brachte mich zum Lachen und forderte mich heraus. Und dieser Kuss im Hotel in Texas …

Ganz falsche Richtung. Ganz, ganz falsch.

Ich zwang meine Gedanken zurück ins Hier und Jetzt, denn wenn ich auch nur eine Sekunde länger an diesen Kuss dachte, würde ich eine kalte Dusche brauchen. Und das würde wiederum das ganze Haus aufwecken und unangenehme Fragen nach sich ziehen. Vor zwei Jahren hatte Cole diesen Fehler gemacht, und wir ärgerten ihn bis heute damit, dass ihn irgendeine Frau so aufgewühlt hatte, dass er sich dazu entschieden hatte, mitten in der Nacht kalt zu duschen. Im Dezember.

Mittlerweile hatten sich meine Augen an die Dunkelheit gewöhnt, doch als ich weitergehen wollte, nahm ich plötzlich eine Bewegung links von mir wahr. Ich zuckte vor Schreck zusammen und drehte den Kopf in die Richtung, aber … da war nichts. Keiner meiner Mitbewohner, kein Einbrecher, kein Tier, das irgendwie einen Weg hier reingefunden hatte. Was zur Hölle …? Ich rieb mir mit den Fingern über die Augen. Shit. Nicht genug damit, dass mir der Kopf platzte und meine Gedanken ins Endlose kreisten – jetzt sah ich auch noch Dinge, die nicht da waren? Eine dunkle Vorahnung begann sich in mir auszubreiten, aber ich kämpfte mit aller Macht dagegen an. Genauso wie gegen das ungute Gefühl in meiner Magengegend. Das war sicher nur Zufall. Meine Schlaf- und Rastlosigkeit in letzter Zeit hatte nichts damit zu tun. Das war nur … Stress. Übermüdung. Oder die Tatsache, dass Teagan zu Besuch war und ich lügen würde, wenn ich behauptete, dass das nichts mit mir anstellte.

Irritiert setzte ich meinen Weg fort und betrat die Küche. Auch hier war es dunkel, abgesehen von einem Streifen Licht von der Gartenbeleuchtung, der durch das Fenster hereinschien. Ich stellte die leere Flasche weg und holte mir eine neue aus dem Kühlschrank. Als die Tür zufiel, sah ich erneut eine Bewegung aus dem Augenwinkel – und diesmal war ich mir sicher, sie mir nicht bloß einzubilden.

Stirnrunzelnd drehte ich mich zum Fenster und schaute in den Garten hinterm Haus hinunter. Genauer gesagt auf die

Ansammlung von Stühlen und Liegen, die dort auf dem Rasen im Kreis standen. Eine einsame Gestalt hatte es sich auf einer der Liegen bequem gemacht und zog jetzt die Knie an. Abgesehen von der Gartenbeleuchtung, die solarbetrieben und daher immer an war, beleuchtete der Schein des Handys ihr Gesicht. Teagan lag mitten in der Nacht im Garten und spielte an ihrem Smartphone herum.

Ich schüttelte ungläubig den Kopf. Gleichzeitig war ich nicht mal sonderlich überrascht. Wenn jemand das mit dem seltsamen Schlaf- und Wachrhythmus nachfühlen konnte, dann waren es andere Streamer. Obwohl Teagan nach der langen Reise eigentlich todmüde sein müsste.

Ohne auch nur eine Sekunde darüber nachzudenken, holte ich eine zweite Flasche aus dem Kühlschrank und machte mich auf den Weg nach unten. Gleich darauf trat ich in den Garten. Doch obwohl es mitten in der Nacht und dementsprechend leise war, bemerkte Teagan mich nicht. Was auch immer sie da las oder machte, es schien all ihre Aufmerksamkeit zu fordern.

Mit einem Grinsen blieb ich neben ihr stehen. »Wir haben ein Wohnzimmer, weißt du?«

Sie zuckte vor Schreck zusammen und setzte sich abrupt auf. »Heilige Scheiße! Willst du mich umbringen?«

Ich gluckste leise. »Sorry«, murmelte ich und setzte mich auf die Liege neben ihrer. »Was machst du hier draußen?«

»Ich wollte niemanden wecken«, erwiderte sie und legte das Handy beiseite.

»Kannst du nicht schlafen?«

Ein Schulterzucken war die Antwort. »Dad müsste längst bemerkt haben, dass ich nicht da bin, aber er hat sich noch nicht bei mir gemeldet. Weder mit wütenden Texten noch mit Anrufen. Aber das ist nicht der eigentliche Grund«, behauptete sie sofort. »Ich hatte Durst und bin in die Küche gegangen, um mir was zu holen. Und vielleicht bin ich es auch nicht gewohnt, an fremden Orten zu schlafen. Nachts ist es hier echt laut. Autos. Busse. Grillen. Hunde. Menschen. Das Meer.«

»Du kannst das Meer bis hierher hören? Dann kann alles andere ja nicht so laut sein«, neckte ich sie und lehnte mich entspannt zurück. Es war zu dunkel, um ihre Reaktion deutlich zu erkennen, aber ich konnte sie mir bereits denken. »Aww, Tea-Tea, verdrehst du etwa gerade die Augen?«

»Das wirst du jetzt nie erfahren.« Sie nahm die Wasserflasche, die ich ihr hinhielt. »Danke.« Nachdem sie ein paar Schlucke getrunken hatte, deutete sie auf ihr Handy und fügte noch etwas hinzu: »Außerdem muss ich euer WLAN nutzen, solange ich es habe. Ich will doch wissen, was ich verpasst habe und was in der Welt so los ist.«

»Verständlich.« Ich stellte meine eigene Flasche zwischen uns auf den Boden, dann lehnte ich mich wieder zurück und ließ meinen Blick über Teagan gleiten.

Gut möglich, dass es nicht nur die Geräusche von draußen waren, wegen denen Teagan nicht schlafen konnte. Im Vergleich zu Seattle war es hier in Florida auch nachts wesentlich wärmer, und ich konnte mir gut vorstellen, dass man sich erst daran gewöhnen musste. Allerdings konnte ihr in dem dünnen Top mit den schmalen Trägern und der super kurzen Stoffhose nicht allzu heiß sein. Dafür wurde mir bei diesem Anblick umso wärmer. Und plötzlich war ich geradezu froh darüber, dass es hier draußen so dunkel war und die Gartenbeleuchtung nicht jeden Winkel erreichte.

»Was ist mit dir?«, fragte sie auf einmal und wandte sich mir zu. »Warum kannst du nicht schlafen?«

»Kopfschmerzen«, gab ich zu und ließ alles andere, was mich wach gehalten hatte, lieber unter den Tisch fallen. Dass ich die ganze Zeit daran denken musste, dass sie nur zwei Räume weiter im Bett lag, zum Beispiel. Wie gut es sich angefühlt hatte, sie heute am Flughafen in die Arme zu schließen. Wie sehr ich es genoss, sie einfach nur dabei zu beobachten, wie sie mit meinen Mitbewohnern redete, lachte und rumalberte. All das und noch so viel mehr, was besser nichts in meinen Gedanken zu suchen hatte und was ich auf keinen Fall laut aussprechen konnte.

»Das tut mir leid«, wisperte sie, als könnte sie irgendetwas für das Hämmern hinter meiner Stirn. »Hast du schon etwas dagegen genommen?«

»Jepp. Vor ein paar Minuten. Bisher hilft es allerdings null.«

Teagan machte eine auffordernde Handbewegung. »Rutsch mal.«

»Aye aye, Ma'am.« Ich blinzelte bei dem plötzlichen Befehlston, setzte mich jedoch auf und rutschte etwas nach vorne, auch wenn ich keine Ahnung hatte, was sie vorhatte. »Und jetzt?«

Als sie sich hinter mich setzte, spürte ich, wie mich die Wärme einhüllte, die ihr Körper ausstrahlte.

»Lass mich etwas versuchen«, bat sie leise und legte die Hände auf meine Schultern.

Selbst wenn ich alle Willenskraft der Welt gehabt hätte, wäre ich nicht dagegen angekommen, dass sich meine Muskeln bei der Berührung etwas anspannten. Vielleicht war es einfach schon zu lange her, dass mich jemand so angefasst hatte. Vielleicht lag es aber auch ganz allein an *ihr*. An Teagan. An Tea-Tea.

»Die meisten Kopfschmerzen stammen von Verspannungen im Nackenbereich«, erklärte sie jetzt, und ihre Hände begannen in langsamen Bewegungen über meine Schultern zu streichen. »Zumindest wenn es keine richtige Migräne ist oder andere Ursachen hat wie Erkältungen und so.«

»Keine Migräne«, murmelte ich und es klang so rau, dass ich mich räusperte. »Und auch keine Erkältung.«

»Gut«, erwiderte sie leise. »Das ist gut.«

Scheiße, ihre Stimme war jetzt so nahe, und ihr warmer Atem strich über meine Haut. Alle Nerven in meinem Körper reagierten darauf, und ich konnte nur mit Mühe einen wohligen Schauer unterdrücken. »Woher weißt du das überhaupt?«

Sie zögerte einen Herzschlag lang. »Meine Mom war … ist Physiotherapeutin und kannte ein paar gute Tricks gegen Kopfschmerzen.«

»War? Oder ist?«

»Keine Ahnung, ob sie es immer noch ist. Heutzutage hört man nicht viel von ihr.«

Bevor ich nachfragen konnte, tasteten sich ihre Hände langsam meinen Nacken hinauf. Man konnte es kaum eine Berührung nennen, da sie so sanft vorging, dass mir das Kinn automatisch auf die Brust fiel und ich die Augen schloss, sobald ich ihre Finger auch in meinen Haaren spüren konnte. Verdammt, das zauberte zwar das dumpfe Pochen in meinem Kopf nicht weg, aber es war so angenehm, dass ich mir wünschte, sie würde niemals damit aufhören. Sanft strich sie über die Stellen in meinem Nacken, die sie zuvor erkundet hatte, und ich entspannte mich mit jeder Sekunde ein bisschen mehr. Dann benutzte sie ihre Knöchel. Und was als federleichte Massage begonnen hatte, tat plötzlich höllisch weh.

»Autsch!«, stieß ich zwischen zusammengebissenen Zähnen hervor und drückte die Hände in das Polster vor mir. »Soll es sich so anfühlen, als würdest du durch meine Muskeln auf die Knochen bohren?«

»Ja«, erwiderte sie nur und machte gnadenlos weiter.

Gleich darauf war da wieder dieser brennende Schmerz in meinem Nacken, und ich verzog das Gesicht.

»Du bist total verspannt. Kein Wunder, dass du Kopfschmerzen hast.«

Ich holte schon Luft, um mich zu beschweren, dass ihre beiden Daumen, die sich wie Brandeisen in meinen Körper bohrten, es nicht gerade besser machten, als der Druck ohne Vorwarnung nachließ. Jetzt strich Teagan wieder über meinen Nacken, und ich atmete erleichtert auf. Der Schmerz war fort, und meine Muskeln fühlten sich seltsam weich und locker an.

Mit sicheren Bewegungen fuhr sie über die Seiten meines Halses und schob die Finger dann wieder in mein Haar. Ganz sachte massierte sie meine Kopfhaut, und mein Kinn sank erneut auf die Brust. Wie von selbst fielen mir die Augen zu, und ich musste hart an mich halten, um nicht laut aufzustöhnen. Scheiße, wer hätte gedacht, dass sich eine Kopfmassage *so gut* anfühlen würde?

Aber Teagan war noch nicht fertig. Sie kam noch etwas näher und zog meinen Kopf ein wenig zurück, bis ich gegen sie gelehnt dasaß. Dann strich sie in sanften Bewegungen über meine Schläfen und meine Stirn, während ich nur daran denken konnte, wie verflucht nahe wir uns waren und wie gut sich das hier anfühlte. Die festen Berührungen ihrer Finger. Ihr warmer, weicher Körper hinter mir. Ihr Duft. Irgendetwas Frisches, Süßes, das sich schon auf der RTX in mein Gedächtnis eingebrannt hatte.

Ein letztes Mal strich Teagan mir über Stirn und Schläfen, durch mein Haar und den Nacken hinunter bis zu den Schultern, dann hörte sie auf. Aber keiner von uns rührte sich.

»Besser?« Ihr Mund war direkt an meinem Ohr, sodass sie nur flüstern musste, damit ich sie verstand.

Ich horchte in mich hinein und war überrascht, wie gut das Ganze getan hatte. Das Hämmern in meinem Kopf war nicht vollständig verschwunden, hatte sich jedoch in ein dumpfes

Pochen verwandelt, das nur noch ein Nachhall der bisherigen Schmerzen war.

»Ja«, erwiderte ich überrascht. »Danke.«

»Kein Problem.«

Ich rechnete fest damit, dass Teagan mich auf der Stelle loslassen und sich wieder auf die andere Liege setzen würde – aber das passierte nicht. Stattdessen spürte ich sie noch immer hinter mir.

Ihre Hand lag noch immer auf meinen Schultern, also griff ich danach und brachte ihre Finger an meine Lippen, um einen Kuss daraufzusetzen. Ihr Atem stockte für ein paar Sekunden, aber sie sagte kein Wort.

»Weißt du, was seltsam ist?«, fragte ich, ohne ihre Hand loszulassen. Stattdessen strich ich mit dem Daumen ganz leicht über ihren Handrücken.

»Was?«, wisperte sie.

»Dass wir uns online und über Chats so gut kennen, aber offline und im richtigen Leben irgendwie nicht so richtig«, erwiderte ich genauso leise. Und dass wir online ohne Probleme miteinander flirten, reden oder uns beim Zocken sogar gegenseitig verfluchen konnten, während jetzt wieder dieses Zögern, diese leichte Befangenheit zwischen uns war. Wie schon am Anfang auf der RTX-After-Show-Party. Wie heute Nachmittag am Flughafen.

Trotzdem hatte ich unseren Kuss fest in meinem Gedächtnis abgespeichert und spielte ihn wieder und wieder in Gedanken durch. Wir mussten nicht darüber reden oder klären, ob und was das für unsere Freundschaft bedeutete, damit ich jedes Mal, wenn ihr Name auf meinem Handy oder am PC auftauchte, an diesen Moment erinnert wurde. Daran, wie warm und weich ihre Lippen gewesen waren. Wie sie meinen Kuss erwidert hatte. Wie sich ihr Körper an meinen geschmiegt hatte. Und dass ich mehr gewollt hatte. Nicht nur in jener Nacht, sondern auch jetzt, zwei Wochen später, und wahrscheinlich auch noch in zwei Monaten oder in zwei Jahren. Das machte mir dieser Moment mit Teagan mitten in der Nacht im Garten nur noch deutlicher.

Sie schwieg, löste sich aber auch nicht von mir. Ich zögerte ein, zwei Sekunden lang, drehte mich dann aber doch zu ihr um. Sie wich nicht zurück, kniete noch immer direkt hinter mir auf der Liege und sah mich geradewegs an. Ich müsste mich nur ein kleines bisschen nach vorne lehnen, um sie noch mal zu küssen. Allein bei der Vorstellung schoss Hitze durch meinen Körper. Ich schluckte hart und riss meinen Blick von Teagans Lippen los, um ihr wieder in die Augen zu sehen. Augen, deren exakte Farbe ich noch immer nicht herausgefunden hatte, die aber wunderschön waren. Genau wie die Frau, zu der sie gehörten.

Ich merkte nicht mal, wie ich die Hand hob, bis ich die weiche Haut ihrer Wange unter meinen Fingerkuppen spürte. Ihre Lippen teilten sich, aber sie sagte noch immer kein Wort, schien genauso gebannt zu sein wie ich. Ich strich bis zu ihrem Kinn hinab, wo ich eine kleine Kuhle wahrnahm, wie von einem Sturz oder einer alten Narbe. Etwas, das man nicht auf den ersten, nicht mal auf den zweiten Blick erkannte, sondern nur, wenn man Teagan so nahe kam wie ich gerade. Und damit etwas, worüber ich mich absurderweise viel zu sehr freute.

»Ich würde dich jetzt wahnsinnig gerne küssen«, raunte ich.

»Warum tust du es dann nicht?«

Mit welcher Antwort ich auch immer gerechnet hatte, diese war eindeutig nicht dabei gewesen. Ich konnte gar nicht anders, als zu lächeln – und Teagans frecher Forderung nachzukommen. Langsam lehnte ich mich zu ihr und presste meinen Mund auf ihren.

Was nur ein Streichen, eine kleine Kostprobe, eine Erinnerung an jenen Kuss in Texas sein sollte, wurde schnell zu mehr. Sehr viel mehr. Es war beinahe, als würde sich alles in mir einzig und allein auf Teagan konzentrieren – auf ihren Geschmack, ihren Geruch, das leise Seufzen, das ihr jetzt entkam, und auf das Gefühl ihrer Lippen auf meinen.

Mein Denken setzte aus.

In der einen Sekunde hatte ich noch die feste Absicht, sie sanft und behutsam zu küssen, in der nächsten saß sie auf meinem Schoß, und ich hatte keine Ahnung, ob ich sie an mich gezogen hatte oder sie von selbst näher gerückt war. Nicht, dass es irgendeine Rolle gespielt hätte, denn ihr jetzt so nahe zu sein, ihre Wärme so viel deutlicher und an genau den richtigen Stellen spüren zu können, ließ mich alles um uns herum vergessen.

Ich knabberte nicht zärtlich an ihrer Unterlippe, sondern biss hinein und nutzte ihr Keuchen schamlos aus, um mit der Zunge in ihren Mund zu gleiten. Meine Hände verselbstständigten sich, fuhren über die nackte Haut ihrer Oberschenkel bis zum Saum und Bund ihrer viel zu kurzen Stoffhose und dann direkt unter ihr Top. Teagan stöhnte auf, und es erfüllte mich mit verdammt viel Genugtuung, nicht nur ihr Erschauern zu bemerken, sondern auch die Gänsehaut unter meinen Fingern spüren zu können.

Als Reaktion darauf krallte sie die Finger in mein Haar, was wiederum mir ein Keuchen entlockte. Scheiße, fühlte sich das gut an. Noch besser wurde es nur, wenn sie sich dabei auch noch an mich presste, so wie jetzt. Meine linke Hand blieb unter ihrem Shirt, mit der rechten glitt ich tiefer bis zu ihrem unteren Rücken und drückte sie fester an mich.

Warum hatten wir in Texas nach diesem viel zu kurzen Kuss aufgehört? Ich hatte keine verdammte Ahnung. Denn das hier, die Kombination aus uns beiden, fühlte sich viel zu gut an, um jemals wieder damit aufzuhören.

Ich löste mich zögernd von Teagans Lippen, und das auch nur, um den Mund auf ihren Hals zu pressen, weil ich mehr von ihr erkunden, mehr über sie in Erfahrung bringen wollte. Ich wollte wissen, was und wie es ihr am besten gefiel, aber vor allem wollte ich derjenige sein, der alle möglichen Empfindungen in ihr auslöste. Derjenige, bei dessen Küssen sie leise aufstöhnte. Derjenige, an den sie sich klammerte, während sie sich ihm entgegendrängte. Derjenige, bei dem sie sich voll und ganz fallen ließ.

Kuss für Kuss wanderte ich von ihrem Hals über ihre Schulter, bis ich den Träger ihres Tops erreicht hatte und ihn beiseiteschob, um die darunter liegende Haut ebenfalls zu liebkosen. Teagan erschauerte in meinen Armen. Ihre Finger bohrten sich in meine Schultern, strichen über meine Arme, meinen Rücken, als wüsste sie nicht, wohin mit sich. Oder als würde alles in ihr genauso darauf drängen, mehr zu erkunden.

Von ihrer Schulter aus küsste ich mich abwärts, jetzt etwas langsamer als zuvor. Die Haut an ihrem Dekolleté war ganz weich und wurde immer zarter, je näher ich ihren Brüsten kam.

»Parker …«, stieß sie hervor, und ich wusste nicht, ob es eine Warnung oder eine Einladung sein sollte, ihr noch näher zu kommen.

Schwer atmend hob ich den Kopf. Selbst in der Dunkelheit konnte ich das Verlangen in ihren Augen lesen und bemerkte, dass ihre Lippen vom Küssen leicht geschwollen waren. Aber statt dem Impuls in mir nachzugeben und meinen Mund sofort wieder auf ihren zu drücken, suchte ich ihren Blick.

Teagans Atmung ging genauso schnell wie meine. Sie rückte nicht von mir ab, schob mich nicht von sich, trotzdem war da auf einmal ein Zögern, das zuvor nicht da gewesen war.

»Ich will nicht, dass es kompliziert zwischen uns wird …« Ihre Stimme war kaum hörbar und dennoch ein bisschen heiser.

»Warum muss es kompliziert sein?«, fragte ich genauso leise, hielt mich jedoch davon ab, Teagan erneut zu berühren. Ich würde sie nicht verführen, nur damit sie einen weiteren Kuss oder mehr zuließ, ganz egal, wie sehr ich genau das wollte. Sie sollte es genauso wollen. Aber vor allem musste ich begreifen, warum sie uns gestoppt hatte. Warum sie dachte, dass es alles verkomplizieren würde.

»Weil …«, begann sie, doch statt weiterzusprechen nahm sie mein Gesicht in die Hände und lehnte die Stirn für einen viel zu kurzen Moment gegen meine. Dann richtete sie sich seufzend wieder auf. »Weil ich keine Ahnung habe, wo ich in ein paar Wochen sein werde. Ich warte immer noch auf eine Zusage von meinen Wunschunis, und wenn keine kommt, werde ich auf irgendein x-beliebiges College gehen und irgendeinen Bullshit studieren, damit ich wenigstens irgendetwas tue, und danach hoffentlich einen Abschluss in der Tasche habe. Ich könnte auf der anderen Seite des Kontinents landen. Oder in Seattle bleiben, was genauso weit entfernt wäre. Und davon abgesehen, das hier …« Sie deutete zwischen uns hin und her. »Das ist … Du bist mir zu wichtig geworden, um dich zu verlieren.«

Ich suchte ihren Blick und hielt ihn fest. »Das wirst du nicht. Ganz egal, was passiert und wo du in ein paar Wochen anfängst zu studieren. Es gibt immer noch Handys, Internet, WLAN. Na gut, zumindest sobald dein Dad den Router wieder anschließt oder du ausgezogen bist«, fügte ich hinzu, als sie das Gesicht verzog, und griff nach ihren Händen.

Sie widersprach nicht, wirkte aber auch nicht besonders glücklich – oder überzeugt.

»Hey … Das ist mein Ernst.« Ich zupfte an ihren Fingern und zog sie schließlich ganz an mich, damit ich die Arme um sie legen und ihr einen Kuss auf die Haare geben konnte. Himmel, sie roch so gut … Aber hier ging es um etwas anderes. *Konzentrier dich, Parker.* »So leicht wirst du mich nicht los. Schon gar nicht wegen etwas so Lächerlichem wie einem Kuss. Okay?«

Es dauerte ein paar Sekunden, doch dann spürte ich sie nicken. »Okay. Auch wenn dieser Kuss alles andere als lächerlich war. Genauso wenig wie der davor.«

Ich grinste und ignorierte die Hitze, die sich bei der Erinnerung daran in mir ausbreitete. Stattdessen schob ich den Träger ihres Oberteils langsam wieder hoch. »Stimmt. Beide waren episch. Die Leute sollten Romane darüber schreiben und Filme dazu drehen. Zumindest ein Gedicht oder einen eigenen Song hätten wir verdient.«

Teagan lachte auf, und in dem Moment wusste ich, dass für sie alles zwischen uns wieder in Ordnung war. Und nur darauf kam es an, oder? Ganz egal, wie sehr ich mich zu ihr hingezogen fühlte, ich wollte genauso wenig, dass sich irgendetwas zwischen uns änderte oder schwierig und dadurch unangenehm wurde. Dafür war sie mir in der kurzen Zeit, die wir uns jetzt kannten, viel zu wichtig geworden. Auch wenn ich nichts gegen einen – oder tausend – weitere Küsse einzuwenden gehabt hätte. Absolut nicht. Aber ich respektierte ihre Entscheidung. Selbst wenn es mir alles andere als leichtfiel.

Wir blieben noch eine Weile in einvernehmlichem Schweigen draußen sitzen, bis uns beiden die Augen zufielen, dann gingen wir wieder rein. Im Flur verabschiedeten wir uns voneinander, und ich sah ihr vielleicht eine Spur zu lange nach. Womöglich war ich in Gedanken aber auch noch immer bei diesem unglaublichen Kuss im Garten – und musste dann feststellen, dass ich um die kalte Dusche wohl nicht herumkam. Shit.

Parker
Hey Teagan?

Parker
Tea-Tea?

Parker
TR?

Parker
Hallo?

Parker
Schläfst du schon?

Teagan
Jetzt nicht mehr

Parker
Oh

Teagan
🙄

Teagan
WAS WILLST DU??

Parker
Jetzt nichts mehr 😱 Du machst mir Angst

Teagan
Dein verdammter Ernst??

Parker
Na ja … irgendwo hab ich mal gelesen, Mädchen mögen es, wenn man ihnen mitten in der Nacht textet. Soll total romantisch sein oder so

Teagan
Wer auch immer diesen Mist verfasst hat – töte ihn! Töte ihn langsam und qualvoll!

Parker
😂

Teagan
Ich war gerade eingeschlafen, du Idiot!!

Parker
Sorry

Teagan
&t/gZU30!u8q3e!«

Teagan
😠 😠 😠

Parker
Ich mach es wieder gut

Teagan
…

Parker
Versprochen!

Teagan
Hast du ernsthaft Angst vor mir?

Parker
Du kannst ziemlich einschüchternd sein, wenn du willst. Außerdem will ich nicht, dass du plötzlich mitten in der Nacht vor meinem Bett stehst und …

Parker
Warte mal. Doch. Tu bitte genau das 😏 🍆

Teagan
😂

Teagan
Ich versuche jetzt wieder zu schlafen. Wenn du mich noch mal weckst, wird meine Rache grausam sein!

Teagan
Parker?

Teagan
Hallooo?

Teagan
Hey!

Teagan
Du bist jetzt nicht ernsthaft eingeschlafen, oder?

Teagan
🙄

Level 13

Teagan

»Und das war's.« Cole breitete die Arme in einer lässigen Geste aus. »Das ist alles, was man gesehen haben muss.«

Bei ihm klang das so simpel. So als wäre es nichts Besonderes, mitten auf dem Campus des West Florida Media & Arts College zu stehen. Umringt von Bäumen, Palmen, perfekt getrimmtem Rasen und den Fakultätsgebäuden, die eine bunte Mischung aus Südstaaten-Charme und moderner Architektur im Glaskasten darstellten. Hier gab es nicht nur die Studienrichtung Game Design, sondern auch Bildende Künste, Produkt-, Interior, Textil-, Grafik- und Schmuckdesign, Animation, Film und Theater, Fotografie, Fashion Management, Journalismus, Kreatives Schreiben und vieles mehr. Dafür, dass es ein so kleines College war, war die Auswahl beträchtlich. Und ich liebte sie.

Obwohl der Campus jetzt in den Sommerferien so gut wie ausgestorben war, konnte ich mir nur zu deutlich vorstellen, wie es während des Semesters hier aussehen musste. Keine adretten Jura- oder gestressten Medizinstudenten bevölkerten die Wege zwischen den Gebäuden, sondern Leute wie Cole und ich. Kreative Menschen, die sich selbst und ihre Ideen verwirklichen wollten.

»Also, wann willst du herziehen?«, fragte Cole, als wäre es das Selbstverständlichste der Welt, dass ich hier anfangen würde zu studieren. »Die Wohnsituation ist nicht ganz so einfach, aber wenn du dich früh genug umsiehst, findest du bestimmt was. Es gibt tolle WGs.« Er wackelte mit den Brauen. »Außerdem wirst du einen Wagen brauchen – falls du nicht deinen von zu Hause mitnimmst. Parker meinte, du kommst aus der Nähe von Seattle, also wäre das eine echt lange Fahrt. Aber keine Sorge. Der Cousin meines Schwagers verkauft Gebrauchtwagen am anderen Ende der Stadt. Die Kisten sind nicht mehr ganz so gut in Schuss, aber wenn du willst, kann ich dir bestimmt einen Deal aushandeln und –«

»Whoa, warte mal!« Ich riss abwehrend die Hände in die Höhe.

»Hm?« Er hatte die Finger im Nacken verschränkt und drehte sich jetzt mit einem fragenden Gesichtsausdruck zu mir um.

»Das klingt so, als wäre es schon sicher, dass ich im Herbstsemester hier anfange.«

Seine dunklen Brauen wanderten weit hoch. »Ist es nicht?«

Ich war kurz davor, aufzulachen, unterdrückte den Impuls jedoch. »Die Entscheidung liegt nicht allein bei mir, weißt du«, erklärte ich. »Ich muss erst noch angenommen werden.«

Cole winkte ab. »Ach, die kreativen Colleges sind alles Diven. Sie lassen sich am meisten Zeit mit den Zusagen. Solange du noch keine Absage bekommen hast, würde ich mir keine Gedanken machen.«

Aber das tat ich. Jetzt umso mehr, da ich hier war und die Möglichkeit, auf diesem Campus und in dieser Stadt zu studieren, direkt vor Augen hatte.

In Austin war das College kleiner und die Studiengänge etwas enger gefasst – ein Punkt, von dem ich ursprünglich gedacht hatte, dass er mir ganz besonders wichtig wäre. Aber der kreative Mix auf diesem Campus fühlte sich genau richtig an, und außerdem kannte ich hier schon eine Handvoll Leute. Leute, die tatsächlich zu so etwas wie Freunden werden könnten. Vielleicht. Meine bisherigen Erfahrungen auf dem Gebiet waren eher begrenzt und hatten allesamt kein schönes Ende genommen. Vielleicht wäre es also klüger, irgendwo ganz neu anzufangen, wo ich noch keine Menschenseele kannte. Andererseits … Ich ließ meinen Blick über den Campus wandern, über die Palmen und Fakultätsgebäude, den Glaskasten, der in der Sonne schillerte, und das niedliche kleine Café mit den Tischen und Stühlen draußen, und seufzte tief. Ich *mochte* es hier. Und das hatte nichts mit Parker, Cole und den anderen zu tun.

Okay, höchstens ein klitzekleines bisschen.

»Parker studiert nicht hier, oder?« Ich hatte nicht mal gemerkt, dass ich darüber nachgedacht hatte, bis ich die Frage laut ausgesprochen hatte.

»Nope. Parker geht auf die University of West Florida. Sein Hauptfach ist Business Administration. Aber keine Sorge«, fügte Cole mit einem verschmitzten Gesichtsausdruck hinzu, »das ist ganz in der Nähe. Man kann quasi rüberspucken.«

Ich schnaubte und tat alles, um die Hitze zu ignorieren, die sich gerade in meinen Wangen ausbreitete. Und um nicht an unsere Begegnung im Garten letzte Nacht denken zu müssen. »Was ist mit den anderen?«, lenkte ich ab. »Sophie und Lincoln studieren doch auch, richtig?«

»Genau. Sophie studiert auch hier, und hängt meistens in dem schicken Bau da ab.« Cole deutete auf ein hellrotes Backsteingebäude, das etwas neuer wirkte als seine Nachbarn. »Lincoln ist die meiste Zeit als Rettungsschwimmer am Strand, aber wenn er sich nicht gerade sonnt oder mit hübschen Mädels in knappen Bikinis flirtet, studiert er Cyber Security am State College. Und Eliza geht auch aufs WFMAC. Sie programmiert Games und Apps, manchmal haben wir auch gemeinsame Kurse.«

»Wow.« Ich bedauerte es fast ein wenig, dass ich das Mädchen, dessen Zimmer ich gerade für zwei Nächte bewohnte, nicht kennenlernen würde.

»Ich kann dir noch ein bisschen was zeigen«, bot Cole an und deutete um sich, »aber das Wichtigste hast du gesehen. Außerdem weiß ich doch, wie dringend du zu Parker zurückwillst.«

Ich zuckte zusammen. »Was? Gar nicht!«

Ein Grinsen breitete sich auf seinem Gesicht aus. »Es ist irgendwie niedlich, wie sehr du es leugnest. Aber ich war auf der RTX dabei, schon vergessen? Ich hab gesehen, wie ihr geflirtet und euch angeschmachtet habt.«

Ohne nachzudenken, verpasste ich ihm einen Schubs gegen die Schulter. »Als ob! Du warst doch die ganze Zeit damit beschäftigt, deine Zunge in Mallorys Hals zu stecken.«

»Touché.« Er grinste noch immer, aber irgendetwas war … anders. Cole schob die Hände in die Hosentaschen und ließ den Blick über den Campus wandern. »Weißt du, Parker wohnt seit fast vier Jahren hier und das ist das erste Mal, dass er jemanden in die Wohnung eingeladen hat.«

Ich starrte ihn an, konnte in seinem Profil allerdings nicht allzu viel erkennen. Warum erzählte er mir das? Und warum interessierte es mich, verdammt? Unwillkürlich wanderten meine Gedanken zurück zu letzter Nacht. Zu der Begegnung mit Parker, den Küssen im Garten, und Hitze begann sich in mir auszubreiten. Okay, wem machte ich hier etwas vor – es wurde immer offensichtlicher, dass da … *etwas* zwischen ihm und mir war. Aber das erklärte nicht, warum Cole auf einmal mit dem Thema anfing.

»Warum erzählst du mir das?«, fragte ich und verschränkte die Arme vor der Brust.

Cole musterte mich kurz, dann hoben sich seine Mundwinkel wieder zu einem lässigen Lächeln. Er schien der Typ Mensch zu sein, der nichts ernst nahm. Vielleicht war das aber auch nur der Eindruck, den er bei aller Welt erwecken wollte, denn jetzt wurde er plötzlich erstaunlich ernst.

»Er hat sich an diesem Mädchen aus Alabama ziemlich die Finger verbrannt, weißt du? Und auch wenn es hier und da mal jemanden gab, Parker ist nicht der Typ, der sich auf Beziehungen einlässt. Nicht nach *ihr*.«

»Faye«, murmelte ich und erntete dafür einen überraschten Blick von Cole.

»Er hat dir davon erzählt?«

»Nicht viel«, gab ich zu. »Wir haben getextet, als er auf Callies Geburtstagsfeier war, und danach haben wir nur noch einmal kurz darüber geredet.«

»Hm«, machte Cole und rieb sich über den Ring in seiner Augenbraue. »Du bist ihm wichtig. Das weißt du hoffentlich.«

Ich nickte, auch wenn dieses Gespräch plötzlich eine Richtung eingeschlagen hatte, auf die ich nicht vorbereitet gewesen war. Ich wollte nicht mal darüber nachdenken, weil einfach alles so … unsicher war. Wo ich nach diesem Sommer landen und bis zu meinem Abschluss wohnen würde. Wie hoch die Kosten waren, die auf mich zukamen, und wie ich das Ganze finanzieren sollte. Ob mir noch genügend Zeit für Livestreams bleiben würde – die ich mehr vermisste, als ich je für möglich gehalten hätte, seit Dad den WLAN-Router mitgenommen hatte. Wie meine Zukunft danach aussah. Was das zwischen Parker und mir überhaupt war. Oder was es sein könnte.

Ich schob den Gedanken daran entschieden beiseite und wandte mich Cole direkt zu. »Ist das der Moment, in dem du mich davor warnst, ihm bloß nicht das Herz zu brechen, sonst brichst du mir etwas?«

Ein, zwei Sekunden lang sah er mich perplex an, dann brach er in Gelächter aus. »Alter …« Spöttisch schüttelte er den Kopf. »Da will man mit dir über Gefühle und den ganzen Scheiß reden und du kommst mir so.«

Ich zuckte nur mit den Schultern. »Gefühle werden überbewertet.« Das war eine Lektion, die ich früh gelernt hatte. Und dann noch ein paarmal, weil Karma eine Bitch war und gerne nachtrat. Nach Mom, nach Brandon, nach meiner früheren besten Freundin Penny brauchte ich keine Gefühle mehr in meinem Leben. Und eigentlich auch keine anderen Menschen.

Einen Moment lang betrachtete Cole mich mit einem nachdenklichen Ausdruck. »Das ist ganz schön bitter für …«

»Sag mal, ist das Glitzer an deinem Ohr?«, unterbrach ich ihn schnell.

Er zog eine Grimasse und rieb sich über die Stelle, verteilte den roten Glitzer damit aber nur weiter an seinem Hals. »Shit. Das Zeug werde ich nie wieder los.«

Ich grinste – und war froh über die gelungene Ablenkung. »Wer hat dir den Brief überhaupt geschickt?«

»Stand nicht drin, aber ich hab da so eine Vermutung.«

»Ja?«

Er seufzte tief und legte den Kopf in den Nacken, als würde er den Himmel verfluchen. »Mallory.«

»Mallory?« Ich starrte ihn an und folgte ihm zögerlich, als er den Weg zurück zu seinem Wagen einschlug. »Deine Freundin Mallory?«

Die, mit der er vor nicht mal zwei Wochen auf der RTX herumgeknutscht hatte, als würde das Überleben der gesamten Menschheit davon abhängen, dass sie mit ihren Mündern aneinanderklebten?

»*Ex*-Freundin«, korrigierte er. »Wir haben uns Anfang der Woche getrennt.«

Oh. Wow. Shit.

»Das tut mir leid«, murmelte ich, aber er zuckte nur mit den Schultern. »Wenn der Glitzerbrief wirklich von ihr ist, gehe ich mal davon aus, dass du derjenige warst, der Schluss gemacht hat?«

Wieder ein Schulterzucken. »Die Luft war einfach raus. Außerdem hat sie ständig damit angefangen, wie es nach dem Sommer mit uns weitergeht und ob wir im nächsten Semester zusammenziehen wollen und all das.« Er stieg in den Wagen und schlug die Tür zu.

Ich setzte mich auf den Beifahrersitz und tastete nach dem Sicherheitsgurt. »Ich glaube, die meisten Leute finden das toll. Zusammenzuziehen«, ergänzte ich auf seinen verwirrten Blick hin. »Heiraten, Kinder kriegen, das eigene Happy End erleben.« Allein bei der Vorstellung schauderte ich. *Bah!*

»Oh, ich sehe schon, wir haben hier eine richtige Romantikerin«, spottete Cole und drehte an der Musikanlage herum. »Aber ganz ehrlich? Im Grunde kann jeder diesen Brief geschickt haben.« Ein fröhliches Grinsen breitete sich auf seinem Gesicht aus, sobald ein Rocksong durch das Wageninnere hallte. »Ich hab mehr als genug Leute angepisst.«

»Wieso klingt das bei dir wie ein erreichtes Achievement in einem Spiel?«

»Weil es so ist. Vertrau mir. Es gibt nichts Besseres, als Leuten auf den Sack zu gehen und sie in den Wahnsinn zu treiben.«

Ich konnte gar nicht anders, als zu lachen. »Ehrlich, ich hab keine Ahnung, wie deine Mitbewohner es mit dir aushalten.«

»Ganz einfach.« Cole zwinkerte mir zu. »Sie lieben mich abgöttisch.«

»Das müssen sie auch, sonst wärst du längst tot.« Während wir vom Parkplatz rollten, ließ ich den Blick ein letztes Mal über den Campus wandern. Dann atmete ich tief durch. »Es ist schön hier«, gab ich widerstrebend zu.

Cole nickte lächelnd. »Das ist es.«

Nach einem kurzen Zwischenstopp in einem Supermarkt und an einer Tankstelle kehrten Cole und ich am Nachmittag in die WG zurück. Ich half dabei, die Tüten aus dem Auto nach oben zu tragen und in der Küche in den Schränken und im Kühlschrank zu verstauen – so selbstverständlich, als hätte ich das schon immer gemacht. Als würde ich hierher gehören. Es gab Momente, in denen ich das unheimlich beruhigend fand und mich dabei erwischte, wie ich vor mich hin lächelte und mir wünschte, es wäre tatsächlich so. Einfach nur, weil ich mich wohlfühlte. Und dann gab es wiederum Momente, in denen mir klar wurde, wie schräg das eigentlich war, da ich diese Leute bis auf Parker kaum kannte. Und dass ich so etwas doch eigentlich nie gewollt hatte.

Hatte ich es etwa immer noch nicht begriffen? Menschen waren Arschlöcher. Sie blieben bei dir, solange sie dich brauchten oder etwas von dir bekamen, aber sobald das vorbei war oder jemand vorbeikam, der interessanter war, ließen sie dich fallen. Einfach so. Ohne Vorwarnung. Und es passierte immer wieder.

Mein Ex-Freund Brandon war das beste Beispiel dafür, genauso wie Penny. Und an meine Mom wollte ich gar nicht erst denken. Bloß eine Idiotin würde erneut irgendwelche Freundschaften und Beziehungen eingehen, nur um am Ende wieder im Stich gelassen zu werden. Und ich mochte zwar vieles sein, aber ich war nicht dumm. Zumindest war ich bisher der festen Überzeugung gewesen, es nicht zu sein. Doch seit ich hier angekommen war, war ich mir da nicht mehr so sicher.

»Endlich!« Sophie kam aus ihrem Zimmer gestürmt und

rannte mit ausgestreckten Armen geradewegs auf uns zu. Genauer gesagt auf Cole. Noch genauer auf eine der Tüten, die er hereingetragen hatte. »Ich bin am Verhungern!«

Cole schnaubte nur und stellte die anderen Sachen auf dem Küchentisch ab. »Du bist immer am Verhungern.«

»Ich hab eben einen schnellen Stoffwechsel«, nuschelte Sophie mit vollem Mund. Erst bei genauerem Hinsehen bemerkte ich den Schokoriegel in ihrer Hand, den sie sich zielsicher aus der Einkaufstasche geangelt hatte. »Hi Teagan.«

»Hi«, erwiderte ich und versuchte, nicht zu offensichtlich zu grinsen, während sich die beiden weiter piesackten und ich die Schränke einräumte. Da es keine offensichtliche Ordnung zu geben schien, packte ich alles einfach irgendwo rein und stellte haufenweise Nudel-Packungen zu Reis, Fertiggerichten und einem etwas verloren aussehenden Glas Senf.

»Hey«, ertönte plötzlich eine vertraute Stimme hinter mir.

Mein Körper spannte sich ganz von selbst an und ein heißer Schauer kroch mir die Wirbelsäule hinab. Zwar hatten wir gestern über den Kuss und diese ganze Sache zwischen uns gesprochen, allerdings schien mein Körper das kurzzeitig einfach zu ignorieren. Zumindest hämmerte mein Herz viel zu schnell, als ich mich zu Parker umdrehte.

Heute Morgen hatte er mir einen Kaffee an die Tür gebracht, sobald ich wach war, was unheimlich süß gewesen war. Es hatte mich sogar für einen Moment vergessen lassen, dass ich alle Menschen vor dem ersten Kaffee noch mehr hasste als sonst. Danach hatten wir mit Sophie gefrühstückt – auch wenn das schon kurz vor zwölf gewesen war –, und dann war ich mit Cole direkt zum Campus gefahren. Ich hatte mir keine Gedanken darüber gemacht, was Parker in den letzten Stunden getrieben hatte, bekam nun aber eine ziemlich gute Vorstellung davon.

Er war barfuß, trug nur eine lockere Sporthose – und sonst nichts. Dafür war er verschwitzt, und seine Brust hob und senkte sich schneller als sonst.

»Gib's zu«, forderte Cole mit einem hämischen Grinsen. »Du hast nur auf deinen Auftritt gewartet, was?«

»Keine Ahnung, was du meinst.« Parker fuhr sich mit einer Hand durchs Haar und trat an eine noch unausgepackte Einkaufstüte, um deren Inhalt zu inspizieren.

Ich wollte etwas sagen. Wahrscheinlich sollte ich das sogar, aber ich war zu sehr damit beschäftigt, meinen Blick an Parker auf und ab gleiten zu lassen.

Von seinen feuchten Haaren über sein Gesicht mit den intensiv blauen Augen, den Bartstoppeln, die da immer zu sein schienen und von denen ich nur zu genau wusste, wie sie sich auf meiner Haut anfühlten, über seinen sinnlichen Mund hinunter zu seinem nackten Oberkörper. Und ich fragte mich wieder mal: Wie konnte jemand, der den ganzen Tag – oder eher die ganze Nacht – vor PC und Spielekonsolen hockte, so trainiert sein? Denn nicht nur Parkers Arme waren muskulös, sondern auch der Rest von ihm. Er hatte breite Schultern und definierte Bauchmuskeln, die von regelmäßigem Training zeugten. Außerdem war da diese dünne Spur aus dunklem Haar, die im Bund seiner tief sitzenden schwarzen Sporthose verschwand.

»Ach, komm schon!« Cole schnaubte. »Sooo toll ist sein Sixpack nun auch wieder auch nicht.«

Neben ihm hustete Sophie, was aber auch als Lachen durchgehen konnte, und Parker grinste verschmitzt. Ich dagegen? Ich war mir ziemlich sicher, dass ich gerade knallrot anlief. Wundervoll.

Ich schluckte das peinliche Gefühl, beim Starren erwischt worden zu sein, hinunter und wandte mich mit hochgezogenen

Brauen an Cole. »Sicher?«, forderte ich ihn heraus. »Oder sagst du das nur, um dich selbst besser zu fühlen?«

Sophie verschluckte sich an ihrem Schokoriegel und fing an zu husten, während Parker laut auflachte und Cole mich anstarrte, als würden mir plötzlich Antennen aus dem Kopf wachsen. Dann eilte er Sophie zu Hilfe, um ihr auf den Rücken zu klopfen. Sie japste nach Luft, und Tränen liefen ihr über die Wangen, aber ich konnte nicht so richtig einschätzen, ob sie dabei lachte oder nicht.

Parker grinste nur, als wäre eine erstickende Sophie ein völlig alltäglicher Anblick, holte eine Tasse aus dem Schrank und ging damit zur Kaffeemaschine hinüber. Dabei wandte er mir den Rücken zu, und ich erhaschte einen Blick auf die verblassten dunklen Male auf seiner Haut.

»Oh mein Gott«, stieß ich hervor und trat zu ihm. Instinktiv wollte ich die Hand danach ausstrecken und über die Blutergüsse streichen, hielt mich aber zurück, um ihm nicht wehzutun. »Was ist passiert?«

Vielleicht bildete ich es mir nur ein, aber ich war mir ziemlich sicher, dass Parker erstarrte. Was aber auch daran liegen könnte, dass ich so plötzlich hinter ihm stand.

»Ach, das ist nichts«, behauptete er und winkte ab.

Cole warf Parker einen schnellen Blick zu und nickte dann. »Stimmt«, bestätigte er. Ein letztes Mal strich er Sophie über den Rücken, dann drückte er ihr eine Flasche Wasser in die Hand. »Parker hat ständig irgendwelche blaue Flecken. Man muss ihn nur zu fest anstoßen und schon hat er einen Bluterguss.« Spielerisch stupste er ihn in den Oberarm.

Parker wischte seine Hand fort, beließ es aber dabei. »Was habt ihr eigentlich so lange gemacht?«, fragte er und schüttete Milch in seinen Kaffee. »Euch alle Colleges der Stadt angeschaut?«

Cole warf einen Energieriegel nach ihm, den Parker ohne mit der Wimper zu zucken auffing. »Ich hab dir dein Mädchen heil zurückgebracht. Reicht das nicht?«

»Hey!«, protestierte ich, weil ich das nicht einfach so stehen lassen konnte. »Ich bin nicht *sein Mädchen*. Wer sagt so was heutzutage überhaupt noch?«

»Entspann dich.« Cole stopfte die letzten Sachen in den viel zu vollen Kühlschrank und drückte mit der Schulter und seinem ganzen Gewicht dagegen, bis irgendetwas klirrte und die Tür schließlich zuging. »Du bist Parkers Mädchen. Sophie ist unser aller Mädchen. Nicht wahr, Soph? Aua!«, rief er, als sie ihm einen Klaps gegen den Hinterkopf gab und die Küche mit einem weiteren Schokoriegel in der Hand verließ.

Cole sah ihr stirnrunzelnd nach, bis sie in ihrem Zimmer verschwand. Dann wandte er sich an Parker und mich. »Das war nicht sexistisch oder sonst wie gemeint. Oder denkt ihr …?« Zum ersten Mal, seit ich Cole getroffen hatte, wirkte er tatsächlich ein wenig unsicher.

Parker zuckte nur mit den Schultern und trank einen Schluck von seinem Kaffee. »Zieh mich da nicht rein, Kumpel. Das hast du dir selbst eingebrockt.«

Cole sah mich um Unterstützung bittend an. »Teagan …?«

Eines musste man ihm lassen. Trotz der vielen Tattoos und Piercings schaffte er es irgendwie, einen so niedlichen Hundeblick aufzusetzen, dass er damit sogar ein Herz aus Stein erweichen könnte.

Gegen meinen Willen musste ich lachen. »Hör auf, mich so anzusehen! Das ist ja nicht auszuhalten.«

Gespielt beleidigt schob er die Unterlippe vor. »Die meisten Frauen stehen drauf.«

»Alter …«, kam es von Parker. »Machst du gerade unseren Gast an?«

Cole zwinkerte mir verschwörerisch zu, dann klopfte er Parker im Hinausgehen auf die Schulter. »Einer muss es ja tun. Und wenn du nicht willst …«

Kopfschüttelnd sah Parker ihm nach, dann schnappte er sich einen Apfel aus der Schale und lehnte sich neben mir gegen die Küchenzeile. Wie konnte sein Körper so viel Wärme ausstrahlen, dass ich es spürte, ohne ihn zu berühren? Und wie konnte er selbst verschwitzt nach dem Sport so verflucht anziehend auf mich wirken?

Als sich unsere Blicke trafen, wusste ich sofort, dass er, genau wie ich, an unsere Begegnung von letzter Nacht dachte. Daran, wie sich seine Hände auf meiner bloßen Haut angefühlt hatten, und wie ich auf seinen Schoß geklettert war und mich an ihn gepresst hatte. Allein bei der Erinnerung daran wurde mir schlagartig heiß, und ich biss mir auf die Unterlippe.

»Hey.« Spielerisch stieß mich Parker mit der Schulter an.

»Hey.« Ich stieß ihn zurück an, was uns beiden ein Grinsen entlockte.

»Wie hat dir der Campus gefallen?«, fragte er und vermied es wohlweislich, das auszusprechen, woran wir beide gerade dachten.

Ich unterdrückte ein Seufzen, denn die Wahrheit war: viel zu gut. Wahrscheinlich würde ich gar nicht erst in die Verlegenheit kommen, mich zwischen diesem College und dem in Texas entscheiden zu müssen, weil ich keine zwei Zusagen bekommen würde, aber ich wollte mir auch keine Hoffnungen machen. Die hatte ich schon in New York gesteckt und war nach der Absage am Boden zerstört und tagelang schlecht drauf gewesen. Auf die Erfahrung, ein weiteres Mal von einer meiner Wunschunis abgelehnt zu werden, konnte ich wirklich verzichten.

Also zuckte ich nur mit den Schultern. »War ganz nett.«

»Ganz nett?«, wiederholte er mit hochgezogenen Augenbrauen. »Reden wir hier vom selben Campus? Ey, Cole!«, rief er plötzlich und lehnte sich Richtung Flur. »Wo hast du Tea-Tea hingebracht!?«

»Dorthin, wo alle Frauen mit mir hinwollen!«, kam die prompte Antwort aus dem Wohnzimmer.

Ich schlug mir die Hand vor den Mund, um nicht laut loszuprusten, doch Parker schnaubte nur.

»*Ganz nett*, also echt …«, brummte er. »Aber hey, weißt du, was wir unbedingt machen müssen, so lange du hier bist?«

»Was denn?«

In seinen Augen funkelte es, und ein warmes Lächeln umspielte seine Mundwinkel. »Ans Meer fahren.«

Level 14

Teagan

Sophie war nicht mitgekommen. Auf Coles Frage hin hatte sie dankend abgelehnt und uns viel Spaß gewünscht, bevor sie wieder in ihrem Zimmer verschwunden war. Schade eigentlich, da ich ein bisschen Frauenpower bei dem ganzen Testosteron gut hätte gebrauchen können. Während der Fahrt drehte Cole das Radio auf, und sowohl er als auch Parker sangen lauthals bei *High Hopes* von Panic! At the Disco mit. Ihre Performance sorgte dafür, dass ich ziemlich schnell lachend auf dem Rücksitz lag.

Wir fuhren nur ein paar Minuten durch die Stadt, dann konnte ich bereits das Meer vor uns sehen. Spärlich bewachsene Dünen führten an den Strand heran, der aussah wie aus einem Film oder einem Game mit einer besonders guten Grafik. Der Sand war nahezu weiß, und das Meer wechselte von Tiefblau am Horizont zu Türkis bis hin zu beinahe Graublau, wenn es sich in heranrollenden Wellen an Land brach.

Nach dem Aussteigen folgten wir einem schmalen Weg direkt zur Uferpromenade, an der es kleine Cafés, Restaurants und Boutiquen gab. Hätte ich das nötige Kleingeld, hätte ich mir sicher alle davon näher angeschaut, doch so betrachtete ich sie lieber nur aus der Ferne. Anders als Cole, der sofort ein Café ansteuerte, um uns allen Eis zu holen.

Am Strand angekommen, zog ich meine Boots und Socken aus – und versank sofort im warmen Sand. Ich legte den Kopf in den Nacken und schloss die Augen. Warme Sonnenstrahlen streichelten meine Haut, während mir der kühle, salzig schmeckende Wind um die Nase wehte. Na gut, ein bisschen roch es auch nach Algen, Sand und Sonnencreme, außerdem zerstörten Kindergeschrei und das entfernte Bellen von Hunden die harmonische Stille, aber das war zweitrangig. Es war unglaublich schön hier.

Als ich die Augen wieder öffnete, stand Parker neben mir und betrachtete mich mit einem nachdenklichen Ausdruck.

»Wieso habt ihr mir das nicht als Erstes gezeigt?«, fragte ich und deutete mit der freien Hand um mich.

»Warum?« Er warf mir ein gut gelauntes Lächeln zu. »Hättest du dann sofort deine Sachen gepackt und wärst hergezogen?«

»Vielleicht.«

Denn das hier, dieser Strand, und die Möglichkeit, jeden Tag ans Meer zu gehen und dem gleichmäßigen Kommen und Gehen der Wellen zuzusehen, war eindeutig ein gewaltiger Pluspunkt.

Und stieß damit das Terrence College in Austin von Platz eins meiner Liste.

Verdammt.

Ohne uns absprechen zu müssen, setzten wir uns in Bewegung und spazierten am Strand entlang. Vorbei an Sonnenanbetern auf ihren Handtüchern, an Familien mit Kindern, die sich um einen kleinen Grill versammelt hatten, und Leuten, die ihre Drachen steigen ließen.

Ich atmete tief die frische, salzige Luft ein und ließ den Blick von der Promenade aufs Meer hinauswandern. Obwohl ich mich ganz in diesem atemberaubenden Anblick verlieren könnte, vergaß ich nie, wer da neben mir herlief – und wessen Hand ich manchmal ganz zufällig streifte.

»Du lächelst«, stellte Parker fest, und als ich zu ihm hochschaute, bemerkte ich, dass sich auch seine Mundwinkel gehoben hatten.

»Es ist schön hier«, erwiderte ich und klang dabei sehnsüchtiger, als ich es sollte. »Es ist wirklich, wirklich schön.«

Eine Weile gingen wir schweigend nebeneinanderher, während rechts von uns die Wellen kamen und gingen und der Wind immer wieder mein Haar durcheinanderwirbelte. Dabei wanderten meine Gedanken unweigerlich zurück zu den Momenten vorhin in der Küche. Und auf dem Campus.

»Cole hat ein bisschen von Faye erzählt …«

Entgegen meiner Befürchtungen blieb Parker völlig entspannt. »Was hat er gesagt?«

»Nicht viel«, gab ich zu und vermied es, ihn anzusehen. »Dass du, seit du hier wohnst, noch nie jemanden über Nacht in die WG eingeladen hast. Und erst recht nicht nach ihr.«

»Hm«, machte er nur und verschränkte die Hände im Nacken. »Ich hatte nie wirklich lange Beziehungen. In der Highschool und in den ersten Semestern war ich ein ziemlicher Frauenheld.«

»Was? Du? Niemals!«

Er lachte auf. »Kaum zu glauben, was?«

Und da war er wieder, der warme, weiche Südstaatenakzent, der mich ganz wahnsinnig machte. Ich schüttelte nur den Kopf, kam aber nicht gegen das Lächeln an, das sich auf meinem Gesicht ausbreitete.

»Faye war … anders«, nahm er den Faden nach einem Moment wieder auf. »Vor ein paar Jahren hab ich Callie zu ihrer Geburtstagsfeier in ihrer Heimatstadt besucht – das war kurz bevor sie ihr Studium geschmissen hat und mit ihrem Stiefbruder zusammengekommen ist. Nicht, dass das eine was mit dem anderen zu tun gehabt hätte. Jedenfalls ist Faye ihre beste Freundin und zockt auch gerne.«

Und schon war klar, was die beiden verbunden hatte. Abgesehen davon, dass diese Faye wahrscheinlich umwerfend gut aussah und – laut Parker – ein herzensguter Mensch war. Und, nein, ich war nicht eifersüchtig. Ich wollte verstehen, was er in ihr gesehen hatte und warum es mit den beiden nicht geklappt hatte. Gleichzeitig war ich mir sehr deutlich der Tatsache bewusst, dass er jetzt mit mir hier war. Dass er mir etwas erzählte, das wahrscheinlich nicht viele Leute über ihn wussten. Dass ich diejenige war, die er vergangene Nacht geküsst hatte.

»Anfangs war es noch ganz harmlos, auch wenn ich zugeben muss, dass ich fast die ganze Zeit mit ihr geflirtet habe.« Er räusperte sich. »Obwohl sie verlobt war.«

Ich blieb abrupt stehen und starrte ihn an. »Parker!«

»Ich weiß, ich weiß!« Abwehrend hob er die Hände. »Glaub mir, ich bin nicht stolz darauf. Überhaupt nicht. Aber damals konnte ich einfach nicht anders und war arrogant genug, zu glauben, dass ich sie damit um den Finger wickeln könnte.«

»Und …?«, hakte ich nach, obwohl ich mir nicht sicher war, die Antwort darauf wirklich hören zu wollen. »Hast du?«

Er schluckte hart. »Ja.«

»Was ist dann passiert?«

»Nichts. Zumindest nicht am Anfang. Wir haben geredet, geflirtet, später ein paarmal telefoniert, aber das war's. Wir haben nie groß getextet und auch nicht zusammen gezockt«, fügte er mit einem nachdenklichen Blick in meine Richtung hinzu.

Ich versuchte ihn zu ignorieren und konzentrierte mich stattdessen auf einen Punkt am Horizont.

»In den nächsten Wochen und Monaten war ich öfter in Summerville«, erzählte Parker schließlich weiter. »Hauptsächlich, um Callie zu besuchen, aber auch, weil ich Faye sehen wollte. Einmal hatte sie einen riesigen Streit mit ihrem Typen. Sie hat die Verlobung beendet und sich von ihm getrennt. Kurz darauf haben wir uns getroffen … und sind miteinander im Bett gelandet.«

Okay. Vielleicht war ich etwas zu voreilig gewesen. Denn jetzt war da eindeutig eine Spur von Eifersucht, die meinen Brustkorb zusammenschnürte. Und es fühlte sich nicht gut an. Kein bisschen.

Aus dem Augenwinkel bemerkte ich, wie er die Hände zu Fäusten ballte und wieder löste. Wahrscheinlich war ihm nicht mal bewusst, was er da tat, und ich musste den Impuls unterdrücken, nach seiner Hand zu greifen und ihn davon abzuhalten.

»Aber dann kam es, wie es kommen musste.« Er seufzte tief. »Ich hatte mich Hals über Kopf in sie verliebt. Sie hat auch etwas für mich empfunden, da bin ich sicher, aber letzten Endes …« Ein Schulterzucken. »Letzten Endes hat sie sich für *ihn* entschieden und ihn geheiratet.«

»Autsch …«, murmelte ich, da mir nichts Besseres einfiel. Was sagte man in solchen Situationen? *Herzliches Beileid? Tut mir leid? Gott sei Dank?* Ich hatte nicht den blassesten Schimmer.

»Jepp.« Er nickte knapp. »Über sie hinwegzukommen war … nicht einfach. Danach war ich mir ziemlich sicher, dass ich mich nie wieder auf jemanden einlassen würde, nur weil wir zufällig die gleichen Interessen haben. Also … zumindest bis vor Kurzem.«

Mir brannten so viele Fragen auf der Zunge, aber statt sie alle auszusprechen, presste ich fest die Lippen aufeinander.

Und sagte schließlich etwas anderes, bevor dieses Gespräch auch nur ansatzweise in eine Richtung gehen könnte, die mit … mit *uns* zu tun haben könnte. Mit Parker und mir.

»Mein Ex hat mich betrogen«, gab ich stattdessen zu. »Wir waren ungefähr ein Jahr zusammen, und ich hab nie verstanden, was er in mir gesehen hat.« Bevor Parker protestieren konnte – und ich wusste, dass er es vorhatte, denn er holte bereits Luft –, hob ich die Hand und legte sie kurz auf seinen Arm. »Das hat nichts mit geringem Selbstwertgefühl zu tun. Aber er war der beliebte und heiß begehrte Sportler, ich eher eine Außenseiterin. Trotzdem ging es eine ganze Weile gut. Bis ich herausgefunden habe, dass er hinter meinem Rücken nicht nur einmal, sondern gleich mehrere Male fremdgeknutscht hat und auch seine Hände nicht immer bei sich behalten konnte.«

»Was für ein Arschloch.«

Diesmal war es an mir, mit den Schultern zu zucken. »Jetzt ist er mit Maddison Mae zusammen – einem der Mädchen, mit denen er fremdgeknutscht hat. Wahrscheinlich schwängert er sie noch im ersten Semester und ist bis in alle Ewigkeit in einer Vorstadtsiedlung mit ihr gefangen – und mit ihren superkonservativen Eltern. Ich würde sagen, er hat den schlechteren Deal gemacht.«

Parker stieß mich grinsend an. »Ich mag deine Einstellung.«

»Ist ja nicht so, als wäre ich es nicht schon gewohnt«, murmelte ich mehr zu mir selbst, aber er schien es dennoch gehört zu haben.

»Was meinst du damit?«

Ich seufzte tief und schloss kurz die Augen. Wenn ich ihm schon die ganze lausige Geschichte von Brandon mitgeteilt und er mir obendrein die Sache mit Faye anvertraut hatte, dann konnte Parker auch alles andere erfahren, oder nicht? Selbst wenn ich das nie einem Menschen zuvor erzählt hatte. Zumindest nicht so. Nicht alles auf einmal. Okay, wenn ich ehrlich war, nichts davon.

»Ich hatte ja mal erwähnt, dass meine Mom uns verlassen hat, oder?«

Parker nickte. »Ja, als wir über dein Tattoo gesprochen haben.«

»Sie und Dad hatten keine gute Ehe. Er arbeitet rund um die Uhr und schläft sogar im Büro, und sie war oft allein mit mir zu Hause. Aber wenn er dann doch mal abends oder nachts von der Arbeit kam, habe ich sie fast immer streiten gehört. Es war also nicht total überraschend, als sie vor drei Jahren einfach gegangen ist. Sie war nicht glücklich. Aber … ich hab zumindest immer gedacht, dass sie *mit mir* glücklich war. Wir haben alles zusammen gemacht. Ich habe ihr jeden Tag von der Schule erzählt, sie hat mir bei den Hausaufgaben geholfen oder mich damit angespornt, dass wir zur Belohnung eine neue Folge unserer aktuellen Lieblingsserie schauen würden. Wir haben zusammen gebacken – oder es zumindest versucht –, dieselben Bücher gelesen, jede Menge Ausflüge gemacht und all das Zeug. Sie hat mir mein erstes Game gekauft und dabei zugeschaut, wie ich es spiele. Sie war meine beste Freundin.«

Parker griff nach meiner Hand. Sekundenlang konnte ich nur auf unsere miteinander verschränkten Finger starren. Seine Hand war größer als meine. Rauer. Gebräunter. Und so warm. Es fühlte sich … gut an. Ungewohnt, aber gut.

»Was ist dann passiert?«, fragte Parker leise.

»Eines Tages bin ich von der Schule nach Hause gekommen, und sie war nicht mehr da. Auf einer Reise mit ein paar Freundinnen nach Frankreich hat sie jemanden kennengelernt. Kurz danach hat sie ihre Sachen gepackt und sich von meinem Vater getrennt. Und mich … mich hat sie zurückgelassen. Einfach so.«

»Shit. Teagan …«

Ich schüttelte den Kopf, bevor er weitersprechen konnte und setzte ein Lächeln auf, selbst wenn mir nicht danach zumute war.

»Schon okay. Wie gesagt: Inzwischen hab ich mich daran gewöhnt, dass mich die Leute fallen lassen, sobald sich etwas Besseres ergibt.«

»Hey …« Parker blieb stehen und da meine Hand noch immer in seiner lag, musste ich ebenfalls anhalten. Sein Gesichtsausdruck war mit einem Mal ungewohnt eindringlich. »Ich werde dich nie einfach fallen lassen.«

Dieses dumme Organ in meinem Brustkorb setzte einfach einen Schlag lang aus und hämmerte dann fast schon schmerzhaft schnell weiter.

»Ist das ein Versprechen? Oder eine Drohung?«

Seine Mundwinkel zuckten, aber er lächelte nicht wie erhofft. Und er ließ das Thema auch nicht einfach sein. »Das ist ein Versprechen. Ich weiß, dass du mir das nach allem, was du mir gerade erzählt hast, nicht glauben kannst, aber ich lasse dich nicht im Stich, okay?«

Ich zögerte, nickte dann jedoch, als mir klar wurde, wie ernst es ihm damit war. »Okay …«

Darauf, was diese Worte, was dieses Versprechen in mir auslösten, wollte ich gar nicht erst eingehen. Ich wollte das heftige Pochen meines Herzens genauso wenig registrieren wie das Kribbeln in meinem Bauch oder das sehnsüchtige Ziehen in meiner Brust. Aber ich kam nicht dagegen an, all das genauso wahrzunehmen wie Parkers intensiven Blick. Oder was sein Lächeln jetzt mit mir anstellte.

Für einen winzigen Moment glaubte, nein, hoffte ich fast schon, dass er mich küssen würde. Aber er zog mich weiter, und wir liefen schweigend am Strand entlang, bis das Meer unsere

Füße umspülte und ich mich von Parker löste, um bis zu den Knien hineinzuwaten.

Wenig später entdeckten wir Lincoln, der in Badeshorts, mit Sonnenbrille auf der Nase und Trillerpfeife um den Hals mit einigen hübschen Frauen flirtete – genau so, wie Cole scherzhaft angedeutet hatte. Als er uns entdeckte, verabschiedete er sich jedoch und joggte herüber. Kurz darauf tauchte auch Cole wieder auf und verteilte das Eis, das er für uns alle gekauft hatte.

Als ich die Flüge gebucht hatte, war ich mir sicher gewesen, dass zwei Übernachtungen in Pensacola ausreichen würden, zumal ich Parker und seinen Freunden nicht zu lange auf den Geist gehen wollte. Doch jetzt, hier am Strand, während die Sonne immer tiefer sank und warme Sandkörner an meiner Haut klebten, ertappte ich mich dabei, wie ich mir mehr Zeit wünschte. An diesem wundervollen Ort. Und bei diesen Menschen.

Wir blieben noch ein, zwei Stunden länger am Meer, dann endete Lincolns Schicht, und wir machten uns alle zusammen auf den Weg nach Hause. Auf der Fahrt besorgten wir noch ein paar Kartons mit Pizza – an diesen Lebensstil könnte ich mich echt gewöhnen – und kehrten damit in die WG zurück. Erst als ich mich aufs Sofa im Wohnzimmer warf und die Beine ausstreckte, merkte ich, wie erledigt ich eigentlich war. Kein Wunder, schließlich hatte ich letzte Nacht nicht besonders viel geschlafen und einen ziemlich ereignisreichen Tag hinter mir.

»Was spielen wir?«, fragte Cole. Bevor er sich zu uns ins Wohnzimmer gesellt hatte, hatte er auch Sophie eine Pizza auf ihr Zimmer gebracht. Jetzt rollte er sein Pizzastück zusammen und schob es sich in den Mund. Wie das da fast komplett reinpasste, war mir ein Rätsel.

Wortlos, da er ebenfalls bereits an seiner Pizza kaute, hielt Parker eine Hülle in die Höhe.

Ich brauchte einen Moment, um das quietschbunte Cover zu erkennen.

»Just Dance?«, rief ich lachend und nahm mir nun selbst ein Stück aus meinem Karton. Der Käse zerlief vor meinen Augen, und ich musste ihn mit den Fingern einfangen. »Seid ihr irre?«

Lincoln zuckte nur mit den Schultern, warf sich in einen der Sessel und streckte die langen Beine aus. Dann platzierte er seinen eigenen Karton auf dem Schoß und klappte ihn auf. »Die Alternative wäre Mario Kart. Aber dann werden Tränen fließen, Freundschaften zerbrechen und irgendjemand muss ausziehen.«

Ich blinzelte und schaute von einem zum anderen. »Das meint er nicht ernst, oder?«, nuschelte ich mit vollem Mund.

»Oh doch«, erwiderte Parker ohne die geringste Regung und legte die Disk ein. »Einmal haben wir UNO gespielt. Das hätte fast Tote gegeben.«

»Oh ja, UNO«, meldete sich Cole zu Wort. »Was ist eigentlich aus ihm geworden? Unserem früheren Mitbewohner, der danach seine Sachen gepackt hat?«

»Keine Ahnung«, kam es von Lincoln. »Ich glaube, er sitzt immer noch irgendwo weinend in einer Ecke und zählt seine Karten.«

Ich prustete los. »Ihr seid verrückt. Alle drei.«

Parker zuckte mit den Schultern. »Solange wir kein Beat Saber haben, muss Just Dance herhalten. Außerdem muss ich mich bewegen.«

Cole grinste wissend. »Zu viel Energie?«

Parker sah kurz zu mir und dann zu seinem Mitbewohner. »So etwas in der Art.«

»Aww, wo kommt das nur her? Konntest du dich etwa in letzter Zeit nicht austoben?«

Statt einer Antwort warf Parker die Spielehülle nach ihm. Cole ging nicht rechtzeitig in Deckung, und das Teil traf ihn direkt am Kopf.

»Aua!«

»Selbst schuld, Mann.«

Ich beobachtete den Austausch, während ich das zweite Stück Pizza verschlang.

»Was ist denn eigentlich mit Sophie?«, fragte Lincoln plötzlich und unterbrach damit das Gezanke der beiden. »Sie liebt das Spiel.«

Cole zuckte mit den Schultern. »Kein Plan. Als ich vorhin geklopft habe, hat sie nicht aufgemacht. Ich hab ihr den Karton vor die Tür gelegt.«

Ich folgte seinem nachdenklichen Blick in Richtung von Sophies Zimmertür. Ich hatte keine Ahnung, ob und wenn ja, was da los war, aber ich war definitiv die falsche Person, um das herauszufinden. Ich mochte ja eine der Spielerinnen sein, die todesmutig irgendwelche Klippen hinuntersprang, nur um zu sehen, ob man dabei starb oder sich unten womöglich etwas Spannendes entdecken ließ. Bei Tomb Raider hatte ich Lara damit – zur großen Freude meiner Zuschauer – so einige grausame Tode beschert … Aber das hier war das echte Leben, und ich kannte Sophie kaum, also sah ich fragend zu den Jungs rüber.

Im nächsten Moment durchbrach ein vertrauter Klingelton die Stille. Ich zog mein Handy hervor und fluchte unterdrückt. Offenbar war Dad meine Abwesenheit nach anderthalb Tagen endlich aufgefallen.

»Sorry«, murmelte ich und stand auf. Doch bevor ich die Küche oder das Bad erreichen konnte, um in Ruhe telefonieren zu können, erstarb das Klingeln, und ich blieb mitten im Flur stehen.

Toll. Und jetzt?

Als gleich darauf in kurzen Abständen mehrere Textnachrichten eintrafen, biss ich die Zähne zusammen und schrieb eine knappe Antwort. *Ich bin noch am Leben, in Florida und schaue mir hier ein College an.* Auch wenn sich mein Magen bei der Vorstellung zusammenzog, mich bei meiner Rückkehr mit Dad auseinandersetzen zu müssen, beließ ich es dabei. Jetzt wollte ich nur meinen letzten Abend hier genießen. Mehr nicht.

Ich war so auf mein Handy konzentriert, dass ich gar nicht bemerkte, wie eine Tür im Flur aufging. »Was spielen die Jungs da?«

Ich zuckte zusammen und starrte Sophie stirnrunzelnd an. Ihre Augen waren gerötet, und sie klang ein bisschen heiser.

»Just Dance«, erwiderte ich langsam.

»Was?« Innerhalb von Sekunden war Sophie bei mir. Bevor sie einen weiteren Schritt machen konnte, stieß sie jedoch mit dem Knie gegen die Kommode im Flur und strauchelte.

Instinktiv packte ich sie an den Armen, um Schlimmeres zu verhindern. Bevor ich jedoch fragen konnte, ob alles okay war oder sie sich wehgetan hatte, hüpfte Sophie bereits in Richtung Wohnzimmer.

»Das *muss* ich sehen!«

»Oh … ähm …«

Sie hielt plötzlich inne, schaute kurz an sich herunter, auf die zerknitterten Klamotten und den Schokoladenfleck auf ihrem Shirt, und verzog dann das Gesicht. »Okay, gib mir zwei Minuten, dann komme ich nach.«

»Klar«, erwiderte ich und warf ihr einen letzten zweifelnden Blick zu, dann kehrte ich zu den Jungs zurück.

Oder zumindest war das der Plan, denn bei dem Anblick, der sich mir jetzt im Wohnzimmer bot, blieb ich abrupt im Türrahmen stehen.

Sie hatten den Couchtisch beiseitegeschoben, damit zwischen Fernseher und Sofa genügend Platz war. Und den brauchten sie auch. Parker, Cole und Lincoln tanzten zu *OMG* von Arash und Snoop Dogg – wenn man das überhaupt Tanzen nennen konnte. Sie sprangen nicht besonders synchron herum, wedelten mit den Armen, kickten ein Bein nach vorne, hüpften hin und her und sanken an einer Stelle sogar auf Hände und Knie.

Ich konnte nicht anders, ich prustete los. Dieser Anblick war göttlich. Kein Wunder, dass Sophie unbedingt dabei sein wollte.

»Alles klar?« Cole bemerkte mich als Erster, hörte aber nicht mit den seltsamen Bewegungen auf. Von den dreien war er derjenige, der sich am wenigsten an die Vorgaben und Schrittfolgen auf dem Fernseher hielt. Dafür blieb er aber erstaunlich gut im Takt.

Ich lehnte mich mit der Schulter gegen den Türrahmen, weil ich von hier aus die beste Aussicht auf das Spektakel hatte. »Alles gut. Sophie kommt gleich. Sie …« Einen Augenblick lang zögerte ich, denn im Grunde kannte ich Sophie und ihre Probleme nicht. Gingen sie mich überhaupt etwas an? Andererseits waren das hier ihre Mitbewohner, und womöglich war es für den Hausfrieden nicht ganz unwichtig, dass die Jungs vorgewarnt waren. »Ich glaube, es geht ihr nicht besonders.«

Vielleicht war es falsch, das zu erwähnen – aber ganz ehrlich? Dank der geröteten, verquollenen Augen konnte ihr das sowieso jeder ansehen.

»Ist sie krank?«, fragte Lincoln und hob die Arme, um wie eine Art Zombie rückwärts zu gehen.

»Oder hat sie ihre Tage?«, warf Parker ein, der dieselbe seltsame Bewegung vollführte.

»Nope«, kam es von Cole, der jetzt auf die Knie sank und so tat, als würde er das Haar zurückwerfen. »Erst in zwei Wochen wieder.«

Die anderen hielten inne und starrten ihn perplex an.

»Was denn?« Cole sprang wieder auf und zuckte mit den Schultern. »Ich schreibe mir den Scheiß auf. Wie soll ich sonst unser aller Überleben sichern und jedes Mal rechtzeitig drei Tafeln Schokolade herbeizaubern? Ihr solltet mir dankbar sein.«

Und mit diesen Worten und den letzten Bewegungen gewann er das Match, da sich Parker und Lincoln vor lauter Überraschung gar nicht mehr gerührt hatten.

»Ha!« Cole stieß die Faust in die Luft. »Ich bin der ungeschlagene Sieger! Ihr wisst, was jetzt ansteht.«

Verwirrt sah ich zwischen den dreien hin und her. »Was denn?«

Sophie tauchte neben mir auf, mit gekämmten Haaren und in einem sauberen hellblauen Top. »Die Verlierer tanzen Obsesión von Aventura. Ahh, ich bin genau richtig gekommen!« Ohne nachzufragen, packte sie mich am Arm und zog mich zum Sofa. »Das wird so gut!«

Parker verzog das Gesicht, als hätte er Schmerzen. »Bringen wir es hinter uns.«

Cole zwinkerte Sophie zu, stellte das richtige Lied ein und quetschte sich dann zwischen uns aufs Sofa. »Los geht's! Und haltet euch nicht zurück, ja?«

Die ersten Töne erklangen, und als sich Parker hinstellte und so tat, als würde er telefonieren, musste ich bereits ein Glucksen zurückhalten. Wo um alles in der Welt war ich hier nur gelandet?

Plötzlich setzte die Musik ein, und die beiden legten los. Neben mir presste sich Sophie ein kleines Kissen vors Gesicht, während ihre Schultern bereits verräterisch bebten. Ich konnte mein Lachen bis zu dem Zeitpunkt zurückhalten, in dem sie die Hände sehnsüchtig nacheinander ausstreckten, sie ineinanderlegten und sich dabei ziemlich nahe kamen.

Ich prustete los. *Oh. Mein. Gott.* Die zwei tanzten die Choreografie voller Leidenschaft und mit ganzem Körpereinsatz, sowohl die nachfolgende Drehung als auch die restlichen Tanzschritte. Ich hätte ihnen ewig zuschauen können.

Zwischendurch stand Cole auf und flitzte in die Küche, gleich darauf drückte er mir etwas zu trinken in die Hand und warf ein paar Snacks auf den Tisch. Dann war die Performance leider auch schon vorbei.

Parker ließ sich auf den Sessel fallen und streckte alle viere von sich. »Dieser Song killt mich.«

»Ach komm«, neckte Lincoln. »Du kannst ruhig zugeben, dass *ich* dich kille, nicht das Lied.«

Statt einer Antwort zeigte Parker ihm nur grinsend den Mittelfinger. Dann kehrte seine Aufmerksamkeit zu mir zurück. »Du bist dran. Los, los!«

»Ich?«

»Oh ja!« Ehe ich mich versah, sprang Cole auf und zog erst Sophie, dann mich auf die Beine. »Zeigen wir den beiden mal, was wir draufhaben.«

Und so schnell wurde ich von der passiven Zuschauerin zur aktiven Teilnehmerin. Ich versuchte, bei der Schrittfolge von *Where Are You Now* von Lady Leshurr und Wiley mitzuhalten, obwohl ich die ganze Zeit lachen musste. Zwischendurch fing ich Parkers Blick auf, der mir mit seiner Bierflasche zuprostete. Ich ignorierte das kleine Kribbeln, das sich in mir ausbreiten wollte, und konzentrierte mich wieder ganz auf die Tanzschritte, um neben Cole und Sophie, die das eindeutig schon öfter gespielt hatten, nicht völlig zu versagen.

Als wir fertig waren, klatschte unser Publikum, und wir deuteten eine Verbeugung an. Das Ganze hatte wahrscheinlich keine drei Minuten gedauert, trotzdem war ich außer Atem, verschwitzt und mir war ziemlich warm geworden. Vielleicht sollte ich es, nun da ich keine Schule mehr hatte, die mich dazu zwang, doch mal freiwillig mit Sport versuchen.

Plötzlich sah Parker von seinem Handy auf. »Oh Shit. Das hatte ich ja ganz vergessen!«

Sophie warf ihm einen alarmierten Blick zu. »Was denn?«

»Was ist los?«, fragte ich ebenfalls.

»Komm mit.« Er sprang auf, griff ohne jede Vorwarnung nach meiner Hand und zog mich auf die Beinc. »Wir streamen jetzt zusammen.«

Level 15

Teagan

»Bereit?«, fragte Parker wenige Minuten später, während seine Finger über der Maus schwebten.

Wir saßen in seinem Zimmer am Schreibtisch, und er hatte extra einen zweiten Stuhl von Lincoln für mich geholt, damit ich es in den nächsten Stunden bequem haben würde. Anschließend hatte er die Kameraeinstellungen und den Ton überprüft und war kurz in die Küche gegangen. Jetzt waren wir mit Getränken und ein paar Keksen versorgt und konnten den Livestream starten.

»Wenn ich Nein sage, blasen wir diese ganze Sache dann ab?«

Parker grinste. »Nope.«

»Genau das habe ich befürchtet.« Ich atmete tief durch und rückte die Kopfhörer etwas zurecht, fühlte mich aber noch immer nicht bereit. Wahrscheinlich würde ich das nie sein. Und je länger ich darüber nachdachte, was das hier bedeutete und wie viele Menschen uns gleich zuschauen würden, desto weniger bereit würde ich mich fühlen. Also nickte ich nur. »Okay. Lass uns anfangen.«

Ein Klick, zwei – und wir waren live.

Ich war mir ziemlich sicher, noch nie in meinem Leben so nervös gewesen zu sein. Nicht vor meinem allerersten Schultag. Nicht als Mom mich ins Krankenhaus gefahren hatte, damit mir die Mandeln rausoperiert werden konnten. Nicht, als ich Dad die vermasselte Führerscheinprüfung beichten musste. Nicht vor meinem ersten Kuss – und auch nicht beim ersten Mal. Okay, da schon, denn wann sollte man schon nervös sein, wenn nicht dabei? Aber das hier, dieser Moment in Parkers Zimmer, rangierte definitiv auf Platz zwei. Dabei hatten wir noch gar nicht mit irgendeinem Game angefangen. Wir saßen bloß vor seinen Monitoren und sprachen mit dem Chat. Der auch nur aus zwanzigtausend … nein, dreißigtausend Leuten bestand. Easy peasy. Das machte ich praktisch jeden Tag … Uuund wir hatten gerade die Fünfzigtausend-Marke geknackt.

»Wie geht's euch heute Abend?«, fragte Parker in die Runde. »Sorry für die Verspätung. Ich weiß, normalerweise fangen wir früher an, aber ich hab die Zeit vergessen. Und jetzt wisst ihr auch wieso.« Lässig deutete er mit dem Daumen auf mich, und ich wäre am liebsten im Erdboden versunken.

Das hatte er jetzt nicht wirklich gesagt, oder?

Oh Gott, mir war schlecht. Die Pizza war eine ganz miese Idee gewesen. Gab es hier irgendwo eine Tüte, in die ich atmen konnte? Ob die Zuschauer es wohl merkten, wenn ich ganz unauffällig vom Stuhl glitt und aus dem Bild verschwand?

»Heute sind wir nicht allein, sondern haben Besuch von der lieben TRGame!«, verkündete Parker wesentlich enthusiastischer als ich mich gerade fühlte. »Manche von euch erinnern sich vielleicht noch daran, wie sie mich bei Guild Wars getötet hat. Wie oft war das?«

Ich räusperte mich. »F-fünfmal?« Hitze schoss mir in die Wangen, und ich verfluchte mich in Gedanken. Himmel, ich machte das nun wirklich nicht zum ersten Mal. Allerdings war es das erste Mal vor so vielen Zuschauern. Und nicht daheim an meinem eigenen Schreibtisch mit meinem eigenen Rechner und meinen eigenen Kopfhörern. Und dann auch noch mit einer anderen Person zusammen.

»Aww, sie versucht, nett zu sein«, scherzte Parker und warf mir einen belustigten Blick zu. »Das müssen mindestens sieben oder acht Tode gewesen sein. Oder mehr. Und dann auch noch mit diesem dämlichen Lama, das beim Todesstoß auf meiner Leiche herumgetanzt ist.«

Ich reagierte nicht sofort, weil mein Blick immer wieder zu der Zuschauerzahl und den ganzen Fragen im Chat zuckte.

Seid ihr etwa zusammen??? 😱
OMG so cute 🖤🖤🖤
wie habt ihr euch kennengelernt?
Leute, die sind nur Freunde! Das hatten wir doch schon! 🙄
wer ist das überhaupt??

»Das ist TRGame«, beantwortete Parker die letzte Frage und deutete auf mich. »Sie streamt auch. Tut mir einen Gefallen und folgt ihr alle mal.«

Ich konnte ihn nur von der Seite anstarren. Das hatte er jetzt nicht gesagt, oder? Er wollte, dass seine Zuschauer meinen Kanal abonnierten? Er hatte sie geradezu dazu aufgefordert? Oh Gott … Wo war die Papiertüte, wenn man sie mal brauchte?

Plötzlich spürte ich unter dem Tisch etwas Warmes auf meinem Knie – und erstarrte. Es dauerte einen Moment, bis ich begriff, was es war. Eine Hand. *Parkers* Hand. Was zum Teufel …?

Ich vergaß jedes bisschen Nervosität und riss den Kopf herum. Er warf mir einen wissenden Blick samt Grinsen zu, dann drückte er mein Knie kurz und ließ es anschließend los. Aber die Wärme blieb zurück und erinnerte mich daran, wo Parkers Hand gerade gewesen war.

Obwohl ich es niemals zugeben würde, hatte mich die Berührung aus meinem gedanklichen Tumult gerissen und wieder in die Gegenwart zurückgebracht. Einer Gegenwart, in der wir beschlossen hatten, zusammen zu streamen. Nicht, dass er mir die Gelegenheit dazu gegeben hätte, Nein zu sagen, also saß ich nun hier. Und wenn ich einfach nicht mehr auf diese immer größer werdende Zahl schaute, die anzeigte, wie viele Menschen sich das gerade ansahen, würde auch alles gut gehen. Dann würde ich vielleicht sogar Spaß daran haben, denn im Grunde liebte ich meine fast täglichen Streams und hatte sie in der letzten Woche schmerzlich vermisst. Eigentlich war das hier doch auch nichts anderes als einer meiner gewohnten Livestreams. Nur dass ich diesmal nicht auf mich allein gestellt war.

»Warum starten wir nicht das Guild Wars PvP und testen aus, wie oft du sterben kannst, wenn ich mir wirklich Mühe gebe?«, konterte ich schließlich. Ein bisschen verspätet, aber immerhin.

Parker lachte auf – und er hatte ein so verdammt angenehmes, tiefes und warmes Lachen, dass ich kurzzeitig vergaß, dass wir hier live waren. »Verlockend. Aber ich will mich nicht schon in den ersten Minuten des Streams mit dir blamieren.«

Ich hustete gespielt. »Feigling.«

Ganz langsam drehte Parker den Kopf zu mir. »Was war das?«

Ich blinzelte unschuldig. »Nichts …?«

Dann fiel mein Blick wieder auf den Chat, der unheimlich schnell durchrauschte. Wie Parker bei so vielen Nachrichten überhaupt etwas davon lesen konnte, war mir schleierhaft. Ich konnte nur jede fünfte oder sechste Nachricht entziffern. Und das auch nur, wenn ich mich konzentrierte.

Awww 😍
Ich shippe euch!! 🖤
Neeeeiiiinnnn!! Parker darf keine Freundin haben!! 😭
#TRParker!! Oder #Parker4TR?
woher kennt ihr euch???
Hey TR! Wo warst du? Wir haben dich vermisst! 😭
Seid ihr freunde oder ein paar?!
JAAAAA!!!!! #Parker4TR

Gah! Wenn ich noch einmal lesen musste, dass die Leute uns für ein Paar hielten, nur weil wir hier nebeneinandersaßen und miteinander streamten, würde mir noch der Kopf explodieren.

Selbstverständlich waren Parker und ich Freunde, sonst wäre ich jetzt gar nicht hier. Wir waren Freunde, die sich texteten, miteinander zockten, telefonierten und sich seit diesem Wochenende auch besuchten. Freunde, die … okay, mittlerweile nicht nur einen mehr als heißen Kuss miteinander geteilt hatten, sondern gleich mehrere. Uuund … das war wahrscheinlich nicht die Richtung, die meine Gedanken gerade einschlagen sollten.

Ich warf Parker einen Seitenblick zu, den er hoffentlich richtig deuten würde. Zumindest sah er ebenfalls kurz zum Chat und überflog die tausend Fragen, Herzchen und Ausrufe. Sehr gut. Hoffentlich reagierte er entsprechend darauf. Ich griff nach meiner Dose.

»Leute«, versuchte er die wild diskutierende Meute zu beschwichtigen. »Beruhigt euch. Natürlich sind TR und ich Freunde. Außerdem sind wir schon seit sechs Jahren verheiratet, haben ein Haus und zwei Komma vier Kinder zusammen.«

Ich verschluckte mich an meinem Energydrink. Plötzlich konnte ich nicht mehr atmen, das kohlensäurehaltige Getränk schoss mir nicht nur in die Luftröhre, sondern auch in die Nase. Ich hustete, prustete und versuchte gleichzeitig nach Luft zu schnappen. Keine gute Kombination. Meine Kehle und meine Nase brannten, und Tränen schossen mir in die Augen, während ich mir die Seele aus dem Leib hustete.

Live. Vor … ah ja, achtzigtausend Zuschauern.

Und Parker? Der grinste nur.

»Du Arsch!«, brachte ich krächzend hervor und klopfte mir auf die Brust. »Was war das? Ein hinterhältiger Mordversuch?«

»Ich weiß gar nicht, was du meinst«, konterte er in gespielter Unschuld und klopfte mir auf den Rücken. »Das war nur die Wahrheit.«

»Gott …« Ich wischte mir über die Augenwinkel, trocknete die Tränen und Spuren meines Fast-Todes und atmete tief durch. Das Kitzeln in meinem Hals war noch immer da. Ich hustete noch ein paarmal, dann schüttelte ich den Kopf. »Glaubt ihm kein Wort. Nichts davon ist wahr.«

»Aww, soll das heißen, du willst die Scheidung? Was passiert dann mit unseren zwei Komma vier Kindern, den drei Hunden, zwanzig Katzen und der Chinchilla-Farm hinterm Haus?«

Ich prustete los. Diesmal hatte ich glücklicherweise kein Getränk in der Hand. »Die kannst du alle behalten. Viel Spaß damit.«

»Autsch.« Er sah mit leidender Miene in die Kamera. »Seht ihr, wie gemein sie zu mir ist? TR reißt mir nicht nur beim Zocken das Herz heraus, sondern auch in echt.«

Ich warf ihm einen mitleidslosen Blick zu. »Du wirst es überleben.«

Jetzt grinste er wieder – und ich stellte fest, dass er den Chat erfolgreich abgelenkt hatte. Es kamen zwar noch immer Fragen danach, ob wir nur befreundet oder mehr waren, aber die meisten schickten nur noch lachende Emojis oder fragten bereits, was wir heute spielen würden. Und mit dieser Art von Fragen kam ich bestens zurecht.

Parker sah zum anderen Monitor, wo er mit wenigen Mausklicks ein paar Ordner öffnete. »Lasst uns erst mal die passende Musik auflegen und etwas quatschen. Dann wird gespielt.«

»Die passende Musik?«

»Jepp. Der Soundtrack des Abends, wenn du so willst.« Er sah mich gespielt entrüstet an. »Hast du dir etwa noch nie einen meiner Streams angeschaut?«

»Ich nutze die Zeit lieber, um dich zu besiegen.«

Wieder Lachen im Chat. Sogar Parker musste grinsen, während er durch einige Playlists scrollte.

»Wie wäre es mit Adele oder James Blunt – passend zu meinem blutenden Herzen?«

Ich kräuselte die Nase.

»Nicht?« Er warf mir einen kurzen Blick zu. »Dann etwas Frauenpower? Taylor Swift? Beyoncé?«

Scheinbar nachdenklich wiegte ich den Kopf hin und her. »Nope.«

Parker rollte übertrieben mit den Augen. »Wieso gerate ich immer an Frauen ohne … ohne … Dings!«

»Ohne Dings?«

»Na, ohne …« Er wedelte mit der Hand und deutete dann auf mich. »Musikgeschmack!«

»Hey!«, rief ich entrüstet. »Ich habe sehr wohl Musikgeschmack.«

Er wandte sich mir mit einem breiten Lächeln zu – und mir wurde klar, dass er auf genau diese Reaktion gehofft hatte. »Beweis es.«

Ich blinzelte. »Wie bitte?«

»Beweis es«, wiederholte er und deutete Richtung Kamera. »Wie wär's mit einer Runde Song-Raten?«

»Das ist kein Game«, stellte ich trocken fest.

»Nein.« Ein verschmitztes Funkeln trat in seine Augen. »Aber es wird mir trotzdem Spaß machen, dabei zuzusehen, wie du total versagst.«

Und schon hatte er mich. Argh! War ich wirklich so leicht zu durchschauen? Ein bisschen Stichelei, eine kleine Herausforderung, und ich sprang darauf an? Anscheinend schon, denn plötzlich fand ich mich mitten in einem Spiel wieder, von dem ich überzeugt war, dass Parker es gerade erfunden hatte. Aber zumindest gingen die Zuschauer mit und schienen sich zu amüsieren, wenn ich die Flut an glücklichen und lachenden Emojis im Chat richtig deutete. Immerhin ein kleiner Trost, denn Parker sollte recht behalten. Ich versagte bei so gut wie allen Liedern, die er kurz für mich anspielte.

Danach folgte glücklicherweise ein anderes Game – ein richtiges diesmal. Ich entspannte mich immer mehr und merkte nicht mal, wie die Zeit verging, bis ich einen Blick auf die Uhr warf und feststellte, dass wir schon seit über drei Stunden streamten. Nach und nach wurden es weniger Zuschauer, allerdings waren es noch immer weit mehr als ich es aus meinen Streams gewohnt war. Und jetzt kannten sie alle meinen Namen, mein Gesicht und wussten, dass ich mit Parker befreundet war und wir öfter miteinander zockten. Mein Postfach würde mit ziemlicher Sicherheit explodieren. Was hatte ich nur getan?

Besser, ich dachte nicht allzu genau darüber nach, sondern konzentrierte mich aufs Hier und Jetzt. Und das bestand daraus, mir nach einer gescheiterten Runde Dead by Daylight eine kleine Pause zu gönnen, während Parker weiterhin die Zuschauer unterhielt.

Ich ging erst ins Bad und dann in die Küche, um neue Getränke für uns beide zu holen. Anschließend schlich ich mich von hinten an Parker heran und drückte ihm die eiskalte Dose fest gegen den Nacken.

»Alter!« Parker sprang vor Schreck auf und riss fast das Kopfhörerkabel heraus. Er starrte mich fassungslos an.

»Ich wollte nur sichergehen, dass du wach und konzentriert bist«, spottete ich und setzte mich auf meinen Platz.

»Jetzt bin ich definitiv wach«, brummte er und rieb sich über den Nacken. Aber ich konnte auch deutlich sehen, wie er gegen ein Grinsen ankämpfte, auch wenn er tadelnd den Kopf schüttelte. Die Leute im Chat amüsierten sich hingegen prächtig.

Parker revanchierte sich wenige Minuten später, indem er mich im Gameplay von Dead by Daylight zu Tode erschreckte, was dazu führte, dass ich als Erste vom Killer gefunden und getötet wurde. Das quittierte ich damit, dass ich bei Assassins Creed bei einer besonders schwierigen Kampfszene meinen Fuß an seinem Bein entlangstreichen ließ. Allerdings achtete ich darauf, dass die Bewegung nicht von der Kamera eingefangen wurde, sodass die Zuschauer keine Ahnung hatte, warum Parker sich schlagartig anspannte. Er sah auch nicht zu mir herüber, sondern konzentrierte sich weiter auf den Kampf – den er wie erhofft total vermasselte.

Als er das dritte Mal in Folge versagte, konnte ich mein Grinsen nicht länger zurückhalten – aber ich zog meinen Fuß nicht zurück. Auch Parker rückte nicht von mir ab, obwohl er sich ziemlich offensichtlich aufregte, so, wie er gerade mit Flüchen um sich warf, die mich nur noch breiter grinsen ließen und die Leute im Chat zum Lachen brachten. Aber er bewegte sich nicht, beinahe so, als *wollte* er, dass mein Fuß genau da blieb, wo er war. Und das, obwohl wir bisher jede Frage danach, ob wir nur Freunde oder mehr waren, konsequent ignoriert oder erfolgreich davon abgelenkt hatten. Vielleicht auch, weil wir es selbst nicht mehr so genau wussten.

Erst als ich wieder mit Spielen dran war, musste ich mich aufrechter hinsetzen und meinen Fuß von Parkers Bein zurückziehen. Seltsamerweise fehlte mir die Berührung sofort, aber ich ignorierte die Empfindung und konzentrierte mich stattdessen darauf, den Kampf zu beenden, den Parker einfach nicht geschafft hatte. Nach zwei Minuten drehte ich mich grinsend zu ihm um.

Er klatschte betont langsam. »Das war Anfängerglück.«

Ich schnaubte. »Was immer dir hilft, nachts gut zu schlafen.«

»Oh, da gibt es eine Menge, was mir gerade helfen würde«, konterte er sofort.

Ich biss mir auf die Unterlippe, ließ das aber unkommentiert. Stattdessen spielte ich weiter und verlor mich innerhalb von Sekunden in der Gaming-Welt von Assassins Creed, mit ihrer atemberaubend schönen Grafik und dem mitreißenden Soundtrack. Zumindest, bis mich eine Berührung an meinem Bein zurück ins Hier und Jetzt katapultierte. Ich musste all meine Selbstbeherrschung zusammennehmen, um nicht zu Parker hinüberzusehen, dessen Knie sich unterm Tisch gegen meines presste. Und auch dort blieb.

Das war okay. Damit konnte ich leben. Das lenkte mich nicht allzu sehr vom Spiel ab. Zumindest nicht, bis Parker den Arm lässig hinter mir auf die Lehne legte und seine Finger begannen, mit meinen Haarspitzen zu spielen. Auch das blendete ich aus, doch dann spürte ich seine Finger auf einmal in meinem Nacken und musste mit aller Macht dagegen ankämpfen, bei der Berührung zu erschauern. Oder auch nur das Gesicht zu verziehen. Denn im Zimmer hinter uns war es dunkel, und die Kamera nahm uns so frontal auf, dass nichts von all dem zu sehen war. Ein paar besonders aufmerksame Leute könnten vielleicht etwas ahnen, aber die sollten sich besser aufs Spiel konzentrieren. Genau wie ich.

Ganz sachte strich Parker mit dem Daumen über die Haut in meinem Nacken, die Wirbelsäule entlang bis zum Haaransatz. Ich bekam eine kribbelnde Gänsehaut – und mein Assassine wurde schwer getroffen.

»Gottverdammt noch mal!« Ich ließ ihn wegrennen, schaffte sogar noch einen Todessprung in Sicherheit, doch dann desynchronisierte er, und ich wurde rausgeschmissen. Toll.

Als ich zu Parker rübersah, wirkte er ziemlich selbstzufrieden. *Na warte.*

Wir zockten noch eine Weile Assassins Creed, wechselten dann zu Guild Wars 2 und schließlich zu Hitman, was mir deutlich besser lag. Parker dagegen weniger, als er sich direkt nach mir an derselben Mission versuchte. Vielleicht lenkte ihn aber auch meine Hand auf seinem Oberschenkel zu sehr ab. Vor allem, als ich sie an einer besonders schwierigen Stelle, an der er eigentlich seine ganze Konzentration brauchte, Zentimeter für Zentimeter hochwandern ließ.

Parkers Atmung veränderte sich, doch abgesehen davon war ihm nichts anzusehen. Beeindruckend. Er schaffte es sogar, das Ziel bei Hitman zu erledigen und die Mission abzuschließen.

»Leute, das war's für heute«, verkündete er ohne Vorwarnung und wechselte aus dem Spiel zum Hauptmonitor.

Wir verabschiedeten uns von den Zuschauern, die mit Herzchen, weinenden und winkenden Emojis darauf antworteten, dann schaltete Parker Stream, Kamera und Mikrofone aus und stand auf. Bevor ich überhaupt fragen konnte, was los war, packte er mich am Handgelenk, zog mich ebenfalls hoch – und küsste mich.

Level 16

Teagan

Ich reagierte instinktiv. Statt ihn wegzuschieben und zu fragen, was zum Teufel das sollte, packte ich ihn am T-Shirt, um ihn festzuhalten – und den Kuss zu erwidern.

Obwohl mir klar war, dass das hier in Anbetracht der Umstände so ziemlich das Dümmste war, was ich tun konnte, wollte ich es nicht anders. Jedes Spiel, jeder Chat, jeder Anruf und jedes Treffen hatte auf diesen Moment hingeführt. Ich hatte mich die ganzen letzten Tage über dagegen gewehrt, aber jetzt wollte ich nicht mehr dagegen ankämpfen.

Ich merkte nicht einmal, wie wir uns bewegten, bis ich mit dem Rücken gegen eine Wand stieß und keuchend die Augen aufriss. Wir atmeten beide schwer, aber keiner von uns wich zurück oder beendete, was wir begonnen hatten. Vielleicht, weil wir den Moment, in dem einer von uns noch hätte aufhören können, längst hinter uns gelassen hatten. Es gab kein Zurück mehr. Und ich wollte auch nicht zurück.

Was, wenn das die letzte Chance war? Wenn ich eine Absage vom West Florida Media & Arts College bekam und nicht hierherziehen konnte? Wenn ich auf eine völlig andere Universität gehen würde, weil mich keines meiner Wunschcolleges angenommen hatte und plötzlich wieder ein ganzer Kontinent zwischen uns lag?

Ich schluckte hart, als mir bewusst wurde, wie sehr ich diese Vorstellung hasste. Ich konnte nichts daran ändern, welches College mich letzten Endes annehmen würde. Das Einzige, was ich hier und jetzt beeinflussen konnte, war, wie ich die letzten Stunden in Pensacola verbrachte. Die letzten Stunden mit Parker. Und ich wollte sie genau so verbringen.

Also stellte ich mich auf die Zehenspitzen und presste meinen Mund wieder auf seinen. Ganz ähnlich wie vor wenigen Wochen vor meinem Hotelzimmer in Texas. Genau wie damals umgab mich wieder dieser verrückt machende Duft, der ganz Parker war und der mir die Sinne vernebelte. Und ich wusste, dass diese Nacht heute anders enden würde.

Parker drängte sich an mich, bis ich zwischen ihm und der Wand gefangen war, während meine Hände unaufhörlich über seine Seiten und seinen Rücken strichen, bis sie einen Weg unter den Stoff fanden und trainierte Muskeln ertasteten. Ich packte aber nicht zu fest zu, da ich mich noch sehr gut an die verblassten Blutergüsse erinnern konnte, die ich heute Nachmittag entdeckt hatte. Das Letzte, was ich wollte, war, ihm irgendwie wehzutun.

Parker löste sich nur kurz von mir, um sich das Shirt über den Kopf zu ziehen, dann nahm er mein Gesicht in die Hände und drückte seinen Mund erneut auf meinen. Ich seufzte leise in den Kuss hinein, nur um gleich darauf ein heißes Kribbeln zu verspüren, als er an meiner Unterlippe knabberte. Diesmal zog er sich nicht zurück, als ich die Lippen unter seinen öffnete und sich unsere Zungen fanden. Diesmal presste er sich an mich, genau so wie letzte Nacht auf der Liege im Garten. Und genau wie letzte Nacht spürte ich nur zu deutlich, dass ihn das hier genauso sehr erregte und verrückt machte wie mich.

Ich war noch völlig in diesem Kuss versunken, als ich seine Hände plötzlich auf meiner bloßen Haut spürte und erschauerte. Gleich darauf schob er mein Tanktop hoch, bis mir nichts anderes übrig blieb, als mich mit einem protestierenden Laut von ihm zu lösen und die Arme anzuheben, damit er mir das Oberteil ausziehen konnte. Darunter trug ich noch einen BH mit überkreuzten Trägern, trotzdem fühlte ich mich nackt – bis ich den verlangenden Blick sah, mit dem er mich bedachte. Und mir wurde klar, dass ich so etwas wie mit Parker nicht nur noch nie erlebt hatte, sondern dass mich auch kein anderer Kerl jemals so angesehen hatte. Als stünde alles, was er sich jemals gewünscht hätte, plötzlich direkt vor ihm.

Es war unendlich berauschend.

Parker beugte sich wieder zu mir hinunter, und ich kam ihm für den Kuss entgegen. Seine Lippen strichen ganz leicht über meine, dann hob er den Kopf, warf mir ein atemloses Lächeln zu und drehte mich um, bis ich mit dem Rücken zu ihm stand.

Glühende Hitze schoss durch meinen Körper. Ich stützte mich mit den Händen an der Wand ab, kam aber nicht mehr dazu, irgendetwas zu sagen, da Parker mein Haar zur Seite schob und den Mund auf meinen Hals drückte, während seine Hände mich an den Hüften festhielten und seine Daumen über dem Bund meiner Jeans über meine Haut strichen. Aus irgendeinem Grund kam mir das hier so viel intimer vor als alles, was wir bisher getan hatten, dabei küsste er nur meinen Hals. Meinen Nacken. Und Zentimeter für Zentimeter tiefer, bis er die überkreuzten Träger und schließlich den Verschluss meines BHs erreichte. Meine Knie waren viel zu weich, und als er den BH mit einer einzigen Bewegung aufhakte und die Träger löste, war ich wirklich froh, mich an der Wand abstützen zu können.

Seine Hände wanderten über meine Seiten aufwärts, zupften kurz am BH, dann landete er auch schon neben meinem Top und seinem Shirt auf dem Boden. Das war der Moment, in dem ich mich wieder zu Parker umdrehen wollte, aber er stand noch immer so dicht hinter mir, dass es unmöglich war. Er hielt mich zwar nicht fest, ließ aber auch nicht zu, dass ich mich groß bewegte. Dafür umfassten seine Hände jetzt meine Brüste.

Ich schnappte nach Luft. »Du spielst gerne Spielchen, was?«

Sein warmer Atem streifte mein Ohr, und er setzte einen kleinen Kuss direkt darunter, bevor er antwortete. »Du hast ja keine Ahnung …«, raunte er und klang dabei mindestens so atemlos wie ich.

Seine Finger strichen über meine Brustwarzen, zunächst nur ganz leicht, während seine Lippen unaufhörlich meinen Hals liebkosten, bis ich mich gegen ihn lehnte, weil ich das Gefühl hatte, überhaupt nicht mehr eigenständig stehen zu können. Dennoch musste ich noch eine Sache ansprechen, weil es so verflucht wichtig war.

»Das hier …«, brachte ich irgendwie in dem Versuch hervor, einen sinnvollen Satz zu formulieren. »Das hier verkompliziert nichts zwischen uns … richtig?«

Parker biss leicht in die empfindliche Haut an meinem Hals, bevor er mit der Zunge über die Stelle fuhr, was mir ein erstes kleines Stöhnen entlockte. »Überhaupt nicht.« Dennoch hielt er nun inne und hob den Kopf. Sofort vermisste ich seine Berührung. »Oder soll ich aufhören?«

»Nein, hör nicht auf. Hör auf gar keinen Fall auf.«

»Ganz wie die Lady wünscht.«

Ich meinte, ein Grinsen auf seinem Gesicht auszumachen, als ich den Kopf etwas drehte, konnte aber nicht ganz sicher sein, da es bis auf eine kleine Lampe und die LED-Leisten am Schreibtisch völlig dunkel im Zimmer war. Und diese bunten Lichter hatten vielmehr etwas von einem Weihnachtsbaum als von richtiger Beleuchtung.

Es war völlig still in der WG und auch von draußen drangen kaum Geräusche herein. Kein Wunder, es musste mitten in der Nacht oder schon früher Morgen sein. Die einzigen Geräusche waren unsere schweren Atemzüge und mein kaum unterdrücktes Stöhnen, als Parkers Hände langsam abwärts wanderten und den Knopf meiner Jeans öffneten. Als Nächstes folgte der Reißverschluss. Und während ich mich einerseits verfluchte, nicht etwas angezogen zu haben, was man schneller wieder ausziehen konnte, war ich gleichzeitig umso froher darum, weil allein der Anblick von Parkers Händen an meiner Hose unglaublich heiß war.

Ich rechnete damit, dass er mir die Jeans über die Hüften schieben und genauso schnell ausziehen würde wie mein Oberteil oder den BH. Stattdessen strich er mit den Fingern über den Bund meines Slips und machte mich allein damit völlig wahnsinnig. Ich drehte den Kopf, legte die Hand in seinen Nacken und zog ihn zu mir herunter, um ihn zu küssen. Hitzig und verlangend und zunehmend ungeduldig. Denn was er hier mit mir anstellte, war die pure Qual. Und gleichzeitig wollte ich keine Sekunde davon missen. Erst recht nicht, als er die Finger unter den Stoff und zwischen meine Schenkel schob.

Ich stöhnte in den Kuss hinein, biss in seine Unterlippe und versuchte, mich gleichzeitig gegen seine Hand, aber auch mit dem Hintern an ihn zu pressen. Nichts davon war genug. Nicht nahe genug. Nicht genug von Parker.

»Gott …« Ich löste meinen Mund keuchend von seinem.

Irgendwie rechnete ich mit einem dummen Spruch von ihm, ganz wie in unseren Chats, aber da kam nichts. Er machte nur weiter. Bewegte die Finger. Setzte noch mehr Küsse auf meinen Hals, knabberte und saugte an meiner Haut und ließ mich immer wieder auch seine Zunge spüren, bis ich das Gefühl hatte, es keine Sekunde länger auszuhalten.

»Das wollte ich tun, seit ich dich das erste Mal auf der RTX gesehen habe«, raunte er an meinem Ohr und löste damit nicht nur eine weitere herrlich prickelnde Gänsehaut, sondern eine regelrechte Flut an Hitze aus, die sich in meinem Körper ausbreitete.

Ich war zu keiner Antwort fähig. Brachte kein einziges Wort zustande. Ich konnte nur noch fühlen, konnte mich nur noch auf das konzentrieren, was seine Finger da machten und innerlich beten, dass er nicht damit aufhörte. Dass er jetzt bloß nicht damit aufhörte. Nicht, wenn es sich so verdammt gut anfühlte. Nicht, wenn es von Sekunde zu Sekunde immer besser und besser wurde, bis ich ...

»Oh mein Gott!« Meine Muskeln verkrampften sich auf herrlichste Weise und ich kam mit einem erstickten Stöhnen zum Höhepunkt.

Parker hielt mich fest, selbst dann noch, als das kribbelnde Gefühl langsam abklang und ich gegen ihn sank, da mich meine Knie jetzt eindeutig nicht mehr tragen wollten. Oder zumindest war ich nicht gewillt, es zu riskieren.

Irgendwie schaffte ich es, die Kraft aufzubringen, mich umzudrehen. Diesmal hielt Parker mich nicht davon ab. Er hielt mich auch nicht davon ab, seinen Kopf zu mir herunterzuziehen und meinen Mund auf seinen zu drücken. Oder davon, ihm einen festen Stoß gegen die Brust zu geben, der ihn einen Schritt zurücktaumeln ließ. Zuerst wirkte er verwirrt, doch als ich eine Hand auf seinen Oberkörper legte und ihn immer weiter zurückschob, bis er gegen das Bett stieß und nur eine Sekunde später darauf landete, breitete sich ein ziemlich selbstgefälliges Grinsen auf seinem Gesicht aus.

Ohne nachzudenken – denn Parker hatte gerade jeden klaren Gedanken unmöglich gemacht –, kniete ich mich über ihn und beugte mich zu ihm hinunter, um ihn ein weiteres Mal zu küssen. Weil ich noch längst nicht genug hatte. Weil das hier noch längst nicht vorbei war. Und ich hatte gerade erst damit angefangen, mich zu revanchieren.

Ich zog diesen Kuss in die Länge, bis uns beiden schwindlig war und wir nach Luft schnappten, dann widmete ich mich seinem Hals und arbeitete mich an seinem Oberkörper hinab. Küssend, leckend, saugend, bis ich seinen Bauchnabel erreicht hatte und er unter meinen Liebkosungen erstarrte. Seine Hände packten mich an den Oberarmen und zogen mich wieder hoch. Diesmal kniete ich nicht über ihm, sondern lag direkt auf ihm. Haut an Haut. Und allein die Berührung, die Wärme und die Tatsache, dass ich ihm so nahe war, brachten meinen Puls zum Rasen.

In einer schnellen Bewegung rollte er uns schließlich herum, bis ich unter ihm lag. Dann lehnte er sich zu mir hinunter und gab mir einen Kuss, den ich bis in die Zehenspitzen spüren konnte. Fast schon widerwillig löste er sich dann von meinem Mund, aber auch nur, um sich bis zum Bund meiner Jeans an meinem Oberkörper hinabzuküssen und mir endlich – endlich! – die Hose auszuziehen. Dann richtete er sich vor dem Bett auf, öffnete seine eigene Jeans und war gerade dabei, sie auszuziehen – nur um mitten in der Bewegung innezuhalten.

»Shit.«

»Was?«

Auf einmal wirkte er fast so, als hätte ihm jemand sein Lieblingsgame weggenommen. »Ich hab keine Kondome da.«

Ich richtete mich auf den Ellbogen auf und starrte ihn ungläubig an. »Du hast keine Kondome in deinem Zimmer?«

»Im Bad ist ein Vorrat für Notfälle, aber … na ja.«

Ich presste die Lippen aufeinander, aber mir entkam trotzdem ein erstickter Laut.

»Lachst du mich etwa aus, TR?«

»Nein!«, behauptete ich, obwohl mein Glucksen diese Worte Lügen strafte. »Ich stelle mir nur gerade vor, wie du nackt ins Bad und wieder zurück rennst.«

»Und dabei wahrscheinlich auch noch in einen meiner Mitbewohner rein?«

»Oh ja! Würdest du das tun? Bitte, bitte?«

»Du bist echt …« Er schüttelte ungläubig den Kopf, aber auch er musste grinsen. »Warte hier. Wehe, du bewegst dich.« Damit zog er sich hektisch die Jeans wieder hoch. Einen Moment lang kämpfte er mit dem Reißverschluss, dann sah er an sich hinunter und seufzte tief. »Kein. Wort«, knurrte er und warf mir einen warnenden Blick zu.

Ich hob beschwichtigend die Hände und hielt es ganze drei Sekunden lang aus, bis Parker im Flur verschwunden war, dann prustete ich los. Ich tastete nach einem Kissen und drückte es mir aufs Gesicht, damit mich niemand hörte, weil ich einfach nicht aufhören konnte zu lachen. Meine Schultern bebten, Tränen liefen mir aus den Augenwinkeln – und ich … ich lag noch immer hier. In Parkers Bett. Nackt bis auf mein Höschen. Während er irgendwo nach Kondomen suchte. Vielleicht hätte ich ihm sagen können, dass ich welche in meiner Reisetasche im Zimmer nebenan hatte – nur zur Sicherheit! Eine Frau musste schließlich auf sich selbst aufpassen –, aber das wäre zu einfach gewesen. Außerdem käme er dann nicht in die Verlegenheit, einem seiner Mitbewohner mitten in der Nacht halb nackt und mit Ständer zu begegnen. Oh Gott, ich hoffte geradezu, dass genau das passierte. Diesen peinlichen Moment würde ich ihn nie mehr vergessen lassen.

Als Parker kurze Zeit später zurückkehrte und die Tür leise hinter sich zudrückte, hatte ich mich einigermaßen beruhigt, und auch das Kissen lag wieder an seinem Platz. Doch bei Parkers Anblick musste ich erneut lachen.

Er war völlig zerzaust, atmete so schnell wie nach einem Sprint – und war noch immer hart. Okay. Wow.

»Scheiße«, murmelte er und fuhr sich mit der freien Hand durchs Haar. »Ich wäre fast mit Linc zusammengestoßen. Was muss sich der Kerl ausgerechnet jetzt was zu trinken holen? Es ist mitten in der Nacht!«

Ich gluckste. »Was musst *du* auch mitten in der Nacht ins Bad, um den Kondomvorrat zu plündern?«

»Beschwer dich nicht, Frau. Du wirst genauso viel davon haben wie ich.« Verheißungsvoll wackelte er mit den Brauen. »Wenn nicht sogar mehr.«

Ich schnaubte. »Immer diese leeren Versprechungen …«

»Leere Versprechungen?« Mit ein paar schnellen Handgriffen wurde er seine Jeans wieder los.

Trotz der schlechten Beleuchtung heftete sich mein Blick wie von selbst auf ihn – und diesmal stand ich nicht mit dem Rücken zu ihm und hatte genug Zeit, um ihn ausgiebig zu betrachten. Angefangen bei seinem attraktiven Gesicht, über seinen Hals, die breiten Schultern und an seinem Oberkörper mit den ansehnlichen Muskeln hinab. Er hatte nicht den Körperbau eines Typen, der jeden Tag stundenlang ins Fitnessstudio ging, denn dafür war er zu groß und zu schlaksig. Er wirkte eher wie ein Athlet mit fein definierter Muskulatur, die ich sowohl mit den Händen als auch mit dem Mund erkunden wollte.

Kurz blieb mein Blick an den blauen Flecken an seinen Seiten hängen und ich erinnerte mich an das, was Cole gesagt hatte. Dass Parker einfach leicht Blutergüsse bekam. Aber es war nicht bloß einer. Oder zwei. Es waren mehrere und die sahen in der bunten Beleuchtung vom Schreibtisch nicht danach aus, als hätte er sich einfach nur irgendwo gestoßen. Vielleicht sollte ich nachfragen, aber Parker wählte natürlich ausgerechnet diesen Moment, um sich mit einem Knie aufs Bett zu stützen.

Jetzt wanderte mein Blick auch an ihm hinab, folgte dem Pfad aus dunklem Haar, der immer weiter gen Süden führte. Parker hatte sich das Kondom schon übergestreift, ohne dass ich es bemerkt hatte, weil ich zu sehr damit beschäftigt gewesen war, den Rest von ihm zu betrachten. Und auch jetzt hätte ich noch ewig so weitermachen können – wären da nicht sein herausforderndes Lächeln und das verlangende Ziehen in meinem Bauch gewesen.

»Bist du fertig?« Grinsend presste Parker seine Hände rechts und links von meinem Kopf in die Matratze. »Sonst kann ich dir noch ein bisschen mehr Zeit zum Bewundern und Anhimmeln geben.«

Bei ihm klang es beinahe so, als wäre das einseitig, dabei wanderte sein Blick genauso an mir hinunter und blieb erst an meinen Brüsten und dann an dem schwarzen Slip hängen, den ich noch immer trug. Aber statt sich sofort auf mich zu stürzen und unseren letzten Kuss fortzusetzen, suchte Parker meinen Blick – und wirkte dabei plötzlich ungewohnt ernst. Fast schon ein wenig besorgt, wenn ich die kleinen Falten auf seiner Stirn richtig deutete. »Das hier ist wahrscheinlich der beschissenste Zeitpunkt, aber …« Er zögerte kurz und schien mit sich zu ringen. »Shit. Haben du und dein Ex …?«

Es dauerte einen Moment, bis ich wieder klar genug denken konnte, um zu begreifen, worauf er hinauswollte. Ich schnaubte leise. »Keine Sorge, du musst nicht übervorsichtig sein. Das ist nicht mein erstes Mal.«

Er gab einen leisen tadelnden Laut von sich. »Nur weil es nicht dein erstes Mal ist, heißt das nicht, dass ich nicht vorsichtig sein sollte, Tea-Tea«, widersprach er leise und strich mir ein paar Haarsträhnen hinters Ohr. »Das hier ist *unser* erstes Mal.«

Und da war es wieder. Etwas in mir schmolz einfach – und ich war vollkommen machtlos dagegen. Parker hatte diese Wirkung auf mich. Ein Blick, ein Lächeln, eine noch so unscheinbare Berührung reichten dafür bereits aus. Aber diese Worte gerade? Und wenn er mich dabei auch noch so warm und gleichzeitig so durchdringend ansah? Wie um alles in der Welt sollte ich ihm da jemals widerstehen können?

»Küss mich endlich, sonst gibt es Tote«, stieß ich hervor.

Er lachte, widersprach aber nicht, sondern ließ sich langsam auf mich sinken, nahm mein Kinn zwischen Daumen und Zeigefinger und küsste mich. Erst nur sanft und neckend, als wollte er mir nur einen Vorgeschmack, aber keinen richtigen Kuss geben. Doch als ich die Arme um ihn schlang und ihn an mich zog, lächelte er an meinen Lippen und forderte meine Zunge mit seiner heraus.

Hätte ich es nicht vorher schon geglaubt, wüsste ich spätestens jetzt, dass Parker jemand war, der sein Wort hielt. Denn er war vorsichtig. Zärtlich. Liebevoll. Und auf seine typische Weise provozierend, was mich nur noch mehr in den Wahnsinn trieb, vor allem als er ewig dazu brauchte, mir endlich das Höschen auszuziehen. Und meine Ungeduld schien ihn auch noch anzuspornen, argh!

Irgendwann war er wieder über mir, aber als er sich für einen weiteren Kuss zu mir hinunterbeugte, schob ich ihn zurück, bis wir uns ein weiteres Mal herumrollten und ich über ihm kniete. Mit einem triumphierenden Lächeln drückte ich ihn zurück, damit er sich gar nicht erst aufsetzen konnte, was Parker lediglich mit einem atemlosen Grinsen quittierte.

»Wenn ich nicht endlich in dir sein kann, gibt es Tote«, wiederholte er meine Worte von eben.

»Das wäre längst passiert, wenn du nicht ewig viel Zeit damit vertrödelt hättest, mich auszuziehen.«

»Ewig viel Zeit?«, wiederholte er ungläubig und setzte sich trotz meines Gewichts auf ihm auf. Seine Finger vergruben sich in meinem Haar, und er zog mich so nahe an sich, dass ich die Funken zwischen uns geradezu körperlich spüren konnte. Seine Mundwinkel zuckten. »Das nennt sich Vorspiel.«

»Oder auch Tutorial«, konterte ich. »Und seit wann spielst du die Tutorials durch, statt direkt mit dem Game anzufangen?«

Bevor er darauf antworten konnte, richtete ich mich auf den Knien auf und ließ mich langsam auf ihn sinken. Obwohl ich damit hauptsächlich Parker zum Schweigen bringen wollte, entwich uns beiden fast zeitgleich ein Stöhnen.

»Fuck …«, stieß er rau hervor und grub die Finger in meine Hüften. »Ich nehme alles zurück. Du hast recht. Der Hauptpart ist wichtiger als jedes Tutorial. Das ist das Beste am ganzen Spiel!«

Ich konnte nicht anders, ich prustete los.

»Lachst du mich etwa aus?« Doch auch Parker grinste – und hielt mich fest, während ich in seinen Armen einen Lachflash hatte.

Mitten beim Sex. Das war neu.

»Alles klar?«, fragte er grinsend und wischte mir mit den Daumen die Lachtränen weg.

Ich nickte.

»Gut.« Sein Lächeln wandelte sich von warm zu frech. »Dann können wir ja endlich loslegen.«

»Endlich? Du hast … oh mein Gott!«

Ohne jede Vorwarnung hob Parker mich an und ließ mich wieder auf sich sinken. Und in dieser Position fühlte es sich so verflucht gut an, dass ich den Rhythmus, ohne auch nur eine Sekunde darüber nachdenken zu müssen, übernahm.

Schon bald waren nur noch schwere Atemzüge, Keuchen und gedämpftes Stöhnen zu hören. Schweiß trat mir auf die Stirn. Mein Herz hämmerte wie verrückt und schien mit jeder Minute nur noch schneller zu schlagen. Parkers Hände begleiteten meine Bewegungen, aber er ließ sie auch über meinen Körper wandern, umfasste meine Hüfte und meinen Hintern, fuhr über meinen Rücken bis hinauf in mein Haar und zog mich für weitere Küsse an sich, die immer kürzer und atemloser wurden.

»Parker …«

»Ich weiß …« Er kam mir entgegen, küsste meinen Hals, meine Brüste und bedachte sie mit derselben Aufmerksamkeit wie vorhin, als wir noch auf der anderen Seite des Raumes an der Wand gestanden hatten. Auf dieselbe Weise, die mich schon dort ganz verrückt gemacht hatte.

Meine Bewegungen wurden fahriger, schneller, unkoordinierter, je näher ich dem Höhepunkt kam. Parker stöhnte an meiner Haut und biss leicht in meinen Hals. Seine Finger gruben sich in meine Hüften, während er mir wieder und wieder entgegenkam. Plötzlich erstarrte er, und ein tiefes Stöhnen drang aus seiner Kehle, dann schob er seine Hand zwischen uns und sorgte mit wenigen perfekten Berührungen dafür, dass auch ich kam. Instinktiv presste ich die Lippen auf seine Haut, um mein eigenes Stöhnen zu dämpfen, während sich alles in mir auf unglaubliche Weise zusammenzog und dann in einem heftigen Kribbeln bis in meine Finger und Zehen ausbreitete.

Ich bewegte mich noch etwas weiter, einfach weil es sich so gut anfühlte, diese Verbindung mit ihm zu spüren. Doch schließlich sackte ich ganz auf ihm zusammen, und wir blieben keuchend sitzen. Sein heißer Atem strich über meine feuchte Haut, und seine Finger glitten federleicht über meine Seiten. Sekundenlang genoss ich nur die Empfindungen, die das hier in mir auslöste, genauso wie Parkers Nähe und die herrliche Leere in meinem Kopf. Doch nach und nach kehrte mein Verstand wieder zurück – und mit ihm die ersten klaren Gedanken.

Ich hatte keine Ahnung, was diese Nacht für uns beide bedeutete. Ich wusste nur, dass ich nichts davon, nicht eine einzige Sekunde, ungeschehen machen wollte. Wenn es nach mir ginge, könnten wir die ganze Nacht so weitermachen und die letzten Stunden bis zu meiner Abreise in Parkers Bett verbringen. Eng aneinandergeschmiegt. Als wäre das hier unser Alltag – und nicht die endlosen Meilen, die ab morgen wieder zwischen uns liegen würden.

Parker
Hey, Tea-Tea?

Teagan
Warum schreibst du mir, wenn du direkt neben mir im Bett liegst?

Parker
😁

Parker
Weil ich für die Ewigkeit festhalten will, wie unglaublich und fantastisch das gerade war 😏

Teagan
🙄

Parker
Guck nicht so! Es WAR unglaublich!

Parker
Willst du das etwa bestreiten?

Teagan
Hmm ...

Parker
Hmm??

Teagan
Ich glaube, mir fehlt noch Vergleichsmaterial, um das wirklich beurteilen zu können ...

Parker

😏 😏 😏

Level 17

Parker

»Oh mein Gott!«, keuchte Teagan neben mir.

Ich drehte den Kopf zu ihr und grinste. »Ja?«

Statt einer Antwort warf sie ein Kissen nach mir, das geradewegs in meinem Gesicht landete. Wie sie überhaupt noch die Kraft dazu hatte, war erstaunlich. Ich für meinen Teil war völlig erledigt. Es war keine Ahnung wie spät, wir lagen verschwitzt und selig lächelnd nach einer weiteren Runde in meinem Bett – und am liebsten würde ich mich gleich noch mal auf sie stürzen.

»Alles klar?«, hakte ich nach. »Du klingst ein bisschen fertig, TR.«

»Ich *bin* fertig!«, nuschelte sie und rieb sich mit den Händen über das Gesicht. »Erst dieser ganze Tag, dann der Stream vor so unheimlich vielen Leuten und jetzt das!« Fast schon anklagend deutete sie auf das Bett unter uns, als könnten Matratze und Holzpaletten etwas dafür, dass wir hier so ausgepowert lagen. »Aber mal ganz im Ernst.« Sie drehte sich auf die Seite und stützte den Kopf in die Hand auf. Leider lag sie unter der dünnen Decke, aber bei der Bewegung rutschte die ein paar Zentimeter tiefer, was mir einen nicht zu verachtenden Blick auf ihr Dekolleté ermöglichte. Zumindest so lange, bis Teagan vor meinem Gesicht herumschnippte. »Hier spielt die Musik.«

»Sicher? Ich finde die da unten nämlich auch sehr spannend.«

Diesmal folgte ein Klaps gegen meine Schulter, der mich grinsen ließ.

»Im Ernst! Wie stehst du das jede Woche mit so vielen Leuten durch? Mehrmals die Woche!?«

»Den Sex? Oder die Streams?«

»Parker!«

»Macht der Gewohnheit?« Ich streckte die Hand aus und strich ihr über den Arm. Einfach nur, um zu sehen, welche Wirkung diese kleine Geste auf sie haben würde. Wie erhofft erschauerte Teagan und bekam eine Gänsehaut. »Aber du hast dich echt gut geschlagen.«

Sie schnaubte. »Das sagst du bloß, um nett zu sein.«

»Wann habe ich jemals etwas zu dir gesagt, nur um *nett* zu sein?«

Einen Moment lang schien sie tatsächlich darüber nachzudenken, dann zuckte sie mit den Schultern, wodurch die Decke noch einen Zentimeter tiefer rutschte. *Hmm.*

»Stimmt auch wieder. Wahrscheinlich glaubt die ganze Welt jetzt, wir wären ein Paar«, grummelte sie und rollte sich ächzend auf den Rücken.

»Nicht die ganze Welt«, korrigierte ich sie bedächtig. »Bloß um die achtzigtausend Leute.«

»Das ist nicht hilfreich!«, rief sie und warf ein zweites Kissen nach mir.

Ich fing es lachend auf und legte es hinter sie auf die Matratze. »Ach komm, es gibt Schlimmeres. Oder?«

»Möglicherweise«, gab sie widerwillig zu.

»Möglicherweise?« Ich lehnte mich über sie, doch meine gespielte Empörung verschwand genauso schnell, wie sie aufgetaucht war, denn Teagan schien sich tatsächlich Sorgen deswegen zu machen. »Mach dir keinen Kopf«, versuchte ich sie zu beruhigen. »Klar wird es nach diesem Stream Gerüchte geben, aber die wären auch da, wenn Sophie oder Eliza vor die Kamera stolpern würden.«

»Aber mit Sophie oder Eliza fummelst du nicht heimlich während eines Livestreams herum. Oder?«

Ihr skeptischer Blick brachte mich zum Grinsen. »Nur wenn ich mich ganz besonders einsam fühle«, behauptete ich und packte ihre Hände, bevor sie wieder etwas nach mir werfen konnte. »Das war ein Witz. Ich hab nur selten Gäste im Stream. Aber ich denke, die meisten haben uns geglaubt, dass wir nur Freunde sind.«

Das waren wir schließlich auch. Freunde. Und wenn es nach mir ginge, auch mehr. Aber dieses *Mehr* war ganz allein unsere Sache. Vor allem, wenn Teagan so neben mir lag wie jetzt, und ich den Blick langsam an ihr auf und ab gleiten lassen konnte, ohne es verheimlichen oder mich deswegen schlecht fühlen zu müssen.

Sie biss sich auf die Unterlippe, was in mir den Drang weckte, mich wieder über sie zu beugen und an ihren Lippen zu knabbern, bevor ich sie um den Verstand küsste. Ihr Geruch haftete noch an den Laken und mit Sicherheit auch an mir. Sie hatte dunkle Spuren unter den Augen, und ihr Mund war vom vielen Küssen etwas geschwollen, was sie aber nur noch attraktiver machte.

»Hoffentlich«, flüsterte sie verspätet. Ihre Stimme war etwas leiser geworden, und sie sah mich direkt an.

Mittlerweile hatte ich es aufgegeben, herausfinden zu wollen, welche Farbe ihre Augen exakt hatten, und hatte die Tatsache akzeptiert, dass sie immer anders aussahen und genauso facettenreich waren wie Teagan selbst. Mal wirkten sie braun und warm, dann grün und stürmisch und gelegentlich wie eine Mischung aus beiden Farbtönen. Wie vorhin, als wir überhaupt erst hier im Bett gelandet waren.

Ich hatte keine Ahnung, wie spät es inzwischen war. Drei oder vier Uhr morgens vielleicht? Früher? Später? Spielte es überhaupt eine Rolle? Ich wusste nur, dass ich total fertig, gleichzeitig aber auch zu aufgekratzt war, um zu schlafen. Und ich wusste, dass das hauptsächlich an der Frau neben mir lag. Daran, dass sie erst seit Kurzem hier war und schon so bald wieder weg sein würde. Daran, dass sie mein Leben, meine Gedanken und Gefühle innerhalb kürzester Zeit total auf den Kopf gestellt hatte. Daran, dass ich nicht wollte, dass sie so schnell schon wieder verschwand.

»Wann geht dein Flug?«, fragte ich schließlich, auch wenn ich mir sicher war, die Antwort darauf gar nicht hören zu wollen. Trotzdem musste ich es wissen.

»Vormittags. Gegen elf, glaube ich«, antwortete sie und seufzte tief. »Irgendwie will ich gar nicht zurück.«

Das Herz schlug mir bis zum Hals, als ich die nächsten Worte aussprach. »Dann bleib hier.«

»Was?« Sie drehte den Kopf zu mir. Als sich unsere Blicke trafen, verzogen sich ihre Mundwinkel zu einem ungläubigen Lächeln. »Meinst du das ernst?«

»Klar, wieso nicht?« Ich zuckte mit den Schultern, als wäre es keine große Sache. Dabei war es eine. Und wie. »Liz ist noch bis zum Ende der Ferien weg, und ihr Zimmer ist frei. Außerdem könntest du dann direkt auf Wohnungssuche gehen, falls du im neuen Semester wirklich hier anfangen willst.«

»Ich will«, sagte sie sofort, was mir ein Lächeln entlockte. »Aber diese Entscheidung liegt nicht bloß bei mir und daran, was ich will. Außerdem gibt es noch andere Colleges.«

Andere Colleges, auf deren Rückmeldung sie wartete. Und nicht alle waren hier oder auch nur in der Nähe von Pensacola. In ein, zwei Monaten könnte Teagan sonst wo sein und ein neues Leben beginnen. Weit weg von hier. Von mir.

»Ich weiß«, murmelte ich und hielt kurz inne, sprach dann jedoch weiter. »Ich wollte dich damit auch gar nicht unter Druck setzen. Sorry. Ich wollte nur … Du hast Möglichkeiten, weißt du? Außerdem wäre es ziemlich cool, wenn du vom WFMAC eine Zusage bekommen würdest.«

»Warum?«, konterte sie. »Weil ich dann dafür sorgen könnte, dass ihr euch ein bisschen weniger gegenseitig in Lebensgefahr bringt?«

»Das auch.« Ich grinste. »Aber dann könnten wir noch öfter zusammen streamen, gemeinsam abhängen, zocken oder wieder an den Strand fahren.«

Ich hätte ewig so weitermachen und Dinge aufzählen können, die wir zusammen tun oder erleben könnten, zwang mich aber dazu, die Klappe zu halten. Denn was ich eben gesagt hatte, war mein voller Ernst gewesen: Ich wollte Teagan nicht unter Druck setzen. Ganz egal wie gerne ich sie hierbehalten würde.

»Das wäre toll«, gab sie leise zu und zog die Knie an. Unvermittelt warf sie mir einen herausfordernden Blick zu. »Dann könntest du auch zumindest *versuchen*, mich bei Beat Saber zu schlagen.«

»Machst du Witze?« Ich setzte mich auf und sah auf sie herunter. »Beim nächsten Mal mache ich dich fertig, Baby.«

»Awww.« Sie lachte auf und stupste mit den Zehen gegen mein Schienbein. »Sagst du dir das jeden Abend vor dem Schlafengehen, um dich besser zu fühlen? Oder morgens vor dem Spiegel?«

»Beides natürlich.« Ich packte sie am Unterschenkel. Kurz fiel mein Blick darauf, dann sah ich ihr wieder ins Gesicht, nur um fast im selben Moment zurück zu ihrem Bein zu schauen.

Genauer gesagt zu ihrem Knöchel und dem kleinen schwarzen Etwas, das meine Aufmerksamkeit auf sich gezogen hatte.

»Ah, da ist ja das Tattoo, von dem du erzählt hast.« Ich fuhr die einzelnen Linien nach, bis ich eine Gänsehaut unter meinen Fingerspitzen spürte und mir ein Lächeln verkneifen musste. »Ist das eine Fee?«

»Eine *Fee?*«, wiederholte Teagan und richtete sich auf den Ellenbogen auf. »Das ist keine Fee. Das ist Tinkerbell.«

Ich riss meinen Blick von der kleinen Tätowierung los und sah ihr wieder ins Gesicht. »Aus Peter Pan?«

»Nein, aus Herr der Ringe«, konterte sie trocken und beobachtete jede meiner Regungen misstrauisch.

Meine Mundwinkel wanderten nach oben, aber ich lachte nicht. Wieso auch? Es war ein richtig gut gestochenes Tattoo einer zauberstabschwingenden Tinkerbell, umgeben von kleinen Sternchen. Abgesehen davon hatte sowieso jeder, der sich freiwillig von Nadeln zerstechen und Tinte unter die Haut schießen ließ, meinen größten Respekt.

Nachdenklich strich ich mit dem Daumen über ihre Haut. »Ich hätte dich nicht für einen Disneyfan gehalten.«

»Bin ich auch nicht«, gab sie mit einem schiefen Lächeln zu. »Peter Pan war schon immer mein Lieblingsmärchen und Tinkerbell meine Lieblingsfigur. Der Disneyfilm ist bloß ein netter Bonus.«

»Verstehe.« Ein letztes Mal fuhr ich mit dem Daumen über ihre Haut, diesmal auch wieder über das Tattoo, dann ließ ich ihr Bein los.

»Diese blauen Flecken …«, begann Teagan plötzlich, und ich erstarrte, zwang mich jedoch sofort dazu, mich ganz unbekümmert zu geben. »Hat Cole recht? Dass da nichts weiter dabei ist?«

»Klar.« Ich tat es mit einem Schulterzucken ab und konzentrierte mich lieber darauf, mit den Fingern die samtweiche Haut ihres Oberschenkels nachzufahren.

»Sicher?«, hakte sie nach und klang dabei so verdammt skeptisch, dass ich fast zusammenzuckte.

Shit, ich hasste es, deswegen zu lügen. Aber was sollte ich auch sagen? Dass meine Mom regelmäßig aggressive Anfälle bekam, bei denen sie fixiert werden musste, weil sie sonst sich selbst oder die Menschen um sie herum verletzte? Dass ich meist derjenige war, der sie festhielt, bis es vorbei war? Dass die Blutergüsse an meinen Seiten und am Rücken daher kamen?

Definitiv nicht. Denn dann müsste ich die ganze Geschichte erzählen – und dazu war ich noch nicht bereit. Selbst bei Callie, meiner besten Freundin, die so ziemlich alles über mich wusste, hatte es Jahre gedauert, bis ich ihr die Wahrheit erzählt hatte. Und manchmal bereute ich selbst das. Zum Beispiel, wenn sie wieder mal ihre Hilfe anbot oder so verdammt viel Mitgefühl in ihrer Stimme lag, wann immer wir über meine Familie redeten, dass es mir die Kehle zuschnürte.

Also nein. Ich würde Teagan nicht die Wahrheit sagen. Genauso wenig wie Cole, Lincoln, Sophie oder Eliza.

Ich winkte ab. »Ich weiß nicht mal, wo die herkommen«, behauptete ich, auch wenn ich mich im selben Moment dafür hasste. »Anfang der Woche war ich daheim und hab die ganze Gartenarbeit gemacht. Du weißt schon – Rasen mähen, Laub zusammentragen, Unkraut jäten und der ganze Mist. Wahrscheinlich kommt es daher.«

»Wahrscheinlich«, bestätigte sie nachdenklich, wirkte aber nicht völlig überzeugt.

»Hey.« Ich stupste sie in die Seite und beschloss, dass es höchste Zeit für einen Themenwechsel war. »Das Angebot steht. Du kannst gerne hierbleiben, wenn du willst.«

Teagan lächelte warm. »Danke, aber ich glaube, dann würde mein Dad durchdrehen.«

»Ja? Er würde aber nicht plötzlich mit einer Schrotflinte vor der Tür stehen, oder?«

Diese Vorstellung entlockte Teagan ein Glucksen. Und dann ein lautes Lachen, bei dem sie sich die Hand vor den Mund schlug. Ganz so, als wollte sie auf keinen Fall jemanden aus der WG wecken. Nun, dabei konnte ich ihr helfen.

Grinsend beugte ich mich über sie und fing ihre Lippen für einen Kuss ein. Und so schnell verschwand ihr Lachen und wich einem leisen Seufzen. Und dann einem kleinen Stöhnen.

Obwohl es schon ziemlich spät sein musste, konnten wir nicht aufhören, uns gegenseitig wach zu halten – und das nicht nur mit heißen Küssen und einem noch heißeren Höhepunkt. Im Anschluss daran verbrachten wir noch mindestens eine weitere Stunde damit, einfach nur zu reden. Über die neuesten Games, über Retro-Spiele, über Highscores und Livestreams, über Schule und Studium, das Wetter, das Meer, Conventions, Funko-Pops, Marvel versus DC und noch so viel mehr. Ich merkte nicht einmal, wie ich immer müder wurde, bis Teagan irgendwann die Augen zufielen und sie in meinen Armen einschlief. Und ich gleich darauf ebenfalls.

Level 18

Parker

Ich will nicht, dass sie geht. Das war der Gedanke, der mir auf dem Weg zum Flughafen immer wieder durch den Kopf ging. Irgendwie seltsam, oder? Ich sollte an die letzten zwei Tage denken, an unsere gemeinsame Nacht oder daran, wie es war, am Morgen mit Teagan in meinen Armen aufzuwachen – total übermüdet, weil wir kaum geschlafen hatten, aber trotzdem mehr als zufrieden. Ich sollte daran denken, was es in mir auslöste, sie reden, lachen, seufzen und stöhnen zu hören. Stattdessen konnte ich nur daran denken, dass ich sie nicht in dieses Flugzeug steigen und gehen lassen wollte. Erst recht nicht, wenn ich keine Ahnung hatte, wann wir uns wiedersehen würden. Über das *ob* dachte ich schon gar nicht mehr nach. Wir wussten beide, dass es ein Wiedersehen geben würde. Geben *musste.* Selbst wenn wir bisher nicht direkt darüber gesprochen hatten.

»Da wären wir«, sagte ich überflüssigerweise und schaltete den Motor aus.

Wir stiegen gleichzeitig aus, und ich holte ihre Reisetasche von der Rückbank, bevor sie danach greifen konnte. Dann ging ich um den Wagen herum und legte ihr den Arm um die Schultern. Seite an Seite verließen wir die Tiefgarage und betraten das Terminal. Wir waren nicht allzu früh dran, da sie kein Gepäck aufgeben musste, doch das bedeutete auch, dass uns nicht mehr viel Zeit zusammen blieb.

»Bisher mochte ich Flughäfen ganz gerne.« Teagan sah zu mir hoch. Sie hatte sich die Augen dunkel geschminkt, trotzdem konnte man ihr den Schlafmangel deutlich ansehen. Wahrscheinlich auch, wie wir die letzte Nacht verbracht hatten, denn in ihren Augen lag trotz des bevorstehenden Abschieds ein verräterisches Leuchten. Und ihre Lippen waren noch immer so verführerisch, dass ich am liebsten stehen geblieben wäre, sie an Ort und Stelle geküsst und nie mehr damit aufgehört hätte. Aber ich beherrschte mich und begnügte mich damit, ihr nur einen fragenden Blick zuzuwerfen.

»Die Spannung, Aufregung und Vorfreude, die in der Luft liegen. Die ganzen herzzerreißenden Wiedersehen ...« Sie schüttelte den Kopf. »Was ich nie mochte, waren die Abschiede.«

Ich drückte ihre Schulter. »Niemand mag Abschiede.«

Sie lächelte schief. »Auch wieder wahr.«

Ich begleitete sie bis zum Security-Check, an dem wir uns trennen mussten. Da Samstagvormittag war, drängelten sich die Leute hier bereits, tranken ihre Wasserflaschen aus, sortierten ihre Taschen neu, nahmen Schmuck und Uhren ab oder standen gelangweilt in der Schlange.

Wir suchten uns eine ruhige Stelle etwas abseits, und ich stellte die Tasche neben uns auf den Boden. Dann zog ich Teagan wortlos in meine Arme. Kurz verspannte sie sich, als hätte sie nicht damit gerechnet, doch dann lehnte sie sich mit einem tiefen Seufzen an mich und schlang die Arme ebenfalls um mich.

Ich hatte keine Ahnung, wie lange wir so dastanden und nur auf die Atemzüge und Herzschläge des anderen lauschten, völlig bewegungslos, während sich die Welt um uns herum weiterdrehte. Vielleicht waren es nur ein paar Sekunden, vielleicht auch Minuten. Es spielte keine Rolle.

Teagan und ich waren immer noch Freunde. Mehr als das … viel mehr. Allerdings hatte ich nach wie vor keine Ahnung, ob sie dieses Mehr überhaupt wollte. Und wie wir das hinkriegen sollten, wenn alles so verdammt unsicher war. Wenn nicht mal klar war, wann wir das nächste Mal richtig miteinander chatten oder zocken konnten, weil sie noch immer kein Internet hatte – weder zu Hause noch auf dem Handy. Davon, wann und unter welchen Umständen wir uns wiedersehen würden, ganz zu schweigen. Zur RTX und nach Pensacola war sie hauptsächlich gekommen, um sich die Colleges anzusehen. Wie würde das in Zukunft sein, wenn sie mit dem Studium begann? Wie würde es sein, wenn sie sonst wo lebte und studierte, nur nicht hier?

Shit. Ich wollte nicht darüber nachdenken, schon gar nicht jetzt, wenn ich sie noch ein paar Sekunden länger im Arm halten konnte. Ich strich ganz leicht mit der flachen Hand über ihren Rücken, und sie revanchierte sich damit, dass sie mich noch etwas fester hielt, ganz so, als wollte sie genauso wenig in dieses Flugzeug steigen und nach Hause fliegen, wie ich sie loslassen wollte.

Ich drückte ihr einen Kuss auf den Kopf und vergrub das Gesicht für einen Moment in ihrem duftenden Haar. Teagan atmete erstickt aus, sagte aber kein Wort. Das musste sie auch nicht. Ich konnte ihr den Tumult nicht bloß ansehen – ich fühlte ihn ja auch. Und es war ein beschissenes Gefühl.

Als eine Durchsage kam, die ihren Flug nach Denver betraf, hob Teagan den Kopf und seufzte tief. Ich folgte ihrem Blick zur Sicherheitskontrolle. Immerhin war die Schlange dort schon wesentlich kürzer geworden. Jetzt würde sie nicht mehr allzu lange anstehen müssen, bis sie an die Reihe kam.

»Ich will nicht gehen«, murmelte sie schließlich, ohne mich anzusehen.

Ich legte ihr die Hand ans Kinn und hob es an, damit sie mir in die Augen sah. Doch das bewirkte nur, dass mein aufmunterndes Lächeln erstarb. »Ich weiß«, erwiderte ich genauso leise und lehnte mich vor, um ihre Lippen ein letztes Mal mit meinen zu berühren. Um ihren Geschmack und ihren Duft ein letztes Mal einzufangen. »Bleib hier. Niemand wird es bemerken. Für die anderen gehörst du eh schon zur WG.«

Das entlockte ihr zumindest ein Schmunzeln, auch wenn es eher bittersüß ausfiel. »Ich kann nicht …«

»Na gut.« Ich stupste sie leicht an. »Dann sorg dafür, dass du bald wieder Internet hast, okay? Wer soll mich sonst bei Guild Wars besiegen und mir dieses dämliche tanzende Lama vorbeischicken?«

Sie grinste. »Ich werde mein Bestes geben.«

Doch dann verblasste ihr Grinsen, genauso wie meine amüsierte Miene. Denn jetzt stand uns der Abschied unmittelbar bevor. Nichts, was ich sagen oder tun würde, konnte etwas daran ändern.

Ein letztes Mal zog ich sie an mich und umarmte sie ganz fest. »Pass auf dich auf«, murmelte ich an ihrem Ohr. »Und …« Ich suchte nach den richtigen Worten. »Gib mir Bescheid, wenn du sicher gelandet bist. Okay?«

»Werde ich«, wisperte sie. »Danke, dass ich herkommen durfte.«

Ich lachte erstickt auf. »Machst du Witze? Das war das Beste, was mir in diesem Jahr passiert ist. Abgesehen davon, wie wir uns kennengelernt haben.«

Sie gab ein Geräusch von sich, aber ich konnte nicht genau erkennen, ob es ein Lachen oder ein Schniefen war. Gott, bitte ein Lachen. Wenn sie jetzt anfangen würde zu weinen, könnte ich sie niemals gehen lassen.

Shit. Wer hätte gedacht, dass dieses spontane Treffen so enden würde? Als ich ihr angeboten hatte, herzukommen, hatte ich mich vor allem darauf gefreut, etwas Zeit mit ihr zu verbringen. Und war froh gewesen, ihr eine Auszeit von zu Hause und zusätzlich die Möglichkeit zu bieten, sich eines ihrer Wunschcolleges anzuschauen. Ich hätte nie erwartet, dass wir eng umschlungen am Flughafen stehen würden und dass es uns beiden so dermaßen schwerfallen würde, uns voneinander zu verabschieden.

Wieder eine Durchsage. Diesmal informierte die monotone Stimme die Wartenden darüber, dass das Boarding für den Flug nach Denver begonnen hatte und sich alle Passagiere bitte umgehend am Gate einfinden sollten.

»Ich muss los.« Widerwillig machte sich Teagan von mir los.

Und obwohl jeder Instinkt in mir dagegen protestierte, ließ ich die Arme sinken und zwang mich dazu, tief durchzuatmen. Ich hatte keine Ahnung, was ich noch sagen sollte. Einerseits hatten wir schon alles gesagt und uns mehr als nur einmal voneinander verabschiedet. Andererseits lagen mir gefühlt tausend ungesagte Worte auf der Zunge, aber ich sprach kein einziges davon aus. Meine Kehle war wie zugeschnürt, und ich konnte mich nicht daran erinnern, wann es mir das letzte Mal so verflucht schwergefallen war, mich von jemandem zu verabschieden.

Aber Worte waren sowieso überflüssig. Stattdessen machte ich einen halben Schritt auf Teagan zu und überbrückte so die Distanz, die sie zwischen uns gebracht hatte, legte die Hände an ihr Gesicht und küsste sie.

Ihre Finger schlossen sich um meine Handgelenke. Sie kam mir entgegen, erwiderte den Kuss so leidenschaftlich wie letzte Nacht und gleichzeitig so verzweifelt, als wäre es das allerletzte Mal. Dann riss sie sich abrupt von mir los. Sekundenlang starrten wir uns nur an, dann schloss sie für einen Moment die Augen und atmete tief durch, als müsse sie sich innerlich wappnen. Nach einem letzten schiefen Lächeln hob sie ihre Tasche auf und ging an mir vorbei Richtung Security-Check. Ich drehte mich um und folgte ihr mit meinen Blicken, aber Teagan sah nicht zurück. Nicht, als sie sich ans Ende der mittlerweile super kurzen Schlange stellte. Nicht, als sie an der Reihe war. Und auch nicht, als sie durch die Kontrolle auf die andere Seite ging, wohin ich ihr nicht folgen konnte.

Erst der brennende Schmerz in meinen Handflächen machte mir klar, dass ich die Hände unbemerkt zu Fäusten geballt hatte. Und dass ich noch immer hier stand, als würde gleich ein Wunder geschehen und Teagan zurückkehren. Was natürlich nicht passierte. Denn Wunder gab es nicht. Hatte ich das nicht schon vor sieben Jahren gelernt?

Mit einem tiefen Seufzen fuhr ich mir mit den Fingern durchs Haar. Ein letzter Blick auf die Anzeigetafel mit den Flügen, und ich verzog das Gesicht. Teagan musste sich wirklich beeilen, um ihren Flieger noch zu erreichen. Wir hatten den Abschied bis zur letzten Minute ausgereizt und jetzt … jetzt war sie weg.

Obwohl sich alles in mir dagegen sträubte, machte ich auf dem Absatz kehrt und wandte der Sicherheitskontrolle den Rücken zu. Ich ging denselben Weg zurück, den Teagan und ich zuvor genommen hatten, nur diesmal allein. Um meine Gedanken zu beschäftigen – und sie davon abzuhalten, zu der Frau zurückzuwandern, mit der ich die letzten Tage und Nächte verbracht hatte –, zog ich mein Handy aus der Hosentasche. Mitten im Terminal blieb ich stehen und starrte auf das Display.

Ein verpasster Anruf von meinem Vater. Vor einer halben Stunde. Ich fluchte innerlich. Shit. Das konnte nichts Gutes bedeuten.

Ich hatte schon auf seinen Namen geklickt, um ihn zurückzurufen, als eine Nachricht von meiner besten Freundin aufploppte. Callie wollte wissen, ob ich mal wieder Zeit und Lust zum Telefonieren hätte. Und wann ich gedachte, ihr von der Frau zu erzählen, mit der ich gestern zusammen gestreamt und die ganze Zeit geflirtet hatte.

Ich schnaubte. Dann setzte ich mich langsam wieder in Bewegung, während ich eine Antwort tippte.

Parker
Sorry, gerade ist es schlecht. Muss wahrscheinlich nach Hause fahren …

Callie
Alles in Ordnung?

Parker
Nope

Callie
Was ist los?

Parker
Das Übliche

Callie
Ach Shit …

Jepp. Das konnte ich genau so unterzeichnen, auch ohne genau zu wissen, warum Dad versucht hatte, mich anzurufen. Sicher nicht, weil die Milch alle war und er wollte, dass ich die drei Stunden zu ihnen hoch nach Alabama fuhr, um für ihn einzukaufen.

Ich biss die Zähne zusammen, als mir alle anderen, wesentlich realistischeren Möglichkeiten einfielen. Mom könnte einen ihrer Anfälle gehabt haben, und da ich nicht da gewesen war, um sie fest- und davon abzuhalten, sich selbst wehzutun, könnte sie sich verletzt haben. Vielleicht musste sie ins Krankenhaus. Oder aber es war sogar noch schlimmer …

Allein diese Möglichkeit drehte mir den Magen um und ich musste gegen die Übelkeit ankämpfen.

Bevor das Display erlöschen konnte, leuchtete es mit einer neuen Nachricht auf.

Callie
Du hast mir mal gesagt: Wenn du je darüber reden willst – und das muss nicht mit mir sein –, dann tu es bitte. Okay?

Ich schloss die Augen und atmete tief durch. Wahrscheinlich hatte sie recht. Dumm nur, dass die einzige Person, bei der ich mir vorstellen konnte, darüber zu reden, gerade durch die Sicherheitskontrolle gegangen und in ein Flugzeug gestiegen war.

Parker
Guten Flug!

Parker
Auch wenn du das wahrscheinlich erst später lesen wirst

Ungefähr vier Stunden später

Teagan
Danke! Bin sicher in Denver gelandet. Jetzt warten und dann noch der Flug nach Seattle

Teagan
Ich will zurück! 😭

Parker
Dann steig in den nächsten Flieger und komm zurück 😊

Teagan
Du glaubst gar nicht, wie gern ich das tun würde …

Parker
Oh doch …

Zehn Minuten später

Teagan
Was steht bei dir heute noch an?

Teagan
Unterhalte mich, ich muss hier noch ewig sitzen und warten 🙄

Parker
Ich glaube nicht, dass das so entertaining ist …

Teagan
So schlimm?

Parker
Na ja …

Sechs Minuten später

Teagan
Noch da? Kam die Nachricht durch?

Parker
Ja. Sorry. War kurz abgelenkt

Teagan
Puh. Zum Glück. Hatte schon Panik, dass nicht mal mehr das Flughafen-Wifi bei mir funktioniert 😱

Teagan
Also? Was steht an?

Parker
Ach … das Übliche. Ein paar Videos, die ich schneiden muss, Mails beantworten, das ganze Social Media Zeug, das ich die letzten Tage vernachlässigt habe und was nach unserem gemeinsamen Stream wahrscheinlich schon explodiert ist 😆

Teagan
Wer hat noch mal beschlossen, dass wir zusammen streamen?

Parker
😆

Teagan
😘

Parker
Tja, und heute Abend steht dann auch schon der nächste Stream an

Teagan
Zu schade, dass du keinen hast, der dich beim Spielen ablenken kann …

Parker
Oh ja. Glaub mir, das bereut keiner mehr als ich

Teagan
😁

Level 19

Teagan

Es war kurz nach zehn Uhr abends, als ich zu Hause ankam. Glücklicherweise hatte ich bei der Rückreise keine vier Stunden in Denver auf den Anschlussflug warten müssen, sondern nur zwei, trotzdem war ich total erledigt. Erledigt und aufgekratzt. Am liebsten würde ich sofort in mein Zimmer rennen, den PC starten und online gehen, um Parker zu schreiben oder irgendetwas mit ihm zu zocken. Ob privat oder vor aller Welt in seinem oder meinem Stream war mir sogar egal. Ich wollte nur ... Zeit mit ihm verbringen. Argh. So etwas kannte ich überhaupt nicht von mir, aber es war einfach die Wahrheit.

Ich parkte meinen Wagen an der üblichen Stelle, schaltete den Motor aus und schnappte mir die Tasche vom Beifahrersitz, bevor ich ausstieg. Ich war so in Gedanken versunken, dass ich das Licht im Haus erst bemerkte, als ich es schon betreten hatte.

Zögerlich stellte ich meine Reisetasche auf der untersten Treppenstufe ab und folgte dem Lichtschein, der mich jedoch nicht wie erwartet in die Küche führte, sondern ins Wohnzimmer. Der Raum, den Dad und ich in der Regel eher vermieden, weil Moms Handschrift hier noch immer am deutlichsten zu erkennen war. Sei es in den schönen Landschaftsgemälden an der Wand, den gemütlichen Sofas mit den vielen kleinen Kissen oder dem Couchtisch, den sie bei einem Künstler hier im

Ort gekauft hatte – alles in diesem Zimmer erinnerte an sie. Aber auch an andere Dinge, die untrennbar mit diesem Raum verbunden waren, wie die vielen Streitereien zwischen Mom und Dad oder die zahllosen Serienabende, die Mom und ich zusammen auf diesem Sofa verbracht hatten. All das sorgte dafür, dass sowohl mein Dad als auch ich uns nie lange genug mit diesem Raum befassten, um etwas daran zu ändern. Es tat einfach zu weh.

Und trotzdem brannte genau hier das Licht, und als ich das Wohnzimmer betrat, fand ich Dad auf dem Sofa sitzend vor. Er hob den Kopf, als ich hereinkam und musterte mich einmal von oben bis unten, beinahe so, als wollte er sicherstellen, dass ich noch ganz war. Dann setzte er sich langsam auf.

»Wo warst du?«, fragte er mit trügerischer Ruhe.

Ich schluckte und versuchte, mir nichts von meiner Irritation anmerken zu lassen. Das hier konnte nichts Gutes bedeuten. Überhaupt nicht. Dad verbrachte den Samstagabend sicher nicht im verhassten Wohnzimmer auf der Couch und wartete auf mich, bloß weil er nichts Besseres zu tun hatte.

»In Pensacola. Mir das College anschauen. Das weißt du doch.«

»Nein, Teagan. Denn du bist wie beim letzten Mal einfach losgefahren, ohne mir Bescheid zu geben, was du vorhast. Oder um Erlaubnis zu fragen.«

»Wie bitte?«, stieß ich ungläubig hervor. Ich wollte mich nicht auf einen Streit einlassen, aber diese Anschuldigung war total lächerlich. Das konnte ich nicht einfach so stehen lassen. »Ich habe dir eine Nachricht dagelassen, dir eine E-Mail geschrieben und sogar Susanna informiert, damit sie dir Bescheid gibt, wenn du mal zu Hause bist. Und als dir dann endlich aufgefallen ist, dass ich weg bin, und du mich mit Nachrichten bombardiert hast, habe ich dir gleich getextet, dass ich noch am

Leben bin und wo ich mich aufhalte. Was soll ich denn noch tun? Ich werde ganz sicher nicht bei dir in der Firma anrufen und mir von deiner Sekretärin einen Termin geben lassen, nur um mit meinem eigenen Vater zu reden. Das kannst du echt nicht von mir verlangen.«

Er stand ruckartig auf. »Das tue ich doch gar nicht!«

Doch. Genau das tat er, ob es ihm bewusst war oder nicht. Indem er nie zu Hause und nie zu erreichen war, blieb das die einzige Möglichkeit, um mit ihm zu sprechen, falls ich ihn mit etwas Glück nicht doch alle paar Tage zufällig zu Hause antraf.

»Ach, wirklich?«, schoss ich zurück. »Wie soll ich dir denn Bescheid geben, was ich tue oder wohin ich fahre, wenn du nie da bist?«

Er zuckte zusammen, erwiderte aber nichts darauf. Und für einen Moment glaubte, nein, befürchtete ich, ihn tatsächlich verletzt zu haben. Aber … wie? Ich hatte doch nur die Wahrheit gesagt. Er war wirklich kaum da – und es war ja nicht mal so, als wäre das eine neue Entwicklung. Ich kannte es kaum anders. Von früher, als ich noch klein gewesen war, hatte ich mehr Erinnerungen an Dad, aber in den letzten zehn Jahren? Fehlanzeige.

Er rieb sich mit beiden Händen über das Gesicht. Erst jetzt registrierte ich, dass er unrasiert war. Die Krawatte hing ihm viel zu locker um den Hals, und er wirkte ein bisschen blass. Hatte er … hatte er sich etwa Sorgen um mich gemacht? Jetzt auf einmal? Dann hätte er zumindest noch einmal anrufen und nachfragen können, wo genau ich war und was ich machte. Oder mir die Hölle heißmachen, weil ich ihm nicht so Bescheid gesagt hatte, wie er es gerne wollte. Aber Dad hatte nach meiner Textnachricht nicht noch mal angerufen. Wahrscheinlich war er direkt danach wieder ins Büro gefahren und hatte für den Rest des Tages vergessen, dass seine einzige Tochter tausend Meilen weit weg war.

Ob es bei Mom damals genauso gewesen war? Hatte er ihre Abwesenheit auch erst Tage später bemerkt, als sie schon längst auf und davon und wahrscheinlich bereits in Paris bei ihrem neuen Lover war? Ich schluckte die Bitterkeit hinunter, aber etwas davon blieb in meinem Mund zurück.

»Ich weiß nicht mehr, wo du bist, mit wem du dich triffst oder was du vorhast«, gab er schließlich zu und ließ die Hände sinken. »Es ist, als würde ich dich gar nicht mehr kennen, Teagan.«

»Ich würde sagen, das hast du noch nie.«

Er presste die Lippen zu einer schmalen Linie zusammen, nickte zu meiner Überraschung jedoch. »Ich schätze, das hab ich verdient.«

Nein. Nein, nein, nein. Ich wollte nicht diejenige sein, die ihm wehtat. Dafür war ich nicht nach Hause zurückgekommen. Und auch wenn ich noch immer sauer auf ihn war, weil er den WLAN-Router mitgenommen und mich zu einer Existenz ohne Internet und ohne meine wenigen sozialen Kontakte verdammt hatte, wollte ich ihm nicht wehtun. Das hatte Mom schon zur Genüge getan.

»Dad …« Ich machte einen halben Schritt auf ihn zu.

»Nein, du hast recht.« Er löste die Krawatte und warf sie auf die Couch. »Ich war dir kein besonders guter Vater. Ich habe immer viel zu viel gearbeitet, aber früher hattest du deine Mom, für die du die ganze Welt warst.«

Nicht genug, um mich nicht genauso zurückzulassen wie dich, dachte ich zynisch, sprach die Worte jedoch nicht aus. Musste ich auch nicht. Ich war mir ziemlich sicher, dass Dad sie mir ansehen konnte.

»Und dann … dann habe ich immer noch zu viel gearbeitet«, gab er zu und fuhr sich mit der Hand durch das Haar. »In der einen Sekunde warst du noch das kleine Baby, in der nächsten bist du schon erwachsen und so verdammt selbstständig geworden, Teagan. Du nimmst keine Hilfe an und suchst nie meinen Rat. Nicht mal, wenn es um die Entscheidung für ein College geht.«

»Weil ich deinen Rat nicht brauche!«, platzte ich heraus. »Ich weiß genau, was ich studieren will. Du bist derjenige, der einfach nicht wahrhaben will, dass ich in wenigen Monaten nicht auf einer tollen Elite-Uni sein, sondern Game Design studieren werde. Das, was *ich* will. Nicht *du*.«

»Das ist nicht fair …«, begann er.

Mein schrilles Auflachen unterbrach ihn. »Nicht fair? Echt jetzt?« Ungläubig breitete ich die Arme aus. »Nicht fair ist, dass du nie zu Hause bist und mir einen Vorwurf daraus machst, wenn ich mal weg bin! Nicht fair ist, dass du mich dazu zwingst, mich bei den Unis zu bewerben, wo du mich haben willst, und dass es dich einen Dreck interessiert, was ich mit meinem Leben anfangen will.«

»Das reicht!« Dads Stimme donnerte durch das Wohnzimmer.

Jeder Muskel in meinem Körper war in Alarmbereitschaft und mir schlug das Herz bis zum Hals, aber ich blieb, wo ich war. Ich würde nicht nachgeben. Ich weigerte mich, einfach aufzugeben. Nicht, wenn ich noch immer die Chance darauf hatte, einen Platz an einem der Colleges zu bekommen, die mein Wunschstudium anboten. Und zwar nicht nur als Nebenfach oder mit irgendwelchen Auflagen verbunden, sondern genau so, wie ich es mir erhoffte.

»Deine Bewerbungen an den Colleges, wo ich dich haben will, wie du es nennst, sind wichtig. Außerdem hast du bereits eine Zusage bekommen. Was willst du denn tun, wenn du nicht in Austin oder Pensacola oder sonst wo angenommen wirst? Für den Rest deines Lebens Kaffee machen und in deinem Kinderzimmer irgendwelche Spiele spielen?«

Ich zuckte zusammen, aber er war noch nicht fertig.

»Ich habe dir mehr als einmal gesagt, dass ich dir die Ausbildung bezahlen werde«, fuhr Dad sichtlich um Ruhe bemüht fort. Doch die Ader an seiner Stirn pochte heftig.

Ich schnaubte. »Ja, aber nur an der Georgetown University oder den anderen Colleges, die du ausgewählt hast. Was ich will, spielt keine Rolle, oder? Das hat es noch nie. Nicht für dich und nicht für Mom!«

Diesmal war Dad derjenige, der zusammenzuckte. Alle Farbe wich aus seinem Gesicht. »Dass deine Mutter uns verlassen hat, hatte nichts mit dir zu tun, Teagan.«

»Nein, sie hat es getan, weil du nie da warst. Und wenn du mal da bist, willst du allen deinen Willen aufzwingen!«, stieß ich hervor. »Wie oft soll ich es noch sagen? Ich will selbst entscheiden, wo und was ich studiere! Und ich brauche deine Unterstützung nicht. Ich kann mich sehr gut selbst finanzieren.«

»Mit deinen Spielen und dem Job als Barista? Mach dich nicht lächerlich, Teagan.«

»Wann wirst du endlich begreifen, dass es nicht nur irgendwelche Spiele sind? Dass mir das wichtig ist? Dass es das ist, was ich beruflich machen will? Warum kannst du nicht ein einziges Mal zuhören und mich nach meinen Wünschen fragen, statt alles für mich zu entscheiden?«

Meine Worte hingen zwischen uns in der Luft, und ich rechnete fest mit einer Retourkutsche, einem heftigen Streit oder sogar der Androhung von Hausarrest. Doch da kam nichts. Und während ich ihn verwirrt musterte, betrachtete mich mein eigener Vater, als würde er mich gerade zum ersten Mal sehen.

»Ich …« Er zögerte. Hielt inne. Versuchte es noch mal.

»Denkst du wirklich, ich will dich kontrollieren? Ich versuche nur, das zu tun, was das Beste für dich ist.«

Verdammt, warum wurde meine Kehle auf einmal so eng?

Ich schluckte hart. »Das Beste für mich wäre, wenn du mir zuhören würdest. Wenn ich meine eigenen Entscheidungen treffen und meine eigenen Fehler machen könnte.«

Er seufze tief und fuhr sich mit den Fingern durchs Haar. »Ich will dich doch nur beschützen.«

»Ich brauche keinen Beschützer. Ich brauche meinen Dad.«

»Und ich versuche, dein Dad zu sein.« Er schüttelte langsam den Kopf und trat einen zögerlichen Schritt auf mich zu. »Aber anscheinend mache ich keinen besonders guten Job. Ich kann mich kaum daran erinnern, wann wir das letzte Mal ein richtiges Gespräch geführt haben, ohne uns zu streiten oder dass du nach drei Sätzen wütend in dein Zimmer gestürmt bist.«

Sah er das wirklich so? Stieß ich ihn genauso von mir wie er mich? War ich etwa genauso sehr schuld, dass unsere Vater-Tochter-Beziehung praktisch nicht existent war? Vielleicht war es die lange Reise, vielleicht die Erschöpfung oder die Tatsache, dass ich Parker vermisste und noch immer keine Ahnung hatte, wie mein Leben in wenigen Wochen aussehen würde, doch diese Vorstellung trieb mir die Tränen in die Augen.

»Oh nein«, stieß Dad hervor und verzog das Gesicht, als hätte ich ihm gerade in den Magen geboxt. »Bitte weine jetzt nicht, Kleines. Ich kann es nicht ertragen, wenn du weinst. Das konnte ich noch nie.«

»Tu ich doch gar nicht«, behauptete ich und wischte mir mit dem Unterarm über die Augen, dann zog ich die Nase hoch und atmete tief durch. »Ich … ich bin bloß so sauer auf dich, aber ich will dich auch umarmen und anschreien und … und ich vermisse meinen Dad«, flüsterte ich.

Ich hatte auch Mom vermisst, als sie plötzlich ohne jede

Nachricht weg gewesen war und mich alleine und vollkommen verwirrt zurückgelassen hatte, aber diese Empfindung war Wut und schließlich bitterer Gleichgültigkeit gewichen. Ich hatte gelernt, mein Leben ohne sie zu leben und würde die Lektion, die sie mir erteilt hatte, niemals vergessen. Aber ich war darüber hinweggekommen. Ich hatte weitergemacht.

Was jedoch Dad anging ... Wie konnte man jemanden vermissen, mit dem man unter ein und demselben Dach wohnte? Wie konnte man seinen eigenen Vater vermissen, wenn man kaum gemeinsame Erinnerungen hatte? Ich begriff es nicht, aber es war so. Und zu wissen, dass er zwar in der Nähe, aber immer unerreichbar für mich war, tat fast genauso weh wie das, was Mom getan hatte. Wenn nicht sogar mehr.

»Ich vermisse dich auch«, gab er nach einem Moment zu. »Ich weiß, dass ich viel zu viel arbeite und wir uns deswegen zu wenig sehen. Dass ich zu wenig für dich da war, vor allem nachdem uns deine Mutter verlassen hat.«

Bei der Erwähnung von Mom sah ich zur Seite und starrte aus dem Fenster in die Dunkelheit hinaus. »Das ist schon lange her«, murmelte ich, auch wenn es sich an manchen Tagen, so wie jetzt, überhaupt nicht so anfühlte. Denn heute Abend war es wie eine aufgerissene Wunde, die wieder angefangen hatte zu bluten. Und wir standen beide daneben und sahen zu, statt etwas dagegen zu unternehmen.

Ich holte tief Luft und zwang mich dazu, wieder zu ihm zu sehen. Wir standen uns beide noch immer wie zwei Kontrahenten im Wohnzimmer gegenüber. Wie zwei Fremde, die sich gleich in einen Kampf stürzen würden. Und ich war es so leid, ständig gegen ihn ankämpfen zu müssen.

»Warum gehen wir nicht in die Küche?«, schlug ich vor und deutete hinter mich, weil ich diesen Raum und all die Erinnerungen, die er in sich trug, nicht länger ertragen konnte.

Dad nickte und folgte mir in die Küche, wo ich mich auf einen Hocker an der Kochinsel fallen ließ, während er den Wasserkocher einschaltete. Ohne nachzufragen, stellte er mir kurz darauf einen Tee hin.

»Danke«, sagte ich, legte die Hände um die warme Tasse und trank einen Schluck. Dann atmete ich tief durch und suchte seinen Blick. »Wollen wir ... vielleicht ... einfach nur ein bisschen reden? Ohne uns anzuschreien oder uns Vorwürfe zu machen?«, fragte ich schließlich.

Ein zögerliches Lächeln erhellte seine Züge und er setzte sich mit seiner eigenen Tasse neben mich. »Das ... klingt gut. Erzähl mir vom College in Pensacola – und dem Flug dahin. Der war noch länger als der nach Austin, oder?«

Es war mitten in der Nacht, als ich die Tür zu meinem Zimmer schloss und mich für einen Moment dagegenlehnte. Wenn ich bei meiner Ankunft schon erschöpft gewesen war, dann war ich jetzt völlig erledigt. Und gleichzeitig hellwach, denn nach dem langen Gespräch mit Dad in der Küche hatte er mich damit überrascht, dass er den Router zurückgebracht und angeschlossen hatte. Was bedeutete, dass ich wieder Internet hatte.

Das musste ich sofort ausnutzen.

Ich stieß mich von der Tür ab, warf die Reisetasche neben das Bett auf den Boden und flitzte zu meinem Schreibtisch. Ungeduldig wartete ich, dass der Rechner hochfuhr und sich mit dem Internet verband, und tippte gleichzeitig Nachrichten an Parker und Alice. Ich war wieder da! Ich konnte wieder texten, streamen, zocken und bei allem mitreden, was in der Welt so passierte.

Es dauerte eine gefühlte Ewigkeit, bis ich endlich wieder online war und alle Programme und Seiten öffnen konnte. Kurz bevor ich den Livestream startete, fiel mir ein, dass ich nach der stundenlangen Reise mal in den Spiegel schauen sollte, bevor ich meine Zuschauer erschreckte, also rannte ich ins Bad, duschte schnell, bürstete mir das Haar und frischte mein Make-up auf, dann saß ich schon wieder vor den Monitoren, setzte die Kopfhörer auf, überprüfte das Mikrofon und startete den Stream.

»Hallo zusammen!«, rief ich mit so viel Enthusiasmus, dass ich selbst kurz lachen musste. »Ich bin zurück. Endlich! Wir können wieder Tomb Raider und all die anderen tollen Games spielen!«

Immer mehr Leute kamen online, und im Chat rauschten die Nachrichten schneller durch, als ich es in Erinnerung hatte. Was daran liegen könnte, dass ich in dieser Samstagnacht deutlich mehr Zuschauer hatte als sonst bei meinen Streams. In diesem Moment fiel mir ein, was Parker bei unserem gemeinsamen Stream in seinem Zimmer gesagt hatte: *Tut mir einen Gefallen und folgt ihr alle mal.*

Gott, war das wirklich erst knapp vierundzwanzig Stunden her? Mir kam es so vor, als würden Wochen dazwischenliegen, gleichzeitig aber auch, als wäre es nur einen Herzschlag her, dass er mich vom Stuhl hochgezogen und geküsst hatte.

Ich hatte dank meiner anfänglichen Nervosität gar nicht damit gerechnet, dass mir der Livestream mit Parker so viel Spaß machen würde. Genau wie diese beiden Tage in Pensacola. Ich mochte nicht allzu viel von der Stadt gesehen haben, aber ich war auf dem Campus und am Strand gewesen. Und in der WG. Diese Leute – allen voran Parker, aber auch Cole, Sophie und Lincoln – hatten meinen Besuch dort zu etwas Besonderem gemacht. Zu etwas, das ich nicht so schnell vergessen würde.

»Wahh, ihr seid so viele geworden!« Ich grinste. »Gebt mir einen Moment, um hinterherzukommen. Was habe ich verpasst?«

Während weitere Begrüßungen und News gleichermaßen durch den Chat rauschten, versuchte ich, sowohl meinen Zuschauern die nötige Aufmerksamkeit zukommen zu lassen als auch meinem Handy. Alice, die Verrückte, war trotz zwei Stunden Zeitverschiebung noch wach und hatte mir geantwortet. Sie freute sich fast mehr als ich, dass mein Internet zurück war, und hatte zur Feier des Tages, wie sie es nannte, bereits auf allen Social-Media-Plattformen verkündet, dass es einen spontanen Stream geben würde.

Parker hatte allerdings noch nicht geantwortet, und als ich kurz auf dem zweiten Monitor nachsah, war er auch nicht online. Hm. Seltsam. Hatte er, während ich in Denver gewartet hatte, nicht gemeint, dass er heute Abend streamen würde? Oder war das schon vorbei? Ich sah zum zweiten Mal prüfend auf die Zeitanzeige am oberen rechten Bildschirmrand. Sieben Minuten nach zwölf. In Pensacola musste es kurz nach zwei sein. Aber so schnell beendete Parker seine Livestreams normalerweise nicht. Und selbst wenn, war er meistens noch eine Weile wach – so gut kannte ich ihn mittlerweile. Auch unser gemeinsamer Stream war länger gegangen – obwohl der ein sehr abruptes Ende gefunden hatte, weil wir es beide keine Sekunde länger ausgehalten hatten.

Und da kamen auch schon die ersten Fragen nach Parker im Chat. Woher wir uns kannten. Ob wir ein Paar waren. Wie es war, zusammen zu streamen und ob wir das in Zukunft öfter machen würden. Ob wir nur Freunde waren. Ob er eine Freundin hatte. Wo er heute Abend steckte.

Huch? Okay, dann schien er wirklich nicht online gewesen zu sein. Wahrscheinlich war er einfach eingeschlafen – kein Wunder, nach der letzten Nacht. Aber das hieß dann wohl auch, dass wir nicht zusammen zocken würden. Schade. Obwohl die Sache mit dem Router total überraschend und ungeplant passiert war, hatte ich mich insgeheim bereits darauf gefreut, mit Parker zu spielen. Dabei wäre es mir ganz egal gewesen, ob wir ein neues Battle im Guild Wars PvP ausfochten, ein paar Runden als Überlebende bei Dead by Daylight oder als Soldaten in Player Unknown's Battlegrounds spielten oder etwas ganz anderes zockten. Hauptsache, wir hätten noch ein wenig mehr Zeit miteinander verbracht. Aber nun musste ich mich wohl damit abfinden, dass nichts davon eintreffen würde. Und ich hasste mich ein kleines bisschen dafür, mich mal wieder einer trügerischen Hoffnung hingegeben zu haben. Dabei wusste ich doch am besten, dass Hoffnung nur zu Enttäuschung führte. Und dass Menschen einen immer wieder enttäuschten, ob sie das nun wollten oder nicht.

Allerdings würde ich mir vor meinen Zuschauern sicher nichts davon anmerken lassen. Also ignorierte ich die ganzen Fragen zu Parker und ging nur auf belangloses Zeug ein. Auch meinen Besuch in Pensacola erwähnte ich mit keinem Wort und tat die letzte Woche nur mit einer schnellen Bemerkung zu »Internetproblemen« ab, was ja auch der Wahrheit entsprach. Bevor noch mehr Leute nachhaken konnten, startete ich den dritten Teil von Tomb Raider, und schon bald verloren wir uns alle in Laras Abenteuer.

Wir hatten gerade mal ein neues Level geschafft, als auf dem anderen Monitor eine Benachrichtigung aufleuchtete: *Parker4G ist online.*

Und mein dämliches Herz, dem das Thema Hoffnung, Enttäuschungen und der ganze Rest offenbar komplett egal war, klopfte schlagartig schneller.

Nur mit Mühe konnte ich ein Lächeln unterdrücken, als ich Parkers Nachricht las, in der er fragte, ob wir zusammen zocken wollten.

»Okay, Leute, kleine Planänderung«, verkündete ich und

ging ins Menü, um das Spiel zu verlassen. »Wir spielen jetzt etwas mit Parker. Wer hat Lust, zuzusehen, wie wir ihn bei Guild Wars fertigmachen?«

Kurz nach 3 Uhr morgens

Parker
Sorry, dass ich so spät war

Parker
Bin eingeschlafen. Die Nacht davor war ja ziemlich kurz 😌
Und mein Kopf war wieder mal kurz vorm Platzen

Teagan
Kein Problem. Jetzt besser?

Parker
Ja, hab was eingenommen, dann ging es

Parker
Wobei, nein. Es war furchtbar! Nur deshalb hat mich dein Team besiegt 😭

Teagan
Hahaha

Teagan
Zu spät 😈

Parker
😆

Teagan
Nein, im Ernst jetzt. Alles okay?

Parker
Jepp

Parker
Bei dir auch? Du hast wieder Internet 😁

Teagan
Ja, Dad und ich haben uns mehr oder weniger ausgesprochen

Parker
Das freut mich. Und das nicht nur, weil du jetzt wieder online bist 😊

Teagan
Mich auch 😊

Parker
Noch mehr würde es mich freuen, wenn du jetzt noch hier wärst 😆

Teagan
In deinem Bett?

Parker
Genau da 😏

Teagan
😂

Parker
Das war mein Ernst!

Teagan
Ich weiß

Kurze Zeit später

Parker
Du hast nicht zufällig ein paar Zusagen bekommen, während du weg warst?

Teagan
Leider nicht

Teagan
Aber auch keine Absagen

Parker
Immerhin!

Teagan
Ist bei dir wirklich alles okay? Du warst im Stream ein bisschen abgelenkt …

Parker
Alles gut

Teagan
Okay …

Wenige Minuten danach

Parker
Hey, Tea-Tea?

Teagan
Hm?

Parker
Schlaf schön ...

Parker
... und träum von mir 😆

Teagan
😂

Level 20

Parker

Shit.

Ich starrte auf die E-Mail und versuchte zu begreifen, wie zum Teufel das passiert sein konnte. Ein ziemlich cooler Deal mit einem großen Spieleentwickler war soeben geplatzt. Das bedeutete: keine Einladung nach Los Angeles zur Premierenparty, kein exklusiver Livestream vor Ort und kein erstes Anspielen online noch vor allen anderen Gamern. Und das war ganz allein meine Schuld. Weil ich die Anfrage zwar gelesen, dann aber wieder vergessen hatte. Vielleicht hatte ich auch geglaubt, sie schon beantwortet zu haben, aber um ehrlich zu sein, hatte ich keine Ahnung.

Seufzend lehnte ich mich im Stuhl zurück und rieb mir über die Schläfen, hinter denen es wieder mal unangenehm pochte. Wann hatte ich das letzte Mal länger als zwei, drei Stunden am Stück geschlafen? Und wie spät war es überhaupt?

Ich sah zu den Monitoren, doch hier hatten sich bereits die … na, die … ach, verdammt! Hübsche Urlaubsbilder flackerten darüber. Leider hatte ich keines davon selbst aufgenommen. Wie auch? Mein letzter richtiger Urlaub lag ungefähr acht Jahr zurück.

Ich streckte mich, um Richtung Fenster zu schauen, aber die Vorhänge waren zugezogen. Ich erinnerte mich nicht mal, wann ich das gemacht hatte. Gestern? Oder vor einer Woche?

Als Teagan noch hier gewesen war? Scheiße. Ich hatte jedes Zeitgefühl verloren.

Und jetzt war mir auch noch eine richtig tolle Chance durch die Lappen gegangen, weil ich sie schlichtweg vergessen hatte. Shit. Nun würde irgendein anderer großer YouTuber dort aufkreuzen und das Game als Allererstes exklusiv anspielen. Dabei hatte ich mich schon seit der Ankündigung vor fast einem Jahr darauf gefreut.

Frustriert stand ich auf und fuhr mir mit der Hand durchs Haar. Mein Nacken knackte, und das Pochen in meinem Kopf nahm zu. Und damit auch das ungute Gefühl, das mich seit geraumer Zeit begleitete. Wie ein leiser Verdacht, den ich einfach nicht wahrhaben wollte. Nicht vor ein paar Monaten, als ich das erste Mal nächtelang wach gelegen hatte. Nicht während Teagans Besuch, als ich so rastlos gewesen war, dass an Ausruhen nicht zu denken gewesen war. Nicht, seit die Kopfschmerzen mein beinahe ständiger Begleiter geworden waren. Ich wollte nicht an all die potenziellen Ursachen denken, aber vor allem wollte ich nicht an diese eine Möglichkeit denken, auf die alles hinzudeuten schien. Und gleichzeitig konnte ich auch nicht *nicht* daran denken, weil Dad und ich seit meinem letzten Besuch beinahe täglich, aber mindestens alle zwei Tage miteinander telefonierten. Weil sich die Situation daheim verschlechtert hatte. Und weil genau das eingetroffen war, vor dem Mom sich immer gefürchtet hatte: Sie war zu einem Pflegefall geworden.

Jetzt konnten sie ihren Zustand nicht mehr vor aller Welt verheimlichen und den Nachbarn vormachen, Mom wäre einfach nur viel beschäftigt und deshalb nie zu sehen oder zu sprechen. Denn jetzt kam regelmäßig eine Pflegefachkraft vorbei, um Dad zu unterstützen. Er hatte sich lange dagegen gewehrt, weil er es ebenso wenig wahrhaben wollte wie ich oder wie Mom selbst, aber mittlerweile ging es nicht mehr anders.

Selbst wenn wir uns deswegen gestritten hatten und ich ihm das praktisch hatte aufzwingen müssen, indem ich alles organisierte und die Rechnungen von meinem Einkommen aus den Streams und Werbedeals beglich. Was der schwerwiegendste Grund war, sich über den verpassten Deal zu ärgern.

»Fuck!« Ich fuhr mir mit beiden Händen über das Gesicht, dann griff ich nach meinem Smartphone.

Es gab nur eine Person, mit der ich über all das sprechen konnte. Nur einen Menschen, der mir womöglich weiterhelfen und mich im besten Fall sogar beruhigen konnte. Jemand, der mir sagen konnte, dass ich mir das alles nur einbildete und mir Sachen zusammenreimte, die nicht da waren. Die einfach nicht sein konnten.

Es klingelte dreimal, dann ertönte die vertraute Stimme: »Hey …«

Ich schluckte hart. »Hey, Calls.«

»Was ist los?«, fragte sie alarmiert, und ich erinnerte mich wieder daran, dass ich ja gar nicht wusste, wie spät es überhaupt war. Es könnte drei Uhr nachmittags, vier Uhr morgens oder kurz nach elf Uhr abends sein. Welcher Tag war heute eigentlich?

»Sorry, wenn ich störe«, begann ich, aber sie unterbrach mich knallhart.

»Quatsch. Was ist los, Parker? Du klingst nicht gut.«

Ich schnaubte leise. Womöglich lachte ich auch. Wer wusste das schon so genau.

»Ich … muss dich etwas fragen.«

»Okay …?«

Ich atmete tief durch und rieb mir mit Daumen und Zeigefinger über die Nasenwurzel. »Ich muss dich etwas als ehemalige Medizinstudentin und Arzttochter fragen«, sagte ich leise.

»Jetzt machst du mir Angst. Was ist los? Ist irgendetwas passiert? Brauchst du Hilfe?«

»Nein, alles gut«, behauptete ich, nur um im nächsten Moment den Kopf zu schütteln. »Okay, das ist gelogen. Nichts ist gut, aber es ist auch nichts passiert. Also, noch nicht. Da sind nur diese … Symptome, und ich will deine Einschätzung dazu wissen.«

Callie zögerte. »Was für Symptome?«

Ich krallte die Finger in meinen Nacken. »So einiges«, murmelte ich und versuchte, alles irgendwie zusammenzubekommen. »Ich bin schon seit Ewigkeiten total rastlos und kann kaum schlafen, weil so viel Zeug in meinem Kopf herumschwirrt. Ich bin unruhig. Ständig müde. Es fällt mir immer schwerer, mich auf Sachen zu konzentrieren. In den Livestreams geht das, weil mich Adrenalin und Koffein durchbringen – aber alles andere? Shit. Manchmal fallen mir bestimmte Wörter nicht mehr ein. Und Cole und den anderen zufolge bin ich vielleicht auch …« Ich schluckte.

»Vielleicht auch …?«

Ich seufzte tief. »Reizbar geworden. Und isoliere mich, aber ich schwöre, das liegt nur daran, dass ich so scheiße viel zu tun habe. Und es wird einfach nicht weniger. Außerdem … hab ich öfter Kopfschmerzen als früher. Fast jeden Tag.«

»Parker …«, begann Callie, aber ich schüttelte den Kopf, auch wenn sie es nicht sehen konnte.

»Bei meiner Mom hat es damals genauso angefangen«, stieß ich hervor und sprach damit die Worte aus, die mir schon vor diesem Telefonat auf der Zunge gebrannt hatten, und die ich bisher einfach nicht hatte wahrhaben wollen. Callie war die erste und einzige Person, mit der ich je darüber gesprochen hatte, und das auch nur, weil sie dank meiner blauen Flecken längst geahnt hatte, dass etwas zu Hause nicht stimmte. Mittlerweile wusste sie, woher die Blutergüsse stammten, warum ich näher an meine Heimatstadt gezogen war und regelmäßig nach Hause fuhr. Sie wusste auch, dass die Diagnose bereits sieben Jahre zurücklag und Moms Lebenserwartung von Tag zu Tag kürzer wurde.

»Du weißt, wie leid mir das tut, oder?« Ich hörte sie tief durchatmen.

»Ja.« Ein kurzes, hartes Lachen entkam mir, und ich grub die Finger fester in meinen Nacken. »Mir auch, Callie. Mir auch …«

Und genau deshalb hatte ich es vorher nie jemandem erzählt. Ich wollte kein Mitleid und auch kein Mitgefühl, keine tröstenden Worte, Umarmungen oder gut gemeinte Ratschläge. Wozu auch? Nichts davon würde etwas an der Situation ändern. Nichts davon würde etwas daran ändern, dass Mom krank war. Dass sie nicht mehr sie selbst war. Und dass sie schon sehr bald sterben würde.

»Also?«, hakte ich schließlich nach und verfluchte mich selbst dafür, wie heiser meine Stimme klang. Ich räusperte mich. »Was denkst du?«

»Ich bin kein Profi auf dem Gebiet und studiere nicht mehr Medizin, aber … ich finde, du solltest mit deinem Dad sprechen und dich untersuchen lassen, Parker.« Sie seufzte zwar, und ich konnte ihr anmerken, dass sie es nicht gerne aussprach, aber sie war wie immer ehrlich.

Genau deshalb hatte ich sie angerufen. Ich wollte keine Beschönigungen, Floskeln oder beruhigenden Worte. Ich wollte die Wahrheit. Und ich wusste, dass ich die von meiner besten Freundin bekommen würde.

»Die Symptome sind nicht wirklich eindeutig«, fuhr sie fort. »Es könnte alles Mögliche sein. Vielleicht ist es der Stress oder du hast Burn-out, aber …«

»Aber es könnten auch die ersten Anzeichen einer Frontotemporalen Demenz sein«, unterbrach ich sie, wobei meine Stimme so brüchig klang, als hätte ich seit Monaten nicht mehr geredet, und mein Mund so trocken war, als hätte ich Papier gegessen.

»Oder das, ja. Vor allem, wenn du sagst, dass es bei deiner Mom auch so angefangen hat.«

Und ich wusste nur zu gut, dass diese Krankheit vererbt werden konnte, selbst wenn das Risiko ziemlich gering war. Doch das musste nichts bedeuten, wenn ich bereits die gleichen Symptome entwickelte wie Mom.

Allein die Vorstellung, mich genauso zu verändern wie meine Mutter, bis ich nicht mehr ich selbst war und die wichtigsten Menschen in meinem Leben nicht mehr erkannte, drehte mir den Magen um. Mal ganz davon abgesehen, dass diese Krankheit immer tödlich endete, und das meist nur wenige Jahre, nachdem die ersten Probleme aufgetaucht waren.

Ich hatte nicht mal gemerkt, dass ich das Bett angesteuert hatte, bis ich die Matratze unter mir spürte. Ich musste mich setzen, weil meine verdammten Knie mich nicht länger tragen wollten und weil ich am ganzen Körper zitterte.

»Scheiße …«

»Parker …« Callie zögerte kurz, klang dann aber umso entschlossener. »Ist es nicht besser, eine eindeutige Diagnose zu haben, statt dich weiter mit diesem Verdacht herumzuquälen?«

Nein.

Die Antwort lag mir sofort auf der Zunge, aber ich sprach sie nicht aus. Weil Callie recht hatte. In allen anderen Situationen wüsste ich auch lieber, was Sache war, statt mich ständig fragen zu müssen: Was wäre, wenn? Aber in diesem Fall? Wenn ich genau wusste, was diese Krankheit aus einem Menschen machte? Wie sie eine Person von Grund auf zerstören konnte?

Ich schluckte hart. Nein. Ich wollte die Diagnose nicht hören. Ich hatte keine Ahnung, was zum Teufel ich dann tun sollte. Und dabei ging es nicht mal allein um mich. Denn diese verfickte Krankheit hatte mir nicht nur Mom, sondern auch Dad genommen. Er war nicht mehr der energiegeladene Vater, der Witze riss und mit Mom und mir im Sommer eine Wasserpistolenschlacht im Garten veranstaltete. Derselbe Mann, der früher stundenlang vor dem Grill gestanden und die ganze Nachbarschaft zum Barbecue eingeladen hatte, widmete mittlerweile sein ganzes Leben seiner pflegebedürftigen Frau und kam kaum mit dem Haushalt, der Gartenarbeit, den ganzen Besorgungen und Rechnungen hinterher. Weil er sich selbst im Grunde genauso verloren hatte wie Mom.

»Du musst das nicht allein durchstehen«, hörte ich Callie sagen. »Wenn du willst, begleite ich dich bei den Arztbesuchen.«

Ich runzelte die Stirn. »Ist das dein Ernst?«

»Nein, ich mache Witze.« Sie schnaubte. »Natürlich ist das mein Ernst, du Idiot!«

Obwohl ich es nicht mal ansatzweise für möglich gehalten hatte, musste ich lächeln. Selbst wenn es nur für einen Sekundenbruchteil war. Aber genau daran wollte ich mich später zurückerinnern – dass meine beste Freundin mich sogar in einer beschissenen Situation wie dieser zum Lächeln gebracht hatte.

Falls ich mich später überhaupt noch an diesen Moment erinnern konnte.

»Lass mich erst …« Ich räusperte mich. »Lass mich erst nach Hause fahren und mit meinem Vater reden. Er kennt die Symptome besser als jeder andere und hat miterlebt, wie es bei Mom angefangen hat. Vielleicht … vielleicht kann er schon Entwarnung geben.«

»Aber bitte geh trotzdem zum Arzt. Nur um sicherzugehen«, beharrte Callie. »Anhaltende Kopfschmerzen sind nie etwas, was man einfach so ignorieren sollte. Genauso wenig wie die anderen Dinge, die du beschrieben hast.«

Ich fluchte innerlich und rieb mir über die brennenden Augen. »Okay«, gab ich schließlich nach, auch wenn es das Letzte war, was ich tun wollte. Aber wenn ich mich nicht untersuchen ließ und Klarheit bekam, würde mir das auch nicht helfen. Ich würde nie mehr zur Ruhe kommen und müsste alles in meinem Leben – jeden Menschen, jede Entscheidung, jede noch so winzige Kleinigkeit – infrage stellen. Aber vor allem mich selbst.

»Melde dich, wenn du daheim bist«, bat sie. »Ich kann vorbeikommen – oder auch nicht, wenn du lieber in Ruhe mit ihm reden willst. Sag mir einfach Bescheid, okay? Keine Ausreden.«

»Ich weiß echt nicht, wie Keith das jeden Tag und jede Nacht mit dir erträgt.«

»Er ist blind vor Liebe und sieht meine ganzen Macken und Fehler nicht«, kam die prompte Antwort.

Und diesmal musste ich nicht nur lächeln, mir entkam sogar ein kleines Lachen. »Anders kann man sich das wirklich nicht erklären. Danke, Calls.«

»Nichts zu danken. Und, Parker?«

»Ja?«

»Rede mit deinen Freunden. Sprich mit *ihr*.«

Mit Teagan.

Warum zur Hölle ich so dumm gewesen war, Callie von ihr zu erzählen, wusste ich selbst nicht mehr. Ach ja, doch: Sie hatte uns in diesem Livestream vor einer Woche zusammen gesehen und mich so lange mit Fragen gelöchert und mit Nachrichten terrorisiert, bis ich ihr die ganze Geschichte erzählt hatte. Jetzt bekam ich die Quittung dafür.

»Mal sehen«, antwortete ich unverbindlich. Denn die Wahrheit war: Ich wollte nicht darüber reden. Nicht mit Cole, Linc oder Sophie – und erst recht nicht mit Teagan. Sie war die Letzte, die je etwas hiervon erfahren sollte.

»Parker!«

»Danke für deine Hilfe«, fiel ich ihr ins Wort, bevor sie eine Schimpftirade auf mich loslassen konnte, bei der sie ihrer Stiefmutter Stella erschreckend ähnlich wurde. »Ich melde mich, wenn ich zu Hause bin.«

»Na gut. Dann versuch jetzt ein bisschen zu schlafen. Es ist zwei Uhr nachts.«

Oh. Ups.

»Mache ich. Du auch.«

»Gute Nacht!«

Ich legte auf – und hatte das seltsame Gefühl, mit diesem Gespräch mein Schicksal besiegelt zu haben.

Teagan
Hey, hast du die Ankündigung gesehen???

Teagan
Es gibt ein neues Update!

Ein paar Stunden später

Teagan
Sind meine Nachrichten angekommen?

Parker
Shit

Parker
Ja, sorry

Parker
Ich war mir sicher, dir schon geantwortet zu haben.

Teagan
Kein Problem. Alles okay bei dir?

Parker
Ja. Alles bestens. Sorry

Level 21

Teagan

Acht Stunden und zehntausend Kaffeevariationen später verabschiedete ich mich von Charlie und der neuen Aushilfe Sabrina, und ließ mich auf den Fahrersitz meines Wagens fallen. Mein Kopf schwirrte von den vielen Gesprächen und Extrawünschen und ich war mir ziemlich sicher, dass meine Geruchsnerven allesamt von Kaffeebohnen und Milchschaum verätzt waren. Trotzdem nippte ich jetzt an meinem Iced Latte und genoss jeden einzelnen Schluck davon. Seltsam? Vielleicht. Aber das war mir so was von egal.

Ich brauchte noch einen Moment, um runterzukommen und die Motivation aufzubringen, den Motor zu starten, also blieb ich einfach sitzen und schlürfte meinen Kaffee. Auf dem Parkplatz hinter dem Coffee Shop war abends unter der Woche sowieso nicht viel los. Alles, was ich durch die Fenster sehen konnte, waren zwei andere Autos und drei einsame Motten, die um die Straßenlampe herumschwirrten, die vor wenigen Sekunden flackernd angesprungen war.

Eine Weile beobachtete ich das sinnlose Treiben und trank weiter, bis nur noch das Knirschen von Eis in meinem Becher zu hören war. Seufzend stellte ich ihn in den Getränkehalter und griff nach meinem Handy auf dem Beifahrersitz. Beim Einsteigen hatte ich es zusammen mit meiner Tasche einfach hingeworfen. Jetzt entsperrte ich das Display in der Hoffnung, irgendetwas Spannendes darauf vorzufinden. News aus der Gaming-Szene beispielsweise. E-Mails, die zur Abwechslung kein Spam waren. Ein Lebenszeichen von Parker. Doch der Bildschirm blieb erschreckend leer. Weder Neuigkeiten noch Mails und erst recht keine Textnachrichten von Parker.

Grübelnd nagte ich an meiner Unterlippe. Wie lange war unser letztes richtiges Gespräch nun her? Ein paar Tage? Oder war es schon eine ganze Woche? Ich konnte mich nicht daran erinnern, dass wir uns jemals so lange nichts zu sagen gehabt hatten. Allerdings konnte ich mich auch kaum daran erinnern, wie mein Leben gewesen war, bevor ich ihn und sein Team bei Guild Wars fertiggemacht hatte und wir uns kennengelernt hatten. Wie traurig war das bitte?

Frustriert warf ich das Handy zurück, schnallte mich an und startete den Motor. Ich hatte keine Lust, Trübsal zu blasen oder mich aufzuregen. Und ganz bestimmt würde ich nicht enttäuscht sein, nur weil sich irgendein Typ nicht mehr bei mir meldete. Selbst wenn dieser Typ Parker war. Stattdessen würde ich nach Hause fahren, ausgiebig duschen, mir etwas Gemütliches anziehen, etwas essen und dann den Livestream starten. Ich war fast mit Tomb Raider III durch und konnte es gar nicht erwarten, endlich mit dem vierten Teil der Reihe anzufangen. Durch meine kurze internetlose Phase hatte sich das Durchspielen etwas gezogen, aber jetzt war ich hochmotiviert. Vor allem, wenn das bedeutete, diesen nervigen Arbeitstag zu vergessen. Oder die Tatsache, dass ich langsam anfing, mir Sorgen zu machen, weil diese Funkstille so untypisch für Parker war.

Ich parkte den Wagen vor dem Haus. Wozu mir die Mühe machen, ihn in die Garage zu stellen, wenn ich morgen Vormittag sowieso wieder in den Coffeeshop fahren würde? Mittlerweile war es Nacht geworden. Nur am Horizont im Westen, wo die Sonne gerade untergegangen war, leuchtete der Himmel noch eine Spur heller. Auf dem Weg zur Haustür hörte ich die Grillen zirpen und ein leises Bellen in der Nachbarschaft. Irgendwo quakten ein paar Frösche, doch abgesehen davon war es völlig still. Fast schon gruselig. Vor allem, wenn ich bedachte, wie anders es nachts in der WG in Pensacola gewesen war. Sicher, auch dort war es nicht allzu laut gewesen, aber auf jeden Fall lauter als hier. Und obwohl ich mich in der ersten Nacht noch daran gestört hatte, kam es mir seit meiner Rückkehr zu Hause fast schon *zu* ruhig vor. Wie seltsam war das, bitte?

Ich schloss die Tür auf und drehte mich zur Alarmanlage um, um sie auszuschalten. Aber sie war bereits aus. Huh? Das war ungewöhnlich.

»Susanna?«, rief ich und legte meine Handtasche auf den Treppenstufen ab.

Sie musste noch da sein, sonst wäre die Alarmanlage an gewesen. Vielleicht war sie noch nicht mit dem Abendessen fertig oder Dad hatte ihr wieder mal einen riesigen Stapel Hemden zum Bügeln gegeben. An einen Einbrecher oder etwas in der Art wollte ich gar nicht erst denken. Das hier war eine der sichersten Gegenden der Stadt. Einbrüche hatte es zuletzt vor zwei Jahren in den Sommerferien gegeben, als die ganzen Familien mit Kindern im Urlaub waren und irgendwelche Idioten ihre Balkontüren offen gelassen hatten.

Als ich den Lichtschein in der Küche entdeckte, atmete ich erleichtert auf. »Hey, was …« Abrupt blieb ich in der Tür stehen. »Dad?«

»Hey, Liebling.« Er sah von seinem Laptop auf und nahm die Brille ab. »Wie war die Arbeit?«

Ich blinzelte verdutzt. Was um alles in der Welt machte mein Vater schon hier? Es war gerade mal kurz nach neun, höchstens halb zehn, und Dad war nie so früh zu Hause. Wenn überhaupt. Obwohl sich das seit unserer Aussprache geändert hatte. Er arbeitete noch immer viel, versuchte aber, öfter und vor allem regelmäßiger zu Hause zu sein. Zweimal hatten wir sogar zusammen zu Abend gegessen, was irgendwie … schön gewesen war. Allerdings hatte er heute Morgen mit keinem Wort erwähnt, dass er früher heimkommen würde.

»Was ist los?«, fragte ich und ging zum Kühlschrank, um mir ein Glas Wasser einzugießen.

»Ich hab mir ein bisschen Arbeit mit nach Hause genommen, weil ich nicht genau wusste, wann du vom Coffeeshop zurückkommst.« Er klappte den Laptop zu und stand auf. »Übrigens hast du Post.«

»Hm?«, machte ich und trank ein paar Schlucke, ehe ich das Glas absetzte und den Umschlag, den er mir hinhielt, aus zusammengekniffenen Augen musterte. »Was ist das?«

Er lächelte. »Sag du es mir.«

Als ich den Absender erkannte, überschlug sich mein Magen, und mein Herz begann zu rasen. Der Brief war vom West Florida Media & Arts College. Und es war kein dünner Umschlag wie bei den bisherigen Absagen. Bedeutete das etwa …?

»Und da ist noch einer.« Dad hielt den zweiten Brief hoch, noch bevor ich den ersten geöffnet hatte, und drehte ihn in der Hand. Auch das war kein dünner Umschlag. »Von einem gewissen Terrence College in Austin, Texas.«

Heilige Scheiße. Ich musste mich setzen.

Blindlings ging ich um die Kochinsel herum und tastete nach den Stühlen am Frühstückstisch, zog einen hervor und ließ mich daraufplumpsen.

»Teagan!« Dad war sofort bei mir und ging neben mir in die Hocke. »Alles in Ordnung, Liebling?«

Ich nickte, da ich kein einziges Wort über die Lippen brachte. Auch ohne die Briefe geöffnet zu haben, wusste ich, dass ihr Inhalt über mein ganzes weiteres Leben entscheiden würde.

Völlig egal, ob es sich dabei um Zu- oder Absagen handelte. Was auch immer darin stand, würde meine Zukunft bestimmen. Und obwohl ich in den letzten Wochen und Monaten nur darauf gewartet und einen Moment wie diesen herbeigesehnt hatte, war ich mir plötzlich überhaupt nicht mehr sicher, ob ich dafür bereit war.

Alles würde sich ändern. Mein Zimmer wäre nicht mehr mein Zimmer. Ich würde nicht mehr in meinem Bett schlafen, sondern ganz woanders. In einer anderen Stadt, einem anderen Haus. Bei fremden Menschen, die sich dieselbe Wohnung und dasselbe Wohnheim mit mir teilten. Ich würde nicht länger im Coffeeshop arbeiten und mit Charlies stoischer Ruhe konfrontiert werden, wann immer ich mich tödlich über irgendwelche Idioten aufregte. Es würde keine monatlichen Abendessen mit der ganzen Familie mehr bei meinen Großeltern geben, weil ich viel zu weit weg wohnen würde. Und ich würde Dad noch seltener sehen als ohnehin schon. Wie seltsam, dass ich ausgerechnet jetzt daran denken musste, wo mir genau diese Tatsache bisher doch nichts ausgemacht hatte. Im Gegenteil. Ich war froh gewesen, die Freiheit zu haben, kommen und gehen zu können, wie ich wollte, und tun zu können, was immer mir in den Sinn kam. Vor allem um die vielen abendlichen Stunden im Livestream, während derer ich zocken und fluchen und mit meinen Zuschauern reden konnte, ohne mir Gedanken darüber machen zu müssen, dass Dad mich hören könnte.

Ich schluckte. Nach diesem Sommer würde auch das nicht länger zu meinem Leben gehören, weil ich dann vermutlich nicht mehr den Platz, das Equipment und die Zeit haben würde, um noch weiter zu streamen. Dann wäre es vorbei damit, Lara stundenlang durch die ganze Welt zu jagen, neue Games anzutesten und online mit Parker zu spielen.

Von irgendwoher tauchte ein Glas mit einer dunklen, perlenden Flüssigkeit darin auf. Mechanisch griff ich danach und trank es bis zur Hälfte aus. Erst danach, als sich der süße Geschmack in meinem Mund ausbreitete, realisierte ich, dass es Cola gewesen war.

Dad nahm mir das Glas aus der Hand und stellte es auf den Tisch. »Besser?« Auf seiner Stirn hatten sich tiefe Falten gebildet und er musterte mich besorgt.

Ich nickte und musste mich räuspern, um meiner Stimme wieder etwas Kraft zu verleihen. »Danke. Ich war … bin … ich bin nur überrascht.«

Er lächelte nachsichtig und rieb mir ein wenig ungelenk über den Rücken. »Das ist ziemlich aufregend, hm?«

Wieder ein Nicken. »Versuchs mit beunruhigend. Furchterregend. Grausam.«

Er zog eine Grimasse. »Na komm. So schlimm kann es nicht sein, oder?«

»Doch. Das ist dasselbe Gefühl, wie wenn man in einem Spiel plötzlich eine Arena betritt – und komplett unvorbereitet ist. Die Musik ändert sich und wird super dramatisch. Überall liegen Munition und Heilmittel herum. Und du wartest nur darauf, dass der Bossgegner auftaucht und dich niedermetzelt.«

Irgendwie rechnete ich damit, dass Dad mich ganz konfus anstarren oder das Ganze mit einem Lachen abtun würde. Er wusste ja nicht, wie das war, in einem spannenden Game gegen einen übermächtigen Gegner antreten zu müssen, während man ganz allein zu Hause und total tief im Spiel versunken war. Aber zu meiner Überraschung lachte mein Vater nicht.

Er wirkte zwar etwas irritiert, sagte aber nichts zu meinem Vergleich, sondern rieb mir nur weiter über den Rücken. »Willst du nicht reinschauen und herausfinden, was sie sagen?«

Doch. Nein. Gott, ich hatte keine Ahnung. Ich wusste nur eines: Nichts konnte schlimmer sein als diese Ungewissheit. Dieser Schwebezustand und dieses Nichtwissen waren das Letzte. Dann lieber die Wahrheit erfahren, auch wenn sie wehtat. Ich hatte keine Ahnung, was ich tun sollte, wenn mich das WFMAC und das Terrence College am Ende beide ablehnten, aber es zu wissen, war immer noch besser, als sich ständig zu fragen: was wäre, wenn?

Also nickte ich auf Dads Frage hin und setzte mich auf.

»Hier.« Er hielt mir beide Umschläge hin.

Ich zögerte. Zuerst der Brief aus Texas? Oder der aus Pensacola, einer Stadt, mit der mich jetzt schon mehr verband als mit jedem anderen Ort der Welt – von meiner Heimat mal abgesehen. Ich atmete tief durch, schnappte mir den Umschlag vom Terrence College und riss ihn auf.

Sehr geehrte Miss Teagan Ramona Scott,

vielen Dank für Ihre Bewerbung für den Studiengang Game Design. Ihre Bewerbungsmappe und Ihr Anschreiben haben uns sehr beeindruckt, sodass wir uns freuen, Ihnen heute mit Beginn des kommenden Semesters einen Studienplatz am Terrence College in Austin, Texas, anbieten zu können.

Oh. Mein. Gott. *Oh mein Gott!* Ich starrte auf die Buchstaben. Dann zu Dad. Dann wieder auf den Brief, aber die Nachricht blieb dieselbe.

»Und? Und??«, fragte er und klang dabei so ungeduldig, als würde es sich um seine eigene Collegebewerbung handeln.

»Ich … sie … Sie wollen mich«, stieß ich hervor. »Sie bieten mir einen Studienplatz an.«

»Das ist großartig, Teagan! Ich bin so stolz auf dich.«

Bis eben war ich mir absolut sicher gewesen, dass mich nichts noch mehr schockieren konnte als die Zusage aus Texas. Doch jetzt belehrten mich Dads Worte eines Besseren. Worte, von denen ich nie gedacht hätte, sie eines Tages aus seinem Mund zu hören.

Ich runzelte ungläubig die Stirn. »Wirklich …?«

»Aber natürlich!« Er starrte mich einen Moment lang verwirrt an, dann seufzte er leise. »Ich weiß, ich bin nicht besonders … besonders gut darin, es zu zeigen, und ich war lange gegen dieses Hobby, ähm, gegen diese Art von Studium, aber … Teagan, du hast es geschafft. Du hast alles darangesetzt, deine Noten zu verbessern, eine offenbar fantastische und vor allem überzeugende Bewerbungsmappe zusammengestellt und nebenbei auch noch gearbeitet. Und jetzt hast du die Zusage. Ich könnte gar nicht stolzer auf dich sein.«

Ich wusste nicht, ob ich ihm um den Hals fiel oder Dad mich in eine feste Umarmung zog – und letzten Endes spielte es keine Rolle. Zum ersten Mal seit … immer hatte ich das Gefühl, meinen Vater wiederzuhaben. Und zum ersten Mal fühlte es sich nicht so an, als ob Mom fehlte. Weil es genug war. Wir beide waren genug.

Er ließ mich los und strich mir in einer ungewohnten Geste über den Kopf. »Das ist das College, auf das du unbedingt gehen wolltest, oder?«

Ich nickte hastig, zögerte dann jedoch, als mein Blick auf den zweiten, noch ungeöffneten Umschlag fiel. Was, wenn mir das West Florida Media & Arts College eine Absage geschickt hatte? Wäre ich dann enttäuscht? Und was, wenn es eine Zusage war – auch wenn ich mich kaum traute, diese Möglichkeit überhaupt in Erwägung zu ziehen. Was würde ich dann tun?

Dad hielt mir den Brief hin. »Willst du ihn nicht aufmachen?«

Ich atmete tief durch, dann griff ich mit zittrigen Händen danach und öffnete auch diesen Umschlag. Aus irgendeinem dämlichen Grund hämmerte mein Herz diesmal so viel schneller als bei dem Schreiben aus Texas. Dabei sollte das hier nicht wichtiger sein als die Zusage vom Terrence College. Absolut nicht. Trotzdem wurde mir gleichzeitig heiß und kalt, als das Logo des Colleges in Florida auf dem Briefkopf zum Vorschein kam.

Hastig überflog ich die Zeilen, las bis zu einer ganz bestimmten Stelle, dann zuckte mein Blick zurück an den Anfang.

»Und?«, hakte mein Vater nach und breitete ungeduldig die Hände aus. »Was sagen sie?«

Parker

»In nächster Zeit muss ich leider ein paar Streams ausfallen lassen«, verkündete ich so unbekümmert wie möglich und vermied dabei jeden Blick in Richtung Chat. »Aber keine Sorge, Leute, danach geht es in alter Frische weiter. Wir sehen uns in ein paar Tagen, spätestens aber in ein, zwei Wochen! Passt auf euch auf!«

Ich winkte in die Kamera, dann schaltete ich den Livestream aus. Ohne jede Erklärung. Ohne auch nur einen einzigen Grund zu nennen, warum die nächsten Livestreams nicht stattfinden und sehr wahrscheinlich weniger Videos als sonst auf YouTube erscheinen würden. Die Wahrheit war: Ich konnte und wollte meine Zuschauer nicht anlügen – und das würde ich automatisch tun, wenn ich mir irgendeine Geschichte ausdachte oder irgendeinen Bullshit von wegen Urlaub erzählte. Aber ich konnte ihnen auch nicht die Wahrheit sagen, weil ich die selbst noch nicht kannte. Weil ich mir noch immer nicht sicher war, ob ich sie überhaupt wissen wollte. Oder ob ich damit klarkommen würde.

Ächzend ließ ich mich in den Stuhl zurückfallen und rieb mir mit beiden Händen über das Gesicht. Hinter meiner Stirn pochte es wieder, aber ich versuchte es zu ignorieren. Genauso wie die ständige Müdigkeit und dass ich mich nur noch mit Kaffee und Energydrinks über Wasser hielt. Und mit Lincolns Energieriegeln. Mein Körper schrie vor Erschöpfung, und jeder einzelne Muskel tat mir weh. Gleichzeitig begannen meine Gedanken nun, da der Stream zu Ende war, wieder zu rasen und in jede mögliche und unmögliche Richtung zu wandern.

Wahrscheinlich sollte ich mich trotzdem hinlegen und wenigstens versuchen, ein paar Stunden Schlaf abzubekommen. Gleichzeitig fragte ich mich, wozu überhaupt. Es war ja nicht so, als würde ich tatsächlich schlafen können. Von erholsam ganz zu schweigen. Außerdem musste es mittlerweile nach zwei Uhr sein, da konnte ich die Nacht auch durchmachen.

Ich ließ die Hände sinken und drehte mich mit dem Stuhl, damit ich nicht mehr auf den inzwischen dunklen Monitor starren musste. Mein Blick fiel auf die gepackte Reisetasche auf dem Bett. Normalerweise schmiss ich nur ein, zwei T-Shirts, Zahnbürste und saubere Unterwäsche rein. Alles andere hatte ich zu Hause bei meinen Eltern. Diesmal war die Tasche deutlich voller. Ich hatte nicht die geringste Ahnung, wie lange ich dort sein würde, also wollte ich lieber auf alles vorbereitet sein. Selbst darauf, nicht so bald wieder in die WG zurückzukehren.

Ich riss mich von dem Anblick los und versuchte das letzte bisschen Konzentration dafür aufzubringen, alles für meine Abwesenheit vorzubereiten. Auf den ganzen Social-Media-Kanälen Bescheid geben. Noch mal eine Info-Mail an meine beiden Moderatoren schicken. Sichergehen, dass alle geplanten Videos geschnitten und hochgeladen waren und zur eingestellten Zeit online gehen würden. Ein letztes Mal checkte ich meine Mails, aber dort hatte sich in den letzten Minuten nichts verändert Dann schaltete ich alles aus. Beide Rechner. Die Monitore. Die LED-Leiste.

Seufzend stand ich auf und nahm mein Handy vom Tisch. Während des Streams hatte es ein paarmal kurz aufgeleuchtet, aber ich war mitten in einem Egoshooter-Game gewesen und konnte mir keine Sekunde Ablenkung erlauben. Jetzt sah ich, dass ich drei ungelesene Nachrichten hatte.

Teagan
Hey, bist du da? Hast du kurz Zeit??

Teagan
Oh, ich sehe gerade, du streamst noch. Danach vielleicht?

Teagan
Ich muss unbedingt mit dir reden! Ruf mich an oder schreib mir, wenn du kannst, okay?

Mein Daumen schwebte bereits über dem Antworten-Button, doch dann zögerte ich – und verfluchte mich gleichzeitig in Gedanken für mein Zögern. Weil es keinen Grund dafür gab. Nur weil ich eine Weile nicht online sein würde, bedeutete das nicht, dass ich den Kontakt zu allen anderen Menschen einstellen musste. Schon gar nicht den zu Teagan. Aber … was sollte ich ihr sagen? Wie sollte ich ihr meine plötzliche Abwesenheit erklären, wenn ich es weder meinen langjährigen Zuschauern noch meinen Mitbewohnern erklären konnte? Dabei *wollte* ich es Teagan erklären, ich *wollte* mit ihr reden und ihr alles erzählen. Aber dann fiel mir wieder ein, was mir in den nächsten Tagen bevorstand. Was das für mich, meine Zukunft und die Menschen in meinem Leben bedeuten könnte. Und ich zögerte.

Mit einem stummen Fluch auf den Lippen schaltete ich das Handy aus, ohne die Nachrichten zu beantworten oder Teagan anzurufen. Ich würde mich später bei ihr melden. Später, wenn das alles vorbei war und ich hoffentlich wieder klar denken konnte. Aber nicht jetzt.

Nach einem letzten Rundumblick durch mein Zimmer schnappte ich mir die Reisetasche und die Autoschlüssel, schaltete das Licht aus und verließ das Zimmer. In der Küche schrieb ich eine Nachricht an Cole, Sophie und Linc und heftete den Zettel für alle gut sichtbar an den Kühlschrank. Dann ging ich.

Die fast vierstündige Fahrt von Florida nach Alabama verbrachte ich wie in Trance. Die Straßen waren leer, sogar auf der Interstate war es mitten in der Nacht – oder eher sehr früh am Morgen – erstaunlich ruhig, und ich konnte ohne Pause durchfahren. Erst als ich in die Straße einbog, in der mein Elternhaus stand, realisierte ich, dass ich bereits angekommen war. Ich stellte den Wagen am Straßenrand ab, um Dad nicht zuzuparken, falls er schnell losmusste, um irgendwelche Besorgungen zu erledigen, schaltete den Motor aus und lehnte mich zurück.

Meine Augen brannten, meine Muskeln waren ganz steif vom vielen Sitzen, und in meinem Kopf war ein einziges Chaos und gleichzeitig komplette Leere. Vielleicht hätte ich mich doch vorher aufs Ohr hauen sollen, bevor ich ins Auto stieg, aber jetzt war es dafür zu spät. Ich war angekommen – und musste mich praktisch dazu zwingen, jetzt auch auszusteigen. Denn nun gab es kein Zurück mehr.

Die Sonne war schon vor einer Weile aufgegangen und

blendete mich. Ich schloss die Augen, legte den Kopf in den Nacken und atmete tief durch. Die Luft war feucht und frisch, obwohl sie schon jetzt die Wärme des kommenden Tages in sich trug. Vögel zwitscherten, und der Wind rauschte in den Bäumen. Als ich die Augen wieder öffnete, erkannte ich vereinzelte Sterne und einen halben Mond am Himmel. Wann war ich das letzte Mal um diese Uhrzeit draußen gewesen? Ich konnte mich kaum daran erinnern. Und obwohl diese ganze Szenerie etwas Beruhigendes hatte, wurde ich das mulmige Gefühl im Bauch nicht los. Nicht, als ich meine Tasche aus dem Wagen holte und ihn abschloss. Nicht, als ich auf mein Elternhaus zuging, die Tür öffnete und es betrat. Und auch nicht, als ich in der Tür zur Küche stehen blieb und meinen Vater in seinem dunkelblauen Morgenmantel am Tisch sitzend vorfand. Er hatte das Gesicht in den Händen vergraben und gab keinen Ton von sich, aber seine Schultern bebten.

Alles in mir erstarrte.

»Dad …?«

Er hob den Kopf und starrte mich an. Seine Augen waren gerötet, und er hatte tiefe Ringe darunter. Auf seinen Wangen schimmerten Tränen.

»Donovan?«, krächzte er.

Ich machte einen Schritt in die Küche hinein. Die Reisetasche fiel mit einem dumpfen Laut zu Boden. Ich hatte nicht mal gemerkt, dass ich sie losgelassen hatte. »Was ist passiert?«, stieß ich hervor, auch wenn ich die Antwort darauf überhaupt nicht hören wollte. Ich wollte ja nicht mal darüber nachdenken. »Ist Mom …?«

Mein Vater schüttelte den Kopf und wischte sich mit zittrigen Fingern über die Wangen. »Es geht ihr … gut. Zumindest so gut es ihr gehen kann«, fügte er rau hinzu und zog die Nase hoch. »Letzte Nacht ist sie aufgewacht und durchs Haus geirrt. Ich habe sie nicht gehört, bis sie … Sie ist die Treppe runtergefallen.« Mit beiden Händen rieb er sich über das Gesicht, als könnte er immer noch nicht fassen, was passiert war. »Ich … ich hab nicht aufgepasst. Wahrscheinlich hatte sie vergessen, dass dort die Treppe ist, oder sie hat Panik bekommen und ist auf den Stufen ausgerutscht.«

»Wo ist sie jetzt?«, fragte ich mit panisch hämmerndem Herzen.

»Oben. Sie schläft. Der Arzt war schon da und hat ihr etwas zur Beruhigung gegeben.« Dad starrte mich aus blutunterlaufenen Augen an. »Sie hat nur ein paar Prellungen, aber es hätte so viel schlimmer ausgehen können. Und das nur, weil ich einen Moment nicht aufgepasst habe.« Die letzten Worte waren nur noch ein heiseres Flüstern.

Wahrscheinlich sollte ich ihm jetzt sagen, dass es nicht seine Schuld war. Dass das jedem hätte passieren können und wir Glück hatten, dass noch mal alles gut gegangen war. Doch die Worte blieben mir im Hals stecken. Und wo Erleichterung darüber hätte sein sollen, dass meiner Mutter nichts passiert war, waren jetzt nur blanke Panik und ein einziger Gedanke.

Ich kann das nicht.

Ich hatte meinen Vater nie zuvor weinen gesehen. Weder damals, als die Diagnose kam, noch im Jahr darauf, als wir Grandpa beerdigten. Und auch nicht, nachdem er seinen Job als Feuerwehrmann aufgegeben hatte, um rund um die Uhr für seine Frau da sein zu können – einen Job, den er immer mit ganzem Einsatz und vollkommener Überzeugung gemacht hatte. Aber jetzt hatte er geweint. Er war völlig am Ende. Wie zum Teufel sollte ich da noch eins draufsetzen und mit ihm über die Symptome reden, die ich seit einigen Wochen hatte? Wie um alles in der Welt sollte ich ihm das antun – und damit alles nur noch schlimmer machen?

Nein. Das war nicht fair, und ich weigerte mich, ihm das anzutun. Ich weigerte mich, es einem anderen Menschen anzutun, so mit mir zugrunde zu gehen. Aber vor allem weigerte ich mich, es Teagan anzutun. Die Erkenntnis traf mich vollkommen unvorbereitet, und für einen Moment war das panische Hämmern meines Herzens alles, was ich noch wahrnehmen konnte.

Das Ticken der Küchenuhr war das Erste, was wieder in mein Bewusstsein drang. Gefolgt von der gepressten Atmung meines Vaters, der noch immer zusammengesunken am Tisch saß. Fertig. Hilflos.

Also sagte ich nichts. Schweigend ging ich in mein altes Zimmer, packte meine Reisetasche aus, sah nach Mom, kümmerte mich um den Haushalt und besorgte eine Sicherung für die Treppe, damit so etwas wie letzte Nacht nie wieder passieren konnte.

Und ich ignorierte jede einzelne Nachricht, die in den folgenden Stunden auf meinem Handy einging.

Teagan
Alles okay bei dir?

Dreizehn Stunden später

Teagan
Bist du etwa wieder eingeschlafen?

Vierundzwanzig Stunden später

Teagan
Parker?

Level 22

Teagan

Keine Nachricht. Kein Anruf. Gar nichts. Nicht vor ein paar Tagen. Nicht vorgestern. Nicht gestern. Und heute auch nicht.

Ich schloss die Augen und zwang mich dazu, das Smartphone wegzulegen, auch wenn es in den letzten Tagen praktisch an meiner Hand klebte, weil ich immer wieder nachschaute, ob nicht doch etwas gekommen war. Ob er sich nicht doch gemeldet und auf meine Fragen, ob es ihm gut ging, geantwortet hatte. Gleichzeitig verfluchte ich mich für meine Reaktion. Dafür, wie sich mein Magen schmerzhaft zusammenzog und meine Augen brannten. Das war nicht nur völlig lächerlich, sondern auch total unangebracht. Was hatte ich denn erwartet? Dass ein paar Chats, zwei Treffen und eine gemeinsame Nacht genügten, um … was? Was genau hatte ich mir erhofft?

Die Antwort auf diese Frage lag mir auf der Zunge, aber ich wollte sie nicht aussprechen. Ich wollte sie nicht mal *denken*. Also schob ich das Handy zurück in die alberne Schürze, die alle Mitarbeiter des Coffeeshops tragen mussten. Wenigstens war das ein Lichtblick: Ich musste diese hässliche rotbraune Uniform nur noch wenige Wochen anziehen, ganz egal für welches College ich mich letzten Endes entschied. Noch viel schöner war die Vorstellung, mich nicht mehr jeden Tag mit irgendwelchen Idioten und ihren Sonderwünschen herumschlagen zu müssen. Wenn das mal keine Motivation war, dann wusste ich auch nicht. Abgesehen davon freute ich mich auf den Livestream heute Abend.

Entschieden verbannte ich jeden Gedanken an Parker, genauso wie dieses Ziehen in meinem Bauch, wann immer ich an ihn dachte. Ich hatte ihm nichts von der Zusage vom West Florida Media & Arts College gesagt, aber das war etwas, das ich ihm nicht per Textnachricht mitteilen wollte. Ich wollte seine Stimme hören und seine Reaktion live miterleben, wenn ich ihn schon nicht sehen konnte. Aber das war nicht möglich, wenn er mich aus irgendeinem unerklärlichen Grund anschwieg und auf keine meiner Nachrichten reagierte.

Ich erwischte mich dabei, wie ich schon wieder auf mein Handy starrte und schob es frustriert zurück in meine Hosentasche.

Doch als sich die Tür zum Coffeeshop öffnete, wünschte ich mir, ich würde noch daraufstarren. Oder dass ich meine Pause mit Charlie getauscht hätte. Denn in diesem Moment betrat niemand Geringeres als meine Vergangenheit den Laden. Händchenhaltend. Und so verliebt aussehend, dass ich mir einen Eimer wünschte, in den ich mich ausgiebig übergeben konnte. Leider hatte ich keinen da, also musste ich den Brechreiz wohl oder übel unterdrücken.

Brandon Fitzgerald und Maddison Mae McKinnon. #Braddison. Großartig. Die beiden hatten mir gerade noch gefehlt. Dabei war ich so sicher gewesen, sie nach meinem Abschluss nie wiedersehen zu müssen. Sie und all die anderen Leute, mit denen ich die letzten vier Jahre in diesem Höllenhaus namens Highschool eingesperrt gewesen war.

»Hiiii!«, quietschte Maddison Mae und winkte mir zu, obwohl sie keinen Meter von mir entfernt stand. Ihr Blick zuckte zu dem Schild an meiner Brust, weil sie allem Anschein nach wieder mal meinen Namen vergessen hatte. »*Teagan Ramona!* Oh mein Gott! Wie witzig, dich zu treffen! Du arbeitest ja immer noch hier.«

»Offensichtlich«, erwiderte ich trocken und unterdrückte nur mit Mühe ein Augenrollen. Ich sah zwischen den beiden hin und her. Während Maddison Mae vor Freude praktisch auf und ab hüpfte, als hätte sie ihre verlorene beste Freundin wiedergefunden, hatte Brandon wenigstens den Anstand, etwas verlegen dreinzuschauen. »Was möchtet ihr?«

»Oh, nur schnell zwei Iced Mocha zum Mitnehmen. Wir sind praktisch schon auf dem Weg zur UCLA, weil wir beide im nächsten Semester dort anfangen. In Ka-li-for-ni-en! Kannst du dir das vorstellen? Ich bin aus-ge-ras-tet, als die Zusage kam! Das wird sooo cool! Nicht wahr, Schatz?« Sie warf Brandon ein Lächeln samt mörderischem Augenaufschlag zu, sodass dem armen Kerl gar nichts anderes übrig blieb, als brav zu nicken und wenigstens halbwegs begeistert zu wirken.

Als Brandon mich fallen gelassen hatte, war ich verletzt gewesen. Aber vor allem enttäuscht. Es war nicht so, als wäre er die Liebe meines Lebens gewesen, aber ich hatte ihn gern gehabt. Ich hatte ihm vertraut. Und er hatte dieses Vertrauen aufs Schlimmste missbraucht, indem er nicht nur mit einem, sondern mit Dutzenden anderen Mädels rumgeknutscht und weiß Gott was sonst noch alles getan hatte. Und dann nahm er mir auch noch die Chance, mich mit einer wütenden Tirade, bei der ich ihn aufs Schlimmste beschimpfte und ihm mindestens einen Drink ins Gesicht schüttete, von ihm zu trennen, indem er einfach vorher mit mir Schluss machte. Per Textnachricht. Arschloch.

Ich war so lange derart wütend auf ihn gewesen, dass es eine ganze Weile gedauert hatte, bis ich gemerkt hatte, dass er mir überhaupt nicht fehlte. Um ehrlich zu sein, war ich ohne ihn wesentlich besser dran und mittlerweile sehr sicher, dass wir auch ohne sein Fremdgeknutsche nicht mehr allzu lange zusammengeblieben wären. Wenn ich mir ihn und Maddison Mae jetzt so ansah, merkte ich, wie gut die beiden zusammenpassten. Aber bevor ich das laut zugab, würde ich lieber nackt über eine Convention rennen.

Mein Ex warf ein paar Scheine auf den Tresen und nickte mir zu. »Teagan.«

»Brandon.« Ich gab ihm das Wechselgeld und damit war unsere vermutlich letzte Interaktion in diesem Leben erledigt.

Aber seine Freundin ließ nicht so schnell locker. Sie folgte mir, während ich zur Kaffeemaschine ging, um ihre Bestellungen zuzubereiten, und Charlie in Gedanken verfluchte, dass er kein Retter-in-der-Not-Gen hatte und urplötzlich auftauchte, um für mich zu übernehmen. Andererseits: Wollte ich das wirklich? Einen Retter in der Not? Einen Prince Charming, der mir aus allen schwierigen Situationen heraushalf oder todesmutig für mich einsprang? Nein. Definitiv nicht. Sosehr ich Momente wie diesen hasste, ich wollte sie ganz allein durchstehen. Danach konnte ich mich immer noch bei irgendjemandem darüber auskotzen. Nicht bei Parker offensichtlich, aber hey, vielleicht lernte ich ja jemand anderen übers Internet kennen, der genauso lustig, charmant und …

»Wo gehst du hin?«, fragte Maddison Mae und beobachtete mich, wie ich Eiswürfel in zwei Becher schüttete. Dabei zog sie die Nase kraus, als hätte ich gerade Maden in ihren Drink gekippt. »Du willst doch sicher nicht für den Rest deines Lebens als Barista in dieser Absteige arbeiten, oder?«

Ich biss die Zähne zusammen und zwang mich dazu, all die bösartigen Gedanken, Beleidigungen und Rechtfertigungen für mich zu behalten. Zum Beispiel, dass sich nicht jeder ein Studium an der UCLA leisten konnte. Oder nicht jeder dorthin wollte. Mal ganz davon abgesehen, dass es sie einen Scheißdreck anging, was ich mit meinem Leben anfing. Wir waren keine Freundinnen.

Aber sie ist eine Kundin. Sie ist eine Kundin. Sie. Ist. Eine. Kundin.

Doch ganz egal, wie oft ich dieses Mantra in Gedanken wiederholte, es war so verflucht schwer, ihr nicht die Meinung ins Gesicht zu sagen und meinen ganzen Frust an ihr auszulassen. Dabei konnte Maddison Mae ausnahmsweise nichts dafür, dass ich noch immer hier war und diesen Job machte, statt wie sie und Brandon auf dem Weg in mein neues Zuhause zu sein. Genauso wenig konnte sie etwas für die schlaflosen Nächte, weil ich mich einfach nicht entscheiden konnte, auf welches College ich gehen sollte und weil Parker meine Nachrichten komplett ignorierte.

Zuerst hatte ich mich für Pensacola entschieden, doch je länger Parker mich anschwieg, desto mehr geriet ich ins Zweifeln. Was, wenn es für immer so blieb? Wollte ich wirklich das Risiko eingehen, ihm und seinen Mitbewohnern dort zu begegnen? Womöglich sogar in einer ähnlichen Situation wie heute mit Brandon und Maddison Mae? *Ugh.* Nur über meine Leiche.

In Austin könnte ich dagegen ganz neu anfangen. Bonuspunkte gab es dafür, dass Alice ebenfalls in der Stadt lebte, also würde ich sogar jemanden dort kennen. Jemanden, der mich nicht einfach ohne jede Vorwarnung mit Schweigen strafte. Und nach der Absage von New York war Austin definitiv mein Favorit geworden. Aber das war, bevor ich in Pensacola gewesen war. Nicht nur auf dem Campus, sondern auch am Meer.

Argh! Wie sollte ich mich so jemals entscheiden können? Es war ja nicht so, als ginge es bloß um die Wahl zwischen einem

Iced Latte und einem normalen Milchkaffee. Hier ging es um meine ganze Zukunft. Nicht nur für die nächsten drei, vier Jahre, sondern auch alles, was danach folgte. Also bloß kein Druck oder so.

»Nicht wahr?«, hakte Maddison Mae nach, als ich nicht sofort auf ihre Frage reagierte, ob ich für den Rest meines Lebens hier arbeiten wollte.

»Nein, will ich nicht«, antwortete ich schließlich, zwang mich zu einem Lächeln, das vermutlich eher einem Zähnefletschen glich, und stellte die beiden Getränke vor sie auf den Tresen. »Aber was ich tue, geht dich absolut nichts an. Gute Fahrt und auf Nimmerwiedersehen.«

Ihr Lächeln verblasste, und ihre Lippen formten ein überraschtes O. Wenigstens war das ein Anblick, an den ich mich gerne zurückerinnern würde. Genauso wie an ihre Rückseiten, als sich Brandon die Getränke schnappte und zusammen mit seiner Freundin verschwand. Hoffentlich kamen die beiden nie mehr hierher zurück. Wobei ... wenn man sich die Statistiken so ansah, würde Maddison Mae sowieso innerhalb der nächsten ein, zwei Jahre ungeplant schwanger werden und ihr Studium abbrechen, sie würden jung heiraten und mit Hund und Kindern in einem Vorort mitsamt weißem Gartenzaun landen. Wahrscheinlich nur ein paar Straßen von ihren eigenen Eltern entfernt. *Ugh.* Bei der Vorstellung stellten sich sämtliche Härchen an meinem Körper auf.

»Alles klar?« Charlie stand im Durchgang zu den hinteren Räumen und fuhr sich mit der Hand durchs Haar. »Haben dir die zwei Ärger gemacht?«

»Die beiden?« Ich deutete mit dem Daumen Richtung Tür, obwohl Braddison längst verschwunden waren. »Nope. Sie haben mir nur sehr deutlich vor Augen geführt, wie ich auf keinen Fall enden möchte.«

Charlie lächelte und machte sich daran, eine der beiden Kaffeemaschinen zu reinigen, jetzt, da wir etwas Leerlauf hatten. »Ich hab zufällig das vom College mitbekommen«, erwähnte er nach einer Weile und griff nach dem Tuch, das ich ihm hinhielt.

Ich schnaubte und lehnte mich mit verschränkten Armen gegen die Arbeitsfläche. »Glaub mir, ich hab Optionen. Ich flippe nur nicht so aus wie gewisse andere Leute.«

»Nein?«, hakte er nach und schüttete etwas Entkalker in den Wassertank. »Also möchtest du nicht nach Ka-li-for-ni-en?«

Ich grinste. Fast gleichzeitig runzelte ich jedoch auch die Stirn. Konnte es sein … War das wirklich das erste Mal, dass wir ein richtiges Gespräch führten? Wie war das möglich? Ich arbeitete seit fast zwei Jahren hier!

»Nope, definitiv nicht. Aber ich könnte nach Texas oder Florida«, fügte ich hinzu.

»Im Ernst?« Charlie warf mir einen verwunderten Blick zu, bei dem seine braunen Augen riesig wirkten. »Was hält dich dann noch hier?«

Das … war eine wirklich gute Frage. Eine, auf die ich keine Antwort hatte. Zumindest nicht sofort.

Ich war so darauf fokussiert gewesen, überhaupt auf eines meiner Wunschcolleges zu kommen und das studieren zu können, von dem ich immer geträumt hatte, dass ich nie in Erwägung gezogen hatte, was passieren würde, wenn die Entscheidung plötzlich ganz allein bei mir lag. Ganz besonders nicht, nachdem New York mir abgesagt hatte, obwohl ich mir in Gedanken bereits ausgemalt hatte, jeden Tag dort in die Hörsäle zu gehen, mit den anderen Studenten spannende Projekte zu entwickeln, in hübschen Cafés zu sitzen, durch den Central Park zu spazieren und im Winter den ersten Schneefall zwischen all den Wolkenkratzern aus dem Fenster meiner

Wohnung beobachten zu können. Gut, dass ich mir eine eigene Wohnung allein in New York City niemals würde leisten können, hatte ich dabei dezent ausgeblendet. Aber es war eine schöne Vorstellung gewesen. Eine, auf die ich mich viel zu sehr gefreut hatte und die mit einem einzigen Brief zerschmettert worden war.

Danach hatte ich mich zurückgehalten, was meine Begeisterung und irgendwelche Wunschvorstellungen anging, auch wenn das nicht immer einfach gewesen war. Gerade in Austin und Pensacola. Und hätte man mich vor ein paar Wochen gefragt, hätte ich, ohne zu zögern, meine Sachen gepackt und wäre nach Texas geflogen. Das Privatcollege dort war zwar unheimlich teuer, genoss aber einen unglaublich guten Ruf. Doch jetzt … jetzt hatte ich diese beiden Optionen, und statt mich darüber zu freuen, verzweifelte ich an der Entscheidung.

Und der einzige Mensch, mit dem ich darüber reden wollte, reagierte nicht auf meine Nachrichten. Es war beinahe, als wäre er vom Erdboden verschluckt worden. Als hätte ich mir all die durchgezockten Nächte, die Chats, Gespräche, Blicke, Umarmungen und Berührungen bloß eingebildet. Als wären die paar Tage, die ich in der WG in Pensacola verbracht hatte, nichts weiter als ein schöner Traum gewesen. Einer, der genauso schnell zerplatzt war wie meine Hoffnung, nach dem Highschool-Abschluss nach New York zu gehen.

Aber die Funkstille mit Parker würde mich nicht davon abhalten, das College zu wählen, auf das ich wirklich gehen wollte. Und wenn ich ganz ehrlich mit mir war, hatte mich das West Florida Media & Arts College schon längst von sich überzeugt – wenn nicht direkt auf dem Campus, dann spätestens, als ich am Meer gewesen war.

Dass Cole mir alles gezeigt und erklärt und mir Tipps gegeben hatte, wo man am besten frühstückte, wo es den besten

Kaffee gab und in welchen Hörsälen man schnell sein musste, weil sonst alle Sitzplätze weg waren, war nur ein Bonus. Mir gefielen der Campus, die Atmosphäre, die Kursauswahl und Schwerpunkte. Und ich liebte die Vorstellung, so nahe am Meer zu wohnen, dass ich jeden Tag hinfahren könnte. Gar nicht mal unbedingt, um zu schwimmen, sondern einfach nur, um den Sand unter meinen Füßen zu spüren, die Sonne zu genießen und den Wellen zuzusehen. Diese Möglichkeit hatte ich in Austin nicht, auch wenn ich mich in der Stadt wohlgefühlt hatte. Aber Pensacola war … einfach anders. Besonders. Und das nicht nur, weil ich dort bereits einige Leute kannte. Menschen, bei denen ich mich angenommen gefühlt hatte und die vielleicht sogar zu so etwas wie Freunden hätten werden können.

Zumindest hatte ich das während meiner Zeit dort geglaubt. Nach der Sache mit Parker war ich mir nicht mehr so sicher, ob ich Cole, Sophie und Lincoln auf die Pro- oder auf die Contra-Seite meiner Liste setzen sollte. Vielleicht auf beide. Genau wie Parker.

Natürlich wäre es wesentlich einfacher, nach Texas zu gehen, dort mein Studium zu absolvieren und nie wieder an Parker und die anderen zurückzudenken. Aber das wäre auch … feige. Denn wollte ich die Entscheidung, die meine ganze Zukunft beeinflussen würde, wirklich wegen eines Typen fällen? Abgesehen davon studierte Parker nicht am WFMAC direkt, also war die Wahrscheinlichkeit, ihm irgendwo auf dem Campus über den Weg zu laufen, relativ gering. Zumindest versuchte ich mir das einzureden, auch wenn Cole bei der kleinen Führung das Gegenteil behauptet hatte. Und vielleicht … vielleicht wollte ein Teil von mir Parker tatsächlich über den Weg laufen und herausfinden, was passiert war. Warum er mich ohne ein einziges Wort, ohne eine einzige Erklärung aus seinem Leben ausgeschlossen hatte. Warum er nicht mehr streamte und sich für unbestimmte Zeit bei seinen Zuschauern abwesend gemeldet hatte. Was zum Teufel eigentlich bei ihm los war.

Uuund ich dachte schon wieder an Parker. Seufzend rieb ich mir über die Schläfen. Ich musste wirklich damit aufhören, ständig an diesen Kerl zu denken. Ich hatte Zusagen von zwei meiner Wunschcolleges bekommen. Ich sollte total aus dem Häuschen sein, feiern, planen und packen. Stattdessen grübelte ich die ganze Zeit, was mit Parker war. Das war nicht in Ordnung. Das war so was von nicht in Ordnung. Vor allem, weil ich die Entscheidung im Grunde meines Herzens schon längst getroffen hatte.

»Weißt du was, Charlie?«, begann ich und nickte erst langsam, dann immer vehementer. »Du hast recht. Du hast so was von recht!«

Er warf mir ein überraschtes Lächeln zu. »Ähm … ja? Mit was genau?«

»Ich werde auf das West Florida Media & Arts College gehen!«, verkündete ich. Und jetzt, da ich es laut aussprach, merkte ich erst, wie verdammt gut es sich anfühlte. Wie richtig.

»Sehr gut. Gratuliere!«

»Und ich werde die beste Zeit meines Lebens haben, ganz egal, was andere Leute davon halten. Und ganz egal, ob Parker in der Nähe studiert oder nicht.«

Charlie runzelte die Stirn. »Wer ist Parker?«

Aber ich war noch nicht fertig. Oh nein. Ich hatte gerade erst angefangen.

»Ich werde mir eine tolle Wohnung oder WG suchen, sie hübsch einrichten, mir einen Job suchen und dann alles geben, um dieses Studium mit Bestnoten abzuschließen. Und danach werde ich bei einem fantastischen Entwicklerteam landen und Games für sie designen, weil es das ist, was ich verdammt noch mal mit meinem Leben anfangen will!«

Diesmal jubelte mein Arbeitskollege. »Yes, Queen!«

»Und eigentlich würde ich mir jetzt die Schürze abreißen und sie auf den Boden werfen, mir meine Tasche schnappen und da rausmarschieren, um genau das zu tun – aber meine Schicht endet erst in zwei Stunden.«

Charlie starrte mich mit einer absurden Mischung aus Mitleid und Begeisterung an, dann prusteten wir beide los. Wir lachten so lange, bis ich mich irgendwo festhalten musste, weil meine Bauchmuskeln wehtaten, unsere Aushilfe Sabrina im Türrahmen erschien und uns ansah, als hätten wir uns vor ihren Augen in Aliens verwandelt. »Was ist denn hier los?«

Ich prustete erneut los und wischte mir über die Augenwinkel. Himmel, ich konnte es gar nicht erwarten, Dad davon zu erzählen. Aber vor allem wollte ich es Parker sagen. Immer noch.

Teagan
Ich weiß, wir haben jetzt seit ein paar Tagen nicht mehr getextet, darum: Wie geht's dir? Was gibt's Neues? 😊

Zwei Stunden später

Teagan
Hey, der neue Teil der Man of Medan Anthologie ist endlich draußen. Hast du es schon angespielt? Zockst du es im Stream?

Nach zehn Minuten

Teagan
Wann ist überhaupt dein nächster Stream? Die Leute fragen mich schon nach dir, und ich hab keine Ahnung, was ich sagen soll

Teagan
Ich weiß ja nicht mal selbst, was los ist

Eine Stunde später

Teagan
Schreib mir einfach, wenn du dafür bereit bist, okay?

Noch ein paar Stunden später

Teagan
Ich weiß nicht, was los ist, aber wenn du jemanden zum Reden brauchst … du weißt, wo du mich findest. Okay? Ganz egal, was es ist.

Am nächsten Tag

Teagan
Können wir bitte reden? Komm schon, gib mir wenigstens ein Lebenszeichen!

Level 23

Parker

Können wir bitte reden? Komm schon, gib mir wenigstens ein Lebenszeichen!

Ich starrte auf die letzte Nachricht von Teagan. Inzwischen hatte ich sie so oft gelesen – genau wie all die anderen, die sie davor geschickt hatte –, dass sich jedes einzelne Wort in mein Hirn eingebrannt hatte. Jedes Mal, wenn mein Handy mit einer neuen Nachricht von ihr aufleuchtete, schwebte mein Daumen sofort über dem Textfeld, um ihr zu antworten. Um ihr alles zu erzählen – oder wenigstens … irgendetwas. Und jedes Mal gab ich klein bei und verschob es auf später. Auch jetzt steckte ich das Handy weg. Ohne zu reagieren. Wieder mal. Auch wenn mir das zunehmend schwerer fiel.

Aber was zum Teufel sollte ich ihr sagen? Dass ich gerade in einer verdammten Praxis in meiner Heimatstadt in Alabama auf einem unbequemen Stuhl saß und darauf wartete, gleich mit dem Arzt zu sprechen, der meiner Mom vor sieben Jahren die Diagnose und damit auch ihr Todesurteil verkündet hatte? Wie damals nicht nur für sie, sondern auch für meinen Vater eine Welt zusammengebrochen war und wie sehr er sich seither verändert hatte? Sollte ich ihr davon erzählen, dass ich mich innerlich bereits auf die Sprach- und Gedächtnistests einstellte, genauso wie darauf, in eine Röhre gesteckt zu werden, weil niemand so genau wusste, was mit mir los war, es aufgrund meiner Familiengeschichte aber eine starke Vermutung gab? Oder lieber davon, wie rapide abwärts es mit meiner Mutter in den letzten Monaten gegangen war?

In den ersten zwei Jahren nach der Diagnose war ihr Zustand noch einigermaßen stabil gewesen. Doch dann hatte sie sich verändert, war mal aggressiv und wütend, dann wieder erschreckend teilnahmslos geworden. Mittlerweile fiel es ihr schwer, klare Sätze zu formulieren oder sich an bestimmte Wörter zu erinnern. Und an den meisten Tagen fehlte ihr sogar das Wissen darum, dass sie verheiratet war und einen Sohn hatte. Sie konnte kaum allein gehen, weil ihre Beine sie nicht mehr trugen und ihre Muskeln zitterten, und seit sie auf der Treppe ausgerutscht war, war es nur noch schlimmer geworden, weswegen sich mein Vater pausenlos Vorwürfe machte.

Sollte ich Teagan etwa davon berichten?

Oder lieber davon, dass ich vor den ernsten, besorgten Gesichtern des Arztes, der Pfleger und Krankenschwestern fast noch mehr Angst hatte als vor der Diagnose selbst? Denn ich kannte diese mitleidigen Blicke. Scheiße, ich hatte sie alle schon gesehen, als Mom krank geworden war und ihre Diagnose bekommen hatte. Und als man uns nach Hause geschickt hatte, weil Frontotemporale Demenz nicht heilbar war. Wir taten zwar alles, um die Symptome zu lindern, aber die Krankheit selbst war nicht aufzuhalten. Wir konnten nur dabei zusehen, wie Mom sich von Tag zu Tag mehr verlor, bis ich kaum noch etwas von der Frau in ihr erkannte, die mich großgezogen hatte. Die mich geliebt und mir Gutenachtgeschichten vorgelesen hatte. Die mich dazu ermutigt hatte, alles werden zu können, was ich wollte. Die mir weisgemacht hatte, dass es keine Grenzen gab, dass nichts unmöglich war. Und jetzt war sie selbst an einer dieser Grenzen zerbrochen. Genau wie Dad. Genau wie ich.

Aber das musste nicht auch für Teagan gelten. Ich konnte sie aus dieser ganzen Sache raushalten. Sie musste das nicht mitmachen. Das hatte sie nicht verdient.

Seufzend rieb ich mir über die pochende Stirn. Der Kopfschmerz war mein ständiger Begleiter geworden. Mittlerweile hatte ich es aufgegeben, Schmerzmittel einzuwerfen, weil die sowieso nicht oder nur wenig halfen. Und genau das machte alles nur noch schlimmer. Nicht der Schmerz, sondern die Frage danach, was als Nächstes kam, wenn Medikamente jetzt schon kaum eine Wirkung zeigten. Ja, es waren bislang nur frei verkäufliche Schmerzmittel, aber trotzdem. Allein die Vorstellung, so viel Zeug einnehmen zu müssen wie meine Mutter, nur um noch eine kleine Weile ich selbst bleiben zu können, machte mich fertig. Und für wie lange? Ein paar Jahre? Nur um dann als jemand zu sterben, der nicht länger er selbst war. Der sich nicht länger an den Menschen erinnerte, der er gewesen war. Oder an die Menschen, die ihm wichtig waren.

Callie stieß mich mit der Schulter an und deutete auf die Tasche, in der mein Smartphone steckte. »Antworte ihr.«

Ich sah nicht mal zu ihr hinüber, sondern starrte weiter die weiße Wand vor mir an. »Nein.«

»Warum nicht?«

»Was soll ich ihr erzählen, hm?« Ich deutete um mich. »Sorry, ich kann gerade nicht, weil ich in einem Wartezimmer hocke und darauf warte, dass mir die Ärzte sagen, dass ich dieselbe Krankheit habe wie meine Mutter? Die übrigens unheilbar ist und nicht nur mein Leben, sondern auch das aller Menschen kaputt macht, die mir nahestehen?« Ich schnaubte. »Ja, klar.«

»Sie im Unklaren zu lassen, ist noch viel schlimmer«, beharrte Callie. »Lass dir das von jemandem sagen, der jahrelang nicht wusste, was los war. Keith hat mir nie die Wahrheit über den Unfall erzählt oder warum er damals gegangen ist. Nur deshalb war ich so lange wütend auf ihn, auf mich und auf die ganze Welt. Tu das Teagan nicht an. Ich weiß, dass sie dir wichtig ist.«

»Das ist sie …«

»Dann schreib etwas. Irgendetwas! Du kannst sie nicht einfach – «

»Donovan Parker?«, ertönte plötzlich eine weibliche Stimme von der Tür her.

Wir sahen beide auf und zu der Arzthelferin mit dem grauen Dutt und der kleinen Brille, die schon seit Jahren hier arbeitete. Ich brauchte einen Moment, um mich an ihren Namen zu erinnern. Debra. Richtig. Als ich, gefolgt von Callie, aufstand und zu ihr ging, flackerte auch in ihren braunen Augen Erkennen auf.

»Parker.« Ein leichtes Lächeln umspielte ihre Mundwinkel, während sie uns durch den Flur zu einem Behandlungszimmer führte. »Wie geht es Ihnen? Und Ihrer Mutter?«

Ich biss die Zähne zusammen. »Ganz okay«, antwortete ich unverbindlich und betrat den Raum.

Debra nickte lächelnd. »Der Doktor kommt gleich.«

»Danke«, erwiderte ich wie so viele Male zuvor und setzte mich auf einen der beiden Stühle vor dem massiven Schreibtisch.

Es kam mir weder seltsam noch unangenehm vor, dass Callie wie selbstverständlich neben mir Platz nahm. Schließlich war sie meine beste Freundin. Abgesehen davon hatten wir beide schon zu Beginn des Medizinstudiums mehr nackte Menschen, Krankheiten und Leichen gesehen, als uns lieb gewesen war. Das hier konnte sie nicht schocken. Und ich … Scheiße. Ich brauchte jemanden, der bei mir war. Jemand, der nicht direkt betroffen war, so wie Dad.

Als hätte Callie den gleichen Gedanken gehabt, drehte sie sich jetzt zu mir. Ihre Stirn war gerunzelt und ihre ganze Miene wirkte besorgt. »Bist du sicher, dass du deinem Vater nichts hiervon erzählen willst?«

Von dem Termin bei Moms behandelndem Arzt, weil ich die gleichen Symptome entwickelt hatte wie sie? Definitiv nicht. Es wäre auch so schon schwierig gewesen – aber nachdem ich ihn vor ein paar Tagen weinend in der Küche gefunden hatte? Auf keinen Fall. Das konnte und wollte ich ihm nicht auch noch antun. Also schüttelte ich nur den Kopf.

Callie seufzte leise, drängte mich aber nicht weiter. Sie kannte mich lange genug, um zu wissen, wann der Punkt erreicht war, an dem sie gegen eine Wand lief.

Schweigen breitete sich zwischen uns aus, was glücklicherweise nicht allzu lange anhielt, da gleich darauf die Tür aufging und ein großer, etwas korpulenter Mann mit Halbglatze und in einem weißen Kittel hereinkam und die Tür hinter sich zudrückte.

»Mr Parker«, begrüßte mich Dr. Russell und klang ein wenig überrascht, mich hier zu sehen, schüttelte aber erst mir und dann auch Callie die Hand. Wahrscheinlich hatte er nur den Nachnamen gelesen und sofort mit meinen Eltern gerechnet. Wie auch nicht? Mom war seit Jahren seine Patientin. Jetzt setzte er sich uns gegenüber und faltete die Hände auf dem Tisch. »Was kann ich für Sie tun?«

Ich zögerte. Bisher hatte ich alles irgendwie wie in Trance erlebt. Wie durch einen Schleier, der die Wirklichkeit von mir fernhielt, während ich mich dem Gedankenkarussell und dem ganzen Was-wäre-wenn hingab. Doch jetzt hier zu sein, in demselben Behandlungszimmer, in dem auch meine Mom schon so oft gewesen war, und mit demselben Arzt zu sprechen, war, als würde jemand diesen Schleier abrupt zerreißen.

Und plötzlich war es nicht mehr nur eine Möglichkeit von vielen, hier zu sein – denn auf einmal *war* ich tatsächlich hier und öffnete den Mund, um Dr. Russell alles zu erzählen.

Callie schwieg die ganze Zeit über und sah zwischen mir und dem Arzt hin und her, mischte sich aber nicht ein.

Als ich fertig war, nickte Dr. Russell bedächtig und tippte etwas in den Computer ein. Vermutlich alles, was ich ihm gerade erzählt hatte. Vielleicht verglich er aber auch schon die Symptome meiner Mutter mit meinen eigenen. Ich schnaubte innerlich. Als ob ich das in Gedanken nicht schon tausendmal getan hätte.

»Es ist gut, dass Sie sofort hergekommen sind«, sagte er und tippte noch einige Worte, bevor er den Kopf hob. Wieder faltete er die Hände auf dem Tisch. »Ich nehme an, Sie wissen bereits, dass eine Frontotemporale Demenz nur in etwa zehn Prozent der Fälle weitervererbt wird. Da ich die Krankheitsgeschichte Ihrer Mutter jedoch kenne, werden wir diese Möglichkeit natürlich nicht ausschließen. Ich muss Sie aber auch darauf hinweisen, dass ähnliche Symptome nicht automatisch dieselbe Diagnose bedeuten müssen. Kopfschmerz ist zum Beispiel keines der üblichen Anzeichen für diese Krankheit«, erinnerte er mich nachsichtig.

»Ich weiß.« Ich zögerte, da sich alles in mir dagegen sträubte, zwang mich aber, die nachfolgenden Worte auszusprechen. »Aber bei meiner Mom hat es auch so angefangen: Unruhe, immer häufiger Kopfschmerzen, dann hat sie Sachen und Wörter vergessen, wurde aggressiv, wenn man sie darauf angesprochen hat …«

Dr. Russell nickte. Obwohl er sich freundlich und professionell gab, bemerkte ich den mitleidigen Ausdruck in seinen Augen. Und das war so ziemlich das Letzte, was ich wollte. Mitleid brachte einen nur dazu, sich schwach und hilflos zu fühlen, weil man nichts tun konnte. Weil man gegen etwas ankämpfte, das nicht zu besiegen war, ganz egal, wie sehr man es versuchte.

Ich hasste dieses Gefühl.

Meine Beine zuckten nervös, und ich konnte mich selbst mit aller Willenskraft nicht dazu bringen, still zu sitzen. Trotzdem zwang ich mich dazu, dem Arzt zuzuhören.

»Wir werden ein paar Untersuchungen durchführen.« Dr. Russell suchte meinen Blick und wartete mein Nicken ab. »Angesichts Ihrer familiären Vorgeschichte und des Verdachts auf Frontotemporale Demenz empfehle ich eine umgehende Kernspintomografie. Außerdem können wir direkt mit Gedächtnis- und Sprachtests beginnen, um festzustellen, ob hier bereits Defizite vorliegen.«

Callie griff nach meiner Hand und drückte sie ermutigend.

Ich nickte, auch wenn sich mir allein bei der Aussicht auf all diese Untersuchungen der Magen umdrehte. Damals war ich bei einigen von Moms Terminen dabei gewesen, dadurch wusste ich zumindest teilweise, was auf mich zukam. Aber ich hatte den ersten Schritt gewagt und würde das Ganze jetzt auch durchziehen. Ganz egal, was am Ende dabei herauskam.

Teagan
Parker …?

Teagan
Komm schon! Sprich mit mir!

Zwei Tage später

Teagan
Hey, ich weiß nicht, was passiert ist, aber lass uns darüber reden. Ich fange echt an, mir Sorgen zu machen …

Teagan
Okay, das ist gelogen. Ich mache mir schon längst Sorgen. Hättest du die Güte, dich mal bei mir zu melden?

Drei Tage später

Teagan
Du hast versprochen, dass du mich nicht einfach fallen lässt. Erinnerst du dich noch daran?

Teagan
Bitte, Parker!

Teagan
Tu mir das nicht an …

Eine Woche später

Keine neuen Nachrichten.

Level 24

Teagan

»Da wären wir.«

Dad stellte den Wäschesack voller Klamotten neben den beiden Koffern an der Tür ab. Meine Reisetasche lag bereits auf dem unbezogenen Bett. Sein Blick wanderte durch das kahle Zimmer, das aus einem grauen Boden, weißen Wänden, einem Fenster, einem schmalen Einzelbett, einer Kommode und einem Schreibtisch samt Stuhl bestand. Nicht sonderlich eindrucksvoll, vor allem, wenn man es gewohnt war, daheim ein Zimmer und ein eigenes Bad zu haben, das viermal so groß war wie das hier. Aber es war mein Zuhause für das kommende Semester am West Florida Media & Arts College. Und dank der vielen neuen Follower und Spenden beim Streamen konnte ich mir sogar ein teureres Einzelzimmer leisten, was nicht nur etwas mehr Ruhe für mich bedeutete, sondern – sofern es die Zeit neben dem Studium erlaubte – auch die Möglichkeit, weiterhin Livestreams zu machen.

Ich konnte noch immer nicht so ganz glauben, dass ich tatsächlich hier war. Dass Dad und ich gemeinsam hier waren. Am Morgen hatten wir noch zu Hause gefrühstückt – Susanna hatte zum Abschied meine Lieblingspancakes gemacht –, dann hatte Dad uns zum Flughafen gefahren, und wir waren beide ins Flugzeug gestiegen. Und jetzt standen wir hier in meinem Wohnheimzimmer. In Pensacola. An meinem College.

»Bist du sicher, dass du hierbleiben willst?«, fragte Dad vom Fenster aus und warf einen kritischen Blick nach draußen. Er wirkte fast so, als hoffte er darauf, gleich einen Drogendeal oder eine Schlägerei auf dem Campus zu sehen – irgendetwas, das ihm einen Grund gab, mich wieder mit nach Hause zu nehmen.

Ich nickte mehrmals. »Ja. Ich wollte hierher. Unbedingt.«

Nachdem ich beschlossen hatte, dass die Sache mit Parker keinen Einfluss auf meine Entscheidung haben würde, war mir ziemlich schnell klar geworden, dass das WFMAC die Universität war, an der ich studieren wollte. Außerdem war der Flughafen nur ein paar Fahrminuten entfernt, ich konnte also jederzeit in einen Flieger steigen und Dad besuchen. Oder er kam hierher. Falls er das wollte.

Jetzt seufzte er und wandte sich kopfschüttelnd vom Fenster ab. Die Sorge stand ihm geradezu ins Gesicht geschrieben, und er wirkte alles andere als glücklich, aber ich meinte auch, so etwas wie Stolz in seinen Augen lesen zu können. Früher wäre ich mir da nicht so sicher gewesen, aber seit wir nach meiner Rückkehr aus Pensacola zum ersten Mal seit Ewigkeiten richtig miteinander geredet hatten, war unser Verhältnis besser geworden. Wir waren nicht plötzlich zu einem unzertrennlichen Vater-Tochter-Duo geworden, aber wenigstens hatten wir nun überhaupt so etwas wie eine Beziehung, wo vorher keine gewesen war. Denn vorher waren wir nur zwei Fremde gewesen, die zufällig im selben Haus wohnten und sich ab und zu über den Weg liefen.

Wieder ein Seufzen von Dad. Einen Moment lang sah er zu den beiden großen Koffern und dem Wäschesack, als würde er tatsächlich darüber nachdenken, mir seine Hilfe beim Auspacken anzubieten, entschied sich jedoch schnell dagegen.

»Na komm«, sagte er stattdessen. »Lass uns einen Kaffee trinken und dann zeigst du mir noch etwas vom Campus. Ich will sehen, wo ich meine Tochter zurücklasse.«

Wider Willen musste ich lächeln – und ignorierte diese lästige Feuchtigkeit in meinen Augen. Wahrscheinlich war es hier nur staubig, oder ich reagierte allergisch auf irgendetwas in der Luft.

Wir verließen das Wohnheim, wobei wir nur wenigen Leuten begegneten. Offiziell startete das Semester erst übernächste Woche, doch die ganzen Einführungsveranstaltungen für die Freshmen begannen bereits am Montag, und ich wollte mir alles in Ruhe anschauen. Vielleicht trat ich auch einem Club bei. Außerdem wollte ich mir einen Job suchen, selbst wenn das bedeutete, mich weiterhin mit unfreundlichen Kunden herumschlagen zu müssen, die ihren Kaffee mit tausend Sonderwünschen wollten und noch nie etwas von Wörtern wie *Bitte* und *Danke* gehört hatten. Aber da ich mögliche Livestreams besser vorher mit meiner zukünftigen Mitbewohnerin absprechen sollte, erschien es mir klug, eine alternative Einnahmequelle zu haben. Dad hatte zwar mehr als einmal angeboten, mich finanziell zu unterstützen, auch wenn ich nicht das studierte, was er sich immer für mich erhofft hatte, aber ich wollte zumindest versuchen, auf eigenen Beinen zu stehen und nur im Notfall darauf zurückgreifen.

Die Sonne schien an diesem späten Nachmittag Ende August, und im Gegensatz zu meiner Heimat war es hier in Florida deutlich wärmer. Ich war froh, mich heute Morgen für ein Tanktop und eine dünne Jeans entschieden zu haben. Nur meine Boots würde mir kein Wetter der Welt je ausreden – die hatte ich selbst bei meinem Besuch am Pensacola Beach getragen.

Bei der Erinnerung daran zog sich etwas schmerzhaft in meiner Brust zusammen. Ich presste die Lippen aufeinander und schob die Gedanken daran beiseite. Ich war jetzt hier. Ich würde neue Erinnerungen schaffen, bis die an Parker irgendwann nicht mehr wehtun würden. Oder bis sie von so vielen anderen überlagert wurden, dass ich überhaupt nicht mehr daran dachte.

Doch bis es so weit war, konnte ich nur hoffen, weder ihm noch seinen Mitbewohnern auf dem Campus oder in der Stadt über den Weg zu laufen. Und sollte es doch irgendwann passieren, galt derselbe Plan wie auch bisher bei Leuten wie Brandon und Maddison: freundlich, aber distanziert bleiben – und niemanden umbringen.

Gemeinsam mit Dad fand ich ziemlich schnell einen niedlich aussehenden Coffeeshop. Ich bestellte mir meinen heiß geliebten Iced Latte und Dad einen Americano. Dann schlenderten wir nebeneinander über den Campus. Zwischen dem Mix aus modernen Gebäuden und altehrwürdigen Bauten im viktorianischen Stil gab es jede Menge Grün, Sitzbänke und Wiesen, auf denen es sich schon ein paar Grüppchen oder einzelne Leute gemütlich gemacht hatten. Unter den Bäumen lagen bereits die ersten gelben und braunen Blätter auf dem Boden und die Palmen wiegten sich in der Brise, die vom Meer zu uns herüberwehte. Es war ein schönes Bild. Noch immer surreal, aber wunderschön.

»Ich bin froh, dass du das tust, was du wirklich tun möchtest«, sagte Dad plötzlich und trank einen Schluck von seinem Kaffee.

Ich warf ihm einen erstaunten Blick zu. »Und ich dachte immer, du wolltest, dass ich auf ein namhaftes, teures College gehe und *etwas Vernünftiges* studiere …«

Aus dem Augenwinkel bemerkte ich, wie er die Lippen verzog. »Das wollte ich zunächst auch. Bevor ich gemerkt habe, wie wichtig dir das hier wirklich ist. Game Design«, fügte er mit einer Spur von Verwunderung hinzu. »Ich weiß wirklich nicht, von wem du das hast. Weder deine Mutter noch ich sind besonders kreativ.«

Ich zuckte mit den Schultern. »Mom hat mir mein erstes Spiel gekauft. Sie war meine erste Zuschauerin.«

»Und dein größter Fan«, fügte Dad leise hinzu.

Ich versuchte, unter diesen Worten nicht zusammenzuzucken – und scheiterte. »Warum ist sie dann gegangen?«, fragte ich leise, korrigierte mich dann jedoch, da wir beide ziemlich genau wussten, warum sie uns verlassen hatte. »Warum hat sie mich nicht mitgenommen?«

Mein Vater seufzte tief. »Ich weiß es nicht«, gab er zu und starrte auf einen Punkt in der Ferne, während wir in gemächlichem Tempo weitergingen. »Als ich damals nach Hause kam und all ihre Sachen weg waren … Da war meine größte Angst, dass sie dich mitgenommen haben könnte.«

Überrascht hob ich den Kopf. Das hatte er mir nie erzählt. So lange hatten Dad und ich kaum wirklich miteinander zu tun gehabt, dass ich … Irgendwie hatte ich immer geglaubt, er wäre enttäuscht darüber, dass ich nicht zusammen mit Mom verschwunden war. Dass er sich noch immer mit mir herumschlagen musste. Mit der Tochter, mit der er noch nie etwas hatte anfangen können.

»Das wusste ich nicht …«, gab ich zögerlich zu.

Plötzlich lag da eine Hand auf meiner Schulter. Ich blieb stehen und sah zu ihm hoch.

Seine Stirn war in Falten gelegt, und in seinen Augen war nichts als ehrliche Reue zu lesen. »Es tut mir leid, Teagan. Ich hätte es dir sagen sollen. Ich hätte mehr für dich da sein sollen, statt mich nur noch mehr in meiner Arbeit zu vergraben.«

Und da war sie wieder, diese lästige Feuchtigkeit in meinen Augen. Ich musste all meine Willenskraft aufbringen, um sie wegzublinzeln.

»Auf einmal ist aus meinem kleinen Mädchen eine junge Frau geworden, die ihren Highschool-Abschluss in der Tasche hat, und mir ist klar geworden, dass ich alles verpasst habe. Und als du dann auch noch plötzlich weg warst, um dir irgendwelche Colleges anzuschauen, dachte ich …« Er schluckte hart, zwang sich aber dazu weiterzusprechen. »Ich dachte, du würdest nicht mehr zurückkommen. Dass du genau wie deine Mom einfach fortgegangen wärst.«

»Dad …«

Er schüttelte den Kopf. »Das soll kein Vorwurf sein, Teagan. Du hattest jedes Recht, dir die Colleges anzuschauen, auf die du gehen möchtest. Und es war ja nicht so, als wäre ich leicht zu erreichen gewesen, um mir Bescheid zu geben.« Er lächelte bitter. »Ich möchte nur, dass du weißt, dass du immer ein Zuhause hast, in das du zurückkehren kannst. Und dass ich da sein werde, wann immer du nach Hause kommen möchtest.«

Ich merkte gar nicht, was ich vorhatte, bis ich die Arme um ihn schlang. Dad schien genauso überrascht zu sein, doch dann erwiderte er die Umarmung mit dem Kaffeebecher in der Hand und tätschelte mir etwas ungelenk den Rücken. Und ich … ich vergaß für eine kleine Weile alles andere und war einfach nur wieder das kleine Mädchen, das sich an ihren Papa kuschelte.

Der Moment war viel zu schnell vorüber, und danach waren wir beide etwas peinlich berührt, weil keiner von uns so etwas gewohnt war. Aber es war … schön. Es war schön, so mit meinem Vater über den Campus zu spazieren. Es war schön, ihn zu umarmen und zu wissen, dass er diese Umarmung auch erwidern würde. Und es war schön, endlich ehrlich mit ihm über alles reden zu können und dass er mich dabei ernst nahm, selbst wenn er meine Beweggründe oder die Dinge, von denen ich ihm erzählte, nicht immer verstand.

Wir schlenderten noch ein bisschen über den Campus und tranken unsere Kaffees aus, dann verabschiedeten wir uns fürs Erste und Dad fuhr in sein Hotel. Am nächsten Tag blieb gerade noch genug Zeit, um ihm den Strand zeigen, bevor er sich auf den Weg zum Flughafen machte.

Es war seltsam, ihm nachzusehen und zu wissen, dass er von nun an Tausende von Meilen von mir entfernt sein würde. Nicht emotional, sondern ganz real. Aber vor allem war es seltsam, ihn gehen zu lassen, obwohl ich das Gefühl hatte, gerade erst meinen Vater zurückbekommen zu haben.

Kopfschüttelnd wandte ich mich ab und griff zum ersten Mal seit meiner Ankunft in Pensacola wieder nach meinem Handy. Bis zu diesem Moment hatte ich es ausgehalten, nicht nach neuen Nachrichten oder Mails zu schauen. Vor allem nach neuen Nachrichten. Doch jetzt wurde ich schwach und schaltete das Display an.

Nichts. Genauer gesagt: nichts von Parker.

Dafür hatte mir Dad bereits getextet und mit gefühlt einer Million Emojis geschrieben, dass er mir alles Gute wünschte und sich melden würde, sobald er gelandet war. Und dass ich ihm unbedingt erzählen sollte, wie meine erste Woche am College gelaufen war.

Aus irgendeinem Grund musste ich beim Lesen lächeln. Vielleicht, weil ich das hier nie für möglich gehalten hätte. Er hatte sich so lange dagegen gewehrt, dass ich Game Design studierte, dass ich nie geglaubt hätte, dass er mich eines Tages am College besuchen würde. Davon, dass er mich selbst hierher begleiten und mir mit meinen Sachen helfen würde, ganz zu schweigen. Aber anscheinend hatten die letzten Wochen nicht nur mich verändert, sondern auch ihn. Und selbst wenn er sich wahrscheinlich nie großartig für Games interessieren würde, gab er sich nun wenigstens Mühe, zu begreifen, was meine Interessen waren und wieso. Und das rechnete ich ihm hoch an. Das war nicht selbstverständlich. Das hatte ich mehr als einmal auf die harte Tour gelernt.

Seit die Vorbereitungen für den Umzug und das neue Semester begonnen hatten, hatte ich kaum noch gestreamt und nur selten in meine Social-Media-Kanäle reingeschaut. Zum einen, weil einfach kaum Zeit dafür geblieben war, und zum anderen, weil ich ja doch nur jeden Tag mit tausend Fragen zu Parker konfrontiert wurde oder irgendwelche Gerüchte über ihn und mich lesen musste. Was definitiv nichts war, was ich gerade brauchte.

Dennoch wagte ich nun einen kurzen Blick auf die Plattformen – und bereute diese Entscheidung innerhalb weniger Minuten. Die Leute spekulierten noch immer, wieso erst ich, dann Parker und dann wieder ich nicht mehr gestreamt hatten. Ob es *Beziehungsprobleme* gab. *Ugh!* Allein bei dem Wort schüttelte es mich. Irgendwo las ich auch etwas von einer heimlichen Schwangerschaft (danke, Leute!), davon, dass wir in Vegas gesichtet worden und offensichtlich zusammen durchgebrannt waren (im Ernst jetzt?!) oder dass ich Parker das Herz gebrochen hatte. Wäre ich nicht das Ziel dieser ganzen Gerüchte, wäre es geradezu faszinierend mitzuverfolgen, wie sich alle – vor allem die weiblichen Zuschauer – geschlossen auf Parkers Seite stellten und mich ohne jede Grundlage oder einen Beweis verurteilten oder sogar verteufelten. Ich war mir ziemlich sicher, dass man dazu eine interessante soziale Studie anlegen könnte.

Allerdings war ich nicht gewillt, auch nur ein Wort dazu zu sagen oder mich sonst irgendwie zu diesem Thema zu äußern. Ich wollte einfach nur mein neues Leben und mein Studium genießen, das war alles.

Gott, ich konnte nur hoffen, dass keiner meiner Kommilitonen oder Kommilitoninnen einer von meinen oder Parkers

Zuschauern war und etwas von dieser Sache mitbekommen hatte. Das wäre echt das Letzte.

Ich schloss die Apps und rief die letzten Nachrichten auf. Nichts Neues. Und die letzte von Parker war so lange her, dass ich schon gar nicht mehr wusste, wann das gewesen war. Kurz nach meinem Besuch bei ihm wahrscheinlich. Und obwohl es ein beschissenes Gefühl war, hatte ich keine Lust, deswegen traurig zu sein oder mich davon runterziehen zu lassen. Ich weigerte mich einfach. Das hatte ich schon bei zu vielen Menschen zugelassen.

Trotzdem hasste ich das bittere Gefühl ebenso wie das schmerzhafte Pochen in meiner Brust, wann immer ich an die ganze Sache denken musste. Und dummerweise gab es in Pensacola eine Menge, was mich an meinen Besuch hier und an Parker erinnerte.

Ein letztes Mal sah ich aufs Handy, dann steckte ich es seufzend wieder ein. Irgendwo hatte ich mal gelesen, dass keine Antwort auch eine Antwort war. Bisher hatte ich diesen Spruch nie so richtig verstanden – jetzt schon. Denn Parkers ausbleibende Nachrichten und die Funkstille zwischen uns, die ganz eindeutig von ihm ausging, sagten mir mehr, als es Worte je tun könnten.

Es war vorbei. Was auch immer das zwischen uns gewesen war, was auch immer es hätte sein können – es war zu Ende, bevor es richtig angefangen hatte. Mittlerweile sollte ich wirklich nicht mehr überrascht sein. Ich war das ja schließlich schon gewohnt.

Verärgert wischte ich mir über die Augenwinkel. Ich würde nicht weinen. Unter gar keinen Umständen würde ich auch nur eine einzige Träne vergießen. Das hatte ich früher vielleicht getan, als mich die wichtigsten Menschen in meinem Leben im Stich gelassen hatten, aber jetzt nicht mehr. Ich brauchte diese Leute nicht – und ich brauchte Parker nicht. Völlig egal, was mein dummes Herz dazu zu sagen hatte. Ich brauchte ihn nicht. Ich brauchte niemanden.

Fast schon blindlings stolperte ich über den Campus und suchte den Weg zurück ins Wohnheim. Dummerweise kannte ich mich hier noch nicht wirklich gut aus und fand mich innerhalb kürzester Zeit bei demselben Glaskasten wieder, an dem ich schon vor fünf Minuten gestanden hatte. Offenbar war ich im Kreis gelaufen.

»Toll«, grummelte ich und hielt mir die Hand über die Augen, um trotz der grellen Sonnenstrahlen etwas erkennen zu können. Dabei fiel mir eine Person auf, die gerade aus dem Glaskasten kam, einen schnellen Blick auf ihre Armbanduhr warf und dann fluchend weitereilte.

Blondes kurzes Haar. Große Statur. Die Figur eines Schwimmers. Und eine Stimme, die mir irgendwie bekannt vorkam.

»Lincoln?«

»Oh, hey.« Er blieb stehen, warf mir aber nur einen flüchtigen Blick zu, als wäre er in Gedanken ganz woanders. Vermutlich dort, wo er so eilig hinwollte. Doch dann kehrte sein Blick zu mir zurück und seine Augen weiteten sich überrascht. »Teagan …?«

Ich zwang mich zu einem Lächeln und hob die Schultern. »Die einzig Wahre.«

»Was machst du denn hier? Willst du zu –«

»Ich studiere hier«, unterbrach ich ihn, bevor er den Namen aussprechen konnte. »Seit diesem Semester.«

Er blinzelte verdutzt, lächelte dann aber. »Wow. Glückwunsch.«

»Danke.«

Schweigen. Lincoln verlagerte sein Gewicht von einem Fuß auf den anderen, und ich wusste nicht wirklich, was ich sagen sollte. Okay, spätestens jetzt wurde es unangenehm. Ich sollte mich einfach verabschieden und weiter den Weg zurück ins Wohnheim suchen. Früher oder später würde ich den schon finden. Und bis dahin hoffentlich diese unerwartete Begegnung auf dem Campus vergessen haben.

Aber als ich den Mund öffnete, um mich zu verabschieden, kamen ganz andere Worte heraus: »Wie geht es ihm …?«

Argh! Warum, Teagan? Warum??

In Gedanken konnte ich mich noch so sehr verfluchen, doch das würde die Frage nicht ungeschehen machen. Und, wenn ich ehrlich war, wollte ich das gar nicht. Nicht einmal, wenn mein Herz so schnell hämmerte, dass mir davon fast schlecht wurde.

Lincoln zögerte, sah kurz zur Seite und dann wieder zu mir zurück. »Um ehrlich zu sein, wüsste ich das auch gerne. Er war in letzter Zeit nicht in der WG.«

»Was? Wieso nicht?«

Lincoln zuckte mit den Schultern. »Ich weiß genauso wenig wie du. Er hat uns nur einen Zettel dagelassen und geschrieben, dass er für eine Weile zu seiner Familie fährt. Das war vor einem Monat.« Entschuldigend hob er die Hände. »Sorry, dass ich dir nicht mehr sagen kann.«

»Schon gut«, murmelte ich, doch in meinem Kopf arbeitete es auf Hochtouren.

Warum war Parker nicht in der WG? Und wieso hatte er Lincoln und den anderen nicht wenigstens Bescheid gegeben, was er vorhatte? Es war ja nicht so, als wären all seine Mitbewohner und Mitbewohnerinnen unauffindbar und nur über einen Termin bei der Sekretärin zu erreichen.

»Ich muss los«, sagte Lincoln und schaute wieder auf die Armbanduhr, die sich bei näherem Hinsehen als Fitnessarmband herausstellte. »Soll ich ihm irgendwas ausrichten oder –«

»Nein«, fiel ich ihm ins Wort. Denn das Letzte, was ich wollte, war, dass Parker erfuhr, dass ich mich für das College in Pensacola entschieden hatte. Trotz unserer Funkstille.

»Okay, dann … bis bald. Man sieht sich.«

Mit diesen Worten – und unzähligen neuen Fragen – ließ Lincoln mich stehen. Ich sah ihm nach, bis er zwischen den Fakultätsgebäuden verschwunden war, aber in Gedanken war ich ganz woanders. In Gedanken fragte ich mich, was zur Hölle bei Parker los war.

Keine neuen Nachrichten.

Level 25

Parker

Ich starrte auf das Smartphone in meiner Hand und die letzten Nachrichten, die schon einen Monat her waren und auf die ich noch immer nicht geantwortet hatte. Zuerst hatte ich es nur vor mir hergeschoben, dann hatte ich Teagan nicht in diese Sache reinziehen wollen und war zu fertig mit den Nerven gewesen, als der Arztbesuch und die ersten Untersuchungen anstanden. Aber ich hatte mir noch immer ihre Livestreams angeschaut, hatte mitgefiebert, während sie Tomb Raider 3 durchspielte, mit dem vierten Teil namens The Last Revelation begann, hatte ihr dabei zugesehen, wie sie sich durch die Guild Wars PvPs metzelte, bei The Witcher immer mehr Quests erledigte, ihre Überlebenden bei Dead by Daylight hochlevelte und zig neue Spiele antestete, aber immer wieder zu ihren Lieblingsgames zurückkehrte. Ihre Stimme hatte mich so oft beim Einschlafen begleitet und mir dabei geholfen, die kreisenden Gedanken auszuschalten, wenn nichts anderes zu helfen schien.

Aber Teagan wusste von alldem nichts. Weil ich mich nicht mehr bei ihr gemeldet hatte. Weil ich ein verdammter Feigling war.

Seufzend legte ich das Handy weg und stand auf. Mein Zimmer in der WG kam mir auf einmal so groß vor. Was daran liegen könnte, dass ich die letzten Wochen hauptsächlich in meinem alten Kinderzimmer verbracht hatte, aus dem ich schon mit vierzehn rausgewachsen war. Das Bett war zu klein, und ich stieß mir ständig den Kopf an den Dachschrägen. Allerdings war nichts anderes infrage gekommen. Bei den Symptomen, die ich zeigte, war Moms langjähriger Arzt die einzige Möglichkeit gewesen. Dr. Russell hatte alles getan und alle möglichen Untersuchungen angewiesen, aber nicht mal er konnte Himmel und Erde derart in Bewegung setzen, dass die Ergebnisse des MRTs und der anderen Tests schneller kamen. Am Ende hatte es rund vier Wochen gedauert, bis er mir eine Diagnose hatte geben können. Und die war gleichzeitig erleichternd, aber auch unglaublich frustrierend gewesen.

Ich schüttelte den Kopf bei der Erinnerung daran, wie ich zum wiederholten Mal mit Callie im Sprechzimmer gesessen hatte. Meine beste Freundin hatte darauf bestanden, mich zu jedem einzelnen Termin zu begleiten, sei es in die Praxis oder ins örtliche Krankenhaus. Ein paarmal war ich auch mit nach Summerville gefahren und hatte in der Wohnung gepennt, die sie sich mit Keith teilte. Obwohl ich den Typen nicht wirklich gut kannte, schien er in Ordnung zu sein, und alles dafür zu tun, um Callie glücklich zu machen. Und das war meiner Meinung nach das Einzige, was zählte.

Wie von selbst landete mein Blick wieder auf dem Handy, das auf der Matratze lag. Shit. Ich sollte Teagan schreiben. Das sollte ich wirklich. Aber … hatte es überhaupt noch einen Sinn? Ich hatte mich wie das letzte Arschloch verhalten, indem ich all ihre Nachrichten ignoriert hatte. Aber wenn ich es ihr erklärte … Fuck. Ich hatte nicht die geringste Ahnung, wie sie reagieren würde. Oder ob sie überhaupt irgendeine Erklärung von mir hören wollte. Gut möglich, dass sie mich längst abgeschrieben und vergessen hatte. Das neue Semester hatte vor ein paar Tagen begonnen, und Teagan könnte jetzt sonst wo auf der Welt sein. Ich hoffte nur, dass sie an einem ihrer Wunschcolleges studierte und nicht an irgendeiner Uni irgendein beliebiges Hauptfach belegt hatte, nur um ihren Vater zufriedenzustellen.

Gedämpfte Stimmen waren zu hören und lenkten meine Aufmerksamkeit Richtung Zimmertür. Ich war erst vor wenigen Minuten aus Alabama zurückgekehrt und da wie durch ein Wunder alle zu Hause waren, hatte ich meine Mitbewohner um ein kurzes Gespräch im Wohnzimmer gebeten. Wenn ich mich schon erklären musste – und das musste ich nach der Nummer, die ich abgezogen hatte –, dann fing ich am besten direkt bei ihnen an.

Ich atmete tief durch, fuhr mir mit etwas zittrigen Fingern durchs Haar, dann setzte ich mich in Bewegung.

Die gesamte WG hatte sich im Wohnzimmer versammelt. Ich konnte mich gar nicht daran erinnern, wann wir das letzte Mal alle so zusammengesessen hatten. Eliza war mittlerweile aus Australien zurückgekehrt und lehnte jetzt an der Fensterbank, während Lincoln es sich im Sessel bequem gemacht hatte und Cole und Sophie sich die Couch teilten. Als ich hereinkam, blickten sie alle fast gleichzeitig auf. Erwartungsvoll. Fragend. Vielleicht auch etwas besorgt. Aber obwohl ich wochenlang verschwunden gewesen war und ihnen nur einen Zettel mit einer kurzen Nachricht hinterlassen hatte, sah ich keine Vorwürfe in den Augen meiner Mitbewohner. Und das gab mir den Mut, einen der Hocker heranzuziehen und mich so daraufzusetzen, dass ich sie alle ansehen konnte.

»Es tut mir leid.« Das war das Erste, was mir über die Lippen kam. Auf der ganzen Fahrt von Alabama zurück hierher hatte ich darüber nachgedacht, was ich sagen, wie ich es ihnen erklären könnte, aber mir war nichts eingefallen. Womöglich war es gar nicht so schlecht, erst mal mit einer Entschuldigung zu beginnen. »Es war beschissen von mir, einfach ohne Erklärung abzuhauen.«

»Was war überhaupt los?«, wollte Liz wissen und verschränkte die Arme vor der Brust. Ihr Hautton war um einiges dunkler als bei ihrer Abreise – offenbar hatte sie trotz Winterzeit in Australien ein bisschen Sonne abbekommen.

Cole sah von ihr zu mir und kniff die Augen zusammen. »Parker hat uns einen hübschen Zettel in der Küche angepinnt und war dann einfach weg. Keine Erklärung. Kein Anruf. Keine weiteren Nachrichten. Nichts.«

Ich verzog das Gesicht. Scheiße. Irgendwie hatte ich gehofft, dass mir das erspart bleiben würde – aber es war ja nicht so, als könnte ich Coles Wut nicht nachvollziehen.

»Ich wollte nicht, dass ihr euch Sorgen macht«, murmelte ich und merkte selbst, wie beschissen das klang.

»Tja, dumm gelaufen, Kumpel«, konterte Cole. »Du hast ja vielleicht nicht damit gerechnet, aber wir haben uns Sorgen gemacht, als du plötzlich wie vom Erdboden verschwunden warst und nicht auf unsere Nachrichten reagiert hast. Nicht mal auf die von Sophie!«, warf er ein und starrte mich an, als würde er mir jeden Moment den Hals umdrehen wollen.

Sophie legte ihm eine Hand auf den Arm. »Cole …« Ihre Stimme war leise und warnend. Trotzdem schien er sich etwas zu beruhigen. Seine Schultern sanken ein Stück herab, und er riss den mörderischen Blick von mir los und richtete ihn demonstrativ auf die Wand.

»Ich weiß, dass es scheiße von mir war«, erwiderte ich. »Und ich kann verstehen, dass ihr sauer seid. Ich … ich musste ein paar Dinge klären.«

Lincoln lehnte sich im Sessel vor. »Und das konntest du uns nicht einfach sagen? Wir sind doch nicht bloß Mitbewohner, Mann. Wir sind deine Freunde.«

Shit. *Shit.* Das wusste ich. In dem Moment war es … einfacher für mich gewesen, die Sache allein durchzuziehen. Wahrscheinlich hätte ich sogar Callie rausgehalten, wenn sie nicht bereits gewusst hätte, was bei mir zu Hause los war. Dass sie mich zu allen Terminen begleitet hatte, war ihre Entscheidung gewesen, nicht meine. Und niemand konnte Calliope Robertson aufhalten, wenn sie sich einmal etwas in den Kopf gesetzt hatte.

Ich stützte die Ellbogen auf die Knie und ließ die Hände baumeln. Einen Moment starrte ich nur darauf, wartete und rechnete geradezu damit, dass die Unruhe zurückkehren würde, meine Beine auf und ab wippen würden oder ich gleich aufsprang, um diese Rastlosigkeit loszuwerden. Doch die Wahrheit war, dass ich einfach nur erledigt war.

»Meine Mom ist krank«, sagte ich so leise, dass ich nicht sicher war, ob sie es überhaupt gehört hatten. »Und eine Weile dachte ich, ich hätte dasselbe wie sie. Deshalb bin ich gegangen. Ich war zu Hause und hab mich untersuchen lassen.«

Stille. Geschocktes Schweigen.

Schließlich war es Sophie, die bis an den Rand des Sofas rutschte und die Hände auf meine legte. »Was ist dabei herausgekommen?«

Einen Moment lang starrte ich nur auf unsere Hände und musste absurderweise daran denken, dass Teagans Hände ganz anders aussahen und sich auch völlig anders angefühlt hatten, dann riss ich mich zusammen und hob den Kopf. »Ich bin krank«, stieß ich heiser hervor. »Aber es ist nicht das, was meine Mom hat. Es ist keine Form von Demenz, sondern Burnout.«

Zum ersten Mal hatte ich die Worte nicht nur gedacht, sondern laut ausgesprochen. Und es fühlte sich auf seltsame Weise erleichternd an, auch wenn es mich noch immer ankotzte. Wie konnte ich gleichzeitig erleichtert und wütend über diese Diagnose sein? Ich kapierte es einfach nicht.

Ich sah in die Runde, blickte nacheinander in die Gesichter meiner Mitbewohner und Mitbewohnerinnen und las Erstaunen, Überraschung, aber auch Besorgnis darin.

Cole ergriff als Erster das Wort. »Was können wir tun?«

Ich starrte ihn an. Zugegeben, ich hatte keine Vorstellung davon gehabt, wie dieses Gespräch laufen würde, aber mit so einer Reaktion hatte ich nicht gerechnet. Schon gar nicht von Cole, der bis eben noch so angepisst gewesen war, dass er mich nicht mal mehr hatte ansehen wollen. Und jetzt war ausgerechnet er derjenige, der mir Hilfe anbot? Womit zum Teufel hatte ich das verdient?

»Ich könnte mich um die ganzen Mails kümmern, die du ständig bekommst«, bot Sophie an. »Du weißt schon, sie sortieren, die weniger wichtigen für dich beantworten, Termine arrangieren und so weiter. Dann hast du damit weniger Stress.«

Cole nickte ihr zu, dann wandte er sich wieder an mich. »Du hast viel zu wenige Moderatoren in deinen Streams. Das ist mir schon früher aufgefallen, aber du hast nie etwas gesagt, also …« Er zuckte etwas hilflos die Schultern. »Ich kann das übernehmen, wenn du willst. Und ich kenne ein paar Leute aus meinem Studiengang, die das sicher auch gerne machen würden. Dann musst du dich nicht mehr mit irgendwelchen blöden Trollen herumschlagen und kannst auch anderen Orgakram mal abgeben.«

»Gute Idee«, kam es von Liz, die jetzt die Arme herunternahm und sich mit den Händen auf der Fensterbank hinter ihr abstützte. »Ich glaube zwar nicht, dass du viel zu programmieren hast, was ich übernehmen könnte, aber deine Thumbnails auf YouTube sind echt nicht die schönsten, Kumpel.« Scheinbar bedauernd schüttelte sie den Kopf und deutete mit dem Daumen auf sich. »Also überlass das lieber dem Profi. Das ist so ein Zeitfresser, und am Ende kommt bei mir eh das bessere Ergebnis raus.«

Ungläubig sah ich von einem zum anderen. »Das meint ihr nicht ernst, oder?«

»Und wie wir das ernst meinen.« Lincoln stand auf und klopfte mir auf die Schulter. »Du konzentrierst dich jetzt darauf, dass es dir besser geht, und wir kümmern uns um den Rest. Dein Zeitmanagement und die Buchhaltung zum Beispiel. Lass mich da mal ran. Ich bringe Ordnung in dein Chaos.«

Shit. Ich hatte keine Ahnung, was ich dazu sagen oder wie ich darauf reagieren sollte. Ich war ohne jede Erwartung in dieses Gespräch gegangen und hatte lediglich gehofft, dass sie nicht bis in alle Ewigkeit sauer auf mich sein würden. Aber das? Das war weit mehr, als ich jemals erwarten, geschweige denn verlangen könnte.

Langsam stand ich auf. »Ihr müsst das nicht tun, Leute. Wirklich nicht. Ich krieg das schon hin.«

Zumindest mit etwas Hilfe von Dr. Russell und der Therapeutin, die er mir hier in Pensacola organisiert hatte und zu der ich nun regelmäßig gehen würde.

Kopfschütteln auf allen Seiten.

»Erzähl keinen Scheiß, Mann.« Auch Cole sprang jetzt auf. »Dafür sind Freunde schließlich da.«

»Warum diskutieren wir überhaupt noch darüber?«, rief Liz von der Tür aus und war gleich darauf verschwunden.

Sophie folgte ihr schulterzuckend, machte dann aber noch eine Kehrtwende und kam zu mir zurück. Obwohl sie kleiner und so viel schmaler war als ich, packte sie mich bei den Schultern und schüttelte mich. »Tu so etwas nie wieder! Verstanden?«

Meine Mundwinkel zuckten. »Verstanden, Chief.«

Sie musterte mich aus zusammengekniffenen Augen, und was auch immer sie in meinem Gesicht fand, ließ sie zufrieden nicken. Dann ging sie, gefolgt von Cole, bis nur noch Linc und ich zurückblieben.

»Eins noch«, sagte er und hielt mich auf.

»Ja?« Ich drehte mich zu ihm um und hob fragend die Brauen.

Lincoln zögerte, und ich konnte ihm ansehen, dass ihm das, was auch immer er gleich sagen würde, nicht leichtfiel. »Sie ist hier.«

Ich erstarrte. *Alles* in mir erstarrte, sogar mein verdammtes Herz. »Was soll das heißen?«

»Teagan ist hier.«, wiederholte er und betonte dabei jede einzelne Silbe. »Sie hat am WFMAC angefangen. Ich hab sie letzte Woche zufällig auf dem Campus getroffen, als …«

Seine letzten Worte gingen in dem Rauschen in meinen Ohren unter. *Teagan ist hier.* Wieder und wieder spulte mein Kopf diesen Satz ab, bis seine Bedeutung langsam zu mir durchsickerte. Teagan war hier. In Pensacola. Am College. Sie studierte hier. *Sie war hier.* Und diesmal nicht nur für einen kurzen Besuch.

Fassungslos starrte ich Lincoln an. Das war nicht sein Ernst, oder? Er verarschte mich gerade nur. Denn wenn er das wirklich so meinte, wie es klang und Teagan tatsächlich in der Stadt war, hier lebte und studierte, dann … dann … Heilige Scheiße.

Parker
Hey ...

Siebzehn Minuten danach

Parker
Ich kann verstehen, wenn du nicht mehr mit mir reden willst ...

Vier Minuten später

Teagan
Ich rede mit dir. Ich bin nicht die Art Mensch, die andere einfach fallen lässt und wochenlang anschweigt.

Parker
Shit

Parker
Es tut mir leid

Parker
Es tut mir wirklich, wirklich leid

Nach einer halben Stunde

Parker
Können wir reden?

Teagan
Warum? Weil es dir jetzt auf einmal wieder in den Kram passt?

Parker
Bitte, Teagan

Ein paar Minuten später

Teagan
Nein. Ich will dich nicht sehen. Ich will nicht mit dir reden. Ich will nicht mal an dich denken! Du hast mir wehgetan und auf eine Wiederholung kann ich echt verzichten.

Teagan
Also lass mich einfach in Ruhe.

Level 26

Parker

Es war seltsam, nach so langer Zeit wieder die Rechner hochzufahren, die Monitore einzuschalten, Kopfhörer und Mikrofon zu testen und alles für den Livestream vorzubereiten. Seltsam, aber auch angenehm vertraut. Beruhigend. Selbst wenn ich mit einem ganzen Schwall an Fragen rechnete, auf die ich noch immer nicht vorbereitet war.

Ich war der lustige Typ, der Kerl ohne große Sorgen, der gerne Witze riss und auf möglichst unterhaltsame Weise die unterschiedlichsten Spiele zockte. Ernste Themen lagen mir nicht. Mich anderen gegenüber zu öffnen erst recht nicht. Ich schuldete den Leuten da draußen keine Einblicke in mein Privatleben, auch wenn ich mich nach wie vor dagegen sträubte, sie mit irgendeiner erfundenen Geschichte abzuspeisen. Aber Teagan … Teagan hatte die Wahrheit verdient, und daher jedes Recht, wütend auf mich zu sein und mir nicht mehr zu vertrauen. Scheiße, ich an ihrer Stelle würde das genauso wenig. Aber ich würde es wiedergutmachen. Ich würde ihr Vertrauen zurückgewinnen. Ich musste einfach. Selbst wenn ich noch keine Ahnung hatte, wie ich das anstellen sollte. Aber ich weigerte mich, sie einfach aufzugeben. Diesen Fehler hatte ich bereits einmal begangen und nicht vor, ihn zu wiederholen.

Wenige Minuten zuvor hatte ich auf allen Social-Media-Kanälen angekündigt, dass es gleich einen neuen Livestream geben würde. Ich hatte keine Ahnung, wie viele Leute überhaupt dabei sein würden, schließlich war ich eine ganze Weile ohne jede Erklärung weg gewesen, und es gab genug andere Gamer, die verlässlicher streamten und guten Content lieferten. Verdammt. Wem machte ich hier etwas vor? Ich konnte froh sein, wenn heute nur ein Bruchteil meiner bisherigen Zuschauer auftauchte.

Bevor ich den Stream startete, warf ich einen kurzen Blick auf den Chat. Ich hatte meine Moderatoren, zu denen neuerdings auch Cole und Lincoln sowie zwei Kommilitonen von Cole zählten, gebeten, nichts zu filtern. Zumindest nicht, bis ich mir nicht einen ersten Überblick verschafft hatte. Schon jetzt ging es dort drunter und drüber – und es wurden immer mehr Leute.

Ich räusperte mich, atmete ein letztes Mal tief durch, dann ging ich live und winkte nach dem kurzen Intro in die Kamera. »Hey Leute. Lange nicht gesehen.«

Und schon explodierte der Chat:

Willkommen zurück!!
JAAAA!!! Parker ist wieder da!!
welcome home 🖤
Wo warst du so lange??
stimmt es, dass du und tr euch verkracht habt??
jetzt lasst ihn doch erst mal richtig ankommen!

»Sorry, dass ich mich so lange nicht hab blicken lassen«, sagte ich als Nächstes und sah wieder zur Kamera. »Privat war viel los, und ich musste mich um ein paar Dinge kümmern. Aber jetzt sind wir alle in alter Frische zurück und können wieder durchstarten. Ich bin sicher, ihr habt ganz viele Fragen … jepp, offensichtlich habt ihr die«, fügte ich mit einem kurzen Blick auf den Chat hinzu, »aber ich kann nicht wirklich viel sagen. Außer, dass so weit alles geregelt ist, was geregelt werden musste.«

geht's dir gut??
hast du dich von TR getrennt?
Was ist passiert, Mann?
also ich mochte die schlampe ja noch nie ...
TRGame streamt auch nicht mehr 😱 die haben sich ganz sicher verkracht
die tussi hat Parker gar nicht verdient 🙄

Okay. Das war der Punkt, an dem ich das ganze Thema rund um Teagan und mich nicht länger ignorieren konnte. Vielleicht hätten wir die Kommentare dazu von Anfang an filtern sollen, damit sie gar nicht erst im Chat auftauchten, doch dafür war es nun zu spät. Ganz egal, wie Teagan und ich gerade zueinander standen – ich würde nicht zulassen, dass meine Zuschauer sie durch den Dreck zogen und irgendwelche Lügen über sie verbreiteten. Die ganzen Gerüchte im Netz waren schon schlimm genug.

»Leute.« Ich sah geradewegs in die Kamera. Kein Lächeln. Keine Witzeleien. Nicht jetzt und nicht bei diesem Thema. »Hört bitte auf, gegen TRGame zu hetzen. Sie hat nichts Falsches getan. Ich bin derjenige, der Mist gebaut hat.«

oh nein ...
Was ist passiert? 😱
ich ahne böses ...
Parker, alles klar?
OMG 😱
was ist los??

Shit. Eigentlich hatte ich die Leute damit beruhigen wollen, aber wie es aussah, hatte ich es nur noch schlimmer gemacht. Fantastisch. Ich seufzte tief. Wie es aussah, kam ich aus der Nummer nicht mehr raus.

Aber zum ersten Mal ... wollte ich das auch gar nicht. Bisher war mein Privatleben immer genau das gewesen: privat. Doch jetzt hatte ich es vermasselt und würde dazu stehen. Nicht nur vor meinen Mitbewohnern und Mitbewohnerinnen oder vor Teagan, sollten wir jemals wieder miteinander sprechen, sondern auch vor meinen Zuschauern. Ich schnaubte leise. Waren ja nur um die sechzigtausend heute Abend. Aber sie hatten die Wahrheit genauso verdient wie alle anderen.

»Als ich TRGame das erste Mal getroffen habe, war sie nur irgendeine Gamerin, die mein Team im Guild Wars PvP zerfetzt hat. Vor allem mich«, fügte ich hinzu und musste bei der Erinnerung daran lächeln. Und das, obwohl ich damals so angepisst gewesen war und dieses verfluchte Todesstoß-Lama bis heute abgrundtief hasste. »Danach haben wir DbD zusammen gespielt, nicht nur im Stream, sondern auch außerhalb. Mit der Zeit hab ich TR besser kennengelernt und ... ich hab mich in sie verliebt. Es war nicht geplant, ich hab nicht damit gerechnet, aber es ist einfach passiert. Und dann hab ich es versaut.«

OMG 😱😱😱
was? wie??
Parker ... 💔
😭😭😭😭
was ist passiert??
Also ich bin ja immer noch skeptisch ...
Wie hast du es versaut?
omg Parker das tut mir so leid 😭

Alles in mir wehrte sich dagegen, so offen über das zu sprechen, was passiert war. So offen über das, was in mir vorging, aber ich zwang mich dazu, es dennoch zu tun, weil es hier nicht mehr nur um mich ging, sondern um Teagan. Vor allem um sie. Und darum, den Gerüchten Einhalt zu gebieten und Teagan vor all diesen falschen Anschuldigungen und Unterstellungen zu schützen.

Ich räusperte mich. »Wahrscheinlich ist es dem einen oder anderen schon aufgefallen, aber ich rede nicht gern über Privates. Schon gar nicht über Probleme. Solche Dinge hab ich schon immer lieber mit mir selbst ausgemacht. Kleiner Tipp am Rande: Tut das nicht. Lernt aus meinen Fehlern und redet mit den Menschen in eurem Leben, die euch wichtig sind, okay? Vor allem, wenn es um ernste Themen geht.« Diesmal vermied ich den Blick auf den Chat und sprach einfach weiter. Ohne Pause. Ohne nachzudenken. »Ich hatte ein paar gesundheitliche Probleme und dachte, ich könnte mit niemandem darüber reden. Ich habe so gut wie alle Menschen, die mir wichtig sind, ausgeschlossen und ihnen nichts gesagt. Und glaubt mir, das ist keine gute Sache. Vor einer Weile habe ich einem Mädchen versprochen, sie niemals im Stich zu lassen, mich niemals einfach so von ihr abzuwenden. Aber genau das habe ich in den letzten Wochen getan. *Ich* bin der Böse in dieser Geschichte. Ich bin der Arsch. Und es tut mir aufrichtig leid.«

Der Chat explodierte geradezu vor Nachrichten und raste so schnell durch, dass ich kaum ein Wort davon erkennen konnte. Ich hatte nicht den blassesten Schimmer, wie Cole, Linc und die anderen Mods das schafften. Zumal jetzt auch noch der private Chat mit den Moderatoren aufblinkte. Irgendjemand fragte, ob wir nun ein paar Schlagworte filtern sollten, damit die Leute nicht mehr so eskalierten und etwas Ruhe einkehrte.

Ich tippte ein schnelles »Okay«, dann wandte ich mich wieder direkt an die Zuschauer.

»Mir tut es auch leid, dass ich euch nichts gesagt habe und einfach verschwunden bin. Das war nicht cool. Wenn ihr keinen Bock mehr auf mich habt, kann ich das gut verstehen. Aber wenn doch, dann verspreche ich euch, so etwas nie wieder zu tun. Ich kann nicht alles erzählen, was in meinem Leben so passiert, weil es auch andere Menschen betrifft, aber ich werde ab jetzt immer ehrlich zu euch sein. Versprochen.«

Und wieder rasten die Antworten nur so durch den Chat, diesmal vor allem in Form von unzähligen Emojis. Manche weinend, manche lachend, und ganz viele Herzen. Bei dem Anblick musste ich unweigerlich lächeln.

»So, und jetzt, wo wir das geklärt haben, machen wir eine kurze Pause und erholen uns davon. Bin gleich zurück«, sagte ich, nahm die Kopfhörer ab und stand auf.

Ganz automatisch hatte ich nach dem Handy gegriffen, das auf dem Schreibtisch neben der Tastatur lag. Bis eben hatte ich nicht mal gemerkt, dass ich unbewusst auf eine Reaktion gehofft hatte, aber als ich auf das Display sah, spürte ich die Enttäuschung umso deutlicher. Teagan hatte sich nicht bei mir gemeldet. Höchstwahrscheinlich schaute sie gerade nicht mal zu. Dafür trudelte jetzt eine neue Nachricht von einer ganz anderen Person ein und ließ mich mitten im Flur innehalten.

Callie
Hab das eben im Livestream gesehen. Ich bin stolz auf dich, Donovan Parker!

Ich grinste, weil das so typisch für meine beste Freundin war. Das Antworten würde ich allerdings auf später verschieben müssen, denn jetzt warteten ziemlich viele Leute auf mich.

Mit den Worten »Sorry für die Unterbrechung« kehrte ich wenige Minuten später vor die Kamera zurück und setzte die Kopfhörer auf. »Ich schwöre, ich hab mich nicht im Bad eingeschlossen, um zu heulen«, witzelte ich und hielt zum Beweis meine Einhorntasse in die Höhe. »Damit können wir jetzt weitermachen. Uuund ich schlage vor, wir beginnen heute mit einer Runde Dead by Daylight. Mal sehen, ob irgendjemand online ist, mit dem wir zocken können«, fügte ich hinzu und trank einen Schluck von meinem Kaffee.

Dann startete ich auch schon das Spiel. Nicht nur, um die Zuschauer von meinem kleinen Geständnis eben abzulenken, sondern auch, um mich selbst davon abzulenken. Und von dem Gedanken, dass jetzt so viele Menschen etwas so Intimes über mich wussten. Über Teagan und mich.

Vielleicht hätte ich besser die Klappe halten sollen, aber … ganz ehrlich? Das hatte ich mein Leben lang gemacht. Und wo hatte es mich hingeführt? Nirgends. Die Wahrheit zu sagen, war die richtige Entscheidung gewesen, selbst wenn ich meinen Zuschauern nicht alles erzählen konnte und wollte. Das mit meiner Mom zum Beispiel. Das war nicht bloß privat, sondern etwas, von dem ich wusste, dass Mom und Dad nicht wollten, dass überhaupt jemand außer ihnen davon erfuhr. Dafür waren sie viel zu stolz. Aber auch wenn ich nicht alles hatte erzählen können, fühlte ich mich jetzt definitiv … besser. Leichter irgendwie. Selbst wenn ich noch immer keine Ahnung hatte, wie ich Teagan dazu kriegen sollte, mir zuzuhören.

Mittlerweile war ich in der Lobby bei Dead by Daylight und klickte auf den Spielmodus, bei dem man zusammen mit Freunden überleben musste.

»Schauen wir mal, wen wir zu einer Runde einladen können«, murmelte ich – und hielt im selben Moment mit dem Mauszeiger inne.

TRGame war online.

Mein Puls begann zu hämmern, und meine Hände wurden feucht. Ohne auch nur eine Sekunde darüber nachzudenken oder es irgendwie zu kommentieren, schickte ich ihr ebenfalls eine Einladung zu dieser Runde, und vermied jeden Blick in den Chat auf dem anderen Monitor. Nach ihren letzten Nachrichten machte ich mir ohnehin nicht besonders große Hoffnungen, dass sie dabei sein würde. Aber wenn doch …

Die ersten Überlebenden tauchten in der Lobby auf. Da war MarshallBrownie, ein YouTuber, den ich vor ein paar Jahren auf einer Convention kennengelernt hatte. Seither zockten wir immer mal wieder zusammen. Bisher hatte ich ihn allerdings noch nie bei DbD erlebt, und seinem Rang nach zu urteilen, spielte er das auch nicht allzu oft. Das dürfte interessant werden.

Als Nächster jointe Cole, der es irgendwie hinbekam, gleichzeitig zu spielen und den Chat zu moderieren. Zum Glück gab es für Letzteres mittlerweile genügend andere Leute, sodass ich mir keine Gedanken darum machen musste.

Der vierte Mitspieler – genauer gesagt, die vierte eingeladene Mitspielerin – ließ sich Zeit. Cole und MarshallBrownie waren schon bereit, aber ich zögerte noch damit, ebenfalls auf *Bereit* zu klicken. Weil ich noch immer wartete. Weil ich noch immer hoffte, auch wenn es total dämlich war. Welchen Grund hätte Teagan schon, jetzt zusammen mit uns, zusammen mit mir zu spielen? Wahrscheinlich war sie bereits mitten in einem anderen Game oder streamte gerade selbst oder … keine Ahnung.

Ich zögerte das Ganze noch zwei, drei Minuten hinaus, in denen ich mit den Leuten im Chat über alles Mögliche quatschte, dann klickte ich auf *Bereit*, damit die anderen genau wie die Zuschauer nicht noch länger warten mussten. Es war einen Versuch wert gewesen, oder?

»Was meint ihr? Schaffen wir es, dem Killer direkt in der ersten Runde zu entkommen?«, fragte ich und warf erst einen fragenden Blick Richtung Kamera, dann schaute ich zum zweiten Monitor, wo der Chat noch immer schnell durchlief, aber mittlerweile wenigstens wieder lesbar war.

Kommt drauf an, wer der Killer ist
nahh, du bist total aus der übung!
wahrscheinlich hängst du als erster 😂

»Danke für euer Vertrauen.« Ich schnaubte. »Echt jetzt.«

Ich sah zurück zum anderen Monitor. Die Runde war noch nicht gestartet, weil uns noch immer ein weiterer Mitspieler und ein Killer fehlten. Manchmal ging es total schnell, an anderen Tagen wartete man eine Ewigkeit, bis man endlich loslegen konnte. Ich trank einen Schluck von meinem Kaffee und wandte mich wieder dem Chat zu.

Popcorn steht bereit! Kannst dich töten lassen, Parker 😁
also ich wette, parker überlebt
😱
!!!!!!!!
Sie ist da 😱
TRGAME IST DA
OMG OMG OMG

Ich verschluckte mich an meinem Kaffee und musste husten. Was zur Hölle …? Plötzlich raste mein Herz, und ich musste mich geradezu dazu zwingen, den Kopf zu drehen, um auf den anderen Bildschirm zu schauen.

Insgeheim rechnete ich damit, dass mich die Zuschauer gerade nur verarschten. Dass irgendjemand damit angefangen hatte und die anderen ganz schnell aufgesprungen waren. Doch dann hörte ich die typische Musik und das Herzklopfen, das zum Spiel gehörte und andeutete, dass es gleich losging. Gerade so erhaschte ich noch einen Blick auf unseren vierten und letzten Mitspieler, bevor der Bildschirm schwarz wurde und der Ladebalken erschien.

Es war Teagan.

Parker
Können wir uns treffen und reden?

Ein paar Minuten später

Parker
Teagan?

Noch ein paar Minuten später

Teagan
Warum?

Teagan
Und warum jetzt?

Teagan
Was soll das bringen?

Parker
Ich weiß, dass du in der Stadt bist

Parker
Linc hat mir erzählt, dass er dich getroffen hat

Parker
Ich will dir alles erklären

Parker
Bitte

Zwanzig Minuten später

Parker
Also …?

Teagan
Also …?

Parker
Du. Ich. Treffen?

Teagan
Du lässt nicht locker, oder?

Parker
Niemals

Teagan
🙄

Noch ein paar Minuten später

Teagan
Okay

Parker
Okay??

Teagan
Ja. Morgen. Elf Uhr. Bei dem kleinen Café an der Strandpromenade. Hab den Namen vergessen … Das mit dem leckeren Eis

Parker
Alles klar

Teagan
Und jetzt geh endlich zurück zu deinem Stream

Parker
Ganz wie die Lady wünscht 😁

Level 27

Teagan

In Gedanken verfluchte ich Parker, aber noch mehr verfluchte ich mich selbst dafür, diesem Treffen zugestimmt zu haben. Denn, ganz ehrlich? Was erhoffte ich mir bitte davon?

Nur weil wir einmal wieder zusammen gezockt hatten, war nicht wieder alles in Ordnung. Er würde sicher nicht vor mir auf die Knie fallen und um Verzeihung bitten, ich würde ganz bestimmt nicht zu ihm auf den Boden sinken und behaupten, alles wäre vergeben und vergessen und dann würden wir erst recht nicht zusammen in den Sonnenuntergang reiten. Definitiv nicht.

Zumal es elf Uhr an einem Sonntag war und damit noch eine Weile dauern würde, bis die Sonne unterging. Außerdem hatte ich Angst vor Pferden.

Aber ich wollte Klarheit. Ich wollte endlich erfahren, was passiert war und warum Parker entschieden hatte, mich von einem Tag auf den anderen so aus seinem Leben auszuschließen. Warum er wochenlang nicht mehr gestreamt hatte und auch nicht mehr in der WG gewesen war.

Aber auch wenn ich Antworten wollte, zwang ich mich dazu, keinerlei Erwartungen zu haben. Keine … Hoffnung. Nicht, nachdem ich wochenlang versucht hatte, Parker eine Antwort zu entlocken, und er mich einfach immer weiter ignoriert hatte. Aber ich musste die Wahrheit wissen. Und ein Teil von mir wollte ihm auch die Chance geben, sich zu erklären. Selbst wenn er sie vielleicht nicht verdient hatte.

Ich nippte an meinem Coffee-to-go, den ich mir in dem kleinen Café an der Strandpromenade gekauft hatte, vor dem wir uns treffen wollten, und kniff die Augen gegen die Helligkeit zusammen. Ich hätte wirklich daran denken sollen, meine Sonnenbrille mitzunehmen, aber die lag vermutlich irgendwo zwischen meinen mittlerweile ausgepackten Sachen in meinem WG-Zimmer. Oder meine Mitbewohnerin Gabriela hatte sie sich gekrallt, weil sie ihre eigene wieder mal im Hörsaal oder der Mensa oder an jedem beliebigen anderen Ort auf dem Campus hatte liegen lassen.

Abgesehen von ihrem ausgeprägten Talent, Dinge zu verlegen, hatte ich wirklich Glück mit meiner Mitbewohnerin. Gabriela und ich teilten uns nicht nur die Wohnung, sondern hatten einen ähnlichen Musik- und Filmgeschmack. Und als sie erfahren hatte, dass ich bis zu meinem Umzug live Videospiele gezockt hatte, war sie fast ausgeflippt und hatte sofort meinen Channel abonniert. Meine Warnung, dass ich vor allem abends und nachts streamte und es dabei schon mal laut werden konnte, hatte sie nur mit einem Lachen quittiert. Und so, wie ich Gabriela bisher einschätzte, würde sie wahrscheinlich zuschauen und mitfluchen, statt sich über den Lärm zu beschweren.

Beim Gedanken daran, dass ich schon bald wieder streamen würde, breitete sich eine Mischung aus Nervosität und Vorfreude in mir aus. Auch wenn in der Onlinewelt noch immer das reinste Chaos herrschte. Zumindest, was Parker und mich anging. Zuerst hatte es lediglich Fragen und Gerüchte darüber gegeben, wieso erst ich, dann Parker und dann wieder ich nicht mehr streamte. Irgendwann hatte irgendwer behauptet, wir wären zusammen gewesen und hätten uns getrennt. Ab dem

Zeitpunkt war der Shitstorm losgegangen, der sich – Überraschung! – hauptsächlich gegen mich gerichtet hatte. Schließlich hatte ich dem armen, armen Parker das Herz gebrochen. Daran, dass er *mein* Herz gebrochen haben könnte, dachte natürlich niemand. Aber nach dem Stream gestern, den ich zufällig mitverfolgt hatte …

Ich starrte auf den Pappbecher in meiner Hand hinab, während mir der Wind ein paar Haarsträhnen ins Gesicht wehte. Ich hatte gehört, was Parker gesagt hatte. Ich hatte jedes einzelne Wort gehört und die Wahrheit in seinen Augen lesen können. Allein bei der Erinnerung daran zog sich alles in mir zusammen und gleichzeitig breitete sich eine kribbelnde Wärme aus, bis ich nicht mehr wusste, wohin mit all den Gefühlen.

Mit der Zeit hab ich TR besser kennengelernt und mich in sie verliebt.

Vor einer Weile habe ich einem Mädchen versprochen, sie niemals im Stich zu lassen, mich niemals einfach so von ihr abzuwenden. Aber genau das habe ich in den letzten Wochen getan.

Ich legte den Kopf in den Nacken, um gegen das Brennen in meinen Augen anzukommen und tat alles, um bloß nicht zu blinzeln. Denn wenn ich blinzelte, würde die Feuchtigkeit, die sich bereits in meinen Augen sammelte, über meine Wangen laufen und dann würde ich richtig weinen. Bisher war es nur … nur … keine Ahnung. Ein Systemfehler. Auf jeden Fall keine Tränen. Nicht wirklich, denn ich weigerte mich noch immer, wegen eines Kerls rumzuheulen. Selbst wenn dieser Kerl Parker war. Und auch wenn sein Geständnis vor rund sechzigtausend Menschen mir die Knie weich werden ließ und mich dazu brachte, ihm um den Hals fallen zu wollen. Gleichzeitig würde ich ihm für sein Verhalten diesen Hals am liebsten umdrehen. Ergab das einen Sinn?

Als ich wieder an meinem Kaffee nippte, bemerkte ich eine Gestalt, die in diesem Moment die Strandpromenade entlang auf mich zukam – und erstarrte.

Auf den ersten Blick hatte sich Parker kein bisschen verändert. Er war noch immer groß, breitschultrig, etwas schlaksig. Mit seinen dunklen Haaren und den intensiv blauen Augen zog er noch immer die Aufmerksamkeit aller Frauen und Mädchen auf der Promenade auf sich. Doch das typische lässige Lächeln fehlte, ebenso wie das humorvolle, fast schon herausfordernde Funkeln in seinen Augen. Stattdessen lag ein angespannter Zug um seinen Mund, den ich so nicht von ihm kannte. Weder online noch in echt.

Trotzdem stockte mir bei seinem Anblick der Atem. Und obwohl ich mich dagegen wehrte, kehrten mit einem Schlag all diese dämlichen Empfindungen zurück – das Kribbeln im Bauch, das unangenehme Ziehen in der Brust, getoppt nur von dem kleinen Salto, den mein Magen machte, als Parker immer näher kam.

Ich biss die Zähne zusammen und gab alles, um eine möglichst unbeteiligte Miene aufzusetzen. Genau das hatte ich schließlich in den letzten Jahren an der Highschool perfektioniert. Aber so ganz wollte mir das nicht gelingen. Nicht nach dem Stream gestern. Nicht nach den Nachrichten, die wir ausgetauscht hatten. Nicht nach allem, was er gesagt hatte.

Als er vor mir stehen blieb, mischte sich sein mittlerweile vertrauter Duft nach Rosmarin und grünen Äpfeln unter die salzige Meeresluft. Ich musste mich dazu zwingen, nicht einfach die Augen zu schließen, tief einzuatmen und an den Moment unserer allerersten Begegnung zurückzudenken. An die Umarmung mitten auf der RTX Convention in Texas, als er über das Absperrband geklettert und einfach zu mir gekommen war, statt weiter Autogramme an seine Fans zu verteilen.

»Hey.« Meine Stimme klang nur ein bisschen zu heiser, nur ein bisschen zu leise, aber größtenteils normal. Immerhin etwas.

»Hey …« Etwas Weiches trat in seinen Blick, etwas, das ich verdammt noch mal nicht dort sehen wollte. Gleichzeitig sehnte ich mich so sehr danach, dass ich mich am liebsten selbst kräftig durchgeschüttelt hätte.

Was um alles in der Welt war los mit mir?

Ohne zu fragen, setzte ich mich in Bewegung. Ich klammerte mich mit beiden Händen an meinem Kaffeebecher fest, um sie bloß nicht nach Parker auszustrecken. Ein romantischer Spaziergang am Strand war nicht gerade meine Intention gewesen, als ich diesen Treffpunkt vorgeschlagen hatte, aber alles war besser, als seltsam herumzustehen und nicht zu wissen, wohin mit sich. Alles war besser, als Parker direkt ins Gesicht sehen zu müssen.

»Du hast dich also für Florida entschieden«, stellte er nach einigen Minuten angespannten Schweigens fest und atmete tief durch, als wäre er genauso nervös wie ich.

Ich nickte langsam. »Obwohl ich auch eine Zusage aus Texas bekommen habe. Aber es war meine erste Wahl.«

Das schien ihn zu überraschen. »Wirklich? Warum?«

»Weil der Campus wunderschön ist, weil ich mich hier sofort wohlgefühlt habe und der Studiengang einer der besten des Landes ist. Außerdem hat mir Cole so viel darüber erzählt und mir lauter Tipps gegeben, dass es sich so angefühlt hat, als würde ich schon hierher gehören. Ich mag die Stadt und das Meer und … und die Stimmung hier«, fügte ich hinzu und trank einen großen Schluck von meinem Kaffee, um den Redeschwall zu stoppen.

Parker nickte und schwieg einen Moment. »Also hatte es nichts damit zu tun, dass Cole und die anderen auch hier sind?«, fragte er eine Spur leiser. »Oder … dass ich hier bin?«

»Dein Name stand ziemlich groß auf der Kontra-Seite«, gestand ich und warf ihm einen kurzen Seitenblick zu. »Aber Cole und die anderen könnten ein Pluspunkt sein. Vielleicht. Mal sehen.«

Parker verzog das Gesicht, widersprach aber nicht.

Wir gingen schweigend weiter, schlenderten an Joggern und Familien mit kleinen Kindern vorbei, die sich schon jetzt einen Platz auf dem weichen Sandstrand gesichert hatten. Es war seltsam, wieder mit Parker hier zu sein. Seltsam und bittersüß, da sich die traurige Gegenwart mit einer Vergangenheit mischte, die so schön und unbeschwert war, dass ich sie um keinen Preis vergessen wollte. Und zugleich so schmerzhaft, dass ich nichts lieber getan hätte, als sie aus meinem Gedächtnis zu löschen.

»Es tut mir leid.«

Seine Stimme war so leise, dass ich sie über all die anderen Geräusche hinweg kaum wahrnehmen konnte. Dennoch war ich mir sicher, diese vier Worte aus seinem Mund gehört zu haben.

»Ich weiß«, erwiderte ich genauso leise und bohrte die Fingernägel in den Pappbecher. »Ich hab den Stream gesehen.« Ich zögerte einen Moment, sprach die Frage dann aber doch aus, auch wenn ich mich vor der Antwort fürchtete. »Hast du dich nur bei mir gemeldet, weil du erfahren hast, dass ich in der Stadt bin?«

Nach dieser Funkstille und der plötzlichen Bitte um ein Treffen wusste ich einfach nicht mehr, woran ich bei ihm war. Bis vor ein paar Wochen hatte ich geglaubt, Parker zu kennen. Nicht alles natürlich, denn dafür kannten wir uns zu kurz, aber er hatte mir Dinge über sich und sein Leben erzählt, von denen ich gedacht hatte … Ich hatte gedacht, wir wären uns nahe. Und ich war mir sicher gewesen, dass er mich nicht einfach fallen lassen würde. Dass er nicht so war wie alle anderen.

Konnte ich mich wirklich so sehr in ihm getäuscht haben?

»Nein«, sagte er sofort. »Ich wollte mich schon die ganze Zeit bei dir melden, aber …« Er hielt inne.

Ich blieb stehen und drehte mich zu ihm um. Wollte ich seinem Blick vorher um jeden Preis ausweichen, suchte ich ihn jetzt geradezu. »Was ist passiert? Warum … warum hast du dich dazu entschlossen, dich wie der letzte Arsch zu verhalten?«

Parker starrte aufs Meer hinaus. Allerdings nur zwei, drei Herzschläge lang, dann wandte er sich mir wieder direkt zu. »Erinnerst du dich noch an die Blutergüsse, die du an mir bemerkt hast?«, begann er rau.

Irritiert runzelte ich die Stirn, nickte aber.

»Meine Mom ist krank. Schon seit ein paar Jahren. Sie hat Frontotemporale Demenz – das bedeutet, dass sie langsam ihre Sprache und ihr Erinnerungsvermögen verliert und aggressive Anfälle hat. Wenn ich bei meinen Eltern daheim bin, bin ich normalerweise derjenige, der sie festhält, bis sie sich beruhigt hat, damit sie sich nicht selbst wehtut.«

Aber stattdessen tut sie dir weh … Die Worte lagen mir auf den Lippen, aber ich sprach sie nicht aus.

»Daher die blauen Flecken – so ziemlich jedes Mal, wenn ich zu Hause bei meinen Eltern war.« Parker vergrub die Hände in den Taschen seiner Jeans. »Die Diagnose kam vor sieben Jahren. Statistisch gesehen hat sie jetzt noch ungefähr ein Jahr zu leben. Manchmal erinnert sie sich noch an meinen Dad und an das Haus, in dem sie schon zusammen gelebt haben, bevor ich geboren wurde. Aber die meiste Zeit über ist sie … sie ist nicht mehr der Mensch, den ich gekannt habe.«

»Parker …«

Erst als er zurückwich, merkte ich, dass ich einen halben Schritt auf ihn zu gemacht hatte. Er schüttelte den Kopf und ich blieb stehen, auch wenn ich ihn trotz allem, was passiert war, einfach nur in den Arm nehmen wollte.

»Nicht«, stieß er hervor und schaute wieder Richtung Meer, als könnte er es nicht ertragen, mich anzusehen. Oder zu berühren.

»Hast du dort die letzten Wochen verbracht?«, hakte ich nach. »Zu Hause bei deiner Mom?«

Er nickte knapp. »Ich bin hingefahren, weil ich die gleichen Symptome gezeigt habe wie sie damals, ganz am Anfang.«

Mir wurde schlagartig kalt. Das konnte nicht … Das bedeutete doch nicht, dass er …?

»Eine Zeit lang dachte ich, ich würde dieselbe Form von Demenz haben wie sie«, gab er zu und sah mich wieder direkt an. »Normalerweise entwickelt sich das erst sehr viel später im Leben, aber die Übergänge bei dieser Krankheit sind fließend. Die Diagnose kann auch schon mit Mitte zwanzig kommen. Außerdem … außerdem kann die Krankheit in etwa zehn Prozent der Fälle auch vererbt werden. Und deshalb … deshalb bin ich einfach gegangen. Ich bin zurück nach Alabama gefahren und habe Moms Arzt kontaktiert.«

Ich starrte ihn an. Die Frage war da, sie brannte mir auf der Zunge, aber ich brachte sie nicht hervor. Denn plötzlich ergab alles, was in den letzten Wochen vorgefallen war, ein neues, ein angsteinflößendes Bild. Parker hatte den Kontakt nicht abgebrochen und sich zurückgezogen, weil er mich satt hatte oder weil ich nicht gut genug war, wie ich die ganze Zeit geglaubt hatte, sondern weil er befürchtet hatte, krank zu sein. Gott, hatte er etwa gedacht, auch nur noch die statistischen acht Jahre zu leben zu haben?

Er holte tief Luft. »Es hat ein paar Wochen gedauert, bis sich die Ärzte sicher waren, aber ich habe keine Frontotemporale Demenz. Und auch keine andere Form von Demenz«, fügte er schnell hinzu, sah aber nur kurz zu mir, als könnte er mir nicht ins Gesicht sehen, während er davon erzählte.

»Was dann?«, fragte ich leise, da er gerade eben noch von Symptomen gesprochen hatte und ich mich auf einmal daran erinnerte, dass er immer wieder von Kopfschmerzen erzählt hatte. Ich ignorierte das unangenehm schnelle Hämmern in meiner Brust, machte einen weiteren Schritt nach vorne, sodass ich direkt vor ihm stand, und suchte seinen Blick.

»Burn-out«, stieß er hervor, dicht gefolgt von einem harten Lachen. »Was völlig absurd klingt. Ich liebe meinen Job und meine Familie und studiere gerne hier. Aber es war wohl … zu lange zu viel.«

Ich legte die Hand auf seinen Arm, auch wenn er vorhin vor mir zurückgewichen war. Diesmal tat er es nicht, sondern blickte nachdenklich auf die Stelle hinunter.

»Es tut mir leid«, wisperte ich. »Das mit deiner Mom. Mit dir.«

Er nickte nur.

Ich holte tief Luft. Zwang mich dazu, die nächsten Worte auszusprechen, auch wenn sie sich wie Glassplitter in meiner Kehle anfühlten. »Ich kann nachvollziehen, warum du getan hast, was du getan hast. Okay? Ich verstehe es. Und es tut mir leid. Es tut mir schrecklich leid, dass du das durchmachen musstest, aber … Du hast Freunde, Parker. Du hättest jede Unterstützung von Cole, Lincoln und Sophie bekommen, die du gebraucht hättest. Das weiß ich. Sie wären für dich da gewesen und hätten das gemeinsam mit dir durchgestanden.« Kurz zögerte ich, weil ich mich nicht noch verletzlicher machen wollte, entschied mich dann jedoch dafür, die Wahrheit zu sagen. Auch wenn sie noch so wehtat. »*Ich* wäre für dich da gewesen, wenn du mich gelassen hättest. Aber du hast mir nicht mal eine Chance gegeben.«

»Ich weiß.«

»Du hast mir versprochen, mich nicht einfach fallen zu lassen. Du hast es mir genau hier versprochen!« Meine Stimme klang so erstickt, dass wir beide zusammenzuckten.

Parker verzog das Gesicht. Zum ersten Mal seit einer gefühlten Ewigkeit begegnete er wieder meinem Blick. »Ich weiß. Und du glaubst gar nicht, wie leid es mir tut, Tea-Tea.«

Bei dem mittlerweile so vertrauten Spitznamen musste ich mir fest auf die Lippen beißen. Ich hatte nicht gelogen. Bis zu einem gewissen Grad konnte ich Parkers Entscheidungen tatsächlich nachvollziehen, schließlich war ich es ebenfalls gewöhnt, die Dinge allein und für mich zu klären. Der Unterschied zwischen uns war jedoch, dass ich Parker davon erzählt hätte. Ich hätte ihn einbezogen und meine Gedanken und Gefühle mit ihm geteilt, statt ihn ohne ein einziges Wort, ohne eine Erklärung auszuschließen und mit Funkstille zu bestrafen. Ich hätte dafür gekämpft, dass diese Sache mit uns beiden irgendwie funktionierte. Vor allem nach meinem Besuch hier bei ihm. Aber er hatte nichts davon getan.

Und genau das war es, was am meisten wehtat, wie ich jetzt realisierte. Nicht der Kontaktabbruch. Nicht das wochenlange Schweigen. Nicht die Geheimnisse. Sondern die Tatsache, dass Parker es nicht einmal versucht hatte. Dass ihm das zwischen uns nicht genug bedeutete, um wenigstens zu versuchen, über seinen Schatten zu springen. Er hatte einfach aufgegeben. Er hatte *mich* einfach aufgegeben.

»Ich wollte dir davon erzählen«, behauptete er und sah mich fest an. »Aber erst später. Ich dachte … Verdammt, ich dachte, es wäre für alle besser, wenn ich das Ganze erst mal für mich kläre, bevor ich irgendjemanden in Panik versetze. Außerdem wollte ich kein Mitleid oder gut gemeinte Worte und diesen ganzen Scheiß. Ich wollte die ganzen Untersuchungen nur so schnell wie möglich hinter mich bringen. Aber dann hat alles doch länger gedauert und mit jedem Tag, mit jeder Woche wurde es schwieriger, mich wieder bei dir zu melden. Ich wusste, dass du sauer auf mich bist, und wollte es dir erklären. Irgendwie. Dann hat Lincoln gesagt, dass du in der Stadt bist und … den Rest kennst du.«

Auf einmal lagen seine Hände an meinen Schultern und er suchte meinen Blick.

»Ich habe dich nicht fallen gelassen.« Parker betonte jede Silbe, als wollte er sichergehen, dass ich es auch verstand. »Ich weiß, dass es so ausgesehen hat, aber das stimmt nicht. Ich habe jeden Tag an dich gedacht, all deine Streams geschaut und war so oft so kurz davor, dir zu schreiben. Ich wusste bloß nicht wie. Aber ich hab dich nicht aufgegeben, Teagan. Das würde ich nie.«

Ich schüttelte den Kopf, brachte aber auch kein Wort hervor. Wie konnte ich ihn gleichzeitig verstehen, aber dennoch so wütend auf ihn sein? So … verletzt? Wie konnte ich ihn umarmen und küssen, ihn aber am liebsten auch ins Meer schubsen wollen?

»Ich mache es wieder gut«, beharrte er. »Ich will mit dir zusammen sein, Teagan. Bitte gib mir die Chance, es wiedergutzumachen.«

Ich zögerte. In meinem Kopf war ein einziges Chaos, und es fiel mir so verflucht schwer, die richtigen Worte zu finden. Vielleicht, weil ich selbst nicht wusste, wie ich darauf reagieren sollte.

»Das will ich auch«, gab ich nach einem Moment zu. »Und ich verstehe, warum du getan hast, was du getan hast. Aber du hast mich auch verletzt. Du hast mir wehgetan, obwohl du versprochen hast, es nicht zu tun. Obwohl ich dir von meiner Mom erzählt habe, und du …«

Das Leuchten in seinen Augen erlosch. »Ich weiß«, erwiderte er brüchig. »Wenn ich könnte, würde ich alles anders machen. Aber ich kann nicht. Ich kann es nicht mehr ändern.«

Ich nickte langsam. »Ich glaube«, begann ich und befeuchtete mir die Lippen. »Ich glaube, wir brauchen beide einfach … Zeit.«

Zeit zum Nachdenken. Zeit, um gesund zu werden. Zeit, um uns über die eigenen Gefühle klar zu werden.

Parker nickte, auch wenn er nicht glücklich dabei wirkte. »Das klingt … machbar.«

»Okay.« Ich atmete tief durch, dann setzte ich ein Lächeln auf, das sich sogar halbwegs ehrlich anfühlte. »Aber wehe, du schließt mich wieder aus.«

Parkers Mundwinkel wanderten in die Höhe. »Niemals. Versprochen.«

Vielleicht wäre es einfacher gewesen, die Sache hier und jetzt zu beenden oder Parker damit zu bestrafen, noch länger wütend auf ihn zu sein, aber das konnte ich nicht. Dafür war er mir trotz allem, was passiert war, zu wichtig. Dafür verstand ich seine Beweggründe zu gut. Und auch wenn er sich scheiße verhalten hatte, wollte ich ihm glauben. Ich wollte daran glauben, dass er so etwas nie wieder tun würde. Dass er mich nicht einfach aus seinem Leben aussperren und fallen lassen würde, sondern es ihm wirklich ernst mit mir war.

Ich konnte nur hoffen, dass das auch die richtige Entscheidung war.

Zwei Tage später

Parker
Toller Stream heute

Teagan
Danke

Parker
Aber das mit Hello Kitty Online muss ich erst noch verarbeiten. Ich hätte nie gedacht, dass du das wirklich mal spielst 😂

Teagan
Alice hat es immer wieder vorgeschlagen 🤷‍♀️ Irgendwann musste ich nachgeben

Teagan
Übrigens wusste ich gar nicht, dass du zugeschaut hast …

Parker
Hab ich. Von zu Hause

Teagan
Mit zu Hause meinst du …?

Parker
Bei meinen Eltern, genau. Ich bin für ein paar Tage bei ihnen

Teagan
Ist alles in Ordnung?

Parker
Nein

Parker
Es ist weder besser noch schlechter geworden, aber nichts hiervon ist in Ordnung

Ein paar Minuten später

Parker
Sorry, ich will dich gar nicht mitten in der Nacht damit zutexten ...

Teagan
Aber ...?

Parker
Aber ich hab dir versprochen, dich nicht mehr auszuschließen. Also erzähle ich dir von meinem miesen Tag und dass mich dein Stream abgelenkt hat. Danke dafür 😊

Teagan
Ich ... weiß nicht, was ich dazu sagen soll

Parker
Du musst nichts sagen

Teagan
😊

Eine Woche später

Teagan
Hey, ich lasse mir ein neues Tattoo stechen

Parker
Ein Lama? 😆

Teagan
Nein

Teagan
Wenn du mitkommst, kannst du es selbst sehen 😊

Parker
Du weißt, dass ich Nadeln nicht besonders mag, oder?

Teagan
Jepp

Teagan
Aber wenn du mitkommst, könntest du deine Angst davor überwinden

Teagan
Oder soll ich lieber Cole fragen, ob er mit will?

Parker
Den Aufreißer? Vergiss es. Ich komme mit

Teagan
😂

Ein paar Stunden danach

Teagan
Danke, dass du dabei warst 😊

Teagan
Das war echt mutig von dir

Parker
Du meinst, dass ich nicht dabei umgekippt bin?

Teagan
Das auch 😆

Teagan
Nein, aber ganz im Ernst: Danke. Das hat mir viel bedeutet

Parker
Jederzeit wieder

Einige Tage später

Parker
Am Wochenende findet eine Strandparty statt. Sophie und die anderen gehen auch hin. Was ist mit dir?

Teagan
Meine Mitbewohnerin hat mich deswegen auch schon genervt 🙄

Parker
Und was hast du ihr gesagt?

Teagan
Nein, natürlich. Ich hasse Partys und ich hasse Menschen

Parker
Tust du nicht

Teagan
Ach nein?

Parker
Ich erinnere mich da an eine Party, auf der du eindeutig Spaß hattest

Teagan
Auf der Party? Oder danach im Hotel?

Parker
😁

Parker
Beides natürlich

Teagan
Natürlich

Parker
Komm mit. Ich werde höchstpersönlich dafür sorgen, dass du dich nicht langweilst. Und wenn doch, gehen wir einfach

Teagan
Ist das ein Versprechen?

Parker
Definitiv

Teagan
Na gut. Ich werd dich dran erinnern

Parker
😁

Noch ein paar Tage später

Teagan
WIE KONNTEST DU DAS TUN??

Parker
???

Teagan
Du hast dich einfach für mich vor den Killer geworfen …

Teagan
Bist du wahnsinnig??

Parker
Eigentlich war ich nur kurz afk, um mir was zu essen zu holen, und plötzlich stand der Killer da 🤷‍♀️

Teagan
🙄

Parker
Das war ein Scherz!

Teagan
WARUM zum Teufel hast du das getan?

Teagan
Du bist gestorben!

Teagan
Dabei hättest du mit mir fliehen können!!

Parker
Ich wollte aber, dass du überlebst. Und dass du weißt, dass du dich auf mich verlassen kannst, ganz egal, ob ein durchgeknallter Killer hinter uns her ist oder nicht

Teagan
Das ist total verrückt

Teagan
DU bist total verrückt

Parker
Das hat Liz gestern auch schon gesagt, als ich Erdbeersoße auf meinen Burger packen wollte ...

Parker
Aber jetzt mal ganz im Ernst: Ich würde mich auch in Guild Wars zwischen dich und den Feind werfen. Oder in PUBG. Call of Duty. World War Z. Sogar in Tomb Raider, wenn es da einen Multiplayer-Modus geben würde

Teagan
Was ist mit dem Real Life?

Parker
Im Real Life würde ich dich aus der Schusslinie ziehen, statt mich einfach zu opfern. Ich will schließlich noch was von diesem Leben haben

Parker
Und von dir

Etwas später

Parker
Noch da?

Teagan
Ja! Aber ich hasse dich gerade ein bisschen …

Parker
😁

Parker
Solange es nur ein bisschen ist 😏

Teagan
Gott, ich kann immer noch nicht fassen, dass du das echt getan hast …

Teagan
Hey … streamst du nicht gerade? Unterbrichst du etwa deinen Stream für mich?

Parker
Jepp

Parker
Und ich würde es immer wieder tun

Parker
Ich würde sogar ... Halt dich fest!

Parker
Ein Game für dich pausieren

Parker
Wenn das nicht die größte Liebeserklärung aller Zeiten ist, was dann?

Teagan
Du Spinner ...

Parker
Ist aber mein voller Ernst 😁

Noch ein paar Minuten später

Parker
Hey Teagan?

Parker
Tea-Tea?

Teagan
Hm?

Parker
Gehst du mit mir auf dein Date? 😊

GAME START

Bonuslevel

Teagan

Ein Date. Mit Parker. Was um Himmels willen hatte ich mir nur dabei gedacht?

Genau genommen war die Antwort darauf einfach: gar nichts. Ich hatte überhaupt nichts gedacht und einfach zugestimmt. Denn in all den Wochen, in denen ich nun schon in Pensacola lebte, studierte, arbeitete und streamte, war Parker meine Konstante gewesen. Er hatte mir getextet, mich über seinen Alltag in der WG ebenso informiert wie über die Dinge, die bei ihm zu Hause passierten. Aber vor allem hatte er mich nie gedrängt, nicht online und nicht im realen Leben, sondern er hatte mir die Zeit gegeben, die ich brauchte. Die wir beide gebraucht hatten, bis ich mir gar nicht mehr vorstellen konnte, wie ein Leben ohne ihn wäre. Aber bevor ich irgendetwas davon in Worte fassen und ihm gestehen konnte, kam die Frage nach einem Date … Wie hätte ich da Nein sagen können?

Nervös wischte ich mir über den Saum meines Kleids. Jepp, ich hatte ein Kleid angezogen. Freiwillig. Das letzte Mal, dass ich ein Kleid getragen hatte, war an Grandma Ethels Geburtstag gewesen … und ich gerade mal zwölf. Danach hatte mich nie wieder jemand in diese Dinger reinzwängen können. Niemand, bis auf meine Mitbewohnerin Gabriela, die mich zum Shoppen mitgeschleift und tatsächlich ein Kleid gefunden hatte, das mir gefiel. Es war schwarz und hatte ab der Taille ein hübsches lilafarbenes Muster. Was, wie Gabriela mir versichert hatte, perfekt zu meinen noch immer teilweise lila gefärbten Haaren passte. Aber vor allem passte es zu den Temperaturen, die hier in Florida selbst im Oktober noch ungewohnt warm waren.

Und jetzt stand ich hier. Vor der Tür zu Parkers WG. Kopfschüttelnd sah ich an mir hinunter, von dem Kleid bis zu den Boots, die ich sogar beim sonnigsten Wetter Floridas anzog. Einmal atmete ich noch tief durch, dann hob ich die Hand und klopfte an.

Mein Magen kribbelte vor nervöser Aufregung, aber auch vor Freude. Es hatte eine Weile gedauert, bis Parker und ich uns wieder angenähert hatten. Bis ich zugelassen hatte, dass er mir wieder näher kommen durfte. Erst nur über Textnachrichten und jetzt … jetzt auch bei diesem Date.

Schritte waren aus dem Inneren zu hören. Mein Herzschlag beschleunigte sich, und ich wischte mir die Hände erneut am Kleid ab. Mittlerweile bereute ich fast, es angezogen zu haben, weil es so ungewohnt und untypisch für mich war. Das änderte sich jedoch in der Sekunde, in der die Tür aufging und ich Parkers Gesichtsausdruck bemerkte.

Ihm gefiel eindeutig, was er sah. Seine blauen Augen leuchteten, und ein Lächeln breitete sich auf seinem Gesicht aus.

Statt einer Begrüßung nahm er meine Hand in seine und zog mich in die Wohnung.

»Hi«, sagte er und drückte die Tür hinter mir zu, ohne meine Hand loszulassen.

Ich ließ den Blick kurz durch den Flur wandern, ehe ich Parker wieder ansah. »Wo sind die anderen?«

»Weg«, erwiderte er nur und zuckte lässig mit den Schultern. »Wir haben die Wohnung für ein paar Stunden ganz für uns allein. Und ich hab eine kleine Überraschung für dich.«

»Ja?«, fragte ich mit hämmerndem Herzen.

Er nickte und zog leicht an meiner Hand. »Komm mit.«

Mit diesen Worten führte er mich ins Wohnzimmer, das von den letzten Sonnenstrahlen des Tages erhellt wurde. Auf dem Couchtisch waren mehrere Sachen ausgebreitet. Auf der einen Seite lagen ein paar Blurays – eine wilde Mischung aus den aktuellsten Blockbustern, Klassikern und mindestens zwei Titeln, von denen ich noch nie etwas gehört hatte. Daneben Energydrinks, Cola, Nachos und Schokolade. Auf der anderen Seite entdeckte ich zwei Controller, eine Flasche Wein und zwei Gläser. Und den neuesten Teil der The-Dark-Pictures-Anthologie. Ein Game, dem ich seit Monaten entgegenfieberte – genau wie Parker selbst.

»Was willst du zuerst machen?«, fragte er mit einem bemüht neutralen Gesichtsausdruck. »Wie wär's, wenn wir erst einen der Filme schauen und dann …«

»Bist du irre?«, unterbrach ich ihn, ließ seine Hand los und klammerte mich so fest an die Spielhülle, als würde mein Leben davon abhängen. Tat es auch. Irgendwie zumindest. »Wir müssen das spielen. Jetzt sofort!«

Seine Mundwinkel zuckten verdächtig. »Sicher, dass du nicht doch lieber vorher etwas entspannen und einen Film schauen willst? Der erste Avengers ist wirklich nach wie vor –«

Ich lachte auf. »Du bist so ein Idiot.«

In seinen Augen funkelte es herausfordernd. Ohne Vorwarnung griff er erneut nach meiner Hand und zog mich an sich. Gerade so weit, dass wir uns in die Augen sehen konnten. »Ich bin *dein* Idiot. Wenn du mich lässt.«

Und da war es wieder: das Kribbeln in meinem Bauch, das ich schon gespürt hatte, als ich das allererste Mal seine Stimme gehört hatte. Noch mehr, als ich ihn zum allerersten Mal gesehen und umarmt hatte. Und am allermeisten jetzt. In genau diesem Moment.

»Versprochen?«, hakte ich leise nach.

»Versprochen.« Parker nickte und wurde wieder etwas ernster. »Ich werde dich nie mehr ausschließen und Sachen für mich behalten. Und falls doch, darfst du dir meine Playstation, XBox und den PC krallen und all meine Spielstände zerstören.«

Das brachte mich wieder zum Lachen. »Wow. Du meinst das wirklich ernst, oder?«

Er lehnte sich etwas zu mir hinunter, bis ich seinen Atem auf meinen Lippen spüren konnte und mein Herzschlag sich beschleunigte. »Warum findest du es nicht selbst heraus?«

Statt einer Antwort packte ich ihn am Kragen, stellte mich auf die Zehenspitzen und küsste ihn. Genau so, wie ich es in diesem Hotel in Texas getan hatte. Nur dass Parker nicht mehr bloß ein Online-Freund war, den ich gerade erst getroffen hatte. Er war *mein* Freund. Online. Aber vor allem offline.

Lächelnd legte er den Arm um mich und nahm mir die Spielhülle aus der Hand. »Alles klar. Die Lady bestimmt den Abend.«

Grinsend sah ich zu ihm hoch, stellte mich auf die Zehenspitzen und drückte meine Lippen erneut auf seine. »Und wie sie das tut«, murmelte ich in den Kuss und machte mich dann abrupt von ihm los. »Und jetzt lass uns endlich loslegen!«

YOU WIN

Danksagung

Als ich *Finding Back to Us* geschrieben habe, wusste ich sofort, dass ich Parkers Geschichte erzählen möchte. Parker selbst wollte das auch, aber bis wir uns einigen konnten und Teagan auf der Bildfläche erschienen ist, sollte es noch einige Jahre dauern. Umso glücklicher bin ich, dass ich gewartet habe und ihre Geschichte jetzt erzählen konnte.

An dieser Stelle einen riesigen Dank an meine Agentinnen Kristina Langenbuch Gerez und Gesa Weiß sowie an den ganzen LYX-Verlag, die sofort dabei waren und es mir ermöglicht haben, *Feeling Close to You* zu schreiben und veröffentlichen.

Insbesondere danke ich meiner Lektorin Stephanie Bubley, die sich einen ganzen Tag Zeit genommen hat, um mit mir Kaffee zu trinken, Apfelstrudel zu essen und diese Geschichte so zu plotten, dass ich, als es an der Zeit dafür war, direkt mit dem Schreiben loslegen konnte. Danke für dein Vertrauen in mich und meine Ideen, dein Verständnis und deine immerwährende Unterstützung – sei es beim Schreiben, Plotten, im Lektorat, auf Lesungen oder beim Signieren von unendlich vielen Büchern in Druckereien.

Danke an Kristina Langenbuch Gerez für das angenehme Lektorat (wir haben *Falling Fast* und *Flying High* überlebt. Jetzt schaffen wir alles!) und deine vielen hilfreichen Anmerkungen.

Danke an meinen Writing Squad für den unglaublich schönen Sommer, in dem ich dieses Buch geschrieben habe, für die Motivation, die manchmal nötige Ablenkung und die vielen Lacher. Besonders an Klaudia und Tami für die Schreibdates in den Cafés, die mich durch die Deadline-Phase gebracht haben.

Ein riesiges Dankeschön geht an Anabelle, die *Feeling Close to You* schon zu ihrem Lieblingsbuch von mir erklärt hat, bevor ich das erste Wort geschrieben hatte. Danke für deine Begeisterung, die Unterstützung und deine tollen Kommentare beim Betalesen.

Des Weiteren geht ein riesiger Dank an:

Sassette für die Einführung in und Erklärungen zu Guild Wars 2. Ohne deine Hilfe hätte ich das niemals umsetzen können!

Klaudia, die sich in diesem Buch verewigt hat, indem sie die WG mit einem Sims-Haushalt verglichen hat. Danke für deine Begeisterung und die Hilfe bei der Recherche.

Mandy für die Recherche, dein Fachwissen und die Unterstützung in allen medizinischen Belangen.

Den PJ-Squad für die vielen spannenden Stunden bei Dead by Daylight mit ganz viel Gelächter, Quatschen, gemeinsamem Schweigen, Beleidigungen und jeder Menge Flüchen, wenn der Killer wieder mal hinter uns her war.

Und schließlich danke an euch, liebe Leserinnen und Leser, dafür, dass ihr meine Bücher kauft, lest, liebt und weiterempfehlt. Ohne euch könnte ich nicht das tun, was mir die Welt bedeutet. Danke für alles!

Leseprobe

BIANCA IOSIVONI

Finding BACK TO US

Irgendetwas riss mich aus dem Schlaf. Ich schlug die Augen auf und versuchte zu verstehen, warum mein Herz auf einmal so raste. Warum nichts von Ambers leisem Schnarchen auf der anderen Seite des Zimmers zu hören war und weshalb der Mond in mein Zimmer schien, obwohl wir doch immer Jalousien vor den Fenstern hatten.

Ich tastete nach meinem Handy auf dem Nachttisch. Zwei Uhr siebenundvierzig. Keine neue Textnachricht, kein verpasster Anruf. Nichts, das erklären würde, warum ich mitten in der Nacht aufgewacht war. Der Ton war an und die Lautstärke hoch, da ich im Wohnheim nur noch mit Ohrstöpseln schlief. Wenn Leute, die in derselben Etage wohnten wie du, erst in den frühen Morgenstunden in ihre Zimmer zurückkehrten und dabei auch noch irgendwelche Songs aus den Top 100 lallten, wurden Ohrstöpsel schnell zu deinen neuen besten Freunden. Allerdings war ich nicht mehr in meinem Wohnheimzimmer, sondern zu Hause, realisierte ich langsam. In meinem Bett. Durch die offene Bauweise des Hauses mit dem Geländer und der hohen Decke im Wohnzimmer drang jedes noch so kleine Geräusch bis nach oben ins Dachgeschoss.

Ich setzte mich auf und rieb mir über die Augen, während ich lauschte. Das Haus war alt, aber selbst nach so langer Zeit der Abwesenheit sollte ich noch mit seinen Geräuschen vertraut sein, oder? Ich wollte mich gerade wieder hinlegen, als die Dielen unten knarzten. Unbewusst hielt ich den Atem an. War Holly auf der Suche nach einem Mitternachtssnack in der Küche? Stella konnte es nicht sein, sie war kurz nach meiner Ankunft zu ihrer Nachtschicht ins Krankenhaus gefahren und würde so schnell nicht zurückkehren.

Ich sollte mich wieder hinlegen und weiterschlafen, schließlich war es nur ein leises Knarren gewesen, aber meine Sinne liefen auf Hochtouren. Mein Puls hämmerte wie nach einer langen Joggingrunde, ich hatte die Ohren gespitzt und starrte in die Dunkelheit meines Zimmers. Da! Schon wieder ein kaum vernehmbares Knarzen der Dielen. Das konnte nicht nur das Haus sein, oder? Bevor ich darüber nachdenken konnte, hörte ich ein weiteres Geräusch: das Splittern von Glas. Diesmal bestand kein Zweifel daran, dass irgendjemand durchs Haus schlich.

Ich schob die Decke beiseite und stand auf. Barfuß tappte ich über den Holzboden zu meinem Kleiderschrank, der unter der Dachschräge fast die gesamte Wand einnahm. Darin lag noch immer mein alter Baseballschläger neben ein paar Schuhkartons. Ich zog ihn hervor und schlich zu meiner Zimmertür.

Meine Finger zitterten vor Anstrengung, als ich versuchte, die Tür so vorsichtig wie möglich zu öffnen, dennoch erwischte mich das vertraute Quietschen eiskalt. Großartig. Wenn sich ein Einbrecher unten durch unser Silberbesteck wühlte, wusste er spätestens jetzt, dass er nicht allein war. Mit zusammengebissenen Zähnen schob ich mich durch den Spalt und ging die Treppe hinunter.

Die Härchen an meinen Armen stellten sich auf und mir wurde bewusst, dass ich nur ein altes T-Shirt trug, das mir bis zur Mitte der Oberschenkel reichte. Damit gab ich sicherlich einen furchterregenden Anblick für einen potenziellen Einbrecher ab. Egal. Weiter.

Ich erreichte das erste Stockwerk und mied alle Stellen im Boden, von denen ich noch immer in schlafwandlerischer Sicherheit wusste, dass sie knarrten. Auf der gegenüberliegenden Seite befand sich Hollys Zimmertür. Sie war geschlossen, und es brannte kein Licht, das durch die Ritzen scheinen könnte. Da meine Schwester sogar einen Feueralarm in unserem alten Zuhause verschlafen hatte, überraschte es mich nicht, dass sie das Klirren nicht gehört hatte.

Über das Geländer spähte ich ins Wohnzimmer hinunter. Nichts. Keine Bewegung. Keine Geräusche. Keine verdächtige Gestalt, die durch das Haus schlich. Von mir selbst mal abgesehen. Das Wohnzimmer lag in unberührter Stille unter mir. Zwei Sofas vor dem Kamin, weiter hinten das Klavier, das ich seit Jahren nicht mehr angerührt hatte, und der lange Esstisch mit den hohen Stühlen. Ich streckte mich, konnte von hier oben allerdings nicht bis zur Küche sehen. Was ich aber deutlich bemerkte, war, dass nirgendwo im Haus ein Licht brannte.

Leise schlich ich weiter und steuerte die Treppe ins Erdgeschoss an. Sie begann genau dort, wo der Flur nach rechts zu Hollys Zimmer und dem Bad abging, und nach links in den unbenutzten Teil des Hauses führte. Früher einmal waren dort das Büro meines Vaters und das Zimmer meines Stiefbruders gewesen, aber das war lange her. Seitdem hatte meines Wissens nach kaum jemand mehr einen Fuß in diese Räume gesetzt. In Gedanken betete ich darum, nur paranoid zu sein. Ich wollte keinem Einbrecher begegnen, der in meiner Vorstellung wesentlich gruseliger war als die toten Menschen, die ich während meines Studiums schon gesehen hatte.

Ich war so darauf konzentriert, mich lautlos zu bewegen, dass ich keinen Gedanken daran verschwendete, dass jemand um die Ecke kommen könnte. Großer Fehler. Ich nahm die Bewegung nur aus dem Augenwinkel wahr. Instinktiv zuckte ich zurück, holte mit dem Baseballschläger aus und schlug zu. Das Holz traf auf Muskeln und Knochen und der Aufprall verursachte ein Vibrieren, das sich bis in meine Schulter zog. Ich sprang zurück, bereit, noch mal auszuholen, aber der Einbrecher packte den Schläger und hielt ihn fest.

»Fuck!«, fluchte eine tiefe Stimme. »Was soll das?«

Ich setzte bereits zu einer gepfefferten Antwort an, als mir bewusst wurde, dass ich diese Stimme kannte. Zumindest hatte ich sie schon einmal gehört und das vor nicht allzu langer Zeit. Ihr Besitzer hielt den Baseballschläger noch immer fest, trat jetzt aber einen halben Schritt näher. Und ich erkannte ihn. Trotz der Dunkelheit erkannte ich den jungen Mann vom Flughafen wieder. Dieselbe Kleidung, dasselbe Gesicht – und nicht etwa eine schwarze Kluft mitsamt Skimaske und Brechstange, wie zumindest ein kleiner Teil von mir erwartet hatte.

»Was zum …?« Meine Stimme erstarb, dafür polterte mein Herz los. »Hast du sie noch alle, mitten in der Nacht hier herumzuschleichen? Ich dachte, du wärst ein Einbrecher!«

»Bist du sicher?« Mit der freien Hand rieb er sich über seine Rippen. »So, wie sich das anfühlt, wusstest du genau, wen du verprügelst.« Er zögerte, als ich nicht reagierte. »Du erkennst mich wirklich nicht, oder?«

Mein Herz hämmerte noch immer, nur war der Grund dafür inzwischen ein anderer. In meinem Hinterkopf begann sich ein Verdacht zu formen, aber ich wollte nicht daran denken, wollte es nicht wahrhaben, weil es einfach nicht sein konnte. Es war unmöglich.

»Was ist los, *Schwesterchen*?« Er richtete sich zu seiner vollen Größe auf. »Hast du mich inzwischen nicht nur aus deinem Leben, sondern auch aus deinem Gedächtnis verbannt?«

Nein. Einfach nein. Konnte bitte jemand die Zeit zurückdrehen? Denn ich wollte das hier nicht erleben. Nicht jetzt, nicht heute, niemals. Inzwischen hämmerte mein Herz so schnell, dass es mich nicht überrascht hätte, wenn es aus meinem Brustkorb geklettert und davongelaufen wäre. Das hätte ich ja am liebsten selbst getan. Einfach auf dem Absatz kehrtgemacht, mich wieder ins Bett gelegt und so getan, als wäre das hier niemals passiert. Als wäre nicht ausgerechnet mein Stiefbruder nach Hause zurückgekehrt. Der Mann, den ich seit sieben Jahren nicht mehr gesehen hatte. Der Mann, der meinen Vater auf dem Gewissen hatte.

»Keith …?« Ich erstickte beinahe an diesem einen Wort. Selbst ohne sein Nicken hätte ich gewusst, dass er es war. Keith Blackwood. Stellas Sohn. Ich schnappte nach Luft, doch nichts davon schien in meine Lunge dringen zu wollen. Fast so, als hätte mein Körper kurzerhand beschlossen, dass ich keinen Sauerstoff mehr zum Leben brauchte. Genauso wenig wie ein Herz. Denn das hatte Keith mir damals nicht gebrochen, sondern es herausgerissen und zugelassen, dass es gemeinsam mit meinem Vater starb.

Meine Augen begannen zu brennen, eine klare Warnung, dass mir gleich die Tränen kommen würden. Ich verfluchte mich für diese Schwäche und blinzelte mehrmals, um das Gefühl zu vertreiben. Wut hatte schon immer gut funktioniert und jetzt pochte sie in meinen Adern und drohte mich wie eine Flutwelle mitzureißen.

»Wenn ich geahnt hätte, dass ausgerechnet du hier herumschleichst, hätte ich noch fester zugeschlagen.«

Keith schnaubte leise, als hätte er mit keiner anderen Antwort gerechnet. »Ich freue mich auch, dich wiederzusehen.«

Ich zuckte zusammen, als wäre ich diejenige, der man mit dem Baseballschläger eins übergezogen hatte. Denn genau so fühlte es sich an, ihn hier und jetzt wiederzusehen. Wie ein Schlag aus dem Nichts, der mich mit voller Wucht erwischte. Ich konnte regelrecht spüren, wie mir das Blut aus dem Gesicht wich, während ein kaltes Prickeln über meine Haut glitt, als würde sich eine Eisschicht darauf ausbreiten.

»Was machst du hier?« Irgendwie brachte ich die Worte hervor, obwohl ich das Gefühl hatte, genauso daran zu ersticken wie an seinem Namen auf meinen Lippen. Denn niemand, weder Holly noch Stella, hatte mich vorgewarnt. Keine von ihnen hatte auch nur die geringste Andeutung fallen lassen, dass ausgerechnet Keith wieder da war.

»Ich werde eine Zeit lang hier wohnen.«

Ein simpler Satz, der die Macht hatte, meine ganze Welt auf den Kopf zu stellen. Keith Blackwood wohnte *hier*? In meinem Elternhaus? Wieso? Er war jahrelang fort gewesen. Warum kam er ausgerechnet jetzt zurück?

Ein Bild flackerte vor meinem inneren Auge auf. Weiße Wände, weiße Bettwäsche und dunkelblaue Vorhänge, die zugezogen waren. Ein Strauß bunter Blumen. Die Deckenlampe spendete grelles Neonlicht und vom Flur her drangen Geräusche herein. Schritte. Gedämpfte Stimmen. Die scharrenden Rollen eines Bettes, das durch die Gänge geschoben wurde. Das Klingeln eines Fahrstuhls, als sich die Türen öffneten. Das gleichmäßige Piepen der Geräte direkt neben mir. Nichts von alledem schien zusammenzupassen. Erst der Geruch nach Desinfektionsmitteln, Gummihandschuhen und kranken Menschen machte mir deutlich, wo ich mich befand. Und ein fünfzehnjähriger Keith, der in der Tür zu meinem Zimmer stand.

Er hatte ein dickes Pflaster am Kopf und einen Kratzer an der Wange. Seine Arme waren verbunden, aber nicht eingegipst. Er lehnte am Türrahmen, als würde es ihn zu viel Kraft kosten, aufrecht zu stehen. Als wäre sein Körper nicht stark genug, ihn zu halten – oder als würden die Schuldgefühle ihn niederdrücken.

Ein Blick in sein Gesicht genügte, um die tiefe Trauer in seinen braunen Augen zu sehen und zu wissen, was passiert war. Der Fahrunterricht mit Dad. Seine mahnenden Worte, dass Keith nicht so schnell fahren sollte. Die SMS, die ich auf meinem Handy an Faye tippte. Dann war da nur noch Leere. Ein schwarzes Loch, das all meine Erinnerungen in sich aufgesogen hatte. Ich wusste nicht mehr, wie oder wo es geschehen war. Doch als Keith mich so ansah, da wusste ich, dass etwas Schreckliches passiert sein musste. Er sagte nichts, gab mir keine Erklärungen, keine tröstenden Worte, sondern hüllte sich in ein Schweigen, das mehr schmerzte, als jedes Wort aus seinem Mund es je gekonnt hätte. Und in diesem Moment wurde aus dem Jungen, an den ich mein Herz verloren hatte, die Person, die ich am meisten hasste.

Ruckartig holte ich mich in die Gegenwart zurück. Eine Gegenwart, in der ich vor dem Menschen stand, von dem ich geglaubt hatte, ihn nie wieder sehen zu müssen. Kurz nach dem Unfall war er gegangen. Ohne Abschied. Ohne ein Wort der Erklärung. Ohne eine Entschuldigung. Einfach so. Er war nicht einmal auf Dads Beerdigung erschienen. Und jetzt tauchte er genauso unangekündigt wieder auf? Warum? Was in Gottes Namen ließ ihn glauben, er wäre hier willkommen?

»Du wohnst hier?«, wiederholte ich ungläubig und riss den Baseballschläger wieder an mich. Es kostete mich all meine Selbstbeherrschung, nicht erneut auszuholen und ihn aus dem Haus zu prügeln. Verdient hätte er es. Das und noch so viel mehr. »Seit wann? Wie bist du überhaupt reingekommen?«

»Ich war vorhin bei Mom im Krankenhaus. Sie hat mir einen Schlüssel gegeben«, antwortete er ruhig. Doch damit warf er nur weitere Fragen auf.

Stella hatte davon gewusst? Also war das hier kein Überraschungsbesuch, sondern ein geplanter? Und sie hatte es Holly und mir einfach verschwiegen? Denn ich war mir sicher, dass meine kleine Schwester genauso ahnungslos war wie ich. Dieses Mädchen konnte kein Geheimnis für sich behalten, schon gar keines, bei dem es um den unangekündigten Besuch unseres Stiefbruders ging.

Stella schon. Sie hatte nicht mal mit der Wimper gezuckt, als sie mich heute umarmt hatte. Hatte sie Keith genauso warmherzig willkommen geheißen? Als wäre nichts geschehen? Als würde sie nicht wieder den Menschen in unser Leben, in unser Haus lassen, der unsere Familie zerstört hatte?

»Keine Panik«, murmelte er. »Du wirst mich schneller wieder los, als du *Hau ab* sagen kannst.«

»Ich würde nie *Hau ab* sagen, sondern *Fahr zur Hölle*!«

»Klar.« Er sah mich ausdruckslos an. Zynismus tränkte seine nächsten Worte. »Ich bin nur hier, bis ich etwas Eigenes gefunden habe.«

Es ergab noch immer keinen Sinn. Warum jetzt? Warum hielt er es nach sieben Jahren für nötig, zurückzukommen? Um Buße zu tun? Dafür war es zu spät. Er konnte nicht ernsthaft glauben, dass die Leute hier vergessen hatten, was er getan hatte. Ich hatte es definitiv nicht, und das würde ich auch nie. Der Unfall selbst mochte durch die Gehirnerschütterung aus meinem Gedächtnis gelöscht worden sein, aber ich würde immer wissen, was dazu geführt hatte. Wer die Schuld daran trug. Und wer hinterher feige abgehauen war, statt sich den Folgen seiner Taten zu stellen.

Nur bei ihm kann ich mich fallen lassen

Bianca Iosivoni
FALLING FAST
480 Seiten
ISBN 978-3-7363-0839-8

Hailee DeLuca hat einen Plan: Die Zeit, in der sie sich zu Hause verkrochen und vor der Welt versteckt hat, ist vorbei. Sie will mutig sein und sich all die Dinge trauen, vor denen sie sich früher immer zu sehr gefürchtet hat. Doch dann lernt sie Chase Whittaker kennen – und weiß augenblicklich, dass sie ein Problem hat. Denn mit seiner charmanten Art weckt Chase Gefühle in ihr, die sie eigentlich niemals zulassen dürfte. Und nicht nur das. Er kommt damit ihrem dunkelsten Geheimnis viel zu nahe ...

»Geheimnisvoll, berührend und aufwühlend. *Falling Fast* ist ein absolutes Must-Read!« MEIN BUCH, MEINE WELT

LYX

Verpasse nicht Callies und Keith' Geschichte.

Jetzt erhältlich!